JEAN-PIERRE
CHABROL

Le bonheur du manchot

ROMAN

ROBERT LAFFONT

Couverture : tuile, collection Pierre Guibert.
Cl. Courtaux, musée des Pays de Seine-et-Marne,
Saint-Cyr-sur-Morin.

ISBN 2-221-07700-8

A mon père,
son fils ;
à ses petits-enfants,
leur père,
J.-P. C.

Première partie

L'ENQUÊTE

Il n'ambitionnait pas d'être quelqu'un,
Il était quelqu'un.
Il ne s'épuisait pas pour arriver,
Il était déjà là.

Quand je repense à mon père, je pense d'abord au mal que je lui ai fait, à cette condamnation, ces dix années sans remise de peine. Quand il en est enfin sorti, il ne lui restait que deux ans à vivre.

Je rumine ça sur *sa* terrasse, en face de *son* paysage, assis à *sa* table, avec *ses* propres lunettes sur le nez car ma vue a baissé comme la sienne, au même âge que lui, je peux donc me servir des verres qu'il m'a laissés. Voir à travers les lunettes de son père, c'est voir comme lui, c'est comme s'il vous avait légué aussi son regard, on ne considère plus le monde de la même façon. A sa mort, ma vie s'est bouclée.

Je n'avais pas imaginé à quel point ça me minerait d'écrire sur lui. Je m'étais fait une joie de cette reconstitution (on emploie ce mot aussi, en langage de justice, quand il s'agit d'un crime).

J'ai l'âge qu'il avait quand ces dix ans lui sont tombés dessus comme un couperet. Depuis, de temps en temps, je fais le même cauchemar. Je viens de relire *La Main d'écorché,* cette courte nouvelle de Maupassant, pour voir si mon cauchemar familier vient de là. « Cette main affreuse, noire, sèche, très longue et comme crispée, les muscles d'une force extraordinaire étaient retenus à l'intérieur et à l'extérieur par une lanière de peau parcheminée, les ongles jaunes, étroits, étaient restés au bout des doigts... » Cette main rampe sur le parquet de ma chambre avec cette démarche, de travers mais sûre, des grands crabes, elle s'accroche au pied de mon lit et grimpe dessus, elle avance sur la couette, monte sur le traversin, sur l'oreiller... Je suis paralysé, je ne peux qu'attendre qu'elle me prenne le cou, qu'elle serre. Je reste pétrifié, je sais que je l'ai bien mérité, je suis sûr que demain, à l'aube, on me retrouvera « les yeux démesurément ouverts, les prunelles dilatées qui sembleraient regarder fixement avec une indicible épouvante une chose horrible et inconnue... », et mon cou porterait, comme dans Maupassant, « les marques de cinq doigts profondément enfoncés dans la chair »... Mais ce cauchemar se termine toujours comme un rêve : au lieu de m'étrangler, l'effroyable main me passe les doigts dans les cheveux... Cette insupportable caresse me réveille en sursaut. Je frissonne, couvert de sueur, je me lève d'un bond pour aller fermer la fenêtre sur un souffle léger de *sa* tramontane.

Ce soir, plus de vingt ans après, sur *sa* terrasse, je déguste *sa* gnôle de Clinton (il m'en reste quatre ou cinq bouteilles) que l'âge a rendue plus râpeuse et plus fruitée encore. Le jour nous quitte discrètement. Ici, on n'est pas seul : on vieillit et on meurt avec son pays. Le désespoir peut être doux dans les crépuscules cévenols.

Je suis sûr qu'aucun homme au monde ne m'a aimé ni ne m'aimera autant que lui. Et je peux me souvenir avec une grande précision de la première fois où je lui ai fait mal, très mal.

Si aujourd'hui je pouvais, pour commencer, retirer la fameuse phrase, je le ferais et je me sentirais mieux. Ah ! si je pouvais gommer à jamais ces quelques mots d'une puérile cruauté...

J'avais onze ans, je venais d'entrer en sixième, je brillais. Nous étions tous les trois à table dans l'étroite cuisine, au premier étage, à hauteur du feuillage gras des platanes qui ombrageaient alors les quais du Gardon. Mon père avait quarante-six ans. Il était loin d'être aussi massif que l'a grandi mon souvenir, moins d'un mètre soixante-dix, je suppose. Et un bon petit bedon qu'il ne cherchait pas à dissimuler. Un visage régulier, un nez assez fort, une moustache carrée, taillée court, des yeux d'un bleu pâle tirant vers le gris au regard le plus souvent tendre ou malicieux. Il n'était jamais tête nue. Quand il était « de sortie », selon son expression, il arborait une des belles casquettes pied-de-poule que ma mère choisissait pour lui avec un soin tatillon. Ordinairement il gardait, même à table, un affreux béret basque vissé sur sa tête, et c'était bien dommage car il avait une chevelure admirable, des cheveux fins, abondants, ondulés, aux reflets soyeux de vieil étain. Pour les dégager, j'aimais passer derrière lui et pousser le béret sur son nez, il rouspétait, tout heureux, c'était l'un de nos jeux. Je l'entends encore protester avec une grandiloquence qu'il outrait à plaisir, en imitant Raimu dans *Marius* :

— Faites des enfants ! ils vous empoisonneront l'existence !

A quoi maman ajoutait machinalement :

— Pierrot, laisse ton père tranquille !

Il parlait peu, lui, et c'était presque toujours à la blague. Ma mère était volubile, et elle prenait la vie au sérieux. Grassouillette aussi, à peine plus petite, le visage carré autour d'un joli nez à bout rond. Elle aimait s'habiller, se tenait bien, elle avait de l'allure, dans la rue les hommes mûrs la suivaient du regard.

Nous étions bien tous les trois. Une petite famille dense comme un œuf. Mon père disait : « Le Père, le Fils et le Saint-Esprit ! » Il me faisait un clin d'œil dans le dos de sa femme, qui était donc ma mère, coïncidence qui, dans mon esprit, n'était pas alors si naturelle.

Mes parents étaient instituteurs. Maman avait le complexe du primaire, papa s'en foutait. Elle, si hautaine, devenait carrément obséquieuse devant le moindre licencié ès quelque chose. Je venais d'accéder au secondaire, elle n'en était pas peu fière, je faisais du latin, vous vous rendez compte ! Midi et soir, elle m'interrogeait avidement sur les matières que j'avais étudiées dans la demi-journée. Elle ronronnait sur mes épaules : *Rosa, rosam, rosarum, rosis, rosis.* Elle s'extasiait sur tout ce qu'elle n'avait pas appris, elle, même à l'École normale de Nîmes ! Elle me « suivait », c'est peu dire, elle ne me lâchait pas. Mon père assistait distraitement à ces interrogatoires avec des bougonnements et, à la dérobée, quelques regards complices.

C'était à la fin du premier trimestre scolaire ou au début du deuxième puisqu'en histoire nous en étions à la Grèce. Nous avions commencé par l'Égypte, la Mésopotamie, la Perse... Quand nous avions abordé la Palestine, je m'étais affolé :

— Man ! Jésus-Christ... tous les autres ont l'air au courant, je vais être le dernier de la classe !

Mes parents, protestants d'origine, avaient cessé de pratiquer chacun de leur côté dès qu'ils avaient échappé à la contrainte familiale. Leur dernier acte religieux avait été leur mariage, ultime concession pour ne pas froisser la parenté. Ils étaient laïques avant tout, laïques et tolérants. Ils ne m'avaient pas baptisé mais, quand je leur avais demandé, après une semaine de lycée :

— Y en a qui vont à la messe, d'autres qui vont au temple, moi je vais où ?

— Où tu voudras.

Une fois ou deux, j'avais accompagné des copains à la cathédrale, puis au temple, je m'y étais ennuyé.

N'empêche que, pour le chapitre sur la Palestine, la Galilée et la naissance du christianisme, ma mère s'était empressée de m'infliger des cours de rattrapage le soir à la maison. Des cours critiques, quand même, elle qui s'était acquis une sorte de célébrité sauvage à l'École normale pour avoir dit de Jeanne d'Arc : « Cette bergère imaginative et sous-alimentée, fatiguée par les longues heures de solitude, qui croyait entendre des voix... »

Il faut dire qu'en son enfance ma mère avait beaucoup gardé le troupeau et n'avait jamais aimé ça. Elle s'oubliait à lire *Les Misérables* en fascicules, si bien que mon grand-père devait rameuter le village pour chercher dans la nuit les « brebis égarées ».

— Dis, man, à la composition, si j'ai le sujet, je dois dire qu'il était le fils de Dieu, ou qu'il se croyait le fils de Dieu ?

Cornélien. Ma mère a hésité, elle qui avait toujours réponse à tout, et du tac au tac. Elle s'est retournée vers mon père, la question était d'importance, mon classement était en jeu. Impossible de me rappeler quelle a été exactement la réponse paternelle, sans doute une boutade du genre : « Dis ce que tu veux, le Père éternel n'en est pas à ça près... »

Papa disait « le Père éternel » et le mot devenait péjoratif dans sa bouche, même quand il se l'appliquait à lui-même :

— Mon Pierrot, écoute bien ce que te dit ton Père éternel !...

« L'Éternel », les protestants de chez nous employaient ce mot de préférence à Dieu. Papa s'en servait à tort et à travers, mais toujours dans un contexte impie. Un exemple (entre beaucoup) : quand j'oubliais de fermer la porte derrière moi, l'hiver, laissant la bonne chaleur de notre cuisinière s'échapper au-dehors.

— Alors, Pierrot, qu'est-ce que tu fais ? Tu veux chauffer le cul du Père éternel ?

Ces mots, en grossissant la voix, en forçant sur l'accent cévenol pour en sortir des intonations marseillaises à la César, parce que mon père se sentait à l'aise dans le Raimu pagnolisé, il en copiait les attitudes et les répliques :

— Ta mèr' ta mèr'... Ta mèrreu ! (Et il ajoutait, ce qui n'est pas dans *Marius* :) Ta Sainte Mèrreu !

Ces singeries, les tendres ricanements de ce chef de famille au scepticisme permanent contribuaient paradoxalement à la tiédeur de ce trio douillet. Ma mère elle-même, toujours soucieuse, toujours soupçonneuse, ne parvenait pas à troubler durablement cette savoureuse quiétude. Et pourtant... quand elle vous prenait à partie, les yeux dans les yeux, qu'elle fermait les siens pour concentrer sa pensée et donner du poids à sa question, impossible de ne pas se sentir vaguement coupable. Paupières closes, elle agitait la tête en martelant ses mots, c'était l'épée de Damoclès et le ciel lui-même qui allaient vous tomber sur l'occiput, rien ne pouvait arrêter le cataclysme, sauf un sarcasme paternel du genre : « Écoute bien ta Sainte Mèrreu, petit, et va-t'en rassuré... »

Alors Dieu ?... Il badinait dans notre petite cuisine, comme Raimu.

Dans le secondaire, on pouvait croire en Dieu, on devait peut-être même, qui sait ? Quand j'y réfléchis depuis aujourd'hui, il y avait littéralement un fossé entre le primaire et le secondaire, l'enfant le franchissait entre le certificat d'études et l'entrée en sixième, on l'y préparait comme un athlète, pendant toutes les grandes vacances d'été. Pour le fils du peuple, c'était à la fois un anoblissement et une trahison. Il accédait à des études facultatives et coûteuses en compétition avec les fils à papa.

Pour ma mère, qui était aussi mon entraîneur, le bond de son petit champion était à la fois merveilleux et angoissant. Son héritier changeait de monde, il accédait à des hauteurs où l'on ne pouvait éviter Dieu. L'aumônier catholique passait à la fin des cours pour recompter ses jeunes ouailles, le pasteur arpentait les couloirs, tandis que l'abord des communales était interdit à la prêtraille.

Mes parents étaient des produits du primaire. Les instituteurs n'avaient pas le bac, ils ne faisaient même pas une incursion provisoire dans le secondaire. École préparatoire, école normale, c'était du primaire supérieur mais toujours du primaire.

Curieux laïcisme que celui de mes parents. Tout en façade et en bougonnements familiaux. Tout dans le verbe, rien dans le geste. Mes parents étaient avec les croyants de tout poil d'une discrétion et d'une élégante tolérance. Niant Dieu pour eux-mêmes, ils étaient secrètement mais viscéralement fidèles au protestantisme que leurs aïeux avaient conquis au prix du sang, comme le droit de vote après tout ! Ils ressentaient honteusement vis-à-vis des catholiques du mépris et de l'envie, cette sorte de racisme que l'on peut éprouver de nos jours pour un émir des pétrodollars.

En sixième, il y avait Régnier que j'aimais bien. C'était un très bon élève, pourtant il jouait au poker et il était fort au billard. A celui du Café de la Bourse, il tenait tête à des hommes ! Une phtisie galopante l'a emporté. Toute la classe a suivi le service religieux à la cathédrale. J'en étais épaté par les cinq sens, les vitraux, l'encens, les chants, le bois doux des prie-Dieu... Une autre planète, un spectacle magnifique, un peu long quand même. Ma mère m'a dit songeusement : « Eh oui, l'Église sait y faire... » Elle s'est aussitôt rattrapée : « Il y a dans la nudité des temples huguenots quelque chose de plus envoûtant, peut-être. Entre quatre murs, l'homme peut méditer, pas de dorures pour le distraire... »

Après quelques semaines de secondaire, nous en étions à la Grèce. Nous profitions d'un éblouissant professeur, un jeune agrégé (« dans un lycée de province, tu te rends compte d'une veine que vous avez, ça ne durera pas... »). Un tout petit homme nommé M. Paris. Il faisait son cours à voix basse. Nous tendions l'oreille. Quand l'un de nous toussait, tous les autres, furieux, lui faisaient signe : Chut ! Il avait commencé son premier cours sur Athènes par cette affirmation flamboyante : « Le ciel de Grèce étant le plus pur du monde, il n'est pas étonnant que ce peuple ait toujours eu les idées claires... » Postulat particulièrement creux, donc sonore, donc, à nos jeunes oreilles, d'un irrésistible lyrisme. Le prof nous avait ainsi mis dans sa poche définitivement. Heureusement la suite de son enseignement était riche, concret... Deux fois par jour, à table, j'étalais mes connaissances toutes fraîches, j'aimais voir ma mère rayonner. Ce matin-là, nous avions étudié Sparte, « l'État oligarchique et militaire organisé au IXe siècle avant Jésus-Christ par le légendaire Lycurgue ».

J'étais enthousiasmé par l'implacable et athlétique éducation spartiate. Nous n'étions pas au demeurant de la race des musculeux. J'étais un long gamin plutôt pâle et mou, nul en gym et peu tenté par les sports. Pour s'en référer à Tartarin, autre héros familier, papa-maman penchaient plutôt vers

Sancho Pança que vers Don Quichotte. Où avais-je pêché cette admiration pour les beaux balèzes ? Dans mes lectures sans doute, et au ciné. Un autre de nos héros favoris, à mon père et à moi, Arsène Lupin se définissait ainsi lui-même : « Muscles d'acier, cerveau numéro un ! »

Et puisque c'était mon père qui m'avait fait aimer le gentleman-cambrioleur... Il faut préciser que c'était en 1936. Hitler était au pouvoir depuis quatre ans, Mussolini depuis plus longtemps. Par les photos, les reportages, insidieusement, s'infiltraient en nous, dans les lycées surtout, les idéaux fasciste et nazi, l'image de la jeunesse qu'ils prônaient, symbolisée par les mâles tout nus, exhibitionnistes de la gonflette, œuvres du sculpteur Arno Brecker dont chaque statue géante, d'une précision anatomique, semble aujourd'hui l'écorché de Stallone ou de Schwarzenegger.

Donc, tout en savourant une délicieuse brandade de morue, le dos agréablement chauffé par le fourneau, je discourais...

Les jeunes Spartiates lâchés à poil dans la nature avec un couteau, rien qu'une lame ! Tous Tarzan ! Et débrouille-toi, fils ! Les ancêtres de Rambo, en quelque sorte. Tous beaux, tous costauds, forcément...

— ... Et savez-vous pourquoi les enfants de Sparte étaient tous des Apollon, des Hercule ? Parce que l'État avait promulgué une loi très logique et très sage...

Et c'est là, dans une allégresse d'émerveillement et de satisfaction, que j'ai lancé la phrase cruelle :

— A Sparte, maman, papa, on tuait les nouveau-nés anormaux !

Je me suis arrêté net. A cause du silence, un silence d'une nouvelle qualité, d'un poids accru, qui n'était plus seulement attentif. Parce que je n'ai pas compris sur-le-champ ce que je venais de commettre. Qu'est-ce qui s'est passé ? Rien sans doute. Qu'est-ce qu'ils ont dit ? Je ne sais, ma mémoire s'arrête là, tout net.

Il me revient quand même une image, qui n'est pas que de

ce midi-là, une saynète familière, quand il y avait des noix au dessert. Papa les saisissait une à une entre l'index et le pouce de sa main gauche et les brisait d'un coup, d'un seul, de son moignon.

Mon père était manchot.

... Mais quand d'un passé ancien rien ne subsiste, après la mort des êtres, après la destruction des choses, seules, plus frêles mais plus vivaces, plus immatérielles, plus persistantes, plus fidèles, l'odeur et la saveur restent encore longtemps comme des âmes, à se rappeler, à attendre, à espérer sur la ruine de tout le reste, à porter sans fléchir, sur leur gouttelette presque impalpable, l'édifice du souvenir.

Marcel PROUST.

Georges Brassens filmait son père et enregistrait sa voix, discrètement, sans le déranger. Après la mort de sa mère, il avait recueilli le grand veuf, et l'avait installé dans sa maison de Crêpières. C'était un ancien maçon, à peine voûté, à la démarche lourde et lente, d'une allure massive d'autant plus imposante que le vieux parlait peu, sauf qu'à chaque instant il demandait l'heure, d'une étrange façon, sous-entendu : c'est pas encore celle de ma mort ? Tant et si bien que Georges avait fait poser dans la chambre de son père, en face du lit, une de ces horloges électriques à gros chiffres mobiles qui équipaient à l'époque les aéroports. Après la mort du vieux maçon, il m'est arrivé de coucher dans cette chambre. A chaque minute, l'un de ces gros chiffres inscrits sur un carré de tôle émaillée tombait avec un cloc si sonore que je n'arrivais pas à dormir. Cloc... cloc... je ne pouvais m'empêcher d'attendre le cloc suivant. C'était comme un starter, invisible mais tout-puissant, égrenant les minutes qui vous restaient à vivre.

Le ruisseau qui longeait la maison de Crêpières pareillement ne vous laissait pas oublier une seconde l'inexorable émiettement de votre existence. Ses eaux bouillonnantes, charriant les gros paquets d'une écume malsaine provenant de quelque usine située en amont, se bousculaient, je n'ai jamais vu cours d'eau courir si vite. C'était fascinant mais vite intolérable. On ne pouvait rester assis à regarder ça. Le petit ruisseau, beaucoup plus furieux que *Le Lac* de Lamartine, semblait vous crier, haletant : pressons ! pressons ! La vie s'achève, il n'est plus temps, pressons !...

En dépit de son magnétophone et de sa petite caméra, Georges se sentait désarmé. Par un de ces crépuscules où la nuit vous arrive dessus d'une façon qui semble définitive, il m'a dit : « Un jour, on pourra enregistrer aussi les reliefs, les odeurs, les sentiments, les pensées, tout d'une personne. On rangera ça dans un placard, et quand on voudra revoir son père, passer un moment avec lui, reparler avec lui, remettre des choses au point, on pourra. Ainsi les êtres chers ne mourront pas tout à fait. »

Mon ami était de Sète, le pays où l'on meurt deux fois [1].

Mon père, à moi, n'avait pas de main droite. Je n'ai jamais su ce qu'elle était devenue, ou même s'il l'avait jamais eue. Il n'en était jamais question, je ne le saurai donc jamais. Deux personnes au moins auraient pu me le dire, sa mère et son épouse, mais voilà qu'elles sont mortes aussi. « Manchot »... ce vocable, nous ne l'employions jamais. Il vient ici pour la première fois sous ma plume, il me paraît énorme, je dois me forcer pour l'écrire, mais j'en tire une sorte de plaisir, « manchot »... Ma respiration s'accélère, je me sens mal à l'aise, je savoure intensément le goût retrouvé, le goût amer de ce que j'appelle depuis l'enfance « mes petites angoisses ».

A vrai dire, il y a peu de temps, un an, peut-être deux, que cette main manquante me tourmente, qu'elle hante mes nuits comme un scorpion colossal.

Avant, je n'y pensais jamais, enfin presque jamais, à cette

---

1. A Sète, c'est bien connu, pour dire « il est mort », en occitan, on dit « ès maï mort » : « il est *encore* mort ». J'apprends par ailleurs, ces jours-ci (printemps 93), que la science fait d'énormes progrès dans le domaine tout neuf des images virtuelles, sortes de clones obtenus par l'informatique. Le premier « reproduit » est l'acteur Richard Bohringer mais, contrairement aux rêves de Georges, son double ne lui est pas nécessairement fidèle : on peut lui faire faire et dire ce qu'on veut.

mutilation, pas même au long des seize années où j'ai vécu vingt-quatre heures sur vingt-quatre avec lui. Je ne me souviens pas qu'il se soit donné beaucoup de peine pour faire oublier ce handicap ; pourtant, sur les trop rares photos que j'ai retrouvées, il garde son moignon (j'ai toujours autant de peine à écrire ce mot terrible comme un grognement de douleur contenue : moignon...) enfoui dans sa poche, ou alors il pose de profil, le profil gauche. Il me revient aussi qu'il tendait la main gauche, ce qui faussait un peu le serrement de main car même les gauchers serrent la main droite, naturellement, ils ont l'habitude. En de nombreuses circonstances, lui devait calculer. Pour une brève rencontre, il parvenait à ne sortir qu'un côté, s'il le pouvait, il retardait même le moment de rouler une cigarette. La vue de son moignon, il le savait, il le remarquait chaque fois, gênait les nouveaux venus. Il reconnaissait les signes de la surprise désagréable, voire de la répulsion. Paradoxalement, cette infirmité n'a engendré ni sobriquet ni plaisanterie. Au village, deux chefs de famille portaient le même patronyme. Pour les distinguer, on disait de l'un « le fossoyeur », et de lui « l'instituteur », pas « le manchot ». Surprenante délicatesse dans une population truculente où l'on ne se ménageait pas, où pas un sujet n'était tabou, où se décortiquaient publiquement les intimités en termes crus. Jamais la moindre allusion à ce bras droit inachevé, même dans l'impitoyable grouillement de la cour de récréation, dans la plus pouilleuse des communales, où j'étais raillé, bousculé, parce qu'il était le maître, parce que j'étais son fils... le fils de l'instituteur, pas le fils du manchot. Un de ses anciens élèves vient de me confier que mon père ne faisait aucun complexe et n'hésitait pas à cogner du moignon dans les reins du cancre sommeillant.

A moins que je n'aie tout oublié, ou que je n'aie, alors, rien entendu, que ce vocable ne me soit entré par une oreille et sorti par l'autre sans y laisser de trace, à la manière de ces avions de combat qui volent en rase-mottes pour échapper aux radars dont ainsi les écrans ne balayent que le vide.

Ce moignon, je peux pourtant le décrire dans ses moindres détails. Je ferme les yeux, je le vois, là, extraordinairement vivant. Je mesure aujourd'hui que ce bout d'avant-bras était d'une importance capitale. Tout tournait autour de lui. On aurait dit que le poignet avait été tranché tout net par la hache du bourreau.

Sa mère, qu'il appelait affectueusement « la vieille », était une grande veuve sèche et irascible. Elle grommelait en permanence contre les voleurs. « Voleurs ! » L'injure revenait, dans sa bouche, tous les trois mots, c'était une sorte de ponctuation nerveuse, comme « con » ou « putain » dans la conversation méridionale. « Voleur ! » Au pluriel ou au singulier, l'apostrophe était durement accentuée par un léger parkinson qui lui faisait dire non de la tête, même quand elle disait oui, ce qui était rare. « Voleur ! » Elle jetait ça au ciel, en direction du Père éternel... Voleur ! Voleurs ! je me demande ici soudain si elle s'en prenait ainsi à ceux, ou à Celui, qui avaient volé la main droite de son fils.

La lame aurait donc arraché non seulement les cinq doigts et la paume, mais aussi tous les petits os du poignet. Les chairs s'étaient refermées en deux bosses très différentes. La plus grosse, à l'extrémité du radius, formait une sorte de mamelon calleux et rond au sommet duquel se dressait une verrue de la taille d'un pois chiche. En revanche, la chair gainait à peine l'extrémité du cubitus qui est le plus mince des deux os de l'avant-bras. Cela ressemblait à la première phalange d'un doigt atrophié, cela disposait d'ailleurs d'une certaine mobilité. J'avais donc enregistré les détails de ce moignon que j'ai si souvent caressé sans le regarder vraiment, et ma mémoire ne me les restitue qu'aujourd'hui, et avec quelle cruelle minutie !

Et s'il était né comme ça ? Puisque j'en suis réduit aux hypothèses, commençons par la première. « Voleur ! » La vieille, qui était alors encore une jeune femme, a peut-être jeté ce cri quand la sage-femme lui a tendu, par-dessus son ventre dégonflé, le nouveau-né sanglant, le fils inachevé ! Derrière la porte, il y avait le père qui attendait dans la cuisine en fumant, en lichant de la gnôle. A-t-on hésité longtemps pour le faire venir dans la chambre ? Des voisins lui tenaient peut-être compagnie ? C'était en 1890, mais ce que je connais directement, c'est le décor, les lieux. J'entends toujours le tic-tac de la pendule qui se tenait au garde-à-vous entre la crédence et la porte de la chambre. Ce tic-tac, il est là, dans mes oreilles. Il est mêlé à ma vie, dans mon sang. Notre antique pendule n'a jamais quitté le mas. Elle a vieilli mais tient le coup. Maintenant, pour sonner, elle doit prendre son élan. On entend le mécanisme s'ébranler bruyamment une bonne seconde avant le premier coup. Quand elle s'arrête, il y a malaise dans toute la maison. Au petit déjeuner, chacun s'attable en grognant : « Je ne sais pas ce que ça veut dire, je me suis réveillé brusquement au milieu de la nuit, et j'ai eu une de ces peines pour me rendormir... » On regarde le cadran, les aiguilles sont arrêtées à deux heures vingt, on avait oublié de remonter les poids.

Il y a de lourds silences dans les familles paysannes, des silences qui se transmettent de père en fils, où l'on n'entend plus que le tic-tac de la pendule d'héritage.

C'était le 18 février. Chez nous, le temps des premières neiges qui sont lourdes et collantes. Je vois le nouveau père assis, l'avant-bras sur la table de cuisine. Il tourne entre le pouce et l'index le petit verre à pied de son eau-de-vie. L'autre main posée sur son genou. Il est courbé, penché vers l'avant, il fixe les braises sous le trépied. Dans le faitout de fonte mitonne un ragoût de patates, la cousine vient le touiller de temps en temps avec une cuillère de bois. Il y a toujours une cousine, veuve ou vieille fille, qu'on héberge et qui rend service. C'est bien, surtout un jour pareil.

Le 18 février 1890. J'oubliais... il y a quelque part un grand feu sous une lessiveuse. Dès qu'il s'agit de médecine, on fait bouillir beaucoup d'eau. A travers ces glouglous, ces tic-tac, tous tendaient l'oreille vers la chambre. La parturiente criait-elle ? Ce n'était pas son genre. Sans doute ont-ils entendu les premiers cris du nouveau-né. Tous ceux qui étaient là, tous étaient des manuels, comprenez-vous, rien que des manuels depuis des siècles, travailleurs de la terre. La charrue comporte deux mancherons.

Dans la vaste cuisine, pièce principale de la maison, salle-à-vive, ils attendaient l'enfant. Ils se préparaient à fêter ça, surtout qu'on venait de tuer le cochon, il y avait le plein de saucissons, de lard et de pâté. Ils étaient peut-être un peu angoissés mais à peine, ils attendaient l'enfant, il fallait que ce soit un fils, c'est tout.

Le 18 février... mais je n'ai pas l'heure. Je pense que c'est bien avant l'aube. Les paysannes accouchaient presque toujours de nuit, comme si, de jour, il y avait trop à faire. Les hommes qui sont là se demandent si l'enfant arrivera avant l'heure d'aller s'occuper des bêtes.

Le futur père, je l'imagine assez bien d'après ce que je sais de lui, d'après une photo sur carton jauni, surtout d'après un curieux portrait à l'huile qui trône sur ma cheminée. Il y avait alors des rapins routards qui battaient les campagnes, leur chevalet sur l'échine. Ils tiraient le portrait des paysans, pour le prix du manger, du coucher, plus quelques piécettes. C'est de l'art figuratif, très sage, un pensum bien léché. Les peintres ambulants travaillaient généralement d'après une photo, les paysans n'avaient ni le temps ni le goût de poser pendant des heures.

Un visage carré, des yeux qui vous fixent durement, des yeux clairs, d'un bleu qui tire sur le gris, une forte moustache circonflexe. La peau tannée, couleur brique. Chemise blanche à col cassé. Cravate papillon aux branches raides, longues et minces. Costume, gilet, chapeau rond, le tout d'un bleu très sombre. La peinture se limite au buste. La photo qu'elle a copiée de toute évidence représente l'homme en entier, assis sur une chaise dans une attitude impressionnante, raidi, les deux mains posées à mi-cuisse, deux poings énormes, démesurés. Il est le centre d'un groupe de cinq personnes. Assise à sa gauche, une femme âgée, chapeautée, gantée de noir. Assise à sa droite, une jeune femme mince et belle, au visage lisse, aux cheveux tirés, partagés par une raie médiane. L'air résigné.

Debout, derrière les trois personnages assis, un homme assez jeune, très droit, et une toute jeune fille. Ces deux-là sont à peine discernables. La photo est plus pâle à cet endroit comme si le temps s'était acharné sur ce qui était déjà des gens de deuxième plan. L'homme au chapeau rond, le seul coiffé, est vraiment le centre de ce portrait de famille.

Il s'appelait Élie, fils de Théodore. Ils étaient trois frères, Paulin, Prosper, Élie, les trois fils de Théodore, dire que je ne sais même pas quel était l'aîné ni s'ils étaient là ce 18 février 1890. Je sais que Paulin est mort jeune, je sais que Prosper est parti pour toujours, que sa trace s'est perdue en Algérie quelque part du côté de Philippeville. Était-ce avant ou après la naissance du fils d'Élie ? Les trois frères étaient peut-être encore là, dans la grande cuisine en cette fin de nuit où tombait mollement une neige épaisse, et leur père à tous trois, le vieux Théodore, peut-être vivait-il encore dans le grand fauteuil de châtaignier taillé au couteau, le siège que j'ai conservé, qui était alors réservé à l'aïeul, au chaud, dans le coin droit de la haute cheminée. Les deux générations étaient peut-être encore au complet dans l'attente du premier de la descendance, il y en a des « peut-être » dans cette histoire, dans ce passé troué aux mites, des « peut-être » sonores et réguliers comme des tic-tac.

Mais s'ils étaient vraiment là, tous les quatre, là, présents, vivants, le père et les trois frères, à attendre le premier enfant d'Élie, ça devait faire un sacré tableau devant la cheminée, autour de la carafe de gnôle, dans le vieux mas au bord de la rivière. Les couleurs de Le Nain, et les postures pesantes de la fatigue. Rien n'avait tellement changé dans ces campagnes en deux siècles et demi. Les senteurs de propre étaient celles du savon noir, du lait caillé, de la bonne graisse et de la gnôle fruitée.

Je laisse le futur grand-père au fond de sa cheminée, il est d'ailleurs dans l'obscurité, une flamme par à-coups le fait surgir en rouge, et je pourrais bien sûr décrire pour le plaisir n'importe quel papé du village que j'ai connu dans mon enfance. A ces âges-là, ils ne changent plus. Paulin et Prosper sont sans doute assis autour de la carafe, c'est-à-dire autour de la lampe, mais je ne les vois pas du tout. Je n'entrevois qu'Élie, le futur père, petit homme raidi, aux muscles durs. Ce n'est pas un benêt de campagne, il a fait l'Afrique. A vingt ans, comme tous ceux de sa classe, il est monté au chef-lieu de canton pour le tirage au sort. Il a tiré un mauvais numéro. Sa famille étant trop pauvre pour lui payer un remplaçant, il a dû se taper sept ans de service, en Tunisie. Infirmier militaire, j'ai sous les yeux son petit livre d'instructions pour les premiers soins à donner aux blessés. Que se passait-il en Tunisie dans les années quatre-vingt du siècle dernier ? Mon Petit Larousse dit seulement : « La banqueroute et l'influence italienne grandissante provoquent l'intervention de la France. » Rien, pas un détail, pas un mot ne s'est transmis dans la famille des sept années tunisiennes d'Élie. Il se murmurait seulement qu'il avait rapporté de là-bas la sale maladie qui l'avait finalement emporté avant l'âge. L'homme jeune qui attend son premier enfant est donc, malgré sa rude apparence, secrètement miné, déjà condamné.

Au printemps précédent, comme il était de coutume, la grande cuisine avait été chaulée. Le blanc à peine bleuté des murs semble refléter la neige du dehors. Tout ce qui est bois est brun, la table, les chaises de paille et les portes. De tous les bruns. Tout m'est prétexte à m'attarder avec Élie, je m'accroche aux détails, je recherche ceux dont je suis sûr, comme si je ne voulais pas que cet enfant naisse, moi qui sais déjà. A la mi-février, le jour se lève vers sept heures du matin, bon, le fils d'Élie viendra au monde avec lui.

Élie Chabrol a épousé Léonie Désailhen, l'une des filles de ce Mas-Soubeyran qui se trouve de l'autre côté de la montagne. Elle descendait par les sentiers pour venir travailler à la filature de vers à soie. Si mince qu'elle paraissait immense, un fin visage, des cheveux magnifiques d'un blond très clair qu'elle tressait et ramassait en chignon sur sa nuque. Une jeune personne résolue, dure au travail. Les pauvres archives familiales conservent son contrat de mariage. Il atteste que Mademoiselle Désailhen Léonie a apporté dans la communauté cinq aunes de drap, une chaînette en or, trois louis et deux napoléons « de son gagné » (gagné, je suppose, en travaillant aux cocons dans une filature comme le faisaient à l'époque, avant leur mariage, la plupart des jeunes filles pauvres pour se payer leur trousseau). Il est tentant mais risqué de se faire d'après la grand-mère qu'on a connue l'image de la jeune fille qu'elle a été. Une fois de plus, je dois pécher par lyrisme.

Je vois des va-et-vient, je sens le grand coup d'air froid du dehors quand l'un d'eux remonte de l'étable ou descend du pailler. Les hommes boivent et fument comme s'ils ne savaient trop quoi faire de leurs grosses pognes laborieuses, les femmes tricotent à quatre aiguilles des bas de laine noire. Quand une voisine fait visite, elles lui servent un « grun », un gros grain de raisin blanc conservé dans l'alcool. Des chiens aboient, le coq chante. Mais le cliquetis, le grignotement des pensées sous les crânes sont presque perceptibles. Toutes proportions gardées, la venue au monde du premier-né dans un mas cévenol posait alors les mêmes problèmes que celle du dauphin au palais.

Le royaume d'Élie n'était qu'un bien familial d'une vingtaine d'hectares dont à peine un quart cultivable. Au flanc de la vallée, des terrasses ménagées sur la pente, de plus en plus étroites en prenant de l'altitude. Cela commençait par de petites prairies au bord de la rivière, puis venaient le potager, les vignes, puis les châtaigniers, puis les pins, et le roc. Il fallait nourrir toute la famille là-dessus, moins il y avait de bouches mieux on en vivait, mais plus il y avait de bras et mieux on s'en tirait. Un fils à élever, c'était, après une douzaine d'années, un travailleur supplémentaire, une fille, hélas, c'était une dot à économiser. Deux enfants, c'était pour l'avenir le bien à morceler, les déchirements d'un héritage.

Pour rester le maître de son humble royaume, Élie devait dédommager ses deux frères, donner en espèces ou en nature à Paulin et à Prosper leur tiers d'héritage. Un fils robuste l'aiderait à payer ces dus énormes, il renforcerait aussi sa position dominante sur le bien familial. En ce matin neigeux du 18 février 1890, les trois fils de Théodore devaient se retenir d'aller voir dans la chambre voisine où en était l'affaire...

Mais les mâles n'assistaient pas aux mises bas humaines, ça c'est sûr. La femme en couches n'allait pas s'isoler dans un trou de la montagne selon la coutume indienne mais c'était tout juste, il y avait pour ces gens-là quelque chose d'un peu dégoûtant, d'un peu vergogneux, et pas mal de mystère dans un accouchement. Même légitime. Ces gens étaient impitoyables pour le bâtard et la fille mère. L'acte d'amour était bref, caché, il était, dans la nuit, ou sacré ou criminel. Sous les combles du fort Vauban, la prison d'Alès, les vieux registres d'écrou couverts de crottes de pigeon prouvent que la majorité des jeunes condamnées avaient été jugées pour infanticide.

Léonie était une jeune femme officiellement mariée. Elle n'accouchait pas seule.

Les premiers cris du nouveau-né n'ont provoqué qu'un profond silence. Quelle commère a ouvert la porte entre la chambre et la cuisine pour dire aux hommes de venir, pour dire au nouveau père : « C'est un fils » ?

Sanglant, grimaçant, ce qui sort du sexe d'une femme en douleurs n'est pas un sujet admirable sur l'instant. C'est décevant au premier abord, et surtout à l'époque, dans ces vies pleines d'agneaux et de cabris immédiatement beaux et si vite plantés sur leurs quatre pattes. Mais un nouveau-né manchot, agitant son petit bras droit inachevé. Le père a-t-il interrogé la sage-femme pour savoir si la main manquante n'était pas restée dans les entrailles de son épouse ? Peu probable, ces gens parlaient peu de leurs émotions dans l'ordinaire. Les drames subits les pétrifiaient. L'accouchée, j'en suis sûr, a soupiré : « Ah ! voleur ! Mais qu'est-ce que j'ai fait au bon Dieu ? » Tous les regards se sont tournés vers le père, vers Élie qui rentrait après sept années d'Afrique. Le fait est qu'il n'aura pas de second enfant. Il avait été décidé que le fils s'appellerait Silvin (avec un *i* simple), prénom que Silvin n'aimait pas. Un jour, il m'a confié : « Personne d'autre ne s'appelait Silvin par ici, mes parents avaient trouvé ce prénom dans un feuilleton. » Tiens...

ces gens-là lisaient donc. Mais, je le répète, il ne m'a jamais donné aucune explication sur son infirmité, et je ne lui en ai jamais demandé. Tout ce qui précède n'est donc qu'une hypothèse. Aucune preuve tangible ne vient l'étayer. Un accident, une maladresse sont aussi vraisemblables. Je connais un paysan qui a écrasé d'un coup de masse les doigts de son gamin qui lui tenait droit un piquet de clôture. Ce genre d'histoire non plus n'entre pas dans la tradition orale des familles.

J'ai souvent aidé mon père à fendre le bois, à *asclar lou bos* [1] comme il aimait à dire en patois. Je lui tenais le billot entre mes deux petites mains. Il soulevait la hache, l'abattait avec un « han ! ». Le vent de l'acier me soulevait les cheveux. Je n'ai jamais eu peur pour mes poignets, je ne pensais même pas au sien. Et pourtant, un faux mouvement... Il était sûr de lui, et de moi. Je lui faisais confiance, sans même me poser la question.

D'après les archives du fort Vauban, la maréchaussée retrouvait couramment des restes de nouveau-nés incomplets ou non dans les porcheries ou les fosses à purin, mais Silvin n'était pas un enfant naturel, né dans la clandestinité, il était, lui, légitime et attendu, et puis ses parents atterrés l'aimaient déjà, d'autant plus, va savoir...

Non, ce n'est pas si simple, ça ne va pas si vite, c'est pas tellement séduisant un petit paquet de chairs remuantes et piaillantes, encore très rouges en dépit d'un premier rinçage, encore sanguinolentes, et n'agitant qu'une petite main, une

---

1. Après réflexion, je me suis résolu à écrire les expressions occitanes phonétiquement. D'une part, je connais mal les finesses de l'orthographe « officielle », d'autre part, je pense à mes lecteurs non occitans et surtout, parmi eux, à ceux nombreux qui, comme moi, « lisent à l'oreille ». Je leur offre, grâce à ce procédé rudimentaire et condamné par les puristes, une chance d'entendre les mots de notre belle langue en perdition presque comme ils ont été prononcés dans ma vallée, par les miens. « *Asclar lou bos* ! » fortement articulé, rend presque le bruit de la hache qui s'abat.

menotte, une seule, il fallait s'en convaincre : « Mais regarde donc, toi aussi ! »

Ce matin-là, c'est sûr, a dû se prendre entre quat'z'yeux, dans la moiteur de cette chambre de souffrance, une de ces décisions irréfragables qui engagent une vie, des vies, plus encore : une descendance. Un jeune couple de paysans, le mari, la femme devenus dans ce petit jour d'hiver père et mère, les parents, de quoi ? De ça... Avant cette aube de lait glacial, ils étaient encore des amoureux gonflés d'espoir, elle tendre, émotive, solide et infatigable mais dans les travaux seulement, lui fier et sûr de lui, maître du bien et de ses gens. Quelle figure allaient-ils donc faire désormais ? Les parents, les amis, les voisins venaient de se retirer sur la pointe des pieds, en bredouillant de vagues excuses, les laissant seuls, face à face dans le grand mas, seuls avec les bêtes dans les écuries du rez-de-chaussée.

La nouvelle mère affaiblie, le nouveau père consterné n'osent pas se regarder, ils ont fait ça ensemble, mais la faute est à l'un d'eux, à qui ? On pense d'abord à la femme, la coupable, toujours, c'est dans la Bible ! Sans parler de toutes les superstitions monstrueuses de la tradition orale qui reviennent se bousculer dans votre mémoire. Elle passe en revue ses parents, ses aïeux, lui les siens : il n'y a jamais rien eu de pareil ni dans sa famille ni dans la sienne. Alors reste la Tunisie. Sept ans de service armé, sept années sans épouse pour un robuste jeune homme plein de sang... Sept fois douze mois de « bordel militaire de campagne », plus ou moins bien contrôlé sanitairement, et toutes les femmes de rencontre, houris, mousmés, mouquères, fatmas, grouillant de parasites et de maladies africaines, de quoi corrompre une virilité pour les siècles des siècles. Ils ne se regardent toujours pas, se parlent à peine, et la faute, la très grande faute, passe et repasse de l'un à l'autre tandis que dans leur dos gigote et geint ce regrettable nouveau-né. Leurs dents vont grincer pour l'éternité mais qui, des deux, a mangé les raisins verts ?

La question de la culpabilité n'est pas et ne sera jamais *tranchée* (le mot le plus anodin peut devenir atroce).

De toute façon, il n'y en aurait plus d'autres, plus d'autres enfants. Un fils pourtant, c'était le rêve, la race qui continuait, le bien maintenu sans partage... Là, c'était la fin d'une race de la terre. Il leur était venu un fils mais pas un paysan.

Ne plus avoir d'enfants, c'était une décision de chaque nuit.

C'était leur décision, à elle et à lui. Il ne fallait plus courir aucun risque. A la fin du siècle dernier, il n'y avait pas cinquante solutions. Le seul moyen honnête et sûr était de ne plus s'accoupler.

Cette jeune femme vigoureuse et droite a pris cette décision à vingt-cinq ans, et s'y est tenue jusqu'à sa mort, pour elle et pour les autres. Quand la bru est arrivée, elle a eu peur d'une nouvelle naissance désastreuse, et s'est mise à haïr la femme de son fils, et quand cette belle-fille a mis au monde un bébé complet, elle s'est mise à haïr encore plus cette intruse qui lui faisait ainsi la leçon...

Elle était née pour être une amoureuse brûlante et douce, le temps d'une pâle matinée, elle est devenue une duègne de granit.

Comment cette jeune mère désormais figée, ce jeune père insatisfait, désormais vulnérable, sont-ils parvenus, avec la complicité de leur parentèle et du voisinage, à faire une enfance heureuse à leur petit sans avenir ?

Ce chemin empierré, bordé de mûriers, qui va du mas au village, où passaient des charrettes aux roues de bois cerclées de fer. Ce chemin très important pour mon souvenir, je l'ai connu tel, avant qu'il soit goudronné, j'en ai connu les ornières, les flaques et le crissement des bandages ferrés sur les cailloux. Je courais à la fenêtre au coin de laquelle il y avait l'étroit pupitre de bois qui contenait un porte-plume, un encrier et le grand registre à couverture entoilée de noir où se notaient les dettes, les recettes et les comptes. Quand je soulevais le rabat de bois nervuré, montait une senteur de renfermé, relents de cire qui vieillit et d'encre qui s'empâte.

Oui, je me sens à l'aise pour décrire l'enfance de mon père que trente ans seulement séparaient de la mienne, trente années où l'aviation n'était encore qu'un sport de bricoleurs, l'automobile un transport exceptionnel, où l'on ignorait tout de la radio, de la télé, du plastique et de l'atome, où l'électricité restait citadine, où le pétrole n'empuantissait ni l'atmosphère ni les relations internationales. Quand j'étais enfant, dans ce kilomètre de vallée et entre ces murs qui sont toujours les miens, les bruits, les odeurs, les coutumes, les mots, les gestes, les rites, les travaux imposés par le rythme des saisons, les familles elles-mêmes, et ce, à très peu près, me touchaient, me marquaient, comme ils avaient marqué mon père quand il était petit. J'ai connu l'immense cuve de bois où l'on pressait le raisin. Elle se dressait dans la cave, sous la cuisine. A la vendange, la charrette chargée des cornues de raisin s'arrêtait sur le chemin sous la fenêtre. On passait par là les grappes que l'on jetait à travers une trappe ouverte dans le sol de la cuisine juste au-dessus de la cuve. Pauvres détails, mais indiscutables.

Mon père cultivait secrètement des souvenirs précis de sa petite enfance. Deux ans seulement avant sa mort, il s'était mis à m'en parler, mais si timidement que je lui ai demandé de les mettre par écrit. Il l'a fait, sur six cahiers d'écolier, de son écriture parfaite, ronde et précise, l'écriture d'un primaire qui n'avait qu'une seule main, la gauche, un fils de paysan pour lequel être capable d'écrire un français académique représentait visiblement un privilège, une noblesse bien gagnée, une sorte de miracle dont il n'était jamais blasé.

Ils avaient quand même tous un petit grain de folie dans cette famille. Je ne sais pas pourquoi je m'obstine à voir le père du petit manchot comme « le sage », « le pensif », « le soucieux » Élie...

Pour une raison que j'ignore, il avait dû se rendre à Marseille. Et voici que sa jeune femme reçoit un télégramme de lui. Léonie devait lui envoyer d'urgence par mandat une somme énorme pour l'époque (dans les mille francs), quitte à vendre, quitte à emprunter s'il le fallait. Pas un mot d'explication. Elle a obéi, sans hésitation, puis elle a patienté jusqu'à son retour de Marseille. Au jour dit, elle attendait son mari sur le quai de la gare. Quand il est descendu du train, Élie a conduit Léonie en queue de rame et là, sur un wagon plate-forme, était arrimé un cabriolet anglais flambant neuf. Le jeune paysan cévenol avait eu le coup de foudre pour ce tilbury ! Des roues immenses, arachnéennes et, perchée sur des ressorts à lame d'une taille et d'une souplesse démesurées, une moelleuse banquette biplace en cuir roux piqué genre Chesterfield. Un point, c'est tout. Véhicule de luxe qui n'avait aucune justification dans une pauvre exploitation agricole de montagne. Même « le Monsieur », le filateur, le riche du pays, n'avait pas le pareil pour conduire sa femme au temple. Impossible de transporter là-dedans autre chose que deux passagers endimanchés. Pis, c'était encombrant, ça occupait à lui seul toute la remise, et ça craignait la pluie, et les ornières. Fragilité, inutilité, tout pour l'élégance... Bref, un hochet de gentilhomme. Le jeune maître du Gravas avait peut-être ramené ces goûts raffinés de son septennat au pays des fastes beylicaux. Le tilbury a depuis longtemps disparu, il n'en reste que les deux lanternes de cuivre rouge. Elles sont très belles. On dirait les phares des toutes premières Rolls-Royce. Quand je les caresse, je me demande ce qui a pris à ce jeune paysan. Cette folie, l'a-t-il commise juste après son mariage ? Non, je me plais à croire que c'était après la naissance de Silvin. Le tilbury flambant neuf, c'était pour promener dans la commune son petit manchot.

Lance-pierres, corde à sauter, etc., à l'âge sans pitié où la prouesse physique fait prime, comment surnageait-il dans la marmaille villageoise ? Invraisemblablement, rien, ni dans ses écrits ni dans ses confidences, rien ne laisse entendre qu'il ait jamais eu à souffrir de son infirmité. Il n'en est jamais question.

Mon père aimait à me parler de son enfance, il la racontait à l'enfant que j'étais, il savait parler aux enfants mais, là, il n'était plus l'instituteur, même plus le père... c'était presque d'enfant à enfant. Comme pour me donner raison, sous-entendu « moi aussi je suis passé par là »... Un ton puéril, je l'entends encore, il était, comme je le suis, malade de l'enfance, inguérissable.

Le village de ses jeunes années, il l'avait si bien gardé en mémoire qu'il semblait l'arpenter réellement quand il en parlait, aussi présent, aussi concret que les lieux où il était physiquement au moment où il l'évoquait, Alès ou même le village en son état actuel, étaient le rêve, l'imagination. Son souvenir vous donnait à toucher, à respirer l'étroite rue si peuplée, si vivante du Pont-de-Rastel de son enfance.

Quand il se laissait aller ainsi sur le vieux chemin qui va du mas au village, ce n'était plus un homme fait qui devisait en promenade à côté de moi, je n'avais qu'à fermer les yeux ou regarder droit devant, c'était un petit garçon, un galopin manchot. Une auto qui passait devenait un anachronisme. Il n'y avait plus de colporteurs.

« J'avais cinq ou six ans. J'allais à l'école tout seul. C'était le matin, il faisait un froid de canard. Bien emmitouflé, *les mains* dans les poches... (oui, il disait *les mains*) je trottinais sur la glace au tournant du Poljille[1]. Tout à coup, mes deux pieds sont partis à la fois et je me suis retrouvé à plat ventre, le nez saignant sur la glace, mes sabots d'un côté et de l'autre le chocolat et le pain de ma récréation.

« Je me suis ramassé comme j'ai pu, j'ai repris le chemin de la maison en me disant : " Ce coup-ci tu vas couper à la demi-journée de classe. " Ma mère m'a débarbouillé, m'a fait boire quelque chose de chaud, m'a embrassé et m'a dit : " Maintenant, file à l'école, tu expliqueras au maître la cause de ton retard. "

« Ma demi-journée de congé était fichue. »

Toute sa vie, il a été tenté par l'école buissonnière. A

1. Le Poljille était une petite châtaigneraie située derière le rocher, à mi-chemin entre le Gravas et Pont-de-Rastel. Le nom venait sans doute d'un certain M. Polge, l'un des premiers propriétaires du lopin...

l'approche de sa retraite d'instituteur, il m'a dit : « Voilà cinquante ans que je vais en classe par force. »

L'école primaire de Pont-de-Rastel est toujours debout, derrière le village, elle tourne le dos au cimetière. Une maisonnette prolongée d'un préau pour abriter les récréations, et une cour ceinturée d'un mur. Au rez-de-chaussée, la salle de classe. Au-dessus, le logis de l'instituteur. De nos jours, la commune loue le premier à des vacanciers. La classe est devenue le Foyer du troisième âge. L'hiver, autour du poêle, des vieux jouent parfois à la belote. Ils sont souvent, hélas ! à la recherche d'un quatrième.

Le petit Silvin a donc gardé jusqu'à son heure dernière le souvenir de son premier maître. Il l'a pourtant très peu connu :

« Mon premier instituteur fut un certain M. Chage, célibataire intelligent mais souvent " dans les vignes du Seigneur ". Je n'avais pas cinq ans. Mon séjour chez lui fut d'une demi-journée, je ne me souviens plus pourquoi. Sans doute fut-il changé de poste peu après. Il partageait avec le conseiller municipal du hameau [1] les faveurs de la même bonne femme, à la grande jalousie de l'édile local. Celui-ci décida de le faire verbaliser pour ivresse. Les gendarmes prévenus arrivèrent un jour au bistrot où buvait le maître. Peut-être un peu trop tôt car notre homme était de sang-froid. Les témoignages des présents permirent de casser le " verbal " et notre conseiller devint pour longtemps la risée du village.

« Mon second maître fut M. Durand, autre célibataire. Incapable au point de vue enseignement, il faisait sa soupe sur son bureau et raccommodait son linge pendant la classe. Je le revois toujours cheminant dans la rue, vêtu d'une vieille redingote et coiffé d'un gibus qui devenait pour les polissons que nous étions une cible merveilleuse, nous le bombardions de

1. Pont-de-Rastel n'est pas une commune. C'est un hameau, un « écart » de la municipalité de Génolhac où il est représenté par un conseiller, encore aujourd'hui.

tomates et de *pessègres*[1] à moitié gâtés. Il *faisait* tous les mauvais postes du département, les parents et les municipalités s'efforçant de le garder chez eux le moins possible. C'était presque un ambulant. Il était d'ailleurs toujours prêt à déménager, son mobilier consistant en caisses de chocolat Menier qui servaient de table, de chaises, de malles, etc. »

Le petit Silvin n'avait que cinq ans, et il savait tout ça, il avait de bonnes oreilles. Deux. Jusqu'à son mariage, les histoires de bistrot ont tenu la meilleure place dans ses souvenirs personnels. Et pourtant il buvait peu, le verre n'était que le prétexte à rester dans un lieu qu'il aimait et à y fréquenter des phénomènes qu'il appréciait.

Silvin était un enfant de rivière. La rivière commandait tout dans la vallée. Sur trois kilomètres, elle faisait tourner quatre moulins, deux filatures et un atelier de mécanique. Le mas familial se dressait sur sa berge, le chemin vicinal la longeait. A deux cents mètres, le hameau n'était qu'une étroite ruelle qui en épousait le cours. Elle était poissonneuse, rapide et cabocharde. Elle se nomme le Luech, nom étrange dont l'étymologie me reste mystérieuse.

Le village était peuplé de paysans dont certains étaient en même temps artisans. On y fabriquait des couteaux, des serpes, des haches... L'eau du Luech, descendue des pentes du mont Lozère, était remarquable pour la trempe de l'acier. L'enfant Silvin a vu le dernier de ces paysans-couteliers, le Volpelière, qui forgeait encore quelques serpettes. Dans la propriété d'Élie, il y avait des buis sur lesquels le Volpelière venait prélever du bois pour confectionner les manches.

Presque tous les rez-de-chaussée étaient occupés par des artisans ou des commerçants. Les façades de cette rue étroite n'avaient guère changé depuis le Moyen Age. Dès les premiers beaux jours, toutes fenêtres ouvertes, la ruelle bouillonnait, on

1. Fruit vert à la chair très blanche et juteuse, savoureusement aigrelette, qui poussait dans les vignes sur les pêchers non greffés.

s'interpellait d'un bord à l'autre et pas un passant n'y échappait. Une inextinguible curiosité cruelle et gaie. Au bout du village : le temple. Le jour de Pâques, il était bondé, les fidèles refluaient jusque dans la rue. Devant le temple, l'Arbre de la Liberté avait été planté pour l'avènement de la IIIe République. Un peuplier qui avait aussitôt prospéré, d'une hauteur peu commune, jusqu'à la nuit où un royaliste s'était acharné dessus avec son couteau. Il avait fallu par prudence abattre le bel Arbre de la Liberté ! Silvin avait assisté à cet équarrissage public. Il me l'a raconté l'été 1940, j'avais quinze ans, alors que le maréchal Pétain dépeçait publiquement la IIIe République. Papa tentait de se consoler en évoquant l'animation du village de son enfance.

A l'entrée du village, la fabrique de soie employait deux douzaines de fileuses dont les rires et les refrains égayaient les environs. L'école rassemblait une trentaine d'élèves. Quatre bistrots, deux menuisiers, deux forgerons, trois épiciers, un boulanger, un buraliste, un cordonnier, un boucher, un coiffeur. Deux moulins écrasaient le seigle, le froment et les châtaignes sèches. Les dimanches et les jours fériés, les gens venaient des écarts pour jouer, l'été aux boules et aux quilles, l'hiver à la manille et au jacquet. Les jeunes fileuses attiraient les garçons des mas, ça finissait souvent par des mariages. Silvin était le fruit de l'un d'eux.

L'enfant allait le long de la rivière sur le bout du vieux chemin empierré qui le conduisait de son mas au village, seul, très tôt, l'école alors acceptait les enfants à cinq ans. La rivière grondait. Il allait « les mains dans les poches ». Il aimait le chemin, il aimait la rivière, il n'aimait pas l'école. Cependant, il apprenait très bien, très vite, mais pour s'en débarrasser. Il n'avait pas encore rencontré les poètes.

A l'automne, au moment de la rentrée scolaire, la rivière n'était jamais tranquille. Il y avait des orages fantastiques. L'étroite vallée résonnait comme un tambour. Quand une trombe d'eau s'abattait sur la rocaille des sommets, des flots boueux dévastaient rageusement les pays d'en bas. L'unique rue du village était envahie. Le bouillonnement rougeâtre pénétrait dans les caves et les écuries. Il fallait parfois se lever au milieu de la nuit pour hisser au premier étage le bétail et les provisions. Les cuisines et même les chambres étaient encombrées de chèvres, de moutons, de bourricots et de barriques. Les enfants adoraient ça, mais ça ne durait que quelques heures.

Il y avait en moyenne sept crues par an, dont, périodiquement, une catastrophique. Celle de 1890 (Silvin venait de naître) avait été la pire, elle avait emporté le pont de la route nationale. Cette année-là, le Luech avait monté treize des quatorze marches de l'escalier qui accède au premier étage. Une dernière marche séparait la terrasse et le logis des profondeurs boueuses. Le père avait dû plonger là-dedans pour sauver ses moutons un à un.

Et il continuait de pleuvoir, à seaux.

Son bébé dans les bras, Léonie a soupiré :

— Il faudrait peut-être partir...

— Non, a tranché son mari. De mémoire d'homme, la rivière n'est jamais entrée chez nous.

Il ruisselait, Élie, un agneau dans les bras.

Toute son enfance, Silvin a entendu raconter et re-raconter cette scène aux veillées.

Deux heures après, la décrue commençait. Le lendemain à midi, la cour était libérée, seule restait la boue.

Bon an mal an, chacune des sept crues était un spectacle terrifiant, et magnifique. Des murettes s'éboulaient. Les torrents d'eau pâteuse roulaient aussi les grosses pierres rondes arrachées à la montagne dans un bruit de castagnettes géantes, ils charriaient des arbres entiers, des grosses courges et même des meubles. En se retirant, la rivière laissait sur les chemins des barrages de branchages et de boue. Elle abandonnait des trous d'eau où l'on pouvait pêcher à la main, elle oubliait mille merveilles entre les racines des berges. La marmaille se ruait à la cueillette avec la fureur joyeuse des naufrageurs.

Alors, chaque matin, sur le chemin de l'école, Silvin épiait sa rivière, puis son regard allait vers le sommet du Lozère pour jauger les nuages qui s'y accrochaient.

« Au siècle dernier, les écoles de campagne recevaient les jeunes paysans qui, une fois les châtaignes rentrées, n'avaient plus grand-chose à faire à la ferme. Aussi, pendant les trois longs mois de l'hiver, ces gaillards allaient en classe compléter leur instruction. Les maîtres recevaient volontiers ces garçons de dix-sept et dix-huit ans qui étaient en général sérieux et appliqués. »

L'instruction publique, gratuite et obligatoire gardait tout son prestige. Ce n'était pas encore un dû dont on était blasé, mais un acquis récent, durement conquis. A l'arraché. Une sorte de victoire populaire dont la fierté restait toute neuve. Au village, l'instituteur était un monsieur.

Les vieux vous expliquaient volontiers comment elle était née, l'école non payante. Au départ, il n'y avait rien. Ce qui s'appelle rien ! Débrouillez-vous avec ça. Un retraité des Postes impériales s'était proposé pour enseigner l'alphabet. Une famille avait prêté une salle inoccupée. Quatre murs et rien d'autre, ni bureau, ni pupitres, ni sièges, ni livres, ni cahiers, pas même un crayon.

Chaque écolier apportait un petit sac de sable fin. Il s'asseyait par terre, en tailleur, étalait le sable devant lui, traçait les lettres avec le bout de son doigt, puis les effaçait en lissant le sable du plat de la main. Ils apprenaient à lire, et à écrire, ainsi. Et très bien.

Au temps du petit Silvin, l'école existait déjà, avec tout ce qu'il fallait, pupitres, bureau sur estrade, tableau noir, carte de France des départements et, au centre, le grand poêle rond qui ronflait douillettement tout l'hiver. Avec, dessus, la soupe du maître. Parfois, un vieux regardait ça par la fenêtre, il avait pratiqué, lui, l'index dans le sable fin, il trouvait que les gosses d'aujourd'hui n'auraient aucune excuse s'ils ne devenaient pas des savants. Le vieux retournait au bistrot, amer et menaçant, il buvait au monde meilleur qu'il ne connaîtrait pas, il cherchait querelle à l'Éternel et, faute de mieux, tombait sur son voisin. Il en est qui le soir battaient leurs femmes.

Une enfance heureuse. Sans la moindre touche d'amertume. En a-t-il gommé, volontairement ou non, les mauvais moments, les vexations ? Était-il protégé par la solide renommée des siens et par leur vigilance ? Bref, pendant son enfance, mon père s'est régalé. C'est ce qui ressort des bribes qu'il m'en a racontées au fil d'un demi-siècle :

« En 1895, j'avais cinq ans. Papa, la journée finie, lisait le journal pendant que maman achevait de préparer le repas du soir.

— Tiens, dit mon père, l'Espagne et l'Amérique se sont déclaré la guerre à propos de Cuba.

A ce moment-là, une forte détonation retentit dans le voisinage, une détonation beaucoup plus forte qu'un coup de fusil.

— C'est déjà le canon de la guerre, dis, papa ?

— Non, mon petit, ce n'est pas le canon de la guerre, comme tu dis. Ce doit être quelque braconnier qui lance une cartouche de dynamite dans la rivière, tout près. Ne te fais pas de bile, tu pourras dormir tranquille.

Le souper fini, j'embrassai mes parents, je gagnai mon lit. Cinq minutes après, je dormais à poings fermés.

Il m'a raconté que ses parents le réveillaient parfois pour les aider à peser les moutons. Au milieu de la nuit, pourquoi ? C'était clandestin, il s'en souvenait comme d'une sorte de fête.

Paysans ou artisans, chaque famille de la vallée nourrissait alors quelques moutons, cinq ou six, pas plus. Ces bêtes étaient renommées. Les bouchers des environs se les disputaient. Il y avait une belle émulation entre les familles, à qui aurait les moutons les plus gras. Les agneaux étaient achetés au début de l'automne, à la foire de Villefort, et méticuleusement nourris pour être vendus à la fin de l'année. Une chair succulente pour les fêtes. Les châtaignes en particulier la dotaient d'une rare saveur. Le soir, avant d'aller au lit, le père se rendait à la bergerie. Il surveillait ses animaux un à un. Il éloignait de la mangeoire le plus goulu, y poussait le plus timide et lui tendait la cuve d'eau enfarinée pour le faire boire. Il passait ainsi une partie de ses veillées. L'enfant se régalait de l'accompagner. De temps en temps, les familles pesaient leurs bêtes, en secret. Le père, la mère et le fils se rendaient à l'écurie où ils accrochaient la lanterne. Chaque bête était suspendue par la sous-ventrière de l'âne au crochet d'une énorme romaine. Le père et la mère soulevaient l'ensemble sur leurs épaules avec un bâton passé dans l'anneau de la balance. L'enfant glissait le contrepoids sur les crans du fléau. Puis le trio rentrait se coucher en commentant les kilos gagnés.

Mon père adorait le mouton. Nous mangions assez rarement de la viande, mais les jours de gigot, le dimanche en général, il retroussait les narines, allait et venait devant la cuisinière à charbon dont il entrebâillait le four à chaque instant pour surveiller la cuisson. Dans sa bouche, cette chair avait le goût de la fête.

Le Barthélemy, c'était l'un des phénomènes de la petite vallée. « Figure-toi, Pierrot, qu'il était toujours déguisé, pour lui c'était le mardi gras perpétuel. » Et moi, je vois le petit manchot guettant le passage de cet olibrius. Le Barthélemy arborait un chapeau de dame orné d'oiseaux, de fruits et de plumes, parfois c'était un bibi, parfois une toque. Il déambulait le buste pris dans un caraco, un corsage, une chemisette, une jaquette, toujours un vêtement féminin. Il tenait des propos sans suite, mais c'était plus par ruse que par bêtise. Il vivait de charité et de rapines. Il partait à la tombée du jour avec son bâton et son sac faire le tour des jardins. Pas de razzia, il picorait habilement ici et là, si peu que les paysans s'en apercevaient à peine. Il avouait avoir semé quatre haricots et en avoir récolté deux doubles décalitres de secs. A l'automne, il s'embauchait pour faire les vendanges dans la plaine. Il partait à pied pour mettre de côté l'argent du voyage que son employeur lui réglait à l'arrivée.

Il engraissait donc un mouton par an, un seul, et comme la nourriture ne lui coûtait rien, il amenait la bête à un poids extraordinaire, cinquante, cinquante-cinq et même soixante kilos. Son mouton faisait l'admiration des maquignons les jours de foire mais, pour l'acheter, c'était difficile : le Barthélemy en augmentait graduellement le prix.

Mon imagination se plaît à traîner sur ses jeunes années avec l'exigeante curiosité de cet enfant qui musardait entre son mas et le bout du village.

Les souvenirs de mon père et les miens sont entrés les uns dans les autres. Nos enfances (dans ces lieux que j'ai toujours sous les yeux) pénétrant ma vieillesse, la gravité de mes années d'expérience teintant ces temps légers, ces deux gamins, lui et moi, se succédant, se croisant et se confondant, produisent dans mon récit une sorte de confusion, ou, si l'on veut, une sorte d'unité indéfinissable...

Mon père gardait deux domaines secrets. Il n'a jamais fait de confidences sur ses souffrances d'infirme ni sur sa vie sexuelle.

Infirme de naissance ou par accident, aujourd'hui encore j'en suis réduit aux hypothèses. Il suffit d'un nouveau détail pour me bouleverser. Ainsi je n'arrive pas à détacher mes yeux de cette petite main gravée dans l'argile. On fait de ces découvertes quand on répare un toit, en Cévenne. Sous une tuile, parmi cent autres, on discerne, si l'on est attentif, un chiffre ou un signe mystérieux, parfois une brève citation de la Bible en français qui date du temps où la religion réformée était interdite et les huguenots poursuivis. Ces gravures sont toujours sous la tuile, côté combles, le côté ciel devant rester lisse pour que rien ne ralentisse l'écoulement des eaux de pluie. Raison supplémentaire : le verset qui mettait la maison sous la protection de l'Éternel devait échapper aux regards d'un couvreur douteux ou d'un enquêteur subtil.

Le Gravas est couvert de tuiles canal (ou tuiles romaines) qui ont l'aspect d'un demi-tronc de cône, grosso modo car il n'y en a pas deux tout à fait pareilles. Elles étaient fabriquées une à une, à la main. Le tuilier pétrissait un trapèze d'argile qu'il formait sur sa cuisse nue, puis posait délicatement à côté de lui afin qu'il sèche. Sur certaines de ces tuiles, on peut distinguer le moulage en creux des poils de la cuisse. Sur l'une d'elles : un chiffre. On peut supposer qu'un client est venu passer commande, le tuilier sans quitter son siège l'a notée avec une pointe dans l'argile, à la manière d'un scribe de l'Antiquité.

Et il y a cette empreinte d'une main d'enfant, une petite main droite parfaite, aux cinq doigts étalés largement comme lorsqu'on veut se retenir au cours d'une chute. La main droite d'un enfant de quatre ans environ. Elle s'est enfoncée dans le gâteau d'argile encore tendre juste assez pour réussir un moulage parfait. Il est permis d'imaginer que le bambin regardait travailler le tuilier, que, pour une raison ou pour une autre, il a trébuché et s'est alors retenu sur l'une des tuiles mises à sécher là, y gravant pour l'éternité cette éphémère petite main droite qui, dans le meilleur des cas, grandirait, mais, de toute façon, disparaîtrait un jour ou l'autre.

Or le père de mon père était aussi maçon. Il savait mouler les tuiles et il y a, pas loin du mas, un ruisseau sur les berges duquel les gens du pays vont prélever de l'argile.

Cette tuile avait été placée au faîte, elle régnait sur la vieille maison, c'était la plus proche du ciel. Je ne pouvais croire qu'elle eût été placée là par hasard, j'étais, certaines nuits, hanté par l'idée qu'une petite main droite, bien réelle, était cachée quelque part dans les épaisseurs du mas familial. Je cherchais, elle avait forcément laissé ailleurs d'autres traces... D'autres empreintes.

« Moignon », je le répète, est un vocable impudique, scandaleux. La chose est perverse, comme si l'on quittait le gant avec la main dedans, c'est un débraguettage, ça tire l'œil même chez l'adulte bien éduqué, c'est le fruit rare et indécent d'une violence. La surprise passée, on s'en veut, on s'efforce de détourner la tête, mais un méchant ressort dans le cou vous ramène le regard sur ce bout de bras. Alors... un moignon enfantin ! J'aime voir un petit gamin engloutir son café au lait. Il renverse un peu la tête en arrière et soudain le rond du bol lui masque le visage, mais il tient le bol à deux mains. Sa mère, à lui, ne devait pas pouvoir s'y habituer :

— Dépêche-toi, tu vas arriver en retard à l'école !

Et les regards du voisinage ? Après tout, on n'en était pas à une main près dans la vallée. Il traînait par les hameaux et les mas pas mal d'idiots, de contrefaits, de bancroches, de simplets, d'innocents et de ravis. Ça grimaçait, se déhanchait, braillait et boitillait dans les ruelles et sur les sentiers. C'étaient les fruits blets des mariages consanguins. La bicyclette a beaucoup fait, avant la bagnole, pour régénérer la race paysanne. Quelques coups de pédales et le gandin liait une connaissance à la fête votive d'un autre canton. Les amants cyclistes n'étaient même pas cousins. C'est en ces temps que les étrangères ont commencé à noyauter les plus anciennes familles, certaines de ces brus venaient même du département limitrophe, à des kilomètres de là, derrière le col.

C'était aussi le mariage de deux familles, de deux vallons parfois, par-dessus l'absurde frontière départementale. Le petit manchot était en admiration devant ses « grands cousins du Collet ». Dans son souvenir, ils étaient devenus des colosses forts en gueule, des rustres magnifiques, d'une générosité maladroite et presque dangereuse. Il y avait Eugène et Marie, le père et la mère de sa mère, ses grands-parents maternels donc. Il y avait Élie, le grand rougeaud, frère de sa mère, et aussi une sœur, la douce et rondelette Élodie qui avait épousé un Alcide Larguier, paysan au Poncet, un mas au bord du Gardon sous la route nationale qui monte vers le col de Jalcreste. Les familles se rencontraient assez souvent malgré les distances et les travaux. On marchait beaucoup, on franchissait les crêtes, on rentrait dans la nuit, par les sentiers, à la lanterne, le père portait sur ses épaules l'enfant qui dormait.

Sa famille maternelle descendait d'un petit mas d'accès difficile niché plus près du sommet que de la rivière. Des gens farouches et joyeux. Du moment que leur petite Léonie avait épousé ce paysan d'un fond de vallée, ils consentaient à débouler à l'occasion chez le beau-frère, pour la foire de son village par exemple. Ils campaient là deux ou trois jours, on en parlait longtemps après. Et lui, il en parlait souvent encore un demi-siècle après. Son mas de vallée, sa famillette paraissaient bien fragiles, bien étroits, quand débarquaient les grands cousins de la montagne. Ils disposaient chacun de deux pognes énormes, leurs épaules étaient larges, un peu voûtées. Je les ai peu connus, mon souvenir est flou : ils remuaient de l'air, leurs paroles étaient rares mais rauques et sonores. Ils s'asseyaient, les chaises craquaient, et ils restaient là longtemps, immobiles, taciturnes, leurs vastes mains étalées à plat sur leurs cuisses. Ce n'étaient pas des intellectuels, ils écoutaient. Parfois, ils poussaient devant eux de grandes colères, très brèves, qui leur crispaient les doigts sur les cuisses.

Les rapports que le petit Silvin entretenait avec son père devaient être, à très peu près, ceux que j'entretenais avec lui. Il m'est pratique, il m'est agréable, de me les représenter ainsi. Il le suivait donc partout, le plus possible, le regardait, l'observait, le buvait du regard, l'absorbait, sans en rien perdre. Élie, le père, tolérait cette présence et cette attention obsédante d'autant mieux que son enfant n'était pas comme les autres. J'ai sans doute profité moi-même, à mon tour, d'un surcroît de sollicitude paternelle, parce que j'étais comme les autres.

D'ailleurs, à ce qui m'en a été rapporté, ce père de mon père agissait parfois singulièrement pour un paysan de l'époque. D'abord, il était maçon, en plus, et il a maçonné le tombeau.

Chez nous, on s'enterre chez soi. Sans blague. Chez nous, dans la Cévenne protestante. Ça remonte aux persécutions, aux temps où les huguenots, hérétiques excommuniés, n'avaient pas droit à la terre bénie des cimetières, ils devaient s'enterrer comme des chiens, ou comme des comédiens. Ils se faisaient enfouir dans leurs caves, leurs jardins ou leurs champs. Les Chabrol, c'est devant la fenêtre de la cuisine, au bout de l'étroite prairie. Et nous continuons. Il y a toujours tolérance. Le cimetière familial, c'est comme la corrida permise dans les villes à tradition taurine.

Pas de croix chez les protestants. Une pierre ou une planche surmontée d'un cœur marque seule la tombe. Un renflement de terre meuble long et large comme un corps allongé, guère plus, dont le relief diminue avec les ans, lente digestion de la terre au fil des orages et des sécheresses. C'est la première chose que l'on voit au réveil quand on ouvre les volets de la chambre, et puis quand on va ouvrir ceux de la cuisine.

— Mon père a décidé un jour, m'a dit mon père, de maçonner notre cimetière. Il ne supportait pas de voir la pluie noyer ses morts.

L'entreprise n'était pas facile. Les tombes encore visibles, alignées côte à côte, occupaient un terrain de cinq mètres sur trois environ. Et il n'était pas question de les exhumer pour les rassembler ou les entasser.

— ... Il disait : « Moi, je ne veux pas qu'il me pleuve dessus ! »

Il a construit tout autour une murette qu'il a couverte avec deux dalles de ciment formant une sorte de toit en pente légère. On dirait une maisonnette que la terre avale à moitié. Sur le fronton, à la place de la croix traditionnelle des catholiques, un cadran vitré, rappelant vaguement la croix huguenote, contenait une couronne de perles multicolores. Dans mon enfance, le verre s'était cassé, je ne sais comment, et j'ai longtemps joué avec les petites perles que je ramassais devant le tombeau.

Je suppose que mon père enfant a aidé son père pour cette longue et précautionneuse couverture des morts de la famille. Il ne m'a jamais donné de détails sur ces travaux. Je les vois tous deux, l'homme et son petit, maçonnant leurs morts et plaisantant comme il est d'usage dans les travaux manuels en commun.

Moi, je connais bien, déjà, l'intérieur de ce tombeau. A chaque deuil, les maçons descellent la porte basse et viennent me chercher : « Il faut que tu choisisses l'endroit où poser le nouveau. » L'entrée : un mètre vingt de haut sur un mètre de large... Je baisse la tête, je courbe l'échine, et j'entre chaque fois que meurt l'un des miens. L'intérieur est entièrement maçonné, crépi. C'est très propre, très net. On ne voit pas les cercueils. Chacun d'eux a été scellé avec des briques pleines. Les défunts ne risquent pas de s'échapper. La rangée d'en bas est complète. Mon père a inauguré l'étage au-dessus. A côté de lui, j'ai fait maçonner ma mère, à côté d'elle, ma deuxième femme. Il reste encore pas mal de place avant de toucher les deux pentes douces du toit de ciment. De la place encore pour une génération, ou deux. Un cauchemar me réveille en sursaut, fréquemment. Je suis en sueur et je tremble. Je me demande si ce n'est pas la pire des cruautés de murer ainsi les morts, nos pauvres morts qui ne peuvent plus rouspéter. Je revois avec envie les enterrements musulmans où les cadavres sont ensevelis, tout nus, simplement enveloppés dans un drap blanc. La vie éternelle ne commence-t-elle pas lorsque la dépouille se dissout, se laisse avaler par la terre, digérer par elle, et retourne ainsi dans le grand cycle de la nature ? Parfois, la nuit, j'entends mes morts cogner contre les murs de brique et s'user les ongles sur les parois de leur étroite prison.

Journaliste, j'ai dû assister à des exhumations. Je connais l'état des dépouilles selon le temps qui s'est écoulé depuis les obsèques, selon l'humidité du climat, selon la composition du terrain. Mes nuits moites imaginent l'état actuel de mon père, vingt ans après, dans ce coffre de briques cimentées où ne pénètrent ni l'air, ni les vers, ni les dissolvants chimiques de l'humus. Il est peut-être encore intact, intact et désespéré. Avec, au bout du bras droit, le moignon percé par les os.

L'envie d'emmurer les morts venait peut-être du déplacement d'un cimetière auquel mon père enfant avait assisté.

— C'était pour ouvrir un passage à une nouvelle voie ferrée. Le cercueil d'un vieux, décédé quelques mois auparavant, s'est ouvert. Le cadavre était bien conservé. Nous l'avions vu sur son lit de mort. Incroyable ! Ses cheveux et sa barbe avaient continué à pousser...

Mon père se rasait de près le dimanche matin. Il est mort dans la nuit du lundi au mardi.

C'est alors que j'ai commencé à sentir en moi, vivante, grandissante, la mort à laquelle je pensais déjà, dont je parlais beaucoup mais avec complaisance. Aujourd'hui, je surveille sur mes mains le relief croissant des veines et la multiplication des petites taches brunes que l'on peut appeler de leur vieux nom populaire, un peu oublié : « les pâquerettes de cimetière ».

Je n'éprouve pas de réel plaisir à raconter ça, mais, je le reconnais, une profonde et savoureuse amertume. J'essaie de me débarrasser l'esprit. Il y a dix ans que ça me travaille, et de plus en plus. J'espère bêtement qu'après avoir couché ça noir sur blanc je n'y penserai plus. Pas même au réveil, en ouvrant les volets de ma chambre sur la maisonnette moussue de mes morts. Elle est d'une présence obsédante, ma « dernière demeure ». comme on dit. Impossible de mettre le nez dehors, de prendre l'air, de respirer sans la voir. Elle frappe l'œil, d'abord. Tout finit là. Avant, il y avait des êtres aimants qui me séparaient d'elle, ma grand-mère, mon père, ma mère. Les gardiens sont tombés un à un, aspirés par elle. Maintenant, plus rien ne nous sépare.

Quand j'étais enfant, le tombeau ne m'impressionnait pas, même quand la mamée me le montrait comme son dernier et définitif logis. Elle ne s'en privait pas, la terrible vieille, elle n'avait que la mort à la bouche, dans son occitan le plus volontairement ordurier : « *Crèbarem, ca-oudra crèba, crèbarem toutès* [1]... » C'était ordinaire, ça ne me touchait pas. Je jouais autour de la jolie bâtisse à ma hauteur, je grimpais dessus, c'était tour à tour mon fortin et mon bateau corsaire. Mes parents laissaient faire, mon père souriait. Il replantait obstinément le cyprès de tradition qui restait malingre et finissait

1. Nous crèverons, il faudra crever, nous crèverons tous...

toujours par crever, aussi peu complaisant que les saules pleureurs qui se succèdent sur la tombe de Musset au Père-Lachaise. C'est là que je trouvais les meilleures sauterelles pour pêcher les truites à la pipée, celles qui ont un corselet noir et du rouge à la pointe de l'abdomen. Je me souviens que j'en remerciais in petto, superstitieusement, les aïeux qui nourrissaient cette herbe aimée de nos *saltarellos*. J'affectionnais cet endroit, cette maison de poupée, je n'avais pas encore vu l'intérieur, je n'avais pas encore eu l'occasion d'y descendre pour y choisir une place. L'obsession ne m'a pénétré que très progressivement, et presque agréablement, par ces beaux soirs cévenols de l'été finissant, lorsque le ciel est si pur, tellement bourré d'étoiles qu'il paraît blanc. La vallée, le flanc des coteaux, les cimes proches, le pays tout entier atteint à une ampleur sonore illimitée, d'une présence démesurée. Un immense et tendre fourmillement. Criquets, grillons, tous les petits cris de la nuit me semblaient les frémissements mêmes de la croûte terrestre. Je sentais physiquement s'ébrouer ces milliers et milliers de corps épars dans les cimetières familiaux du petit pays huguenot, je les sentais se détendre, secouer les fourmis de leurs membres ankylosés, je percevais en tendant l'oreille l'infini chuchotis de leurs conciliabules. J'aurais voulu y discerner le menu persiflage de mon père... Je n'osais plus marcher.

Au cœur des pires hivers, la fenêtre m'attire. J'essuie la buée sur le carreau, je contemple le tombeau spectral sous la lune glaciale et je ne peux m'empêcher de me dire (à mi-voix, si ! je me suis surpris à le faire) :

— Mon Dieu ! Mes pauvres morts, comme ils doivent avoir froid !

Et les nuits de bourrasque, vous croyez peut-être que c'est la tramontane qui cogne dans les contrevents ? Non, je reconnais sa façon de frapper, c'est mon frileux paternel qui voudrait se mettre à l'abri, toujours soucieux de ne pas déranger (c'est bien de lui, ça !), ses coups sur le volet ne me réveillent pas vraiment.

Aujourd'hui, je vais loin. Je m'enfuis. Mais le tombeau me

suit, parfois, je n'ai même pas besoin de fermer les yeux. Plus je mets de kilomètres entre lui et moi, plus il s'approche, plus il grandit, vorace.

Ma mère n'avait pas pour la construction d'un beau-père qu'elle n'avait pas connu la même indulgence que son mari. Quand son regard accrochait au passage le tombeau familial, j'y décelais une lueur méchante. Les rares allusions qu'elle y faisait étaient assez aigres.

Pourtant j'ai surpris maman, dans les tout derniers temps de sa vie, rôdant autour du tombeau comme ces acheteurs qui ne peuvent s'empêcher de venir tourner autour de la maison qu'ils ont acquise en viager.

Dire que mon père était un homme gai ! blagueur, bonhomme. Un sceptique bon vivant. Je n'ai jamais ouï dire qu'il ait fait du mal ou de la peine à quelqu'un. Je ne peux même pas l'imaginer.

Réfléchissons. En 1900, il avait dix ans. A l'aube du XXe siècle. C'était un temps d'illusions généreuses : l'humanité prenait un tournant, fini le Moyen Age ! Naissait un monde neuf, moderne, où, servi par la machine, l'homme n'exploiterait plus personne. L'aluminium était encore un métal relativement récent. Pour le lancer, l'impératice avait exhibé des bijoux taillés dans cette nouveauté lors de l'Exposition universelle de 1868. Pour la lumière, l'électricité remplacerait progressivement le pétrole et le gaz dans les villes. Le moteur à explosion engendrait l'automobile et l'avion. Le petit manchot se passionnait pour ces découvertes, ça, j'en suis sûr, cette passion ne l'a jamais quitté. De vieux artisans, autodidactes proudhoniens, l'enviaient :

— Mon petit, quelle chance tu as d'arriver dans un siècle où la science avance à pas de géant ! Bientôt l'homme sera tellement intelligent, tellement bon, qu'il n'y aura plus de guerre, plus d'armées, plus de frontières, chacun se régalera de vivre, bien à son aise, du métier qu'il aura choisi ! Chacun se cultivera, s'épanouira, l'homme sera enfin un ami pour l'homme...

Moins de quinze années avant la guerre de 14, qui n'a pas été « la der des der »... A l'aube de notre siècle qui voit se multiplier et s'exacerber les nationalismes... Je comprends mieux le scepticisme universel du bonhomme mûri.

Jusqu'à ses dix ans, il a couru, le gamin, entre son mas et l'école, quatre fois par jour, cinq jours par semaine, quarante semaines par an. De gré ou de force. Le reste du temps, il suivait son père au champ, au marché, au temple, à la pêche, à la chasse... Habile et malicieux, il faisait oublier qu'il n'avait pas deux mains. Il fréquentait l'écolette, autrement dit « l'école du dimanche ». Le pasteur n'était pas toujours là, une vieille fille le remplaçait, elle enseignait les rudiments de l'histoire sainte :

— Cette personne tenait une petite épicerie-tabac au milieu du village, avec sa sœur, plus âgée, et sa vieille mère. A l'issue de la séance, elle tendait à ses catéchumènes une bourse en cuir très usagée dans laquelle chacun ou presque glissait un sou destiné aux pauvres de la paroisse. Ma mère n'oubliait jamais de me remettre au départ la petite obole. Mais, quand je passais devant l'épicerie, j'échangeais ma pièce contre un paquet de bonbons. A la quête, je faisais semblant de mettre quelque chose dans la bourse, mais la Nini n'était pas dupe. Elle ne faisait aucune remarque.

J'ai connu ces petites vieilles et quelques-uns de ces personnages qui enchantaient mon père, la plupart sont depuis longtemps partis, mais leurs maisons restent, plantées sur les rives de l'unique rue. Certaines sont encore habitées par une descendance qui ressemble un peu à ses aïeux. On se parle encore d'une fenêtre à l'autre par-dessus le passant. Lorsque j'écoutais mon père, j'entendais aussi le marmonnement incessant de la rivière qui longe le village, je sentais son humidité sur ma peau, je humais la qualité singulière de l'air de ce fond de vallée qui a comme un goût de fer battu. Et c'est la même tramontane qui me décoiffe au même carrefour de ruelles.

— ... L'Étienne, c'était le *pégot,* le cordonnier. Son échoppe donnait sur la rue où personne ne passait sans lui faire un brin de causette. Il chaussait le village du plus petit jusqu'au plus grand, sur mesure et cousu main. Huit et dix francs pour les enfants, vingt et vingt-cinq francs pour les souliers et les bottes des mineurs (elles montaient jusqu'au genou). Il avait vu naître la IIIe République dont il était l'un des farouches défenseurs. Il était le père de sept enfants. Le troisième était le Boffi, mon copain d'enfance, que tu as bien connu, et que tu aimais bien, toi aussi. Les jours de pluie, l'échoppe était trop petite pour contenir les nombreux amis qui venaient faire la blaguette avec l'Étienne. Là, serrés comme des anchois, on discutait de tout, mais surtout de politique. Le cordonnier était vif comme la poudre, il renversait les gouvernements, il chambardait tout, en paroles, car il n'y avait pas meilleur que lui. Le Boffi, son fils, avait hérité de son tempérament et de ses idées avancées.

Je le vois, le petit manchot, tourner autour des échoppes, se faufiler dans les groupes, prêter l'oreille aux discussions, aux cancans. Avait-il déjà l'habitude de garder les mains enfouies dans les poches ?

L'enfant était attentif, avec une sorte de tendresse, à ce qu'il nommait les « phénomènes », les gens qui vivaient de bric et de broc, les hors normes, hors gabarit, les gueulards au grand cœur, les soiffards volubiles, tout un petit peuple pour lequel les trois maîtres mots étaient le vin, le tabac et les sous. Sa jeune mémoire a conservé les silhouettes de ceux qu'on nommerait aujourd'hui des « marginaux ». Je reconnais mon sang à ce penchant de mon père.

— Il y avait les Cocal et leur âne. Un vieux couple natif de l'Auvergne qui s'était installé dans un village voisin, à six kilomètres de chez nous. Ils n'avaient jamais abandonné le costume de leur pays : grand chapeau, ample pantalon, veste de velours. Longue jupe, fichu immense. Ils parcouraient la vallée pour vendre un peu de mercerie entassée dans une carriole miniature traînée par un petit âne qu'ils suivaient à pied, le véhicule n'étant pas assez spacieux et l'animal pas assez fort pour voiturer les patrons. Ils offraient aux ménagères du fil, des aiguilles, des pelotes de laine, des épingles, de l'élastique, et récupéraient les peaux de lapin et les vieux chiffons. Mais c'était surtout l'âne qui était pour les enfants et même pour les grands un personnage stupéfiant. Ses maîtres lui avaient enfilé les pattes dans quatre jambes de pantalon, coiffé son chef d'un grand chapeau de paille noire percé de deux trous par où sortaient ses longues oreilles et couvert son dos d'une vieille couverture bigarrée, tout cela pour le préserver des mouches en été et du froid en hiver. Suspendu à l'échelette arrière de la carriole, un grand sac toujours ouvert recevait les peaux de lapin tandis que, sous la voiture, se balançait un vaste panier où s'entassaient les chiffons récupérés. Un toit branlant, en toile décolorée, qui voulait être imperméable, préservait des intempéries la précieuse cargaison. *Le Cocal ! Le Cocal ! L'âne du Cocal !* criaient les enfants d'un bout à l'autre de la rue dès qu'ils apercevaient le bizarre attelage à l'entrée de la Planète[1]. Le père Cocal, dont personne ne connaissait le vrai nom, n'avait plus besoin de souffler dans sa trompette pour annoncer son arrivée. La femme du Cocal s'arrêtait toujours à la maison car elles étaient bien amies, ma mère et elle. Elle tirait de son sac son casse-croûte, ma mère lui offrait une assiette de soupe et, reconnaissante, la Cocale ne partait jamais sans laisser une bricole : une petite casserole, une passoire à thé, un couvert en fer-blanc...

Mon père affectionnait les surnoms. A l'époque, chacun avait le sien :

— Un jour, le père Roure entre au bistrot. Il y avait là trois buveurs qui bavardaient tranquillement. « *Eh bé ! sès aqui très poulidès aoucels !* » (Eh bien, vous êtes là trois jolis oiseaux). Ces trois consommateurs étaient : *lou Jial* (le Coq), *la Trido* (la Grive) et *lou Pivér* (le Pivert). Le voiturier qui faisait le courrier m'a dit un jour : Je n'ai jamais transporté autant de célébrités

---

1. « La petite plaine » : étroite place devant le pont à l'entrée du village.

que l'autre soir. Il y avait dans ma voiture *l'évesqué* (l'évêque), *lou giénéral* (le général) et *lou rèi* (le roi)... Il y avait aussi *le Vrai Dieu,* ainsi surnommé à cause de son juron favori. Un maçon, qui travaillait bien mais dont l'argent filait au bistrot. Quand il rencontrait son copain, le tailleur de pierre, c'était la chopine entière de pastis qui servait d'apéro. Ils en buvaient la moitié à l'eau pour se désaltérer. Ils achevaient la bouteille à l'état pur, en guise de « goutte ». Le Vrai Dieu avait une fille de seize ans qui avait un sacré tempérament. Il disait d'elle : « *La counéissès ma Marguèrito, n'a dé pressièou, és ün miè masclé !* » (Tu la connais, ma Marguerite, elle a de la pression, c'est un demi-mâle !)

L'humour courait les conversations, il y avait un trait au moins dans chaque phrase, des surnoms, des blagues, certaines obligées ou presque. Si vous commenciez par : « Alors... », tous les autres s'écriaient en chœur : « Y a pas de rouille ! » (Effectivement l'or ne rouille pas...) Mal vêtu, vous étiez « foutu comme l'as de pique », « marque-mal se promène ! »... et en patois par-dessus le marché *(marquo ma-ou si purmèno !).* Notre occitan est d'une richesse étourdissante pour l'insulte ou la moquerie. Chacun des gestes les plus quotidiens recevait sa boutade. Repas : « A table comme au lit, vivent les femmes de Paris ! »... « Mange, que tu sais pas qui te mangera ! » Départ : « En route, mauvaise troupe ! » Éternuement : « La bête a rugi !... »

Quand je pense à mon père, je ne peux m'empêcher de comparer nos temps, nos curiosités, nos centres d'intérêt... Allons ! en cette fin de siècle, nous prêtons beaucoup moins d'attention aux gens qui nous entourent, nous n'en avons plus ni le temps, ni le goût, ni les possibilités. D'abord, les familles ne voisinent pas depuis des siècles dans la même rue. Et puis le pittoresque, le passionnant sont ailleurs. Chaque soir, sur le petit écran, dans des décors, des costumes autrement léchés ! Et des conversations étudiées pour nous faire rire et pleurer au signal.

Presque en face du mas, une passerelle franchissait la rivière, une simple planche, très longue, posée sur des piquets, une planche en laisse, en effet la chaîne qui la reliait à un arbre permettait de la récupérer pour la remettre en place à chaque décrue. L'enfant passait par là pour aller causer avec un voisin qui jardinait sur l'autre rive. Il aimait l'entendre parler de la guerre de Crimée. Assis sur les talons, il écoutait le gaillard que je vois, je ne sais pourquoi, long, maigre, un peu voûté, raconter les misères du siège de Sébastopol. Je vois l'ancien combattant du second Empire sarclant ses salades et arrosant ses haricots dans le délicieux crépuscule d'été, profitant d'un auditeur enfin attentif et crédule. Mon père ne m'a rapporté qu'un détail de ces récits : le soldat était doté d'une coiffure si rigide et si haute qu'il pouvait utiliser son shako comme tabouret. Il ne m'a jamais dit si le voisin rescapé de ces vaines hécatombes était amer ou glorieux. Je penche plutôt pour l'amertume, c'est peut-être là, dans le potager de l'autre rive, que mon père a nourri sa longue haine de la guerre. Le petit manchot se sentait déjà forcément exclu de tout service armé, et ce n'est pas ce qui en ferait un être à part puisque, de toute façon, il n'y aurait plus jamais de guerre pour personne, tous le pensaient alors. Plus jamais ! Les humbles rêvaient à l'aurore du siècle nouveau. Le machinisme et la science concrétiseraient le grand espoir de « la Sociale », le monde ne pouvait qu'entrer dans une ère plus juste, plus fraternelle.

Oui... avant, on sulfatait les vignes en les aspergeant avec un rameau de bruyère que l'on trempait dans le seau de bouillie bordelaise, on foulait en dansant interminablement pieds nus dans la cuve et l'on pressait je ne sais comment. La sulfateuse à levier portée dans le dos, le fouloir à rouleaux et le grand pressoir à vis représentaient un progrès éblouissant. Trois outils très chers. Mon père m'a raconté comment Élie, mon grand-père, a dû convaincre les voisins de se cotiser pour les acheter, puis de s'entendre pour s'en servir à tour de rôle. C'était l'amorce d'une organisation coopérative. Il marmonnait rêveusement : « Mon père était un homme de progrès. » Élie, ce paysan-maçon, encore jeune, miné par ses sept années de campagne en Tunisie, devait être un père assez marrant :

— Il avait un âne très intelligent, et ils s'entendaient bien tous deux. Ils avaient leurs habitudes, leurs blagues. Il suffisait de l'atteler, de le mettre dans la bonne direction et il te conduisait où tu voulais, au mazet, à la rivière, sur la route nationale, à notre vigne de Landiol, derrière la montagne... On pouvait sommeiller dans la jardinière. Il s'arrêtait tout seul devant le bureau de tabac. Mon père n'avait qu'à lancer : *pas besoin de tabac aujourd'hui !* le bourricot repartait en hochant la tête.

Notre village n'avait guère changé au cours des siècles, jusqu'à mon enfance. Je l'ai reçu tel de mes aïeux. Intact. Mes amis étaient les enfants des amis de mon père, les siens les enfants des amis de son père, et ainsi de suite, aussi loin que pouvait remonter la mémoire collective réactivée par les veillées, par les vastes repas à l'occasion des mariages ou des foires. On s'y connaissait bien. La politique était partout, les opinions bien tranchées. Les hommes de progrès s'y réclamaient déjà de la Sociale et les réactionnaires encore du roy. Les discussions étaient fréquentes, bruyantes, parfois violentes, mais à l'occasion le royaliste venait donner la main au socialo, démonstrativement, on restait des voisins, donc des hommes, n'est-ce pas ? Les orages, les inondations, le mildiou, le phylloxéra, les éboulements, les maladies, la mort n'épargnaient ni la gauche ni la droite. Il fallait survivre, ne serait-ce que pour se chamailler toujours plus, et se souhaiter le pire. La politique était quotidienne et personnalisée. Peu de jargon, peu de slogans. Comme pour le vin, le fromage et le saucisson, chacun avait sa recette, son tour de main, son goût familial, reconnaissables à la première bouchée, aux premiers mots, la gauche des Hugon ne ressemblait guère à celle des Chapon, le roy des Ginoux n'avait pas la même corpulence que celui des Dumazert. Chacun ses idées.

Le petit Silvin aimait la truculence de ces querelles patoisantes. Il aimait ses gens. Il aurait voulu vivre leur vie dans son village, continuer les siens, simplement. S'arrêter au certificat d'études primaires et gagner sa vie sur sa terre, de ses mains. Mais, évidemment, pour lui ce n'était pas possible.

— Il est arrivé à mon père de m'amener à l'école par l'oreille.

Mon grand-père « poussait » son fils, il le poussait aux études, c'était l'expression alors. Surtout que ce petit monstre travaillait bien, il « apprenait facile », avec désinvolture, avec « l'air de ne pas y toucher ». Son instituteur savait le prendre. Quand il a reçu son changement, les parents du petit Silvin ont été consternés. Le père a revêtu son plus beau costume et noué sa cravate pour aller trouver le maître d'école :

— Monsieur, emmenez mon fils avec vous !

La démarche est surprenante chez ce paysan, dans ce village : se séparer de l'enfant unique, infirme de surcroît... Ils ont dû en discuter longuement, Léonie, Élie. Et, presque aussi étonnant : le maître d'école a accepté de prendre Silvin en pension. J'ignore le prix fixé mais, même s'il était très raisonnable, il grevait le fragile budget de la ferme.

L'instituteur, M. Evesque, avait été nommé à Saint-Hippolyte-de-Caton, à l'autre bout du département, à mi-chemin d'Alès et d'Uzès, un gros village de plaine au milieu des vignes basses, des garrigues où les arbres les plus grands étaient les oliviers. Un pays sec bâti de pierres pâles. Un autre monde. Le petit montagnard allait passer là trois années scolaires, jusqu'à son entrée à l'école primaire supérieure de la sous-préfecture voisine. Il ne m'a pas donné de détails sur cette période de sa vie qui représentait pourtant un changement considérable qui l'a durablement marqué. J'estime pouvoir m'en faire une idée assez fidèle d'après ma propre enfance puisque, moi aussi, j'ai vécu chez un instituteur. L'exigu logis de fonction, au-dessus de la salle de classe, la cour de récréation pour soi tout seul en dehors des heures de cours, les senteurs de craie, d'encre violette... Et il a dû s'imposer. Il passait pour le fils du maître ou, du moins, pour son protégé. Le chouchou qu'il faut brimer. Il a dû recommencer de zéro, devant de nouveaux condisciples, de nouveaux villageois, faire oublier son infirmité.

Il ne parlait que de son maître, avec affection, avec respect :

— C'était un radical, un radical de l'Empire ! Radical, à l'époque, ça voulait encore dire quelque chose...

Je vois M. Evesque coiffé du blum sombre à large bord, cravaté de lavallière, emmitouflé dans une cape. Maigre et méditatif. Il a profondément influencé son jeune pensionnaire. Certes, il ne lui a pas inculqué l'amour de l'école ni la vocation pédagogique, mais la passion de la lecture, de la littérature, des poètes en particulier.

Bien plus tard, dans les années vingt, instituteur à son tour, mon père est allé rendre visite à son vieux maître, alors retraité, peut-être pour lui présenter sa jeune femme, ma mère. Il ne m'a raconté que le repas, comme si c'était le moyen le plus sûr de me faire comprendre le bonhomme qui les attendait.

Un jeudi, un temps frais, craquant mais ensoleillé. La fenêtre de l'étroite salle à manger (ou de la grande cuisine) ouverte sur le potager. La nappe à carreaux rouges. La vaisselle à motifs bleu passé. Pour commencer, après la carthagène en apéro, une salade des champs, pissenlits, chicorées à la broche et raiponces agrémentés de croûtons aillés. Des asperges sauvages, maigres et vertes. De la saucisse d'herbes garnie d'oignons et de pommes de terre rissolées. Un civet de lièvre. De fines tranches d'aubergine également grillées sur les deux faces, servies froides avec une purée de tomates très chaude. Des cèpes. Du fromage de chèvre, des tranches de « pain perdu », des pêches de vigne à l'aigrelette saveur. Le tout arrosé d'un bon vin clairet. Une gnôle parfumée...

— Le tout ne lui avait pas coûté un sou, commentait mon père, admiratif. Tout venait de sa petite vigne, de son jardin, de ses bocaux, de son cochon, de sa chèvre, de son fusil ou de ses cueillettes. Il n'avait acheté que le pain et le café.

Un modèle, pour mon père. La liberté... Il rêvait d'une telle retraite, il avait trente-cinq ans. Et il l'a réalisée. Il mentionnait avec émotion ce savoureux midi de retrouvailles, sans rien citer des propos échangés. Tout avait été parfait. Un moment de bonheur. Lumineux. « On savait ce qu'on mangeait... » Les asperges racontaient un matin de garrigues, le lièvre, la perte d'une casquette dans les buissons. Les grands sujets ont sans doute été abordés mais les saveurs du civet ont perduré.

Son séjour à Saint-Hippolyte ne changeait pas tellement les habitudes du petit Silvin. Son instituteur était, comme son père, un passionné de chasse, de pêche et de cueillettes. A toutes les vacances, petites et grandes, Silvin rentrait chez lui. Il retrouvait avec délices ses plaisirs familiaux et ses « phénomènes ». Mais il avait un regard renouvelé. Il trouvait étonnant ce qu'il avait cru normal, ce qu'il n'avait guère remarqué. Monté d'un pays de plaine, les terrasses de culture au flanc des coteaux lui paraissaient admirables. L'occitan leur donne des noms différents, selon les vallées : « barres » chez nous, « faïsses » ou « accols » ailleurs. Il me disait : « Quand on voit les travaux exécutés par nos arrière-grands-pères, on reste abasourdi par la somme de peines, de patience et de sueur qu'ils ont dû exiger. Pour fabriquer de toutes pièces ces lopins en couloir, il a fallu arracher des rochers, apporter de la rivière les pierres de soutènement, charrier la terre dans des paniers (les “ banastous ”), pour combler le vide. Tout ça pour planter trois ou quatre ceps de plus. J'ai vu faire ce travail, c'était comme, dit-on, les Hollandais avec leurs digues conquérants des jardins sur la mer, le Cévenol avec les siennes gagnait des labours sur le vide. J'ai vu un paysan construire un mur de pierres sèches de quarante mètres de long sur deux à trois de hauteur et combler le vide avec de la terre portée sur le dos. Chaque fois que je passais, je voyais monter le mur, se combler la terrasse. J'ai grandi au fur et à mesure, j'ai eu le temps. Je comprenais l'attachement fou du Cévenol à son bien. »

Le père Paraire avait été contraint de vendre, comme ses voisins, une partie de sa vigne pour la construction du chemin de fer départemental qui relie Sainte-Cécile-d'Andorge à Florac. Il était sourd comme un pot. De temps en temps, ça le reprenait d'aller mesurer pour la centième fois le lopin qu'on lui avait arraché. Un jour, il avait étalé son mètre et, au milieu de la voie ferrée, à genoux, il faisait ses calculs. Le train arrivait. Le mécanicien a vu le vieux sourd. Il a déclenché le sifflet, sans fin. L'autre ne bougeait toujours pas. Le train, qui gravissait lentement la rampe, s'est arrêté à quelques mètres du géomètre improvisé. Si le train était arrivé en sens inverse, dans la descente, débouchant d'un virage qui lui aurait coupé toute visibilité...

Le C.F.D. de Sainte-Cécile à Florac ! il m'en parlait en riant :

— Le C.F.D., le *Ça Fait Dégueuler* ! Avec tous ses virages, on avait le mal de mer... Ou encore la *Compagnie Foutue D'avance,* il ne faisait pas ses frais, il était sans cesse question de le supprimer. Pourtant, les paysans étaient bien contents d'avoir un moyen de transport supplémentaire pour emmener leurs produits au marché de La Grand-Combe. Ça se passait en famille. Tout le monde se connaissait. Les cheminots et les chefs de gare étaient presque tous du pays et parlaient le même patois que leurs voyageurs.

Avant de siffler le départ, le chef de train criait : « Y sès toutès ?[1] »

Si, en descendant de Florac, il fallait respecter un certain horaire pour ne pas manquer la correspondance, à Sainte-Cécile, avec la grande ligne du Paris-Nîmes, au retour, en remontant, on avait tout son temps. Florac, c'était le terminus, arriver un peu plus tôt ou un peu plus tard, quelle importance ! Il y avait des « haltes facultatives » à proximité de mas isolés, simplement marquées par un abri. Il y en avait une au-dessus du Poncet, le mas de l'oncle. Le mécanicien s'était fâché avec Alcide, alors pendant des mois, il a refusé d'arrêter le train, il s'amusait à voir l'oncle courir le long des traverses pour attraper le dernier wagon pourvu, par chance, d'une plate-forme ouverte comme celles des trains du Far West.

Le bistrot de Saint-Privat, voisin de la gare, connaissait l'affluence vers les six heures du soir au passage du C.F.D. Le mécanicien sautait de la locomotive en criant : « Saint-Privat, tout le monde descend, c'est l'heure de l'apéro ! » Ils s'attar-

1. Vous y êtes tous ?

daient devant leur *cran*[1], jusqu'à ce que le mécanicien tape sur la table : *Alors, partén ou couldjian aïci? Anén soupa a Floura. Y sès toutès*[2]*?* Et, cahin-caha, le tortillard attaquait la côte du col de Jalcreste.

— J'ai commencé à vendanger dès que j'ai pu tenir sur mes deux jambes. Je suivais les coupeuses et le porteur, je ramassais les grains qu'ils laissaient tomber. (Il désigne une grande casserole.) Dès que j'avais rempli mon ustensile, mon père me donnait un sou. Chaque année, des paysans descendaient de Lozère pour faire leur provision de vin dans notre vallée. Ils arrivaient quelque temps avant la fenaison car les faucheurs, montés de chez nous, n'auraient pas travaillé sans pinard, et du leur ! Notre client habituel était un Vieljus, de La Boulade, au-dessus du Pont-de-Montvert. Il descendait à cheval pour une foire de printemps et, en passant, il venait goûter la marchandise. Un jour, ils sont arrivés à trois, après la foire. Ils ont attaché leurs montures à la treille devant le portail et sont entrés. Le clinton fournissait du vin en quantité, quand la grêle l'épargnait, et dans le pays on donnait volontiers à boire aux visiteurs. Ce que je trouvais de marrant, c'est que dès que l'un des buveurs avait son content, sans même dire bonsoir ni merci, il enfourchait son *barraquan*[3] et filait au galop. Une seule arrivée mais trois départs plus ou moins espacés. Le dernier, le Vieljus, mon père a dû le soutenir pour descendre l'escalier :

« — Comment vous allez faire pour rentrer chez vous ?

« Dans son patois lozérot, il a expliqué :

« — Il suffit que vous m'aidiez à monter sur ma bourrique, je m'accroche à la crinière, je m'endors et je me réveille

1. Pastis de fabrication artisanale.

2. Alors, on part ou on couche ici ? On va souper à Florac. Vous y êtes tous ?

3. Cheval lozérien, au pied sûr, extrêmement robuste, bon pour la selle, l'attelage et la charrue, dont la race semble avoir complètement disparu. Les experts que j'ai interrogés doutent même qu'elle ait jamais existé.

devant ma porte. Aujourd'hui, ma jument saura mieux que moi retrouver mon chemin... »

Mon père l'a aidé à se hisser sur la murette du jardin et de là sur sa selle où il s'aplatit en se cramponnant, les bras enlaçant le cou de la bête, et en route pour La Boulade où il a dû arriver au petit matin. Quelques semaines après, il revenait avec sa charrette et ses fûts. On arrimait le chargement pour le lendemain. A l'aube, le Vieljus se levait, coupait du pain en morceaux dans un grand bol, l'arrosait moitié de café, moitié de vin, avalait cette mixture et repartait pour sa montagne.

Le petit manchot disposait de deux séjours de vacances : Le Mas-Soubeyran, sous la crête, de l'autre côté de la montagne, où vivaient encore les parents de sa mère, et Le Poncet, au-dessous, au bord du Gardon, la rivière de l'autre vallée, où vivait Alcide qui avait épousé la douce Élodie, jeune sœur de sa mère.

— Ce qui pouvait se consommer comme huile, chez mon oncle Alcide, au mois de septembre, pour les poissons, les champignons, les aubergines, les frites et les vinaigrettes de toutes sortes ! La grosse bonbonne durait tout juste une semaine. Un jour, sous le Poncet, nous pêchions avec un filet en forme de grande poche que l'oncle traînait dans l'eau en le maintenant ouvert avec deux lattes qu'il tenait sous le bras *(lou capeyrou)*. Arthur et Félix, ses deux fils et moi, nous nous étions armés de perches pour faire sortir les poissons des trous du rocher, de dessous les grosses pierres. On menait un boucan ! On s'engueulait : « Tu as vu ce gros ? Tu l'as manqué, maladroit ! Fais attention !... » Les gendarmes descendaient de Saint-Hilaire. Leur chemin le plus court passait à cinq mètres de nous. Ce jour-là, pour ne pas nous voir, ils sont allés traverser le Gardon à un demi-kilomètre de là. Quand nous sommes rentrés au mas, l'oncle a choisi les plus belles pièces : « Arthur, prends ton vélo et porte ça à la brigade, au chef Bragouse... »

Arthur et Félix, ses cousins du Poncet, à peine plus jeunes que lui, sont restés liés à mon père jusqu'à leur mort. Leur mas était sur le passage du chemin qui conduisait à Saint-Hilaire. De nombreux piétons et charretiers y faisaient halte. Les gamins s'y régalaient.

Je me rends bien compte qu'il ne s'agit là que d'une biographie tatillonne. Je traite mon père comme un personnage célèbre. Je me noie dans les pauvrelettes archives familiales (pas de quoi remplir un cartable...). Je me crois obligé de ne rien avancer qui ne soit prouvé, je traverse donc cette vie à gué, de souvenir en anecdote, sur un pied. Je suis timoré, comme si mon père lisait par-dessus mon épaule, comme s'il pouvait me dire : « C'est pas tout à fait ça. » Il s'en fout bien. Il s'en foutait déjà de son vivant. Royalement. Il répétait à tout propos :

— Moi, ça m'est égal, ch'uis pas d'ici, ch'uis du Sénégal !

Quand j'imagine, je le dis, et je n'imagine que lorsque je me sens en droit de le faire, lorsque je devine ce qui relie deux faits incontestables. Et pourtant, j'ai des intuitions inexplicables, injustifiables, mais fiables.

Il me faudrait l'audace de passer en lui. J'y suis déjà un peu, dans lui.

Au lendemain de sa mort, un gamin du village est venu me demander l'autorisation de choisir un bambou pour se confectionner une canne à pêche. Nos bambous... Mon père les avait plantés sous le mas au bord de la rivière. Ils avaient été longs à prendre. Il les avait soignés, replantés pendant plusieurs années. Et, d'un coup, les pousses avaient démarré, proliféré. Les rejets croissaient de vingt centimètres par jour jusqu'à trois ou quatre mètres. Actuellement, il est quasi impossible de traverser notre bambouseraie. Mon père avait décidé cette plantation pour lutter contre les eaux, parce que chaque crue emportait un peu de notre terre. C'est la raison pour laquelle les Japonais ont couvert leur île de l'envahissant bambou nain. Il était très fier de sa bambouseraie, la seule de la vallée. C'est lui qui recevait les petits pêcheurs, il ne les rembarrait pas mais prodiguait les recommandations. Les feuilles et les éclats de la canne sont tranchants, il avait peur que les gamins ne se blessent, dans leur hâte...

Ce matin-là, je succédais à mon père. C'était à moi d'accorder ou non l'autorisation. J'avais la tête ailleurs, naturellement.

— D'accord. Tu t'en choisis un, tranquillement. Tu ne le coupes pas à la main ni avec un couteau. Va chercher la scie à métaux dans la cave.

A peine la phrase sortie de ma bouche, je me suis aperçu que c'étaient les mots mêmes de mon père, le ton de mon père. Je venais de l'entendre. Je venais de parler avec sa voix...

Depuis, je guette mon père dans mes propos, mon comportement, sur mon corps vieillissant, sur ma peau. Je contemple mon poignet droit. La main qui le prolonge me paraît incongrue. En revanche l'avant-bras est conforme, d'une maigreur qui ne laisse oublier ni l'os ni le sang. Dites, je peux bien parler de lui ? Pour lui ? Il n'a rien contre. Il m'a raconté des souvenirs, il m'a laissé des notes par écrit. Ça veut bien dire : « Vas-y, Jip ! » Quand il était heureux de moi, il m'apostrophait ainsi : « Jip », pour J.-P., pour Jean-Pierre. « J'y vais, Patou ! » A vrai dire, j'ai commencé de son vivant, par écrit ou sur les ondes. Il se marrait, surtout quand c'était un peu « arrangé ». S'il connaissait mes scrupules présents, il « se payerait ma cafetière », selon une autre de ses expressions familières.

Neuf ans au début du siècle, vingt-trois en 1914, le bel âge pour faire la guerre. Dix années de pension, d'abord chez son instituteur à Saint-Hippolyte, puis à l'École supérieure d'Alès, enfin à l'École normale de Nîmes.

Les pensionnaires ne sont pas toujours tendres. Il a su se faire respecter (aux douches comme au réfectoire), et aimer. Sans démagogie, au contraire, c'était lui le caustique. Il n'avait pourtant ni la stature imposante ni le verbe haut...

Il a donc trimballé cette petite malle que je connais, bombée, toilée, renforcée sur les longueurs de lattes en bois et sur les angles de coins en cuivre. Il ne rentre pas au mas chaque fin de semaine : trente kilomètres, il y a le train mais « ça coûte bonbon ! » Classe, réfectoire, dortoir et sortie en troupe deux par deux le dimanche après-midi. Il s'en est arrangé, il ne se plaint pas, il a pris ses habitudes. Des trucs à lui pour améliorer l'ordinaire grâce aux conserves, à la charcuterie et aux confitures maternelles. Il se débrouille discrètement. Son crayon est le plus pointu, le plus régulièrement taillé. Il ouvre son cahier sur ses genoux, il coince le crayon sur le bord de la table, solidement, son moignon appuyé dessus, et il appointe de la main gauche, avec la petite lame de ce canif qu'il affûte à chaque retour sur la grande meule installée sous la voûte à l'entrée de la cave. Puis il verse délicatement les copeaux et la poudre de plomb recueillis par le cahier dans la poubelle, il termine en soufflant dans la pliure.

L'École supérieure et l'École pratique sont dans le même bâtiment. Son école buissonnière, ce sont les ateliers de mécanique et de menuiserie. S'il resquille, c'est pour aller limer à l'étau un bout de fer ramassé sous l'établi. Il se familiarise avec le pied à coulisse et le palmer. Études de contrebande, la mécanique n'est pas à son programme mais, parallèlement, il est très brillant en français et l'un des meilleurs en mathématiques. Il lit beaucoup. Il suit facilement, avec désinvolture. Il s'imbibe des rengaines de l'époque. Il n'a pas d'oreille, il chante faux comme il n'est pas permis. C'est désastreux, rédhibitoire. Il chante beaucoup, tant pis, il fredonne pour lui seul...

Il a seize ans. Il se présente au concours d'entrée à l'École normale d'instituteurs.

— J'étais sûr d'être recalé. J'étais bien content. Mon père m'avait déjà trouvé une place de commis chez Champeyrache...

Un lieu paradisiaque, la plus grande quincaillerie d'Alès : tous les clous, les vis, les boulons, les outils à manipuler, ranger, comptabiliser, démontrer, vendre... Hélas, le résultat tombe, tranchant : il est reçu dans les premiers, il sera instituteur.

Mais il y a une condition *sine qua non.* L'École refuse l'entrée à qui n'a pas ses deux mains. Il faut faire fabriquer pour ce jeune homme une prothèse.

Cet objet me hante. Mon père ne l'a jamais utilisé. Jamais. J'étais tombé dessus par hasard, enfant farfouilleur, sous une pile de draps, dans la belle armoire à glace de la chambre paternelle. J'avais sursauté. On aurait dit une vraie main prolongée d'une moitié d'avant-bras tranchée sous le coude. Sur l'instant, je le jure, je n'avais pas fait la relation...

— Qu'est-ce que c'est ?

— Un machin qu'on m'a obligé à porter pour franchir la porte de l'École normale...

Du sur mesure. Minutieux. Qui avait dû coûter une fortune. La matière était un bois très dense, aux fibres très serrées, une essence rare, d'origine tropicale. La réplique exacte de l'autre main. Même la couleur, à moins de mettre le nez dessus, c'était à s'y tromper. Chaque ongle, fidèlement sculpté, avait des luisances de corne. Phalanges et phalangettes étaient articulées par un système de charnières finement taillées dans la masse et pratiquement invisibles. L'appareil pouvait prendre toutes les positions, faire tous les gestes d'une main de chair, de nerfs et d'os. Mais c'est bien sûr la gauche qui devait l'actionner, phalange par phalange. Elle avait dû être moulée sur le moignon dont les creux épousaient le moindre relief. Le contact avait été adouci par un revêtement de daim. Elle se fixait à l'avant-bras par un long troussequin de cuir rigide couleur peau qui se laçait comme une tige de brodequin.

Elle a suivi l'armoire, de logis en logis, toujours cachée. De temps en temps, je tombais dessus en prenant un drap. Elle avait fini par sentir la naphtaline et le romarin (je l'ai même reniflée).

Deux ans après la mort de mon père, j'ai demandé à ma mère où elle l'avait mise.

— Je l'ai brûlée.

— Pourquoi ?

— Je ne pouvais plus la voir.

La ville de Nîmes m'a toujours rappelé le personnage droit et discret d'une vieille fille distante, rejeton stérile d'une petite mais ancienne noblesse au blason craquelé. De la poussière sur le fronton et, derrière la porte cochère cadenassée, de beaux restes en coupe droite et collet monté. C'est peut-être bien lui qui me l'a donnée à voir ainsi, cela se fait insensiblement, d'allusions en sourires entendus. Lui non plus n'a jamais franchi le perron des cours intérieures. Lui non plus n'a pas essayé, n'en a eu que des envies brèves, et imprécises. Il descendait de sa montagne pour tirer encore trois ans de pension, puis pour y remonter dare-dare.

La préfecture du Gard était fière de son passé antique, de ses arènes, de sa tour Magne, de sa ressemblance avec Rome, et fière d'avoir donné un empereur à la ville des Césars : « Tu es aussi la ville aux sept collines et l'un de tes enfants s'appelait Antonin... » Nîmes était presque aussi passionnée d'opéra que Toulouse. Les *Carmen* et les *Aïda* de passage recrutaient choristes et figurants dans les Écoles normales de filles et de garçons. Mon père, dans le fond de la scène, s'efforçait, muet, d'ouvrir la bouche en cadence, il se marrait bien, lui qui chantait faux comme une barrique. Il n'y voyait pas qu'une occasion de sortir en ville, une permission de minuit et surtout le moyen d'assister gratis [1] au spectacle, même de dos. Il s'est pris de passion pour l'opéra, et encore plus pour l'opérette. *Les Cloches de Corneville* ou *L'Auberge du Cheval Blanc,* voilà qui le transportait. Par-dessus tout, il plaçait *Phi-Phi* et *La Belle Hélène,* c'était plus coquin, plus déshabillé. Pareillement, il s'est initié à la corrida, toujours gratis. Après la mort du cinquième *toro,* les portes des arènes s'ouvraient. Entrait qui voulait. Trois années durant, il n'a vu *lidier* que des sixièmes *toros.* C'était souvent le meilleur, la dernière chance de briller pour un matador. Un *toro,* c'était suffisant pour alimenter les discussions et pour éduquer un aficionado, autour d'un bock, le plus petit des verres de bière, tout ce qu'il pouvait s'offrir les grands jours.

Quelqu'un a dit quelque part : « Un homme ne devient pas un homme tant qu'il n'est pas devenu le père de son père. »

Aujourd'hui, je vais donc juger le jeune normalien nîmois qu'était papa. En résumé, du haut de mon autorité nouvelle, je le juge désinvolte et caustique. Il me surprend. Sous les dehors d'un paresseux dissipé, il entre dans les premiers à l'École et en sortira premier. Apparemment, il n'en a pas foutu une rame. Il fait autorité, on ne jure que par lui, par ce manchot. Sa séduction est si grande qu'elle se transmet en dehors du pensionnat jusque dans les familles où piaffent des jeunes sœurs romantiques. Les grands frères normaliens raconteront si bien ce fameux Chabrol qu'elles en tomberont amoureuses, comme Gustavine, de Chamboredon, et d'autres, parmi lesquelles celle qui sera ma mère.

J'ai eu beau farfouiller, je n'ai pu trouver la moindre allusion

1. J'ai trouvé dans ses affaires un macaron de carton mauve :
« Damnation de Faust »
Carte d'exécutant
RIGOUREUSEMENT PERSONNELLE,
et, derrière, de sa main : 11 février 1908.

à son activité sexuelle ou même purement sentimentale pendant ces trois années où il devait bien pourtant, selon l'expression d'alors, « faire le jeune homme » à Nîmes. Je l'ai assez connu pour affirmer qu'il n'avait été ni en retard ni en retrait quand il s'agissait de jupons.

Comme si j'étais un père soupçonneux, comme si je fouillais dans le pupitre de mon fils étudiant, j'ai découvert dans ses papiers posthumes les preuves que ce joyeux drille de « Bourgeois » fumait, buvait, était champion de billard et surtout fondateur et dirigeant du « parti régressiste » dont le programme comportait essentiellement quatre points : 1. la flemme ; 2. le tabac ; 3. la bière ; 4. le billard... mais rien, pas un mot ! sur ses divertissements charnels...

Pour tout le reste, je l'ai pris la main dans le sac. Il ne m'avait jamais montré le petit carnet noir, mais la mort est indiscrète, elle ne sait pas tenir sa langue, ce n'est pas une bonne copine.

A l'École, la discipline était assez sévère. Les normaliens ne pouvaient sortir qu'en uniforme, tenue presque militaire. Dans ses souvenirs de cette période qu'il m'a livrés ne surnageaient guère que *toros,* ténors et bocks rigolards. Des cours, rien ou presque. Si, un prof de dessin, M. Darraud, barbe en pointe et lavallière, le type même du rapin maigre, qui vendait son autocaricature polycopiée à ses élèves au profit d'œuvres de bienfaisance.

« Un jour, il nous a posé ce problème : combien faut-il de queues de rat pour faire le tour des arènes ?

— ...

— Eh bien ! Il en suffit d'une pourvu qu'elle soit assez longue... »

Ça les faisait beaucoup rire.

Mais voilà, je suis tombé, en rangeant ses papiers, sur un carnet jauni à couverture de moleskine noire portant ce titre : « Promotion 1907-1910 ». A la fin des études, avant la dispersion, ses condisciples ont, chacun, rempli une page d'adieu. Parmi ces phrases ronflantes où presque tous les copains tirent à la ligne pour remplir leur page, j'ai découvert quelques précisions qui m'ont étonné.

D'abord, mon père était un champion de billard. Il y en avait donc un à l'école et visiblement on s'y attroupait pour le voir caramboler. Il devait pourtant actionner la queue de la main gauche mais pour la guider sans qu'elle frémisse ? il ne pouvait que la poser sur son moignon et, là, ce moignon était mis en lumière, il ne pouvait plus le laisser dans sa poche. Il le laissait voir publiquement, pis : il l'exhibait.

Maintenant, je m'en souviens, j'ai entendu jadis des copains de sa classe faire allusion à cette dextérité au billard, mais, moi, je ne l'ai jamais vu jouer. Je suppose qu'il a cessé quand il a connu ma mère. Elle a dû lui faire comprendre que ce n'était plus de mise. Billard égalait bistrot, égalait boisson, or maman avait la hantise de l'alcoolisme. Marié, fini les copains, les bocks, les nuits enfumées dans les arrière-salles...

Dans le carnet noir, j'ai découvert qu'on le surnommait « le Bourgeois ». Ma mère avait fait allusion à ce sobriquet une fois ou deux, comme ça, au passage, quand mon père s'endimanchait dans un nouveau costume trois-pièces sur mesure qu'elle avait choisi pour lui, dont elle avait surveillé les essayages à la Belle Jardinière. En jaugeant son élégant à trois pas, entre lui et l'armoire à glace, elle avait murmuré avec une profonde satisfaction : « Tu sais qu'à l'École normale on appelait ton père *le Bourgeois*... » Ce qui me paraît le plus étrange, c'est qu'il n'y avait pour elle rien de péjoratif, au contraire, dans ce sobriquet. Pourtant, ils avaient lu *Les Scènes de la vie de bohème* d'Henri Murger, où l'affreux bourgeois pantouflard et cossu s'opposait à l'artiste aventureux et famélique. « Bourgeois »... oui, il se gonflait les « deux mains » dans les poches, la gauche servant d'alibi à la manquante, ce qui lui donnait ce petit air penché. « Bourgeois », au sens littéral : personne qui n'est ni noble, ni ecclésiastique, *ni travailleur manuel*... Voilà, c'était peut-être son infirmité l'origine obscure de ce titre dont il se parait à la rigolade.

Ses parents ne l'avaient laissé partir pour Nîmes que muni

d'un trousseau parfait, de vêtements neufs et de bonne qualité, c'est sûr. Mais il s'en moquait si naturellement, de sa mise. Je ne l'imagine pas veillant au pli de son pantalon. J'ai toujours vu ma mère se gendarmer pour qu'il n'aille pas acheter son tabac avec des « brailhes estripées [1] ». L'instituteur, vous pensez ! Pour les normaliens, fils de la terre ou de la mine, devenir bourgeois n'avait certainement pas la même connotation qu'aujourd'hui. Ce n'était pas tout à fait une injure dans ce contexte. Mon père acceptait volontiers ce surnom comme les défauts et péchés que ses copains lui lançaient avec humour. Il y avait de l'envie dans ces plaisanteries.

Pour bien apprécier ce document faluchard, il faut savoir que deux sur trois de ces gaillards rigolards et sentimentaux vont être tués trente et quelques mois plus tard, en arrivant sur le front, dès les premiers jours de la guerre. Ils écrivent « ces bonnes blagues » au comble de leur bonheur. Leurs études sont terminées. Ils sont reçus. Ils sont désormais des maîtres d'école de la République, eux, tombés de la montagne misérable ou montés des ruelles du charbon ! Une vie belle et ardente les attend. Ils croient à leur métier, et au bonheur. Une seule note triste : on se quitte, les copains ! mais on se reverra, toujours ! On se reverra toute la vie...

Sur la première page du carnet noir, un certain « L. Bergeret, dit De Ramel [2] », écrit :

« Mon vieux Bourgeois,

Amour, travail sont tes deux ennemis, c'est pourquoi nous n'en parlerons pas. J'espère que tu marqueras ta place à l'extrême gauche d'une façon notable. Au moment où viennent d'augmenter les tabacs, j'en souhaite une prochaine diminution afin que ta pipe puisse dégommer les cheminées de Salindres [3].. Que la classe te soit légère ! Ne fais rien et vis le mieux possible.

1. Ses pantalons déchirés.
2. Élu de la Lozère, symbole réactionnaire.
3. Usine chimique des environs d'Alès.

C'est la grâce que je te souhaite au nom du Père, du Fils et de moi. »

Ce mot *amour,* placé en tête de l'épître et mis sur le même plan que le *travail* honni, me plonge dans la perplexité, je n'y vois qu'une explication : son infirmité ajoutant beaucoup à la timidité naturelle d'un adolescent villageois, il avait trouvé cet alibi philosophique pour ne pas suivre ses copains dans leurs expéditions galantes, et ne pas courir ainsi le risque d'humiliantes rebuffades : l'amour et le travail, c'était pareil pour lui, il était contre (proclamait-il...). Pourtant, l'amour n'est mentionné à nul autre endroit de ces nombreux témoignages comme l'un des ennemis de ce parti régressiste dont mon père semble bien avoir été le président-fondateur.

Louis, qui ne signe que de son prénom agrémenté d'un bonhomme qui balaie, se targue d'être « à tes côtés l'un des chefs les plus réputés de l'opposition, de ce fameux parti régressiste des hommes forts »... Et gémit de s'être fait mettre à la porte avant la fin de l'année.

A la page suivante, Biron met en exergue :

> « Au travailleur appartient le monde
> et aux travailleurs leurs enfants. »

Ne crois pas que je vais te faire un discours sur la nécessité du travail. Je sais trop que tu es incurable... Au fait, la flemme est-elle un défaut ? Quand j'essaie de me représenter ce que tu vas être dans dix ans d'ici, j'entrevois un bourgeois paisible, replet, faisant beaucoup de propagande pour le La Valette [1] du jour, se moquant absolument de tout et de tous... Comme j'aurai d'ici là appris à fumer le demi-londrès, nous irons tous deux empester une salle de café quelconque en faisant une interminable partie de billard et nous songerons aux exploits de jadis qui eurent pour théâtre la vieille sabraque de la salle de jeu. »

1. Candidat de l'opposition de gauche.

Fabre : « ... Je vais continuer à te parler de cette chose que nous aimons tous, et toi en particulier : la flemme. Quand je pense que le patron veut nous retenir après le 3 juillet. »

« Le Baron » écrit :

« Sympathique Bourgeois,

C'est comme membre du carré, comme membre de l'opposition, comme membre du parti régressiste que je viens te souhaiter, avant la suite, une sorte de bonheur. Notre égalité d'ardeur au travail, notre amour passionné pour le billard... Nous nous sommes parfois disputés pour mériter les premières places... Je viendrai l'an prochain faire un tour à La Vernarède, je viendrai voir le musée scolaire qui, celui-là, contiendra des... c'est moi qui paye. »

Impossible de savoir ce que remplacent les points de suspension. Je découvre ici que mon père a été nommé à La Vernarède, village à six kilomètres de chez lui. Une telle proximité pour un premier poste est rare. Les tout premiers à l'examen de sortie pouvaient-ils choisir, comme il est d'usage dans certaines grandes écoles ? Il se peut aussi qu'il ait obtenu cette faveur en excipant de la santé de son père.

Sur une autre page (signature illisible) :

« Cher Silvin,

Je n'oublierai jamais les anecdotes inénarrables dans lesquelles tu jouas toujours un rôle à ton honneur, ta pose flegmatique et ton assurance continuelles qui faisaient de toi le plus joyeux vivant. Si tu te présentes contre De Ramel, je te promets ma voix. »

La page suivante est en occitan, ce qui me surprend beaucoup, les instituteurs étant formés à combattre farouchement le patois. C'était peut-être une des résistances du parti régressiste :

« Miho,

Lou respect et l'amiraciun qu'aï toujours agu per tu e per ta santo ranello... »

Je traduis approximativement :

« Mien,

Le respect et l'admiration que j'ai toujours eus pour toi et ta sainte flemme... »

Suivent des références pour moi mystérieuses à des lieux, des rencontres et des discussions.

Patalande : « ... Je te verrai toujours astiquant ta cuvette pendant que je me peigne et je n'oublierai jamais les reflets mirifiques que tu savais faire miroiter sur nos robinets... J'espère retrouver plus tard un Chabrol gras comme une taupe... »

Nicolas : « Dear Silvin,

Je me souviendrai longtemps de ce flemmard à outrance, de ce plaisant partisan du travail minimum qui, pendant les trois années que nous avons passées ensemble, a gagné en hydrates de carbone ce que je n'ai pu assimiler... »

Ce serait donc à l'École normale qu'il a commencé à bedonner, à se laisser aller...

Marius Valette, de Durfort :

« Cher Silvin,

Chabroulet dit le Bourgeois par ses amis. Je me réserve ton premier roman comme suite au Journal de voyage que tu faisais paraître avec ton cher ami Pelouge... »

Lui qui n'était jamais sorti du département ! Ce devait être une publication intra-muros. Il avait donc alors des velléités d'écrire. Je l'apprends ici. Il n'en a jamais été question devant moi, même lorsque je me suis mis moi-même à publier.

Léonard (sur trois pages, en diagonale) :

« Chabrolet, faï ta malo[1] !

Dans quinze jours, il nous faudra débusquer du couvent. Nous allons quitter la soutane, ou le peignoir... Je ne veux pas partir au régiment sans que tu viennes m'aider à enterrer ma vie de première jeunesse... »

Il est vrai qu'entre l'École normale et la vie pédagogique il y avait pour chacun d'eux le service militaire. Pour tous, sauf

1. Expression blagueuse très courante : Fais ta malle ! (va-t'en !)

pour le Bourgeois, et chacun le savait en allant se former pour la guerre.

Léonard évoque ensuite sans précisions les perturbations du Bourgeois dans la boîte, puis il évoque le charme de « ces promenades du soir dans le jardin de l'École », mais leur préfère « les bons boulots de chez nous où l'on s'en fout jusqu'à la gouge, comme dit le vieux beugloir autrement appelé l'appareil de dégueulage ».

Je ne peux traduire ces mots maison, je les cite pourtant, leur flou dégage pour moi des parfums singuliers.

Le Bleu le remercie pour ses leçons de billard... « dignes d'un professeur ». « A table, nous parlions parfois du pays noir et des belles mouquères [1]. Lors des élections, tu faisais preuve de ton talent d'orateur... »

Brunel : « A l'infâme bourgeois, roi des batailles électorales au dortoir... »

Davy : « Adieu Bourgeois, quitte sans regret cette boîte où tes tendances les plus grosses ont été si longtemps contrariées. Dors le matin, dans ta classe, dors après le repas et, quand tu te réveilleras, que ce soit pour faire une manille, pour bourrer une pipe, pour prendre la queue en main et la pousser sur le billard... ou dans autre chose... »

Deleuze : « Dear Chabrol, fidèle porte-drapeau du parti régressiste, tu pratiquas pleinement la théorie du moindre effort. Roupille profondément, fume à outrance... »

Évidemment, j'ai largement coupé : il y avait un plein carnet de louanges immorales et répétitives.

Le copain Deleuze et les autres vont partir pour le front pour cinq années de massacres...

> « Déjà la pierre pense où votre nom s'inscrit
> Déjà vous n'êtes plus qu'un mot d'or sur nos places

1. En pays minier, *mouquère* était dans le parler populaire l'équivalent de « nana » aujourd'hui.

Déjà le souvenir de vos amours s'efface
Déjà vous n'êtes plus que pour avoir péri [1]. »

Par arrêté préfectoral du 9 janvier 1911, Chabrol Silvin est *titularisé* instituteur *stagiaire adjoint* à La Vernarède.

Il va se faire photographier, à la demande de l'administration, puisque l'un des tirages, format carte d'identité, porte la mention : « Vu l'inspecteur primaire », et une signature illisible. Au verso, de sa main : « 1911 — Photographie de Mr Chabrol Silvin, né le 18 février 1890, instituteur dans le Gard. » Impossible de tricher. Déjà.

Vingt-deux ans. Un visage régulier et lisse, presque parfaitement carré, dont le menton s'empâte à peine. Une chevelure ondulée, châtain clair ou blonde, sagement partagée par une raie médiane. Une moustachette et un bouc qu'il faut deviner. Le regard est impressionnant, il est comme absent, il se retire. Les yeux fixent le photographe en disant : « Tu ne m'auras pas. » Ils sont grands, paraissent sombres, mais là aussi, comme pour la chevelure, l'objectif du noir et blanc fausse l'apparence. Je sais qu'ils étaient d'un gris pâle, mais ils ont peut-être éclairci au fil des ans. Le cou est serré par un col haut qui comprime un peu la nuque. Un nœud papillon, le bout des ailes pris par les revers d'une veste d'un beau tissu sombre. La coupe fait ressortir l'étroitesse des épaules. Ce n'est qu'un buste qui s'arrête après le premier bouton, mais c'est assez pour qu'on devine le petit bedon au-dessous.

Le voici sur ses rails, pour la vie.

---

1. Aragon, *Le Roman inachevé.*

Le vrai bonheur coûte peu ; s'il est cher, il n'est pas d'une bonne espèce.

CHATEAUBRIAND,
Mémoires d'outre-tombe.

Il est rentré chez lui.

Trois lieux : le mas familial, et le village, au bord de sa rivière. Derrière la crête, le Val Borgne avec Le Poncet et Le Mas-Soubeyran où vivent les cousins Arthur et Félix, enfin, dans un creux de vallée tout proche, son école. La famille, les loisirs et le travail. De sa maison à son école, six kilomètres par la route, beaucoup moins par les sentiers ou en suivant la voie ferrée qui, par la Jasse, à travers ses tunnels, amène les wagons de charbon jusqu'au P.L.M. en gare de Chamborigaud. Neuf ans, il fera ce trajet, d'abord à vélo puis à motocyclette, mais pas chaque jour puisqu'il prend pension dans un bistrot proche du groupe scolaire.

La Vernarède est un village récent niché au fond d'un trou, autour d'un puits de mine. Un gros bourg qui s'étage sur les pentes d'un entonnoir de la montagne. En bas, au fond du tuyau : le charbon. Les pauvres maisons se cramponnent sur les flancs. On y accède par une pente vertigineuse. Un récipient, que fumées et brumes remplissent facilement. Et, dans ce cône, un grouillement cosmopolite. Tout au fond, la houille qui commande. La vie est rythmée par les trois-huit de la mine. Trente-huit bistrots... Il n'y avait alors aucune protection sociale. Quand un mineur était tué au travail, sa veuve pouvait obtenir le privilège d'ouvrir un débit de boissons. Elle installait quelques tables et quelques chaises dans un couloir et servait de l'alcool.

Plus rien à voir avec le bon vieux village natal tendrement allongé contre sa rivière. Ce premier poste n'était pas un cadeau. L'école aussi était surpeuplée, d'une marmaille qui n'avait peur de rien, qui n'espérait rien des études, qui n'attendait que d'avoir l'âge, treize ans, pour descendre dans le trou. Minots maigres et vifs rompus aux cris et aux coups. Ils connaissaient mieux la vie que leur jeune maître manchot... Surtout qu'au bleu les instituteurs déjà en place ont dû réserver la pire des classes, celle dont personne ne voulait. Comment ce je-m'en-foutiste narquois, ce jeune manchot, a-t-il réussi à dompter ses fauves ? Il y a réussi, paraît-il, dès l'abord, le premier matin. Comment ? Je n'arrive pas à le savoir, pourtant, pas plus tard qu'hier, à Laudun, j'ai rencontré par hasard deux de ses anciens élèves. Ils se le rappellent avec plaisir : « Il était sévère, mais c'était un très bon instituteur. » Pour ces deux-là, comme pour d'autres de ses anciens élèves qu'il m'est arrivé de rencontrer précédemment, il reste « le lanceur de règle » :

— ... D'un bout à l'autre de la classe, zipp ! Il ne ratait jamais son coup, il était d'une précision ! La règle arrivait droit sur l'élève qui bavardait ou qui dormait. Il se tenait comme ça...

Il mime l'instituteur, le menton sur la main gauche, la paume sur la règle perpendiculaire, appuyée sur le bureau. Et, tout d'un coup, ça partait... Ils font aussi allusion à « la frite », une sorte de coup glissé que le maître donnait au passage sur la nuque du môme dissipé.

Le fait est là : pendant près de vingt ans, il a formé des générations dans le même canton, où il est venu prendre sa retraite, où il a fini ses jours. Il ne pouvait mettre le nez dehors sans tomber sur un ancien élève, il n'a jamais eu à éviter personne, au contraire, chacune de ses sorties, jusqu'à la fin de sa vie, était agrémentée de saluts respectueux et de joyeuses palabres. Avec tout de même une préférence pour ceux qui avaient été des « bons à rien prêts à tout ». Il parlait beaucoup plus de ces derniers que des premiers de la classe.

Il fallait d'autres moyens qu'une règle en bois, même lancée avec précision, pour discipliner cette surpopulation de desperados juvéniles pétant de vitalité, tout à fait capables de renvoyer la fameuse règle. Il fallait une force physique et morale. Un sacré tempérament. Un mystère... A moi, il ne m'a jamais rien montré de brutal, si, une fois, une seule, j'ai vu passer dans ses yeux une lueur de meurtre. Nous étions assis, face à face. Il me parlait posément, un instant j'ai senti qu'il pouvait me tuer.

Il ne parlait jamais de ses collègues d'alors, mais je les ai là, sous les yeux. Deux femmes assises devant quatre hommes debout. Ils posent sur la terre battue de la cour de récréation, devant le mur crevassé de l'école. Tout est sombre, le décor et les tenues. Collets montés, robes si longues qu'on n'aperçoit même pas le bout d'un escarpin, les deux institutrices sont replètes, encore jeunes. Raidies, elles fixent l'objectif. L'une a la bouche large et dure, sans lèvres. L'autre a gardé dans son visage rond quelque chose d'enfantin en dépit de l'autorité sourcilleuse qu'elle affecte. Les instituteurs montrent une allure plus décontractée, une physionomie plus avenante, mon futur père excepté. Un petit barbu, un brave à grosse moustache et un grand mince qui se cambre, tous ont dans l'œil une lueur amusée, pas mon père. Il se tient un peu à l'écart, un peu en arrière, les bras derrière le dos. Il fait plus que son âge. Haut col dur et régate, comme les collègues, son veston est ouvert sur un gilet à sept boutons que le petit ventre relève en pente douce. Un pantalon froissé qui tombe jusqu'au talon d'un brodequin noir. Sa moustachette et son petit bouc sont si blonds qu'il me faut la loupe pour les distinguer. La raie médiane partage les ondulations soignées mais aplaties, comme plaquées à la Gomina. Lui ne fixe pas le photographe. Son regard est ailleurs.

Il me parlait surtout de son logeur, le père Guin, qui était à la fois hôtelier, restaurateur et boucher. Un farceur...

— ... Il faisait moins dix dehors. La neige était aussi dure que le trottoir qu'elle recouvrait. Nous avions encadré le poêle, le père Guin d'un côté, moi de l'autre, et nous causions en attendant l'heure du coucher. « Chauffe-toi les... les jambes, m'a dit le père Guin, profites-en aujourd'hui. Demain, M. Bergeron, le fumiste, doit venir chercher le poêle et il le gardera bien deux ou trois jours pour le réparer... » Brrr... Heureusement, c'était une blague.

Vous voyez, l'astuce n'est pas terrible, mais lui les aimait ainsi, toutes simples, bien concrètes, et pas dangereuses.

— Avec le père Guin, je ne m'ennuyais jamais. « La foire de Villefort tombe un jeudi, tu viens ? » Je lui réponds : « Ma foi, le jeudi, je suis libre comme l'air. » En descendant de la gare, nous avons rencontré une paysanne qui portait deux cabris. « Vous en voulez combien ? — Trois francs le kilo. — Je vous en donne trois et demi mais vous me les portez à la maison. — D'accord, où vous habitez ? — A Dunkerque ! » Nous sommes partis en courant. La bonne femme avait posé ses chevreaux sur le talus, elle cherchait dans le caniveau des cailloux pour nous lapider. Ce jour-là, le père Guin avait acheté, entre autres, trois couples de grives à un prix avantageux. Dans le train du retour, il avait accroché ces oiseaux au filet, au-dessus de nos têtes, où ils se balançaient au rythme des boggies. En face de nous, un monsieur très bien lorgnait ça par-dessus son journal. Il a fini par demander : « C'est bon à manger, ces oiseaux ? — Je pense bien, ce sont des grives. Les grives et les bécasses sont le gibier à plume le plus estimé. Surtout celles-ci qui sont des grives du pays, nourries de seigle et de genièvre. Un vrai régal. — Je n'en ai jamais mangé. J'aimerais bien y goûter. Vous devriez m'en remettre un couple. — Je regrette mais, avec le monsieur qui est là, et qui est mon pensionnaire, nous allons en manger deux et, comme je fais bistrot, samedi soir à l'apéritif, je vais faire un petit loto avec les autres de manière à couvrir les frais de la foire... » L'homme insiste : « Je vous en offre vingt francs la pièce, ma femme sera si heureuse... » Le père Guin réfléchit longuement puis, en soupirant : « Enfin, vous direz à votre femme que c'est bien pour lui faire plaisir... » Et il empoche les deux louis.

Mon père se délectait de ces souvenirs si simplets, il avait pour ce genre d'anecdote la considération que l'on a pour une fable bien venue :

— Le beau voyageur étalait un air satisfait, il savourait sa victoire, il a dit : « Vous savez, j'étais sûr que je les aurais, vos grives, quand j'ai une idée en tête, il faut qu'elle s'accomplisse ! » Le père Guin lui a répondu : « Oh ! mon cher monsieur, quand on achète quelque chose un franc, qu'on le revend vingt, et qu'on fait plaisir en même temps, il faudrait être vraiment mufle pour ne pas consentir un petit sacrifice !... Allez, viens, Chabrol ! Nous arrivons, je paie les apéritifs. Bien le bonjour, monsieur, mes respects à votre charmante dame... »

Ce n'étaient pas des aventures formidables, mais c'est à eux qu'elles étaient arrivées, ils en avaient été les héros, c'était leur façon de se souvenir des saveurs à leur portée, d'une bonne vie qu'ils avaient l'art de se ménager à moindres frais.

Une fois par semaine, les paysans descendaient de leur montagne chargés de paniers pour venir vendre leurs produits aux mineurs. Les étalages couvraient la placette en bas de l'entonnoir à charbon et encombraient les deux trottoirs de la longue rue en pente raide. C'était un marché formidable, un grouillement rabelaisien. Non seulement on y trouvait du bon, du vrai, pas trop cher, mais on s'y défoulait.

L'anecdote suivante, il me semble que je l'ai vécue moi-même enfant, mon père me tenant par la main. Il est vrai que j'ai pu connaître ce marché (qui n'existe plus de nos jours) encore très vivant. Mais il est aussi vraisemblable que mon père me l'ait seulement racontée. Je ne suis plus sûr de rien.

Les orateurs de tout poil mettaient à profit ce rassemblement humain pour ténoriser leur politique ou leur foi. Un matin, mon père était en train de marchander trois douzaines de fromages de chèvre avec un *gavot* [1] de sa connaissance. Je ne me souviens pas du prix sur lequel ils avaient fini par s'entendre après un long échange de plaintes, de sarcasmes et de récriminations. Ils faisaient une pause dans la tractation pour prêter l'oreille aux déclamations d'un prédicant qui s'était

1. Montagnard (péjoratif).

juché sur une caisse au milieu de la placette, à quelques mètres d'eux. Septembristes, évangélistes, bardistes, catéchumènes du vingt-troisième jour, baptistes, témoins de Jéhovah... les sectes plus ou moins protestantes ont de tout temps crû et multiplié dans notre Cévenne. Dans une grande envolée, le prédicant juché sur sa caisse branlante haranguait ce grouillement de misères :

— Savez-vous que vous êtes immortels ? Le savez-vous seulement ? Savez-vous, vous qui êtes ici, que vous y étiez déjà il y a mille ans, et que vous y serez de nouveau dans mille ans ?

Alors, mon père a dit au marchand de fromages :

— D'accord pour dix francs. L'affaire est faite. Mais tu as entendu cet homme... Passe-moi tes fromages et, comme nous devons nous retrouver ici dans mille ans, je te payerai alors.

Le paysan lui a donné les trois douzaines, mais il a précisé :

— Écoute, Silvin, c'est d'accord pour le règlement dans mille ans. Mais, sans vouloir te vexer, je suis obligé de te rappeler une dette. Il y a mille ans de ça, quand nous étions déjà ici, comme le raconte justement cet homme de Dieu, souviens-toi, tu m'as acheté des fromages et tu m'as dit que tu me les payerais aujourd'hui. C'était dix francs.

— Exact, voici ta pièce !

Ils étaient très contents tous les deux. D'autant plus que chacun d'eux rapportait dans son village une histoire nouvelle pour les soirées d'hiver.

Et il y avait le billard, encore.

— Le père Pélet, un pince-sans-rire, m'accrochait souvent le soir à cinq heures pour en faire un. On descendait sur la Placette, chez le Limpet[1]. Nous étions à peu près d'égale force, mais il me gagnait toujours. Je me suis mis à le surveiller de près. C'est ainsi que je me suis aperçu que, lorsqu'il gagnait un point, il en marquait deux. Je le lui ai dit, tu sais ce qu'il m'a

1. Encore un surnom dérivé de l'occitan, *limpar*, c'est « boire abondamment ».

répondu, l'animal ? « C'est tout naturel, un que je fais, un que je marque, ça fait deux points... »

Neuf années, il a vécu là. Là, il a enseigné l'aigre marmaille des mineurs, et voilà le genre de balivernes qu'il aimait se rappeler ! Pourtant, il passait huit heures par jour à l'école, pourtant il déambulait en causant avec les collègues de long en large dans la cour pendant les récréations, rien, pas un mot sur eux...

1911 à 1920, pourtant, il y a eu là-dedans, incluse en totalité, la Grande Guerre de 14-18 ! Le jeune manchot était forcément resté le seul enseignant mâle de son âge en activité. Tous les instituteurs en état de jouer de la baïonnette étaient sur le front. Seul avec ces dames, les débutantes, les institutrices juvéniles, toutes fraîches sorties de l'École normale et parachutées dans ce trou charbonneux pour remplacer les mâles envoyés au-devant des mitrailleuses Krupp...

Et rien, il ne m'en a jamais rien dit. Même quand ma mère n'était pas là pour nous entendre. Et, cependant, il y a une histoire qu'il m'a tue mais que des anciens m'ont rapportée. Elle est vraie, j'ai pu recouper plusieurs témoignages, elle me rend mon père encore plus secret, elle me rend encore plus invraisemblable le brave type sarcastique et paisible que j'ai connu, elle me donne à penser que je n'ai vu que le bonhomme, je suis passé à côté du monsieur...

Il faut avant tout se retremper dans l'hystérie patriotarde des années 14-18 : tout pour le front ! nos poilus héroïques ! tout leur était dû ! honte aux planqués ! Nos pioupious, rongés par les poux, englués dans la boue glacée, s'en extrayaient en hurlant pour enlever d'assaut sous un déluge de feu et d'acier les tranchées boches ! Beaucoup tombaient là, sur les barbelés, d'autres rentraient mutilés, gazés, défigurés, la plupart des familles tremblaient quand elles voyaient passer le maire endimanché : à quelle porte allait-il frapper pour donner le télégramme mortel ? La moindre allusion restrictive sur l'utilité de cette tuerie, et c'étaient les gendarmes : défaitisme ! Par manque de pédagogues expérimentés et dans la force de l'âge, le jeune manchot frais émoulu de l'École normale avait été bombardé — tenez-vous bien ! — directeur du cours complémentaire. Autrement dit, il portait sur ses épaules étroites neuf classes surchargées de gaillards tout en os et en nerfs, la fleur sauvage, le chiendent de la mine...

Capitaine de réserve, le directeur en titre avait dû revêtir son uniforme à trois galons dorés pour aller entraîner une compagnie d'assaut quelque part du côté de Verdun. Je ne sais rien de cet officier, peut-être a-t-il été tué avant l'armistice...

Mais voici ce que je sais, ce que j'ai appris en dehors de mon père : après un an ou deux de batailles sanglantes, le glorieux capitaine est venu en permission. Quelle fête ! Il occupait l'appartement de fonction juste au-dessus des classes. Dans l'ordinaire, de son bureau sur estrade, le jeune directeur intérimaire devait voir la femme angoissée du capitaine qui traversait la cour de récréation pour aller faire ses courses. Le lendemain de la fiesta des retrouvailles provisoires, l'officier permissionnaire est descendu de chez lui et a fait son entrée dans la classe de mon père.

— Qu'est-ce que vous venez faire ici, vous ?

— Mais voyons, euh... je viens voir comment vous vous en tirez !

— Vous n'avez rien à voir. Pas d'uniforme dans mon école ! Je *suis* le directeur. Ici, c'est moi le patron maintenant. Je n'ai pas de conseils à recevoir de vous ! Est-ce que je viens, moi, sur votre dos, vous expliquer comment gagner la guerre ? Sortez !

Voilà qui me paraît toujours invraisemblable. Le guerrier est sorti. Et voici qui l'est encore plus : le lendemain, ce jeune homme rigolard a pris le train pour Nîmes. Il a fait irruption chez l'inspecteur d'Académie pour lui poser carrément la question :

— C'est moi ou c'est lui, le directeur du cours complémentaire ?

Le plus inouï, c'est que l'inspecteur a donné raison au jeune civil contre le capitaine décoré.

Ma mère me disait parfois tout bas, d'un air entendu : « Ton père, c'est quelqu'un... » Sans plus. Elle ne justifiait pas cette affirmation. Elle devait connaître cette histoire, elle qui avait, enraciné, un tel respect de la hiérarchie pédagogique, elle qui frémissait de crainte à l'idée qu'un simple inspecteur primaire traînât ses guêtres dans le canton. Une fois, elle m'a dit : « Il était culotté, ton père ! Il faisait faire en dictée des extraits d'*Arsène Lupin* ! »

Il est donc resté sur la touche pendant les cinquante-deux mois interminables qu'a duré la plus meurtrière empoignade qu'ait subie jusqu'alors le vieux monde. A l'écart des copains de promotion, à l'écart des jeunes gens de son âge. Les mères le regardaient passer avec amertume, une main de plus ou de moins, n'est-ce pas, pourvu qu'on garde la vie... Il devait sentir sur lui ce regard-là, et d'autres. Des permissionnaires lui disaient : « Si tu savais ce qui se passe là-haut ! Finalement, tu as de la veine... »

Il ne me parlait pas de cette période qui a marqué si profondément toute la première moitié de notre siècle, ou alors c'était par des allusions brèves et grinçantes. Un exemple : quand ma mère lui reprochait d'attaquer le quart de roquefort par ses angles les plus bleus, il ricanait : « Je fais comme le général Joffre qui... grignotait les Boches. »

Pourtant, il s'intéressait à l'évolution de la guerre, dans les détails, la preuve : cette collection du *Miroir,* hebdomadaire photographique sur papier jaune que j'ai passionnément feuilleté pendant des heures tout au long de mon enfance. J'étais fasciné par ces clichés du Chemin des Dames tellement bombardé, crevassé, qu'il ressemblait aux vues rapprochées de la surface lunaire. Et ces tranchées, prises et reprises, comblées de cadavres dont les jambes bottées dressaient leurs semelles cloutées par-dessus les parapets, les Allemands fauchés en enfilade par une de nos bonnes mitrailleuses de Saint-Étienne, et l'avance des premiers chars d'assaut Renault... Je savais à peine lire, et mon père me laissait faire.

Peut-être était-il persuadé que je puisais dans ces images terrifiantes la haine de la guerre. C'était le contraire. Jusqu'à la nouvelle Grande Guerre mondiale, j'ai rêvé de 14-18 et je lui en ai toujours inconsciemment voulu de n'être pas un ancien combattant, de n'avoir rien à me raconter. Heureusement, mes oncles étaient là pour ça. En comparaison de ces anciens poilus volubiles, papa me paraissait soudain frêle et craintif, le type même du petit-bourgeois douillet.

1914-1918, quatre années pendant lesquelles le grand élan patriotique des premiers mois d'août avait le temps de s'essouffler, les jalousies et les haines de croître à l'arrière au fur et à mesure que tombaient les frères, les fils et les maris, que rentraient les blessés, les mutilés, les gazés et les « gueules cassées ». Il ne m'en a rapporté qu'un souvenir souriant, celui d'une chamaille familiale autour d'Élie, son cousin germain, Élie, son copain d'enfance du Mas-Soubeyran, le fils du frère de sa mère, un superbe gaillard, un jeune paysan aux mains énormes, au rire tonitruant. Voici, mot pour mot, sa relation :

— La guerre 14-18 battait son plein. Le cousin Élie était en permission pour la première fois. Aussi, accompagné de son père, de sa mère, de l'oncle Alcide et de la tante Élodie du Poncet, venait-il rendre visite à ses oncles et tantes du Gravas. C'était un des rares jours de joie dans cette triste période. Les trois hommes avaient fêté l'événement par de nombreuses libations : au départ de La Rivière, à Sainte-Cécile en attendant la correspondance, enfin à Chamborigaud où les bistrots ne manquent pas. Ils étaient gais en arrivant à la maison. Leurs femmes commençaient à s'inquiéter. Le dîner fut digne de la circonstance. Les conversations animées reprirent au dessert. L'oncle Alcide, accusé par le père d'Élie de s'être embusqué à la scierie du Collet de peur d'être mobilisé malgré ses quarante ans, prit la mouche. Il tenait des propos plutôt patriotards...

J'interromps ici mon père pour expliciter ce dernier mot. Après quelques mois de guerre, quand il s'est avéré que la marche triomphale sur Berlin n'était qu'une illusion et que le massacre serait interminable et massif, il ne restait guère que ceux qui ne faisaient pas la guerre pour en défendre le principe et la nécessité.

— ... L'oncle Eugène, souffrant de voir son fils aîné mobilisé vociférait de plus en plus. Le vin de Clinton attisait la dispute. Tout à coup, l'oncle Eugène n'y tint plus. Il prit son chapeau et passa la porte. Mon père le rattrapa sur la terrasse : « *Dé qué fas, Uzèno ? — Espincho sé la luno lèvo. — Perqué ? — Per mé foutré moun camp*[1] ! » Mon père le prit par le bras et le mena à son lit. Le lendemain, tout était rentré dans la norme. L'incident était oublié. La famille était de nouveau unie et réunie.

C'est à la fin de la guerre, ou peu après l'armistice, que son père est mort. De cette mystérieuse « maladie tunisienne ». Je ne sais rien de cette agonie. Seulement cette réflexion admirative de maman : « Tu sais, ton père n'a pas laissé tomber sa mère, jamais ! Il l'a aidée jusqu'au bout. Chaque jour, après sa classe, il faisait le trajet pour se rendre au chevet du mourant. » Réflexion insolite puisque ma mère haïssait la mère de son mari, laquelle le lui rendait minutieusement. Maman voulait donc signifier par là que mon père avait eu un mérite considérable de s'occuper d'une telle femme sous prétexte que c'était sa mère.

A vélo, par tous les temps. Je connais bien cette machine, elle est devenue ma première bicyclette. J'ai appris à monter là-dessus. Une « Hirondelle » à rétropédalage de la Manufacture d'armes et de cycles de Saint-Étienne. Un engin pesant, indestructible, à guidon haut. Le cadre était démesuré pour des roues plutôt petites. Le rétropédalage est un système bizarre abandonné depuis longtemps. La chaîne formait une sorte de huit, ce qui permettait, en pédalant en arrière, de passer sur le grand pignon pour gravir les côtes. Sur la poignée droite, la tenaille du frein avait été redressée d'un demi-tour afin que le cycliste puisse agir dessus avec son moignon. Je le vois, mon père, en plein hiver, courbé là-dessus dans la pente vertigineuse du trou de charbon, par une aube de verglas.

---

1. Qu'est-ce que tu fais, Eugène ? — Je regarde si la lune se lève. — Pourquoi ? — Pour foutre le camp !

Nourri des images du *Miroir* de la guerre 14-18, entre dix et douze ans, je me suis inventé ce héros : le capitaine Jaguar. Je le devenais chaque soir en me couchant. Aussitôt la lumière éteinte, le capitaine Jaguar « tenait » sur la Marne : mon oreiller, c'était le parapet de tranchée. Tel un véritable capitaine, je ne m'abandonnais jamais au sommeil avant d'avoir remporté une victoire...

Évidemment, mon père ne l'a jamais su.

Ce qui me troublait parfois, en plein assaut du fort de Douaumont, c'étaient les soupirs et les grincements du sommier, derrière la cloison où mes parents faisaient l'amour le plus discrètement possible.

Mon père avait trente ans lorsqu'il a rencontré ma mère. Je suis porté à croire qu'il avait eu jusque-là une vie sentimentale et sexuelle.

Mais, de sa vie sentimentale jusqu'en 1920, 21... rien de concret sur quoi je puisse m'appuyer, si ce n'est de rares allusions que ma mère faisait encore cinquante ans après à une certaine Georgina, belle cousine du Chambonnet qui aurait versé bien des larmes quand il s'était marié. Non, rien sur la vie intime de ce « coquin » bourré de poèmes dans ces longues années où, les jeunes mâles partis pour le front, tant de créatures rôdaient, sevrées d'amour. C'était les temps du « Diable au corps ».

La guerre finie, il a rendu son poste de directeur du Groupe scolaire de La Vernarède et, comme il était peut-être délicat de le remettre sous les ordres d'un revenant médaillé, l'inspecteur l'a nommé dans le village de Chamborigaud, à un kilomètre de son mas natal. Il avait trente ans et le poids de cette guerre victorieuse, qu'il n'avait pas faite, d'autant plus pesante pour lui dans le brouhaha des survivants prolixes et des manchots de la gloire.

Au début de ces années vingt, une belle et violente jeune fille sortait de l'École normale de Nîmes. Son premier poste : Le Chambon, à quatre kilomètres de Chamborigaud.

De ma mère, quand elle était jeune fille, je peux écrire assez précisément. Elle se racontait beaucoup. Sur la fin de sa vie, vers sa quatre-vingtième année, par un phénomène bien connu des médecins, alors qu'elle perdait la mémoire immédiate, elle retrouvait, presque miraculeusement, des souvenirs incroyablement précis et détaillés de sa petite enfance.

— J'étais, ce jour-là, sous le cerisier... Mon père et mes grands frères s'étageaient au-dessus de ma tête, assis sur des branches, ils cueillaient ces grosses cerises qui restent encore presque blanches même quand elles sont tout à fait mûres, avec une peau lisse qui craque sous la dent ; ils les jetaient sur un vieux drap de lit au milieu duquel j'étais assise. Je trônais. Je ne sais pas exactement quel âge j'avais alors, quatre, cinq ans, mais je me disais que j'étais vraiment la plus heureuse des fillettes du monde, je m'appelais en moi-même « Petite Princesse »... Là-haut, mes grands frères et mon père riaient et chantaient en travaillant. Ils me bombardaient avec les cerises pour me taquiner, soucieux de ne pas me faire pleurer car ils m'adoraient (j'étais la dernière-née de la famille, et la seule fille !)... Et moi, sans me lever, je n'avais qu'à tendre la main droite ou la gauche pour amener à ma bouche les plus beaux des fruits. J'en riais... J'étais heureuse.

Elle était venue au monde en 1900 à Avéjan, petit hameau perché sur un mamelon sans eau, entre Saint-Jean-de-

Maruéjols et Barjac, aux confins de l'Ardèche. Il régnait sur la place l'été une âcre odeur de poussière et de crottin surchauffés, mais, dès qu'on entrait chez mes grands-parents, les portes s'ouvraient sur des pièces sombres et fraîches, où l'on était saisi par les puissantes senteurs de miel, de farine, et de figues mises à sécher.

Les ruelles, en tranchées, bordées de hauts murs en pierre sèche couleur blanc cassé, étaient ravinées en leur centre par l'eau des gros orages qui ne se laissait pas absorber mais se hâtait de dévaler non sans emporter encore un peu de cette terre si maigre. Pas moyen d'arroser les jardins, on se nourrissait essentiellement de pois chiches.

C'était un village de paysans et de mineurs. Dans la journée, on n'y croisait que des vieilles femmes en noir courbées sous le faix, fagot ou herbe à lapin. Au pied du mamelon s'alignaient de petites mines d'asphalte et de lignite qui répandaient en permanence des remugles de pétrole.

Le père de ma mère était boulanger. Les mineurs étaient les seuls clients qui payaient leur pain quotidien en argent. Après la moisson, les paysans apportaient à la boulangerie quelques sacs de farine que mon grand-père comptabilisait. Et chaque famille paysanne venait chercher son pain au prorata de ce qu'elle avait apporté, laissant une petite marge qui était le seul bénéfice du boulanger. Si, au contraire, le client prenait plus de pain qu'il n'avait fourni de farine, il réglait le surplus avec des œufs. « Et moi, me racontait ma mère, chez l'épicier, je payais avec des œufs, je me vois encore les porter soigneusement, au creux de mon tablier d'écolière que je tenais soulevé, un coin dans chaque main... »

En ce temps-là, dans les campagnes, les impôts indirects ne devaient pas rapporter lourd à l'État qui voyait ces petits trocs multiquotidiens lui passer sous le nez.

Enfant, j'ai connu cette étroite boutique. La balance, ses poids de cuivre tant de fois poinçonnés par le contrôleur, et le bahut qui servait de comptoir sont encore chez moi. J'imagine facilement les scènes qui se sont déroulées dans cette étroite échoppe ouverte sur la placette, à partir des récits jubilants de ma vieille maman.

La famille du château faisait prendre son pain par leur bonne allemande. Au début de la guerre de 14-18, mon grand-père a dit tristement aux châtelains :

— Mes deux seuls fils se battent sur le front, je regrette, mais il est au-dessus de mes forces de donner mon pain à une Allemande. Monsieur le Comte devrait avoir la délicatesse d'envoyer un autre membre de son personnel faire ses courses chez moi...

Figurez-vous qu'à quatre ans ma mère avait déjà en elle, définitivement ancrée, sa vocation pédagogique.

Au début de l'école laïque, publique et obligatoire, il n'y avait pas de local. Néanmoins, une institutrice était arrivée au village. Une grande et belle jeune femme blonde qui arborait des tresses enroulées en bandeau sur les oreilles. Le bistrot de la Placette, porte à porte avec la boulangerie, a prêté sa salle. Il a seulement poussé quelques bancs contre les murs pour que ses clients habituels, peu nombreux dans la journée, ne restent pas debout.

Je la vois, ma mère, gaminette de quatre ans, venir de la boulangerie de son père pour passer des heures le nez collé à la vitrine du café. Elle ne pouvait entrer bien sûr, n'étant ni client ni d'âge scolaire.

Les enfants, groupés au centre de la salle, étaient eux aussi fascinés par la jeune maîtresse d'école. Et les vieux buveurs donc, rangés le long des murs, ils en jutaient dans leurs pipes, mais faisaient, rapporte-t-on, d'énormes progrès en arithmétique et en orthographe.

A six ans révolus, comme tout le monde, après deux années de fascination pédagogique comme personne, ma mère est enfin entrée officiellement à l'école. Elle n'en est jamais sortie. Même après sa retraite, dans sa cuisine ou sur notre chemin vicinal, chez le boucher ou avec le facteur, elle ne formait guère de phrases qui ne comportaient pas quelque enseignement à courte ou longue portée.

Peu avant sa mort, une suppléante est venue lui rendre visite à la veille d'une inspection très importante pour sa titularisation :

— ... Demain, il faudra que j'explique à mes élèves ce poème de Verlaine et je suis bien embarrassée.

Ma mère l'a longuement interrogée sur ses élèves : leur âge, leur milieu...

— ... Ils vivent entassés en H.L.M. L'autre jour, je leur ai demandé de me raconter une promenade dans le parc, le sujet classique. Ils m'ont parlé tunnel, tickets, niveaux, péages...

— Tu vois, ma petite, dans ces vers, le poète parle principalement de la rosée sur un jardin. Viens faire un tour dans le mien, prends cette cagette...

Alors j'ai vu, de mes yeux vu, ma mère disposer de la terre au fond du récipient, planter là-dedans quelques feuilles, quelques brindilles, confectionner ainsi un jardin miniature, un potager-bonzaï, puis, à l'aide d'un rameau trempé dans l'eau qu'elle secouait comme un goupillon, démontrer à la débutante comment faire sentir à des mômes du béton les beautés de la rosée du poète.

Oui, je revois la vieille institutrice tourner, retourner, la cagette-jardin pour l'exposer au bon angle du soleil couchant afin que les larmes de rosée deviennent les perles chantées par Verlaine.

Elle avait entendu parler de mon père bien avant de le rencontrer. Son grand frère Marcel était à l'École normale de Nîmes en même temps que le fameux régressiste... Si bien que ma mère avait ouï les exploits de ce phénomène de Chabrol, de ce génial je-m'en-foutiste, plus de dix années avant que le hasard la mette en présence du jeune instituteur manchot.

Puis son frère Marcel était parti pour le front. Les deux normaliens ne se retrouveront, après l'armistice, que pour devenir beaux-frères.

C'était pas facile pour cette fillette d'Avéjan de préparer la fameuse école de Nîmes d'où sortaient les merveilleuses maîtresses d'école. Mais ça n'avait rien à voir avec ses facultés intellectuelles. Simplement, sa grand-mère ne voulait pas. La terrible vieille régnait alors sur le petit monde de la boulangerie. Et, pour l'aïeule, pas de question ! Une fille, ça reste à la maison jusqu'à ce que ses parents la marient. Le certificat d'études primaires était l'apogée de la culture féminine, et encore, les filles s'en passaient facilement et depuis toujours...

— Je haïssais ma grand-mère, elle avait des oreilles immenses, m'avouait maman sur la fin de ses jours, et, encore maintenant, lorsque je tombe sur quelqu'un qui a de grandes oreilles, je ne peux pas l'aimer...

En revanche, elle gardait le souvenir ébloui de son examen. D'abord, parce qu'elle avait réussi, haut la main, naturellement ; mais surtout parce qu'elle était allée le passer au chef-lieu de canton, avec une robe neuve ; enfin, c'était la première fois qu'elle mangeait de la viande.

Le plus étonnant, c'est que depuis toujours elle connaissait très bien le parfum des viandes, et même leurs saveurs, mais elle n'avait jamais mordu à même la chair. Voici pourquoi : les gens qui pouvaient se permettre de pratiquer le boucher apportaient leurs gigots à rôtir dans le four du boulanger, lequel avait le droit de prélever, pour sa peine, une bonne cuillerée de jus.

— ... Je voyais repartir ces rôtis fumants mais quand même, à midi, j'avais des pommes de terre ou des pois chiches au jus de viande... Eh bien, le jour de mon certificat d'études, j'ai mangé du mouton. Je me souviens qu'à midi, entre les épreuves du matin et celles du soir, je me suis assise sur les marches de l'église de Saint-Jean et j'ai déplié le gros papier jaune dans lequel ma mère avait enveloppé la côtelette qu'elle m'avait achetée pour cette grande occasion. Elle était froide, bien sûr, mais je me suis régalée, j'ai mordu là-dedans... C'était divin...

Reçue, elle a supplié ses parents de l'envoyer à l'École supérieure qui préparait au concours d'entrée à l'École normale d'institutrices. La jolie maîtresse d'école soutenait cette élève exceptionnelle, mais la grand-mère était toujours là, inflexible : « Quoi ! vous enverriez ma petite fille en pension à la ville, toute seule ! Et, par-dessus le marché, vous payeriez ! »

Heureusement, la vieille aux grandes oreilles était « bien fatiguée », comme nous disons pour les gens à l'article de la mort. En attendant qu'elle meure, l'institutrice prêtait des livres et corrigeait les devoirs de la petite, gratuitement et secrètement.

La candidate clandestine rongeait son frein en gardant les chèvres. Elle lisait avec passion et, pendant ce temps-là, le troupeau se dispersait. A la nuit tombée, toute la famille mobilisée battait la campagne alentour à la recherche d'une bique perdue.

— Qu'est-ce que j'entendais ! On me prenait pour une folle. Quand je gardais, le temps me paraissait si long... Je n'avais pas de montre. Quand il entendait rentrer le troupeau avant l'heure, mon père ne me disait rien, il venait au seuil de la boulangerie et me faisait signe de retourner d'un grand geste que je revois encore... J'en aurais pleuré !... Mon frère Marcel m'apportait de Nîmes *Les Misérables* par fascicules. Je lisais Hugo, moi ! En gardant mes chèvres, moi, pauvre pastourelle, je m'en saoulais, de Hugo, vraiment... Sur le chemin du village, j'oubliais tout, l'heure, les bêtes... Jusqu'à ce que j'aperçoive mon père dressé devant la boulangerie avec son grand geste en demi-cercle.

Elle aimait les siens, son grand travailleur de père, sa douce et toute menue maman et ses deux terribles gaillards de frères aînés.

A l'époque, on pétrissait à la main. Voici l'image de son père qu'elle aura gardée jusqu'à son heure dernière : cet homme de dos, torse nu, courbé sur le pétrin pour y plonger ses avant-bras. C'était un travail très long et très pénible. Il se levait au milieu de la nuit pour pétrir, il passait des heures debout dans la gloriette à pousser des « han ! » d'effort.

— Mon père était horriblement chatouilleux. Avec mes frères, on en profitait, tu parles, on jouait de ça... Un matin, un cri terrible, interminable, nous a tous fait courir au fournil.

Mon père sautait sur place, il tremblait des pieds à la tête en hurlant, les deux mains crispées sur sa cuisse... Quand il les a enfin ouvertes, une petite boule de sang, de poil et de chair est tombée à ses pieds, tout ce qui restait d'une souris qui était montée le long de sa jambe, sous son pantalon, pendant qu'il pétrissait.

Ses frères étaient des princes. Marcel serait bientôt maître d'école, et Samuel, l'aîné, le colosse blond, conduisait l'attelage de la poste sur le grand chemin de Saint-Jean, et faut voir comment ! avec quels cris, quels claquements de fouet !

— Le dimanche après-midi, mes frères faisaient la grande toilette, ils mettaient leurs plus beaux habits, ils avaient le droit de sortir. Auparavant, papa se mettait devant la boulangerie et criait au village : « *Attentiou ! lachiè mous gals, récatas vostrés galinas* » (Attention ! je lâche mes coqs, rentrez vos poules !)

J'imagine assez bien cette fillette, assez boulotte, son visage plat, ses yeux émerveillés, ses gestes brusques... La grand-mère a traîné un an encore, mais la bonne institutrice avait « entretenu » son élève préférée qui a réussi du premier coup à l'examen d'entrée de l'École supérieure. Son trousseau de pensionnaire était prêt depuis longtemps.

L'École supérieure (deux ans), ensuite l'École normale d'institutrices (deux ans, plus une troisième année dite « école d'application »), voilà cinq années qui correspondent à peu près en temps et en date à la Première Guerre mondiale. Le dimanche donc, ces demoiselles en uniforme quêtaient pour nos poilus autour du temple de Diane. Des années « formidables » (« au sens du XVIIe siècle », comme on dit dans le secondaire). Elle avait ses deux grands frères chéris sur le front ! Pourtant, de cette époque, elle se rappelait presque exclusivement les souvenirs d'enseignement ou de camaraderie, elle y revenait souvent, jusqu'à la fin de sa vie, surtout quand l'une de ses condisciples, à la retraite comme elle, venait passer un après-midi au mas. J'entends encore pouffer ces vieilles dames toujours si soucieuses de leur respectabilité lorsqu'elles évoquaient leurs sorties en ville. La discipline de l'École normale de jeunes filles (telle était la précision de son intitulé officiel...) paraîtrait tout simplement dictatoriale de nos jours. Les sorties étaient chichement mesurées. A la porte, comme à celle des casernes : revue d'uniforme, des bottines cirées jusqu'aux gants blancs. Le lundi matin, la directrice avait toujours des remarques à faire, ses amis observaient les normaliennes sur la place des arènes. Elles étaient faciles à repérer, avec cet uniforme. Se promener sans chapeau, ou le chapeau à la main, en cheveux, quoi ! c'était s'avouer libertine !... Paradoxalement, pour cette petite protestante d'Avéjan, ce rigide pensionnat, c'était la liberté, c'était l'aventure. Son casier, son pupitre, son rond de serviette, le dortoir, le réfectoire, le parc entre les hauts murs, la pièce à répéter pour la fête de fin d'année... son univers s'amplifiait, le monde était grand.

L'une des élèves avait été chassée de l'École parce qu'elle était enceinte. Le scandale avait secoué toute la ville, et ma mère trouvait ça normal. Un jour d'été, j'avais six ou sept ans, nous étions à la baignade au bord de la rivière, j'observais les mauvais plongeons d'une belle jeune fille. A chaque coup, elle tombait à plat sur le ventre. « Elle le fait exprès, disait tout bas ma mère. C'est une normalienne. Elle est enceinte, elle essaie de le faire passer par tous les moyens... »

Dans sa bouche, le plus beau de tous les compliments, c'était : « très strict ». Chaque fois qu'elle disait (elle en avait plein la bouche) : « Cette personne est très stricte... », je regardais, et je voyais une revêche sanglée dans un tailleur boutonné jusque sous le menton.

Telle est donc la jeune fille qui allait tomber sur le « Bourgeois », créateur du parti régressiste.

Son premier poste : Le Chambon, village minier au nord du Gard. Ce n'était pas si mal pour une débutante. L'une de ses condisciples avait été nommée dans un hameau de montagne, aux confins de l'Ardèche, où elle avait dû acheminer son mobilier à dos de mulet par un sentier à donner le vertige.

Mon grand-père a attelé la jardinière et juché, entre les ridelles, le lit, le matelas, la malle, deux chaises et une jolie petite table en bois de cerisier qu'il avait confectionnée pour sa fille au cours des veillées de l'hiver précédent. Puis il s'est installé sur l'unique banquette, une planche capitonnée, sa fille, la nouvelle institutrice, à ses côtés, et fouette cocher ! Pas peu fier, je suppose, le pauvre boulanger... Une trentaine de kilomètres et pas mal de villages à traverser la tête haute... La petite école se dressait vers le haut du village, à flanc de montagne. Tout contre l'église, le modeste « logement de fonction » de l'adjointe n'était séparé du presbytère que par une cloison. L'institutrice qu'elle venait remplacer était partie en sanatorium... Consternation ! La directrice de l'École normale, dans ses dernières recommandations, avait bien insisté là-dessus : « N'acceptez jamais d'entrer dans un logement précédemment occupé par une tuberculeuse sans vous être assurée d'une sérieuse désinfection ! » Deux maladies semaient alors l'effroi : la syphilis (mais, dans ce cas précis, pas de crainte à avoir pour l'heure), et le mal de la Dame aux camélias. La tuberculose occupait alors la place qui est celle du cancer et du sida, en notre fin du XXe siècle. Dès l'abord, une chamaille, le premier acte ès qualités de notre débutante : une colère... Elle exigeait la désinfection. Le maire, lui, n'avait débloqué un crédit que pour chauler les classes, comme avant chaque rentrée scolaire. Finalement, le jeune maçon qui attendait là, son pinceau à la main, a proposé, quand il y était, de chauler aussi la chambre de l'arrivante, et pour le même prix. Le maçon s'appelle René Tabusse ; il a, je crois, plus de quatre-vingt-dix ans à l'heure où j'écris ces lignes. C'est lui qui m'a rapporté l'algarade :

— Ta mère alors, c'était rien qu'un petit bout de jeune fille, mais elle savait se défendre déjà ! Ça m'a plu, ça ! J'ai dit : je ferai le travail pour rien, je l'ai fait, et je le regrette pas...

Par mes parents, par leurs amis, par quelques témoins aussi me sont parvenus des lambeaux de ces débuts de ma mère, avant qu'elle fasse la rencontre de mon père et puisse profiter de ses dix années d'expérience pédagogique.

Le directeur était un très brave homme, père de famille

nombreuse, laïque militant, qui ne cachait pas son athéisme. Il était même abonné à des journaux comme *L'Humanité* et *Le Père Peinard.* Il avait perdu l'un de ses tout jeunes enfants et, dans ce village catholique, il avait osé l'enterrer civilement. Il paraît que des gens jetaient des pierres sur le cortège...

Elle se retrouve donc seule, seule pour la première fois de sa vie.

— Le soir, dans ma chambrette, j'avais peur, je guettais les bruits...

Elle ne se rassurait que lorsqu'elle avait entendu le curé se coucher dans le presbytère, de l'autre côté de la cloison. Dès leurs premières rencontres, mon père, impatient de lui faire partager ses passions, lui passait les romans d'Arsène Lupin.

Il y a cette scène, dans *Les Trois Crimes,* si mes souvenirs sont bons : Arsène Lupin est couché dans l'obscurité totale. L'assassin rampe silencieusement dans la chambre, il s'approche du lit... Lupin l'attend. Il n'a pas d'armes, il a jeté son pistolet, et même son poignard... L'auteur, Maurice Leblanc, détaille la lente progression du terrifiant ennemi...

— Je lisais... ça me tenait éveillée jusqu'à l'aube. Je tremblais, enfin j'entendais passer sous ma fenêtre le groupe des mineurs à vélo qui allaient prendre le poste de jour...

La même scène m'avait causé la même frayeur nocturne lorsque j'avais mis la main sur les Arsène Lupin dans la bibliothèque familiale.

Elle se donnait tout entière à son travail, à ses moutards turbulents qu'elle savait mater, j'en suis sûr, et suis bien placé pour le savoir. Le soir, elle devait s'enfermer chez elle pour préparer sa classe du lendemain, puis elle se couchait pour lire et trembler jusqu'à l'aube. Pour les vacances, ou les « vacancettes » (Noël, Pâques...), elle sautait sur son vélo pour rejoindre sa famille.

C'est au retour de l'un de ces voyages qu'elle est tombée sur ce célibataire endurci et ronchon dont elle allait faire mon père.

Je suis très pauvre mais on trouvera toujours du pain et du fromage. En réalité, je suis du peuple.

GIONO
Le Bonheur fou.

Les amoureux s'écrivaient à la plume sur des papiers de rebut. Ils allaient l'un vers l'autre à pied, à vélo, ou à « pétrolette ».

Nous sommes en 1993. Je suis dans le T.G.V. entre Nîmes et Paris. Je suis bien, calme, sûr de moi, et nous roulons à une allure folle. Je tape sur une machine Canon à cristaux liquides sur laquelle je peux rapidement corriger mes erreurs, et sans laisser de traces. Voilà. Je pense à ma mère. Elle est morte il y a onze années, sans s'être jamais faite à la vie que je menais... Comme je suis libre, moi ! Ma mère était contrainte. « Contrainte », oui, c'est le mot qui rend le mieux son caractère, et aussi l'ensemble de ses comportements. Le paysage défile sur ma droite, il m'obéit sous un ciel bas, sous une pluie battante, le pays m'obéit, sombre et courbé, comme j'obéissais à ma mère... à elle qui ne cessait de proclamer fièrement qu'elle était libre, la pauvre ! et qui le croyait de tout son être. Comme elle était persuadée de m'inculquer la liberté quand elle ne m'apprenait que les règles strictes, horriblement détaillées et embrouillées, de la soumission, la soumission, passe-partout de la promotion sociale en toute honnêteté. De la façon de se tenir à table jusqu'à l'intonation à affecter pour l'oral des examens, il y avait des règles, il fallait les apprendre, les suivre scrupuleusement, moyennant quoi non seulement il ne pouvait rien m'advenir de fâcheux, mais encore je cotisais à l'assurance tous risques des avenirs radieux. Tout ne dépendait plus que de mon mérite. MÉRITE... le grand mot est lâché. « Méritant »... le mot me frappe aujourd'hui comme une gifle.

D'abord, je veux voir l'amante seule, chez elle. Quelques confidences de ma mère m'y aident. Je la vois dans l'étroit logis de fonction, se cuisinant une omelette, en lisant au passage un bouquin que son « Sil » lui a prêté. Des gosses jouent encore sur la place, ses élèves. Des cris de beloteurs parviennent du bistrot le plus proche, de lourdes voix d'hommes avinés. Des commères causent sous sa fenêtre, carrées sur les chaises de paille qu'elles tirent devant leur porte chaque soir après le souper dès que la saison le permet. Là se font l'information et les opinions du village. L'institutrice débutante se sent très loin de chez elle. A cette époque, chaque village avait sa personnalité, chaque vallée sa culture, ses mœurs, on changeait de pays en dix kilomètres.

J'ai de la peine à imaginer la fraîche, la vaillante jeune fille que mon père a rencontrée sur le chemin du Chambon par une belle fin d'après-midi. Quand je pense à elle maintenant, onze ans après sa mort, je la revois en plantureuse maman des années trente, j'avais entre cinq et dix ans et je découvrais la femme à travers elle. Ses seins d'abord, énormes et flottants, serrés doublement par le soutien-gorge et l'encorbellement de ces combinaisons ornées de dentelles qui se nommaient « la parure ». Le décolleté suffisait toujours à mettre en valeur l'y grec de la raie médiane, aussi profond que celle des fesses, qui se perdait sous de soyeuses épaisseurs. Quand il m'arrivait de la surprendre dans sa toilette, j'étais saisi et toujours attiré comme par magie, autrement dit proprement « charmé » par les gonflements d'étoffes amoncelées autour du bassin, de la taille jusqu'à mi-cuisses. Il y avait là, je l'ai su par la suite, les jupons, la vaste culotte et, par périodes mensuelles, les serviettes hygiéniques, le tout si serré d'élastiques, du porte-jarretelles, aux ceintures coulissantes, que l'ensemble me rappelait ces hauts-de-chausses à crevés que portaient au-dessus de leurs bas les mignons d'Henri III. Je ne pouvais bien sûr que l'entrevoir, ma mère me claquait la porte au nez, mais il m'en restait quelques secondes une touffeur, une puissante odeur. Cette fugitive bouffée de parfums tièdes et musqués a longtemps marqué pour moi la piste même de la femme.

Elle se plaignait couramment de ses règles très douloureuses et extrêmement abondantes. Dans notre petit logement, il m'arrivait de tomber sur ces paquets de serviettes sanglantes qu'elle avait mises à tremper dans des bassines. J'en étais écœuré pour longtemps. Le sang me faisait peur, et surtout celui-là.

Ces images mêmes s'estompent dans ma mémoire à la suite de la découverte toute récente de quelques photos de ma mère normalienne. Car ces clichés sur carton, vieux de soixante-dix ans, prennent vie pour cette raison que j'ai une fille de dix-huit ans qui est le portrait de ma mère quand elle avait le même âge. La petite fille ressemble à sa grand-mère trait pour trait, c'est hallucinant, comme deux gouttes d'eau, de belle eau pure.

Je la vois donc, je peux même la toucher, l'ardente jeune fille qui tomba littéralement sur mon père à l'entrée du Chambon ce jour-là.

Elle était le feu, il était le vent. Je suis sorti de ce brasier. Je voudrais montrer la séquence de cette rencontre à deux caméras, vue par mon père, vue par ma mère, et me servir aussi, qui peut m'en empêcher ? du monologue intérieur en voix off.

Ce dimanche soir-là, avec sa mère veuve depuis peu et que, pour cette raison, il ne quittait guère, celui qui allait être l'auteur de mes jours était allé faire visite à une vieille amie de la famille, nommée Anaïs et qui demeurait au Chambon, village situé à une petite heure à pied du Gravas. Je l'ai connue, cette vieille dame très droite, toute vêtue de noir comme sa commère du Gravas, raidie dans une fierté qui lui donnait un air de noblesse, nous l'appelions « l'Anaïs du Chambon ». Elle y était redoutée semble-t-il, jugeant des uns et des autres avec une présomption de duègne. Son fils était contremaître aux ateliers de la mine, ce dont elle n'était pas peu fière dans ce village d'humbles mineurs. Sur sa crédence trônait le chef-d'œuvre de son petit à l'École pratique, une maquette de locomotive en cuivre étincelant, une merveille de mécanique (je pouvais la regarder, la toucher, mais je n'avais pas le droit de jouer avec).

L'Anaïs du Chambon et la Léonie du Gravas se rendaient leurs visites suivant des rites d'une rigueur protocolaire. Si l'une venait un après-midi en compagnie de son fils, l'autre lui rendait la pareille en compagnie du sien...

Après le goûter (café, langues-de-chat), les deux veuves et leurs enfants étaient sortis pour une promenade vers « les vistes ». On appelait ainsi (l'endroit d'où l'on voit) ces virages en épingle à cheveux qui, au sommet d'une côte, offrent un panorama sur le cours de la rivière, le flanc de la montagne et les toits du village que l'on vient de quitter. Sur ces deux cents mètres de montée, notre trio avait rencontré d'autres gens, voisins et connaissances, qui s'étaient attendus et formaient un seul groupe d'une douzaine de causeurs et de commères blaguant et papotant, le pas lent car la pente s'accentue dans les derniers mètres avant la viste. C'était une calme fin d'après-midi, le soleil couchant dorait les reliefs, des fraîcheurs humides montaient de la rivière. De l'autre côté du virage, dans la pente que nos promeneurs ne pouvaient encore voir, une cycliste grimpait vers eux. A grand-peine.

Elle revenait de son village d'Avéjan pour reprendre sa classe le lendemain matin, lundi. Sa bicyclette était lourdement chargée de victuailles et de linge de rechange. D'Avéjan à Peyremale, en passant par Saint-Ambroix et Bessèges, la route est plate mais, là, elle commence à se dresser implacablement, les derniers kilomètres sont les plus rudes, surtout les derniers mètres avant la dernière viste d'où l'on descend enfin sur Le Chambon.

La jeune fille appuyait de tout son poids, en danseuse, sur une pédale, sur l'autre, en serrant très fort le guidon pour retenir la machine que le poids de la caisse, sur le porte-bagages, embardait de tribord à bâbord...

Ils se sont rencontrés au sommet, tout juste.

La surprise de tomber nez à nez avec tous ces curieux l'a arrêtée net ; maîtrisant péniblement son vélo qui penchait toujours trop, elle avait mis les deux pieds à terre, heureusement, et s'y carrait dessus, jambes écartées, dans une posture qui n'avait rien de gracieux.

— Tiens, notre nouvelle institutrice !

Et tout le monde s'empressait de la présenter à l'instituteur du village voisin, son collègue après tout !

Ma future mère était haletante, écarlate, décoiffée, le chapeau en bataille, des mèches dans les yeux, moulée par son corsage trempé de sueur. Elle tremblait de fatigue, à bout de souffle, incapable d'articuler un mot. Elle se sentait affreuse, repoussante.

Mon père était stupéfié par cette apparition ; lui toujours si désinvolte, il n'a su que lâcher, avec un petit rire bête :

— Eh ben, mademoiselle ! Vous avez une drôle de dégaine...

Pourtant, il savait, lui, parfaitement, qui elle était. On en avait assez parlé de la « normalienne sortante » qui venait d'être nommée dans le village. Il serait étonnant que le sujet n'ait pas été abordé au cours de la promenade. Si bien que, lorsque la cycliste à bout de forces est apparue au sommet de la viste, l'Anaïs, ou quelque autre Chambonnais, n'a eu qu'à chuchoter : « Tiens, justement, la voici. »

Jusqu'à la veille de sa mort, il arrivait à maman de soupirer d'un air extasié :

— Tu te rends compte, la première phrase que ton père m'a dite : « Vous avez une drôle de dégaine ! »

Elle savait depuis longtemps par son frère qui il était, elle n'ignorait pas qu'il exerçait dans la commune voisine, elle s'attendait à le rencontrer un jour ou l'autre, mais pas comme ça ! « Tu parles d'une présentation ! Quelle vexation, et en public encore ! Ah, tu peux dire qu'il m'a fait manquer ! J'en ai pleuré de rage toute la nuit... »

Ma grand-mère avait jaugé d'un regard sa future bru, elle avait tout senti, tout pressenti ; c'est là, ce soir-là, qu'est née dans le cœur de la vieille une haine qui ne fera que croître et embellir jusqu'à sa mort. Et qui sera payée de retour, amplement.

« Dégaine »... A ce mot lancé comme ça, je reconnais un fâcheux trait de caractère que j'ai hérité de mon père, don précieux pour un écrivain mais dangereux dans sa vie privée... Le mot précis, drôle, qui vous vient, irrésistible, qu'on ne peut retenir, qu'on regrette aussitôt lâché, qu'on se reprochera longtemps, toute la vie pour certains, parce que c'est la boutade impardonnable, la saillie qui va se retourner dans une blessure mal fermée que l'on ignorait, la plaisanterie qui casse une amitié, qui rend très malheureux celui ou celle à qui l'on ne voulait que du bien. Combien de fois m'en suis-je voulu de n'avoir pas su tenir ma langue...

Papa me disait : « Mon Pierrot, je me suis souvent repenti d'avoir trop parlé, jamais de m'être tu. »

Mais comment laisser passer une occasion d'être drôle, qui se révélera, hélas ! muflerie dans la seconde qui suit ? Voilà qui m'arrive encore ; la vie, la longue et dure vie, ne m'a pas complètement corrigé. Ces jours derniers, pour un de mes « bons mots », j'ai vu ma fille de dix-huit ans, celle qui ressemble à ma mère, blêmir comme avait blêmi la jeune institutrice essoufflée tout en haut de la viste. Troublant... Pour un mot maladroit, blessant, une minute ma fille était ma mère et moi, j'étais mon père. Cette sensation d'être lui m'arrive de plus en plus fréquemment au fur et à mesure que j'approche de ce que les médecins appellent, pour ne pas affoler les intéressés, le « processus biologique terminal ». Je le suis d'abord concrètement, physiquement. Par exemple, j'avance dans la pénombre d'un couloir d'hôtel et tout au fond, par la porte ouverte d'un ascenseur, c'est lui qui vient vers moi. Il faut que j'arrive tout près de cette saloperie de grande glace qu'ils installent dans les ascenseurs pour que mon père s'efface, que je redevienne moi. De plus en plus souvent, j'entends sortir de ma bouche, avec sa voix, un mot bien à lui, que j'avais oublié depuis longtemps, un de ces vocables qu'il avait tordus, torturés, détournés de leur sens officiel, ou même carrément inventés pour son usage et celui des siens. Lui seul disait pour quel désordre ! « quel harlèri ! », pour perdre quelque chose, le « parafiquer » ; et tant d'autres mots que je n'ai entendus que de sa bouche sortent à l'improviste de la mienne, juste en situation, à ma grande surprise, à mon émoi, me laissant dans la gorge une singulière saveur d'angoisse.

L'image de la rencontre sur la viste m'est vivante, frémissante comme un souvenir personnel, si bien que je me demande presque sérieusement si ce n'est pas moi qui ai rencontré ma mère pour la première fois ce soir-là, et pourquoi pas ? N'étais-je pas un peu, infinitésimal, déjà dans mon père ? Puisque après tout il est encore en moi, là, aujourd'hui, et déjà plus qu'un peu dans mon fils que je vois dans la pénombre du couloir d'un hôtel marcher devant moi vers la haute glace de l'ascenseur.

Ne croyez pas que j'écrive ces lignes dans l'excitation d'une longue nuit de veille soutenue par des litres de café fort, non, je viens de me lever après un long et profond sommeil, je suis frais et dispos. Il y a moins d'une heure je suis sorti dans le jardin, nous sommes en mai, le petit soleil du matin tâtonne sur les vallonnements de sa Cévenne, il y a dans le fond de l'air cet arrière-goût de verdure électrisée par la nuit que nous savions déguster, mon père et moi. J'ai écarté les jambes et j'ai pissé, les yeux au ciel, fredonnant vaguement. Le bruit de nos jets puissants sur le gravier, le tiède fumet qu'ils dégageaient se mêlaient, s'unissaient, je l'ai encore surpris, c'est mon père qui pissait pour moi sur son seuil, le seuil de ma journée.

Parfois, quand mon fils est là (c'est un matinal aussi), nous pissons ensemble, alors, je vous le jure, nous sommes trois, bel et bien trois, à pisser sur cette vieille terre, face à cette montagne, les yeux levés vers cette montagne et vers ce ciel qui en ont vu d'autres. Entre nous deux, il est là, qui me dit : « Mon Pierrot, raconte à ton fils l'amour que j'ai eu pour ta mère... »

Nous nous rebraguettons tous les trois avec ces mouvements enchaînés mais parfaitement synchronisés qui font plier les genoux, tanguer les hanches et remontent les épaules sous les oreilles. Mon fils et moi tirons la fermeture Éclair de la main gauche, par solidarité.

Qu'est-ce qui m'a pris de lui parler de sa dégaine ! Mais, merde ! c'était le mot ! Et elle était charmante ainsi, désarmée, vulnérable, telle qu'elle doit être au réveil, avant la toilette, avant le peigne, ne parlons pas des fards qu'elle doit ignorer... Ce petit vent qui lui soufflait dans le dos, sur sa nuque moite, conduisait jusqu'à mon nez de chasseur expérimenté une impalpable pincée de son parfum de nature, camphré par la fatigue. On s'est regardé, on aurait été seuls, j'ouvrais les bras, elle tombait dedans. Et moi qui lui balance sa « dégaine » dans les narines ? Comment je vais rattraper ça ?

Ma mère m'a piégé, au moment des présentations, soudain, elle m'a dit : « Tiens-moi mon sac ! » Ce qu'elle ne fait jamais. Quand la jeune cycliste (comment s'appelle-t-elle déjà ?) m'a tendu la main, la mienne était occupée par le sac maternel. Je lui ai donc tendu, forcément... l'autre... *Elle a tiqué. Ce premier contact de nos deux... peaux l'a choquée, comme si « dégaine » ne suffisait pas ! Ça surprend toujours, désagréablement, même si elle était avertie, mais comment le serait-elle ? Sa nomination est récente, elle ne doit pas connaître grand monde dans le bled, et même si... pourquoi lui aurait-on parlé de moi, et parlé de quoi... de ça, justement ? Les gens n'en parlent pas volontiers, même derrière moi, et puis ils m'aiment bien, ils me laissent ma chance, en général.*

Je ne sais pratiquement rien d'elle. Il me faut la découvrir, à tous les sens du terme... encore un mot à n'employer qu'avec prudence, tiens ta langue, Silvin ! Mais comment raccrocher après ce déplorable... « dégaine » ? Il me faut passer par quelqu'un, quelqu'un de sûr, de discret, que peut amuser le rôle d'entremetteur. L'Anaïs serait pas mal, je la crois douée pour le rôle de confidente dans la tradition racinienne, mais attention ! méfiance ! elle est très liée avec ma mère, l'Anaïs. Comment lui faire tenir sa langue ? Ça l'amuserait peut-être d'avoir un tel secret vis-à-vis de sa grande amie du Gravas, un secret avec le fils unique d'icelle ! Elle est futée, l'Anaïs, et retorse ! Faut pas faire la moindre erreur au départ, faut pas noyer le moteur, sans quoi il n'est pas près de ronronner ! Si la rumeur publique répandait trop tôt le fait que l'instituteur de

Chamborigaud fure *avec la suppléante du Chambon, il y aurait vite des changements d'office dans les mouvements de l'Académie. Pas de vagues, pas de scandale, tout est trop bien en place, à quatre kilomètres l'un de l'autre, pour un peu, je dirais merci au Père éternel, que le diable le patafiole celui-là ! Ma mère et l'Anaïs sont à quelques pas derrière moi, elles ont baissé le ton, elles n'en finissent pas de parler de notre cycliste, les intarissables commères ! Ça ne va pas être commode, je marche sur des œufs. Dans un moment, quand nous aurons pris congé, je resterai seul avec ma mère, sur les quatre kilomètres à pied qui vont nous ramener chez nous. Elle me parlera de quoi ? De rien, je le parierais ! Elle marchera à mes côtés, en hochant la tête l'air entendu, claquemurée démonstrativement dans ce silence lourd de menaces, bien à elle et qui, depuis l'enfance, me courbe dans une angoisse croissante. Dire qu'il faut encore que je me cache de ma mère, à trente ans passés ! D'elle qui a très bien compris ce qui vient d'arriver, il faut que je dissimule devant elle, comme un gamin polisson... Je ne peux pas lâcher la vieille, pas encore, son veuvage est trop neuf, alors on va veiller tous deux devant la cheminée, pourvu qu'elle se taise, que je puisse, sans être distrait, revivre la rencontre de la viste... Je ferai semblant de lire.*

Il faut d'abord que je déblaye, que je balaie devant ma porte, que je me vide le cœur, que j'y fasse passer un grand coup d'air pour lui faire, à ma belle cycliste, place nette, et propre ! toute la place ! Ah ! mes chéries ! vos beaux yeux vont pleurer... Adieu ! définitivement adieu, Georgina, la cousine que ma mère aime tant qu'elle nous voyait déjà mariés à la satisfaction sans nuages de nos familles respectives. Plus d'espoir pour toi, Gustavine, petite sœur si tendre de mon cher ami Fabrègue avec lequel j'ai vécu de si près, trois ans durant, à l'École normale et qui est allé se faire tuer bêtement quelque part sous Verdun dans les premiers jours de cette tuerie qui vient de s'achever. Gustavine qui me suit partout de ses grands yeux extasiés et qui les baisse dès que je me retourne franchement vers elle...

M. Fabrègue était mineur, père de sept enfants. Pour payer les études de son fils, pour pouvoir l'envoyer à Nîmes à l'École normale, son épouse avait pris en nourrice une petite Lucie, la fille de Mme Rieutord, la patronne de l'Hôtel de France à

Chamborigaud. Mon père aimait jouer avec cette fillette sur ses genoux, tandis que Gustavine le fixait, à la dérobée, les yeux brillants de ce désir de maternité qui saisit les jeunes filles dans le trouble d'un premier amour...

Samedi dernier, j'ai dîné avec Lucie Larguier, Rieutord de son nom de jeune fille, âgée aujourd'hui de quatre-vingt-sept ans :

— ... Votre père aimait me prendre sur ses genoux, il était d'une douceur, d'une gentillesse ! Gustavine attendait avec impatience ses visites chez les Fabrègue, à Chamboredon. Elle était visiblement amoureuse de lui, mais il n'y avait pas réciprocité, elle n'était pas à son goût, il restait distant mais très amical avec elle, il n'aurait pas voulu lui faire de la peine. La première fois qu'il est venu à Chamboredon, je me suis aperçue qu'il lui manquait une main, cela m'a étonnée. J'étais même indignée. Je me souviens qu'après son départ j'ai demandé à Mme Fabrègue : « Comment ça se fait qu'un monsieur si gentil n'a pas ses deux mains ? C'est pas juste ! » Ma nourrice était embarrassée, elle m'a répondu que c'était la volonté de Dieu.

... Adieu, Blanche, ma longue, ma carrée cousine du Collet-de-Dèze ! Adieu, les jolies fileuses qui passent en pouffant sur le chemin du Rieu ! Adieu, les aguichantes trieuses de la Jasse, adieu, adieu, toutes celles qui me laissent au passage un retroussis de jupe, un regard entendu, des bouffées d'effluves corporels si variés, qui me jettent à mi-voix deux petits mots à double sens... Adieu même celles que j'ai dénudées dans mes plaisirs solitaires ! Adieu celles que j'ai possédées en fermant les yeux, adieu mes pucelles de rêve, adieu mes belles putes des nuits d'été ! Adieu ! adieu ! sans regrets ni remords, toutes les autres ! qu'il ne m'en reste qu'une ! ce sera celle-là ! Bref, je suis amoureux.

Je l'ai vue quoi ? Quelques minutes, pas plus. Elle a ré-enfourché sa bécane branlante (faudra que je lui apprenne à répartir le poids sur une bicyclette...). Elle s'est raidie, très droite sur sa selle, avec tous nos regards qui lui pesaient sur l'échine, elle a pris de la vitesse dans la pente, j'ai eu peur qu'elle rate le virage du bas, heureusement qu'elle avait de bons freins, on les a entendus grincer de là-haut, mes deux veuves ont hoché la tête d'un air entendu. Elle était charmante, même de dos, le vent soulevait ses jupes mais j'étais mal placé.

Conventions, savoir-vivre, politesse, qu'en-dira-t-on, vérole de véroles qui vous contraignent dès le départ à des ronds de jambe hypocrites, des manœuvres plus ou moins calculées, qui transforment l'amoureux en Machiavel au petit pied, qui faussent et salissent une passion dès qu'elle se révèle ! alors qu'il serait si simple, si naturel de tomber aux genoux de l'élue n'importe où, devant n'importe qui, et de lui crier par-dessus les toits qu'on l'aime, et tout le monde trouverait ça adorable, respectable autant qu'un mariage à l'église. Et pourquoi l'inspecteur primaire aurait-il le droit de se mêler de ce qui se passe entre minuit et les draps. La peste soit de l'Académie !

Nous sommes les maîtres d'école de la République, nous devons donner l'exemple de la morale laïque, démontrer que, pendant les heures de classe et en dehors, on peut très bien vivre en athée sans pour autant tremper ses outils n'importe où, sans transformer la commune en Sodome et le canton en Gomorrhe.

Mais, celle-là, Monsieur l'Inspecteur, je l'aime. Je suis prêt à l'épouser réglementairement, avec ou sans intervention d'un spécialiste religieux, avec ou sans cérémonie, prêt à m'aliéner pour la vie selon les formes reçues, publiquement, devant une foule de gens tirés à quatre épingles qui apprendront ainsi avec intérêt que la nuit même dans un lit je ferai l'homme avec cette femme. Je suis prêt à me costumer, à faire les gestes imposés, à dire les mots dictés, sans montrer ni dégoût ni scepticisme, avec une telle soumission, une telle application que, même s'il est dans un de ses mauvais jours, le Père éternel n'y trouve rien à redire (on va pas voir ce qu'il leur fait, Celui-là, aux mignonnes gisquettes qu'il convoque avant l'heure dans son paradis, ni comment qu'il s'y prend pour les monter au treizième ciel, passons...).

— Qu'est-ce que tu dis, maman ? Nous arrivons ?

Quatre kilomètres de silence, la vieille est comme une armée qui se regroupe pour livrer bataille.

Ça y est, voici les doutes qui me tombent dessus... Le mariage, quel chambardement dans ma vie bien réglée, si pénarde ! Je passe déjà pour un célibataire endurci, un vieux garçon égoïste, et c'est vrai que je suis bien entre mon mas et mon école, entre ma mère et mes collègues, entre mon fusil, ma canne à pêche et ma motocyclette, entre le billard et ma bibliothèque, il n'y a guère de place dans tout ça pour une jeune femme qui va débouler dans ces activités si bien imbriquées, dans cet ensemble si harmonieux, avec ses idées, ses goûts, ses foucades, comme une chevrette lâchée dans un jeu de quilles.

Et puis je suis là, je carbure comme si c'était dans la poche. Qui me dit qu'elle sera d'accord, qu'elle n'a pas un galant, qu'elle n'a pas déjà, comme on dit, « engagé sa foi » ? Elle est en âge... Le pasteur de son bled a dû le noter, il a dû monter le coup à ses parents, préparer des accordailles très convenables entre deux familles assorties, des gens très bien, assidus au temple et pas constipés au moment de la quête. Ces pasteurs de la plaine, je les connais, ce sont des marieurs forcenés.

Que le bon Dieu les bénisse,
leur fasse l'nez comm'j'ai la cuisse
et l'menton
comm'j'ai l'croupion !

— Qu'est-ce que j'ai ? Mais j'ai rien, maman... Je rumine, moi ?... Mon cache-nez ? Quoi, mon cache-nez ?... Comment veux-tu que je m'enrhume avec le temps qu'il fait ?... Hein ? l'humidité qui monte de la rivière ?... D'abord, je suis en nage, d'accord... Et je suis fragile des bronches, je sais...

Et j'en aurais bientôt deux, comme ça, sur le dos !

Faut peser le pour et le contre... Non, là, je me dégoûte, c'est mon côté Sancho, « Nanette, mes pantoufles et mon journal ! ». C'est bien fini tout ça, je ne suis plus douillet, je suis fou !

— Qu'est-ce que tu dis, maman ?... Je gambade, mais oui.

C'est que, dans ma tête, je prépare les mots que je vais lui dire, lui écrire pour commencer. Je me sens capable d'en trouver d'irrésistibles. Les mots, c'est mes copains. Je vais tirer les meilleurs pour les mettre en première ligne. Quand vous les verrez impeccablement alignés, leurs armes étincelant au soleil, il faudra bien vous rendre à merci, mademoiselle ma belle cycliste ! Et ne jouez pas les coquettes, j'aurais pu, sachez-le bien, convoler au moins cinquante fois... Halte-là, mon coquin ! te voilà déjà en train de lui faire des scènes ! Ça ne va plus, ça ! C'est vrai que, quand on est amoureux, on n'est pas mal destimbourlé... *Surtout que, dans l'état où je suis, je suis pas en mesure de le prendre de haut. Soyons modeste, Silvin. Et prends ton courage à une main.*

Le groupe bavard avait fait traîner à plaisir les présentations. Elle s'est dit : « Alors, c'est lui le fameux *Bourgeois* qui a tant épaté mon frère Marcel à l'École normale, l'instituteur manchot du village d'à côté... » Maligne comme elle était, elle avait dû prendre ses renseignements, faire parler, mine de rien, son collègue et les voisins. Quant aux deux villages, ils guettaient. Un instituteur, déjà vieux célibataire, et une jeune institutrice, ça ne peut faire qu'un mariage. Comme dans les histoires des veillées de jadis, on connaît la fin dès le début, l'intéressant n'est pas la chute mais la façon d'y arriver. L'institutrice était célibataire, à la campagne, on l'appelait donc « la Demoiselle »... c'est assez dire qu'on gardait l'œil dessus. Et même si l'on était persuadé que, de toute façon, ça se terminerait par une noce qui ferait d'ailleurs plaisir à tout le monde (ou presque), raison de plus pour ne pas faciliter le développement de l'affaire aux deux principaux intéressés, bien au contraire. La période à durée variable qui précédait les fiançailles et même, à un degré moindre pendant celles-ci, la plus petite erreur d'un seul des deux acteurs tenus dans le collimateur des populations à l'affût, particulièrement chatouilleuses sur la morale, pouvaient non seulement torpiller le couple, mais encore tacher définitivement la réputation de l'un, de l'autre, ou des deux. C'était pas facile de s'aimer lorsqu'on était instituteurs ruraux !

Impossible de découvrir la ruse que mes parents ont employée pour convenir de leur premier tête-à-tête, ni comment, ni au bout de combien de temps, ils en sont arrivés à se rencontrer régulièrement sous le petit pont, ce petit pont que ma mère me montrait fièrement chaque fois que nous passions sur la route, au-dessus.

Le petit pont de pierre, bâti par les Ponts et Chaussées, dont la voûte, étroite et haute, permettait à la nationale de franchir le ruisseau de Crouzas. Avant leur mariage et ma naissance, mes parents venaient donc se blottir là-dessous, étouffant leurs voix lorsqu'ils entendaient un pas sur la chaussée.

Ils devaient arriver séparément, suivant des rites précautionneux. La moto de l'instituteur chamborigaudois était très connue, elle n'avait pas sa pareille à cent lieues alentour. Sa bicyclette à elle était reconnaissable, c'était un temps d'objets personnalisés. Il y avait le fossé, les buissons, mais fallait-il cacher ces véhicules ? S'ils étaient découverts, c'était l'aveu, la preuve... Chacun de son côté assurant sa classe, et avec quelle conscience professionnelle de son côté à elle ! il ne leur restait que les jeudis, les dimanches et chaque jour : le soir, mais la nuit tombe vite, l'automne, en montagne. Ils se voyaient bien sûr le plus souvent possible, et ils s'écrivaient énormément.

Je suis là devant ce paquet de lettres, elles me font entrer dans le cœur de mon père et de ma mère, je viole leur amour, je fouille leurs jeunes entrailles. Ces pauvres feuilles me collent aux doigts, je me sens poisseux de partout, j'ai honte. A la fin des fins, il y a le tombeau ou le crématoire, il y a parfois l'autopsie. J'ai vu Mac Orlan, sur ses derniers jours, brûler ses archives, son courrier. Les lettres d'Apollinaire, de Max Jacob, de tant d'autres, partaient en fumée.

— Pourquoi ?

— Ces gens m'ont écrit à moi. Rien qu'à moi. Ils m'ont fait confiance. Je ne veux pas qu'après ma mort quelqu'un, même de bien intentionné, vienne tripatouiller les lignes qu'ils n'ont écrites qu'à moi.

Mes parents n'ont pas cette chance, je n'ai pas cette discrétion.

Seulement voilà, c'est dans cette correspondance que j'ai découvert maman et papa comme je ne les avais jamais connus et cette passion qui était la leur et dont je suis le fruit unique. C'est avec ravissement, avec piété aussi, que je cueille leurs serments, leurs confidences qui me les rendent si jeunes, si proches. Je voudrais que le monde entier les voie ainsi revivre en amants, tels que je les vois jaillissant de notre tombeau, dressés dans l'élan de leur passion.

Et s'il y a quelque indiscrétion à picorer dans leur intimité d'alors, bah ! ils me passeront ça aussi ! Ils m'en ont bien passé d'autres. Utiliser publiquement leurs vies, j'avais commencé de leur vivant et ils en souriaient.

Ils s'écrivaient quotidiennement, souvent deux fois par jour, au début. Ils se voyaient autant que possible le jeudi et le dimanche. Mon père faisait le trajet sur sa motocyclette Evans qui tombait toujours en panne et, souvent, ratait un virage.

Ils couvraient de mots d'amour des papiers de récupération, dos d'enveloppe, versos de tracts publicitaires ou de feuillets de calendrier. Ils chipaient rarement des pages aux cahiers de la laïque, le matériel scolaire était sévèrement contingenté. Même dans les flamboyants élans de leur idylle, ils gardaient leurs habitudes de « pauvres mais honnêtes ». Ils ne puisaient que dans l'encrier.

Ces lettres que je n'ai découvertes que longtemps après le décès de ma mère, au fond d'un vieux sac à main, rangées sans soin, conservées comme ça, qu'elle avait dû être cent fois sur le point de brûler, elle qui aimait tant faire « place nette » comme elle disait, autodafé qu'elle avait retardé, de nettoyage en nettoyage... mais la mort l'avait surprise.

Ces lettres, je les lis quand même avec gêne. Je dois forcer ma nature. Je ne suis pas un voyeur. Cette coupable lecture me contraint parfois et doublement. Je n'ai connu mon père que père, je le découvre amant, benêt balbutiant ses puérilités redondantes, ses citations attendues, son lyrisme primaire... Et, du coup, je me redécouvre moi, quand j'avais son âge, moi, amoureux comme lui, plus présomptueux, plus simpliste encore que lui. Voilà mon père dans ses trente ans qui m'oblige maintenant à analyser, comme je ne l'ai jamais fait, l'amant fou que j'étais... à trente ans. Dans ses lettres, je tombe sur des phrases entières, et pas les mieux venues ! que j'ai moi-même tartinées trente et quelques années plus tard ! Je n'avais jamais mesuré quels grands sots nous étions quand la passion nous prenait, mon père et moi. C'est insupportable.

Ces lettres... sur n'importe quel bout de papier, ce sont des bribes de poèmes recopiés, mais surtout, inlassablement répétés, des « Je t'aime » sur tous les tons. La plupart ne sont pas datées, ou seulement du jour et du mois. Beaucoup sont de l'automne 1922. Sur toutes, les amoureux se tutoient, elles ne remontent donc pas au tout début de leurs relations, ou alors ils ont abandonné très vite le vouvoiement.

Ma mère se prénommait Noélie. Sous la plume de mon père, cela devient « Lili » ou « Lilette », ou encore « mon Lilou », et lui, Silvin, devient sous sa plume à elle « Sil » tout court. Ce qui m'a fort surpris, j'ai douté quelques instants qu'il s'agissait bien de mes parents, je ne les avais jamais entendus s'appeler devant moi Sil et Lili.

Le jeudi 19 octobre 1922, Sil « dédie » à Lili trois poèmes dont, à l'encre rouge, celle qui lui servait à corriger les devoirs, la fameuse tirade d'Edmond Rostand :

« Un baiser à tout prendre, qu'est-ce ?
Un serment fait d'un peu plus près. Une promesse... »

Tout au long de ce premier trimestre scolaire, les lettres sont quotidiennes. Parfois deux ou trois lettres par jour, et pourtant les amoureux devaient se voir souvent...

Du mercredi 8 novembre :

Lilette aimée, oh ! combien, Lilette Lilette mienne, chère aimée, amie de mon cœur, adorée de mon âme. Oh ! combien j'ai senti que tu m'aimais, hier, combien j'ai senti que tu étais à moi, hier soir pâmée dans mes bras, insensible sous ma caresse, impuissante à recevoir mes baisers... Oh ! combien je t'aimais, affaiblie par l'ivresse des baisers, tu as voulu boire à la coupe enivrante et tu as bu, bu, bu jusqu'à l'ivresse. Mais tu ne m'en étais que plus chère, ainsi, tu as senti combien je t'aimais, et mon rire que tu chinais[1] *tant, et mon rire qui n'était, disais-tu, que pour me moquer de toi, n'était qu'une façon de masquer mon émoi, une façon de ne pas comme toi tomber en pâmoison...*

En lisant ces lettres, il me semble que je rêve : mes parents ne parlaient pas du tout comme ça, en rien. D'abord, ils étaient nés occitans, le patois était leur langue maternelle ; dès qu'ils cessaient un instant de surveiller leur langue, elle revenait au patois. Dans leurs familles, ils n'entendaient que cela. Ensuite, ils avaient un très fort accent du Midi, plus prononcé, plus rocailleux que celui des héros de Pagnol, qui convenait très mal à l'emphase lyrique des amants.

... Calme tes appréhensions, Lilette aimée, calme-toi, tu as peur, et de quoi donc ? Ne sens-tu pas que tu m'est[2] *bien plus chère quand tu es à demi morte dans mes bras, et que si tu as peur que mes baisers te fassent mourir ! Oh ! l'amour, c'est tout, le reste est vain, comme dit V. Hugo.*

Passion violente qu'étouffent des cuistreries primaires. Je suis donc le fruit de ces rejetons de paysans, nouveaux riches de l'école laïque. (Je me moque mais je suis ému.)

Lundi 13 novembre

Ma Lilette chérie,

Lilette, puisque ce nom te plaît, puisqu'il fait à ton oreille le même effet ou presque qu'une caresse de mes lèvres sur les tiennes. Lilette aimée, élue de mon cœur, c'est désormais le seul, l'unique nom que je te donnerai lorsque nous serons seuls. Je ne le crierai jamais, jamais à haute voix, mais je te le murmurerai doucement à ton oreille, dans un tendre susurrement...[3] *Oh ! chère aimée, tu ne peux t'imaginer la peur que j'ai eue*

1. « Chiner », ici, signifie « se moquer gentiment ».
2. Pour « tu m'es ». C'est la première faute d'orthographe que je trouve sous la plume de mon instit de père. Fallait-il qu'il soit ému !
3. Évidemment, les points de suspension remplacent d'interminables répétitions des mêmes serments, que je prends sur moi de sauter.

en te voyant partir là-bas, au milieu de la route, et t'étaler[1]*. Et ma joie de te voir te relever seule, sans grand mal. Ô Lilette, cela ne nous arrivera plus, malgré notre grande prudence, car il est prudent, ton Grand Toto, n'est-ce pas, Lilette, eh bien, malgré cela, nous ne renouvellerons pas nos exploits de ces deux jours, nous ne voyagerons plus de cette façon... Qu'auraient dit le papé et la mamée si je leur avais fait démolir leur Lili ?...*

Le papé et la mamée, c'est ainsi que nous avons toujours appelé Louis et Esther, les parents de ma mère. Ces lettres sont donc mal classées chronologiquement, celle-ci paraît bien démontrer que, chez elle, on était au courant de « sa fréquentation », même si les fiançailles n'étaient pas encore officielles. Mon père amoureux devait être bien troublé, non seulement son français trébuchait mais il lui arrivait d'invoquer Dieu :

... Le bon Dieu peut quelque jour se lasser de veiller sur nous et ce jour-là il nous serait bien plus agréable d'être blottis dans un coin de wagon que de nous ramasser pêle-mêle dans quelque ravin. Oh ! comme on était bien, hier, chez la mamée du Chambon...

Il semble bien aussi que la vieille Anaïs était au courant, et complice, avant de devenir chaperon officiel. Il y a de tout, en vrac, dans cette correspondance touffue, désordonnée : des coupures de revues, des poèmes toujours, dont quelques vers sont cochés :

A ma Lilette
8/Nov 1922, Son aimé S.
« Je t'apporte à guérir mon cœur blessé du jour ;
Et mes yeux fatigués des hommes et des choses... », etc.
André Rivoire

1. Les chutes sont l'un des refrains de ces rencontres sur deux roues. Il s'agit sans doute de cette fois où la cycliste se faisait traîner en côte par son motard qu'elle tenait par son cache-nez. Souvenir que ma mère narrait en pouffant jusqu'à la fin de ses jours.

Le tout est parsemé de feuillets arrachés à un calendrier, par exemple celui-ci (toujours sans indication de l'année) :

JEUDI

Lune : pleine, Soleil : lever 6 h 52 - coucher 16 h 17

9

St. Mathurin

NOVEMBRE

Jumelles de théâtre

Pour être pratiques, les jumelles de théâtre doivent être légères et de petites dimensions, afin de pouvoir facilement être portées en poche. La jumelle pliante est la jumelle de théâtre rêvée, car elle n'est pas plus épaisse qu'un carnet de poche ou qu'un étui à cigarettes.

Entre parenthèses, papa disposait de jolies jumelles de théâtre qu'il avait commandées à la Manufacture d'armes et de cycles de Saint-Étienne, son fournisseur favori. Étudiant, je les lui avais empruntées puis perdues. Dans l'héritage, j'ai retrouvé les mêmes qu'il avait sans doute de nouveau commandées à Saint-Étienne, ce qui me paraît curieux puisque je ne me souviens pas qu'il soit jamais allé au théâtre.

Sur une feuille de joli papier façon soie, bordée de violet :

Vendredi, 8 h du matin, Lilette ! Lilette ! Je t'aime, à demain baisers !

Et, comme si ça ne suffisait pas : dans tous les sens, recto verso, des *je t'aime* sur tous les tons de la plume.

Malheureusement, nombre d'allusions m'échappent. J'aimerais avoir des détails, par exemple, sur le « péché » dont il est question dans la lettre suivante. Par endroits se devinent aussi les sujets délicats entre eux qu'ils évitaient le plus possible, comme cette différence d'âge, dix ans, qui paraissait beaucoup plus regrettable alors que de nos jours :

... Nos péchés étaient bien modestes : deux petits gosses car n'est-ce pas que je suis aussi gosse que toi, ô gamine aimée, j'aimerais que tu me trouves gosse comme je te trouve gamine mais, hélas, j'ai déjà des cheveux

gris. Ne t'en es-tu pas aperçue ?... J'évoque au milieu du fracas des élèves qui chahutent, les doux soirs, toi bercée, blottie comme jeudi, t'endormant dans mes bras sous mes baisers... Je viens de recevoir ta lettre. Décidément B. aura droit à notre reconnaissance éternelle...

Ce « B » dont mon père n'écrit pas le nom en entier, pour ne pas le compromettre au cas où la lettre se perdrait, est encore quelqu'un dans le secret. Je crois me souvenir, d'après ses confidences, qu'il s'agissait du facteur. Il habitait Chamborigaud mais desservait Le Chambon, il se chargeait donc de ces « poulets » sans exiger le timbre, sous le manteau pour ainsi dire.

... *Vous avez bien causé de moi avec la bonne mamée* (Anaïs ?) *elle t'a donné de bons conseils surtout quand elle t'a dit de bien m'aimer... Dis, m'aimes-tu comme Marquisette ! Marquisette, Lilette, ça se ressemble : aimer trop, c'est aimer assez, dis ?*

Marquisette est l'héroïne d'un roman léger. Je n'ai jamais eu le courage de le lire jusqu'au bout, mais, enfant, j'ai beaucoup regardé les illustrations coquines. Marquisette y était souvent déshabillée d'un crayon précis. Je continue les citations :

... *On sera si bien, tous les deux, n'est-ce pas, on s'aimera tant et tant qu'on n'aura plus le temps de rien, on mangera la soupe brûlée et le ragoût pas cuit, on ne se lavera plus, et ce sera tout plein gentil, mon aimée. Oh ! que j'aime ton ariette de notre P. Verlaine...*

Là, quand le « Bourgeois » négligé, fondateur du parti régressiste, laissait poindre le bout de son nez, je me demande si cela plaisait tellement à ma mère, telle que je l'ai connue.

... *Je reprends ce soir ma lettre au coin du feu, mon mal aux dents étant un peu calmé, et je pense, chère Lili, je pense que mon devoir d'amoureux m'ordonnerait d'être auprès de toi mais Marquisette était en panne...* (C'est ainsi qu'ils nomment aussi la moto...) *Élise Pantel* (la suppléante) *s'ennuie beaucoup à Chamborigaud, M. Pin* (le directeur) *l'a trouvée pleurant dans sa classe, elle n'a peut-être pas, comme toi, un cœur à qui elle peut tout dire, tout raconter, et qui bat à l'unisson du sien...*

Le jeudi 2 novembre, sur le feuillet arraché au calendrier, c'est première lune, le soleil se lève à 6 h 41, se couche à 16 h 27 ; c'est le jour de la rubrique JARDIN : « les horticulteurs soigneux fixent aux plantes des étiquettes »...

Au verso du feuillet, un poème sans signature, recopié à l'encre violette :

« Le velours odorant ou la rose mousseuse
N'est pas si frais encor que ta bouche amoureuse... »

A cet endroit de la liasse, je ne peux m'empêcher d'imaginer l'allure de ces Juliette et Roméo sur leurs destriers.

La motocyclette de marque Evans était pourvue d'immenses roues assez grêles, là-dessus roulait donc mon père, trente ans, campé, rejeté vers l'arrière par les branches interminables du guidon. Il arborait cette casquette que l'on voit sur les photos des militants bolcheviks avant la Révolution de 1917, mais retournée, visière sur la nuque, à cause du vent de la course. Il roulait précautionneusement sur des routes empierrées. Pas de combinaison de cuir ni de grosses lunettes, ce motard roulait en gilet-veston, très digne, la cravate serrée.

Sur les quatre kilomètres, les rideaux se soulevaient, je suppose : « Tiens, voilà le manchot qui va retrouver la Demoiselle du Chambon... »

Elle, chapeautée de sa « cloche » à la mode garçonne, un peu pataude, hésitant sur l'équilibre dans ces virages vicieux par verglas ou par temps gras, ses bonnes joues briquées par la bise, les lèvres gercées...

Tous deux roulant, pédalant, pétaradant, le cœur débordant, la tête gonflée d'un poème récemment découvert, vibrants de cette gloriole encore toute neuve des humbles promus à la culture des élites.

Je ne ris pas. C'est pathétique, c'est la midinette dans sa mansarde, seule devant sa glace, qui se pose avec solennité sur le front un diadème de carton.

Mais voilà qu'il s'est laissé aller, il a dû se vanter de ses succès féminins, de ses expériences, de son savoir masculin, il croyait sans doute ainsi pousser ses avantages. Il avait peut-être un peu bu pour se donner du courage. Elle l'a très mal pris...

Samedi matin

Ma Lilette adorée, ma vie, mon âme, mon tout. Chère aimée,

Depuis hier soir je pleure toutes les larmes de mes yeux, j'ai souffert moralement et physiquement, ce que je n'aurais jamais cru : j'ai l'estomac délabré, les yeux rouges, la tête en feu, les nerfs moulus, les muscles fauchés. Et pourquoi ? Pourquoi ? Parce que je t'ai menti, je t'ai menti et j'en meurs ! Ai-je agi par forfanterie, pour t'éprouver ? Peut-être. Je te jure sur ce que j'ai de plus cher au monde, je te jure que je n'ai jamais pris à une femme autre chose que ce que je t'ai pris jusqu'ici à toi-même...

Ce qui laisserait supposer qu'il ne lui a pas pris grand-chose encore à elle, ni aux précédentes... A trente berges, était-il vraiment encore puceau, ce qui me paraîtrait exceptionnel même pour l'époque, ou plus simplement était-il, par à-coups, maladroitement cynique, quitte à rattraper laborieusement la bévue, accès de palinodies qu'il transmettra regrettablement à son fils unique.

... Si je ne suis pas un grand as, je me considère, et je ne crois pas exagérer, comme valant moralement cent fois plus que la plupart des jeunes gens de ma génération. Je t'aime tant que je n'ai pu rester sur ce que je t'ai dit hier...

Quelques jours plus tard, l'incident est clos, semble-t-il. Les amoureux se sont retrouvés à la ville, le jeudi (jour sans école). Lettre du lendemain :

Vendredi 3 nov...

Comme j'étais heureux d'apercevoir sur le quai de la gare d'Alais ton grand chapeau rouge à la portière, et notre mauvais dîner, le souvenir en est délicieux... Et puis le trajet en train, ta tête sur mon épaule... Moi, je songe toujours à ta petite frimoussette, à ton cou blanc qui frémit involontairement sous mes méchants baisers, à ton bras blanc non moins frémissant sous la lente caresse qui chatouille... Si, dimanche, il ne fait pas trop mauvais, nous irons visiter ton frère, tu pourras embrasser la Guigui...

Je me perds dans le désordre chronologique de cette masse de lettres mal datées. Ici, je découvre à la fois qu'il n'avait guère progressé dans la conquête physique mais qu'il était déjà bien introduit dans sa famille à elle. Nous sommes donc dans la deuxième année scolaire de leur idylle. Marcel, le frère de Noélie, a épousé Rosa Delarbre, institutrice elle aussi. Ils ont une fille, Marguerite, ma cousine germaine, que nous continuons d'appeler affectueusement « la Guigui ». Ma mère a toujours eu une véritable passion pour cette nièce que devaient suivre quelques années plus tard deux garçons : Henri et Alain.

... Je ne suis pas jaloux car je sais que, dans ton petit cœur (est-il si petit que cela), il y a place pour elle, ta petite Guigui et pour moi, ton grand... Je t'embrasse bien, sur ton front, dans tes cheveux parfumés, sur tes lèvres et dans ton cou, dans ton cou, tu le veux, n'est-ce pas ?

Elle devait laisser percer parfois sa jalousie de ces dix années de libre célibat, qu'il avait vécues loin d'elle. Et lui, cela se sent, se défendait mal, en disait trop ou pas assez :

... Que tu es sage, Lili adorée, de m'avoir écrit... nous ne reparlerons plus de ces choses. Tes beaux yeux tristes où j'ai hier séché les larmes avec des baisers ne repleureront plus par ma faute...

Il y a là des feuilles délirantes à l'écriture relâchée, entrecoupée de citations poétiques. Tout n'était pas que sourires alentour... D'un 17 octobre, le poème « N'est-ce pas » de Verlaine, avec ces vers soulignés :

> « N'est-ce pas. En dépit des sots et des méchants
> Qui ne manqueront pas d'envier notre joie...
> Peu soucieux qu'on nous ignore ou nous voie,
> Isolés dans l'amour... »

Après une chute : ... *Si tu vas chez ton frère dimanche, ne vous moquez pas trop de mon pauvre portrait amoché, et ne dites pas trop de mal de moi, mais je sais que tu prendras ma défense... ma Lilette, I love you, Ti amo, Te quiero, Ton S.*

Les deux frères de « Lilette » avaient fait la guerre de 14, durement, Marcel avait été fait prisonnier, Samuel avait été grièvement blessé. Ces quatre années de leur jeunesse avaient marqué pour la vie Marcel et Samuel. Quels étaient, dans les profondeurs les plus sombres de leur cœur, leurs sentiments envers ce vieux garçon bedonnant et manchot, qui n'avait rien souffert des tragédies de sa génération et qui s'offrait leur jouvencelle de sœurette unique et tant chérie ?

21 au matin, Lili, j'ai mal aux dents, toi seule en est la cause. Quand je dis toi seule, je dis mal car c'est plutôt la faute aux éléments qui répandirent avant-hier sur nous leurs ondes malveillantes. Le fait est que, depuis hier, je souffre du mal aux dents et à la tête...

Ainsi, déjà, il était douillet, papa, toujours prêt à en remettre pour se faire chouchouter...

Les poètes lui servent même à annoncer ses bûches en moto :

> « Hier soir ne trouvant pas la route assez large
> J'ai rendu visite aux décors... »

Oh ! que tu rirais, petite amie ! un nez gros comme une pomme de la mamée, une lèvre légèrement fendue, des yeux cernés comme après une noce effrénée, etc. Comme tu sentais bon hier soir, pas comme moi, qui pue le tabac, hein, chérie ? D'ailleurs, après la pelle, je ne peux presque plus parler, presque plus fumer, et je ne pourrai pas de quelques jours t'embrasser, c'est toi qui m'embrasseras, toi qui ne peux plus embrasser quand on t'embrasse... Ce matin, j'avais presque honte de montrer mon visage amoché comme celui du boxeur Carpentier, alors je suis directement monté chez le directeur pour raconter mon voyage dans les décors... Après-midi, j'ai trouvé la mamée Anaïs à la maison, elle était venue prendre de mes nouvelles après la bûche, elle est bien gentille pour nous, elle est venue catéchiser ma mère et lui faire comprendre raison...

Quelques mots perdus ci et là dans ces lettres me rappellent des allusions familiales et les éclairent un peu. Je vais peut-être enfin découvrir les origines lointaines de la haine solide et irréductible qui a toujours dressé ma grand-mère paternelle contre ma mère, haine qui était forcément devenue réciproque. La mère de mon père, la terrible veuve du Gravas, ne voyait pas d'un bon œil cette liaison. Tout me porte à croire qu'elle avait pour son fils d'autres ambitions, non dans le domaine de la fortune ou de l'ascension sociale mais dans son domaine étroit de parentés et d'héritages. Il y avait certaine cousine, « de son côté », de sa parentèle, de « ses gens du Collet », derrière la montagne, qu'elle voyait déjà depuis pas mal de temps comme sa bru. Cette cousine n'apparaît pas dans la correspondance, pour l'instant...

Enfin le brouillon de la lettre envoyée aux futurs beaux-parents :

Madame, Monsieur,

J'ai eu le plaisir de rencontrer de temps en temps chez des parents au Chambon votre fille, Mlle Alzas. Nous avons fini par nous plaire et nous aimer. Nous considérons comme notre devoir de ne pas vous le laisser ignorer plus longtemps. Nous paraissons très bien nous comprendre, nous avons des goûts communs et notre bonheur serait de vivre côte à côte durant le reste de notre existence.

Je suis un ami de votre fils Marcel avec lequel j'ai vécu en classe soit à

Alais, soit à l'École normale. Je m'excuse de ne pas vous écrire plus longuement, votre fille chérie (« chérie » a été rajouté par-dessus) *vous expliquera cela mieux que moi, car les femmes savent mieux que les hommes exprimer ce qu'elles sentent. J'espère donc que vous voudrez bien m'autoriser à vous rendre visite, et je vous présente, Madame et Monsieur, mes respectueuses salutations.*

Ses dix ans de trop étaient pour mon père une obsession qu'il cachait mal. « La Demoiselle » de vingt ans lui a écrit, entre autres, le vendredi matin 23 octobre 1922 :

Mon Sil,

Je n'aimerai jamais qu'une femme, la mienne, *tu as raison, car, après une nuit passée à s'analyser, à réfléchir,* à tâcher d'avoir trente ans, *comme tu le lui demandes, elle peut te répondre : je n'aimerai jamais qu'un homme, le mien... Hier, ta tête dans mon cou, tu sentais que nous étions faits l'un pour l'autre, car je t'ai gardé serré comme un bébé... Il se mélange certainement dans cette joie quelque chose de maternel, que la femme éprouvera toujours le besoin de témoigner à l'homme qu'elle aime. Depuis longtemps, je sais ce que sont les jeunes gens et, en particulier, les collègues de ma génération. Si un jour nous avons l'occasion de causer avec une de mes compagnes, elle te dira avec quel mépris je comparais ces enfants de cancres avec ceux que j'appelais les* têtes *de l'École normale du temps de mon frère. J'ai toujours regardé au-dessus de moi. J'ai considéré de bien haut tous ces petits serins prenant des airs de coq...*

D'ailleurs je sais que tu la soigneras, ta gamine, hein, mon grand gosse !

Des baisers et des caresses.

Trois ans plus tard, je naissais.

Je me suis toujours demandé, comme la plupart des enfants, si ma naissance avait été voulue, préméditée.

Au paroxysme de ses plus grandes colères contre moi, ma mère a pu me dire : « Dire que j'ai tant souffert pour te mettre au monde ! Si j'avais su... En tout cas, ce matin-là, je me le suis juré : jamais plus ! »

Ce matin-là, le premier de ma vie, a-t-elle condamné mon père à la continence définitive ? Je ne peux pas le croire, la cloison entre nos deux chambres était trop mince...

Les dix ans de différence d'âge n'étaient pas la pire des angoisses. Mes parents ont-ils tremblé pendant neuf mois ?

J'ai minutieusement dépouillé l'abondante correspondance des deux amoureux, il n'y est jamais question de l'infirmité de celui qui sera mon père, pas la moindre petite allusion à cette main droite qui manquait.

Deuxième partie

LE TÉMOIGNAGE

Jules Supervielle définissait ainsi, dit-on, la poésie : Un vieillard se promène avec une fillette dans la campagne. Soudain, devant eux, un beau lézard vert traverse le sentier et va se perdre dans les fourrés. Alors la fillette se retourne vers son grand-père et lui demande :

— Encore !

Alès [1] est couleur pluie, cette petite pluie timide, insistante et douce, qui grise le paysage, le fait reluire et dégage d'humbles odeurs métalliques. Respirer laissait un arrière-goût de fer, pas désagréable, au contraire, c'était la saveur de l'air d'une enfance alésienne.

Le matin, je suivais mon père à l'école, ou, plus précisément, je marchais à côté de lui, fièrement, et lui faisait ses pas plus petits. Quand il me donnait la main, il ne lui en restait plus. Je marchais sur sa gauche, forcément. Pour voir sur ma droite, je prenais un demi-pas d'avance. Mais, la plupart du temps, nous avancions à l'unisson, au même niveau, les yeux en face, procédant aux mêmes observations, que nous commentions malicieusement. On s'amusait à doter de méchants sobriquets souvent patoisants les silhouettes féminines : mounine, tafèle, roumèque, brandecul, grue, escamandras, nasole, bibendum, paquet d'os, espouvénto... J'avais cinq ans, c'était en 1930.

Au retour, nous faisions des emplettes dont l'utilité avait été discutée la veille avec maman, sauf mon petit superflu qui restait comme une complicité entre mon père et moi, un tube de

1. L'orthographe de notre sous-préfecture a été officiellement modifié en 1929 je crois. ALAIS est devenue ALÈS comme CETTE est devenue SÈTE.

coco ou l'un de ces rubans de réglisse plate enroulés comme les tuyaux des pompiers. Et l'on se rejetait à bout de bras, en riant, pour laisser intacte une flaque entre nous.

Mon père aimait la rue. Les jours de marché, nous partions en avance et rentrions en retard, maman se faisait une raison. Ces lundis, les paysans descendaient sur la ville pour vendre leurs produits, on tombait donc parfois sur de lointains cousins ou sur des connaissances de bistrot du temps où papa jouait encore au billard, avant son mariage.

A l'école, il fallait arriver avec assez d'avance pour dégriller le poêle, l'allumer, le garnir, l'attiser afin que les écoliers entrent dans une température déjà adoucie, surtout qu'il s'agissait des tout-petits, de la classe enfantine, celle du B.A.-BA. Ma place était dans le coin du fond, le plus loin possible de l'estrade, puisque je n'avais pas droit à l'enseignement, je n'avais pas encore l'âge, j'étais là dans la clandestinité, déjà. J'écoutais ce que je voulais, j'apprenais ce qui me plaisait. Le premier en date de tous les manuels était *Le Livre de Pipe*. Première lettre : P, avec le dessin d'une pipe courbe ; une bouteille pour le « ill », un poteau et quatre fils pour le « ph » de télégraphe... L'après-midi, quand le poêle avait ronflé depuis le matin, j'enfouissais « mon museau », comme disait papa, dans mes bras croisés et je me tapais une sieste heureuse. Je digérais. Le matin, dès que le Godin tout rond avait pris sa chaleur de croisière, papa mettait à mijoter la gamelle préparée par maman, semblable à celle des mineurs : saucisse-lentilles, pois gourmands aux lardons, cardes en béchamel... Repas en tête à tête, père et fiston, sur le bureau du maître.

Du dégrillage à l'humble vaisselle des différents étages de la gamelle sous l'unique robinet de la cour avant que celle-là s'ouvre aux écoliers pour l'après-midi, le maître d'école accomplissait chacun de ces gestes avec soin, avec lenteur, harmonieusement pourrait-on dire, car il semblait y prendre un curieux plaisir. A vrai dire, ce n'était que pis-aller, faute de mieux, ses vrais plaisirs, son profond bien-être, il ne les retrouvait que là-haut, à trente kilomètres, dans son vieux mas natal.

Ce père-là parlait en permanence à son enfant, même quand il se taisait. Le père et le fils avaient des silences juteux, des regards « qui en disaient long ». Mais, dans le secret de sa méditation, qu'est-ce qui dominait chez cet homme tout de quiétude apparente ? D'abord, je le suppose, il était rassuré : son fils était complet. Pourtant, même beaucoup plus tard, ils n'ont jamais échangé un seul mot là-dessus, sujet tabou, éternellement. N'empêche, même tacite, et d'autant plus peut-être, cette assurance vérifiée sans cesse, machinalement, discrètement, sans raison, pour le plaisir, douait d'une rare intensité les relations entre ces deux créatures. Le « petit », il lui a fallu soixante années avant de réfléchir un peu là-dessus. Et voilà, soixante ans après, notre « vieux » pense qu'il n'est rien de plus beau, plus belle image, qu'un grand et un petit qui marchent main dans la main, Elephant Boy, Cosette et Jean Valjean.

Le bonheur se conjugue au passé.

Et il y avait cette voiture incroyable, la Mathis carrossée cuir, notre voiture, la sienne ! Il l'avait choisie ainsi, une folie, je suppose, comme le tilbury de son père. Quand j'y pense aujourd'hui, elle m'apparaît fabuleuse. A l'époque, elle était pour moi normale, c'était simplement la voiture de mon père. Un grand cube, haut sur de grandes roues. Un tout petit capot par-devant et une malle amovible accrochée à l'arrière. Entièrement recouverte d'un beau cuir fauve. On ne lavait pas la carrosserie, on la cirait. Elle ne craignait pourtant ni la pluie ni le froid. Quel cuir ce devait être ! Avant d'ouvrir la porte ou le capot, mon père caressait ce velouté, de sa main. Sa bagnole fleurait bon la cire d'abeille. On s'en servait peu, on la regardait beaucoup, on la bichonnait, on en profitait longuement. Le capot s'ouvrait des deux côtés, le moteur apparaissait ridiculement petit, de ses quatre bougies au Delco, tout y était d'accès facile. Le père et le fils ne se lassaient pas de le contempler. On essuyait et replongeait la jauge d'huile deux, trois fois, avant d'être sûr que c'était bon. Il regardait le chiffre au compteur, notait sur le carnet de bord, décrétait : « Nous ferons la vidange jeudi en quinze. » On s'y préparait comme pour les vendanges ou les moissons. Il y faudrait la matinée entière, on se mettrait en « peilharot », chouette alors !

« Peilharot » vient de l'occitan *peilhe* : « chiffon ». Un peilharot, c'est un mendiant. A la ville, papa se costumait en instituteur : costume trois-pièces et chapeau, mais il se sentait déguisé. Dès qu'il arrivait au mas, il revêtait ses peilhes, là, il était à l'aise, il n'avait pas peur de se salir. Ma mère enrageait : « Et les gens qui passent sur le chemin, qu'est-ce qu'ils vont penser de toi ? Et de moi, qui te laisse sortir dans cet accoutrement ! » Plusieurs fois, elle avait tenté de cacher les peilhes de mon père, elle les avait même jetées aux ordures, mais papa était allé les rechercher. C'est qu'elle voulait que son homme soit toujours le plus beau. Elle le traînait à la Belle Jardinière pour lui faire faire le fameux costume annuel sur mesure. Je revois encore le tailleur tourner autour du patient avec sa pelote d'épingles pincée sur l'avant-bras, étirant son mètre-ruban pour mesurer l'entrejambe : « Veuillez écarter les pieds, monsieur Chabrol, plus que ça, merci... » Mon père me faisait un pauvre sourire et levait les yeux au ciel tandis que tintinnabulaient les breloques à la montre-bracelet du tailleur. Il y avait là surtout un tout petit éléphant d'ivoire que je désirais. Lors du dernier essayage, ma mère se plantait à trois mètres de son mari et, qu'il y ait du monde ou pas, soupirait : « Mon homme ! c'est quand même le plus beau ! » Pour la vidange, elle ne pouvait plus rien dire, on passait la matinée sous la voiture, on s'y vautrait, on se régalait. A midi, pour venir à table, on traversait en courant le chemin vicinal pour que les passants ne puissent apercevoir Monsieur l'instituteur et son fils unique dans un tel état.

On attendait d'être au mas pour procéder à la sacro-sainte vidange de la bagnole. Papa avait aménagé son garage dans l'ancienne bergerie. Il y « remisait » la Mathis, employant à dessein ce verbe de cocher. Le bâtiment se dresse en face du mas, de l'autre côté du chemin empierré, goudronné de nos jours, qui conduit de Pont-de-Rastel à Chamborigaud. Ma mère pouvait, de la fenêtre de la cuisine, nous appeler pour passer à table sans s'égosiller. La tenace odeur des moutons, adoucie par le temps, se mêlait sans céder aux parfums d'essence et d'huile. Sur l'étagère, d'anciennes boîtes en fer de pastilles Valda, Vichy, biscuits divers et berlingots de Carpentras, contenaient, soigneusement classés, des vis, des boulons, des rondelles Grower, des goupilles... tout ce dont peut avoir besoin à l'improviste un mécanicien consciencieux. Beaucoup de ces accessoires provenaient de la route de Génolhac où nous nous promenions à pas très lents, la main dans la main, les yeux furetant sur le bitume à nos pieds. C'est fou ce que les bagnoles pouvaient alors cracher comme boulons dans les virages ! On prenait du plaisir à farfouiller dans cette quincaillerie et, quand par bonne fortune l'un de nous trouvait un écrou de 13 égaré dans la boîte des boulons de 14, c'était comme une petite victoire sur l'insidieuse pagaye, mère de toutes les pannes. Quand la chère Mathis avait ses entrailles regarnies d'huile neuve, fluide et claire, on se redressait, les mains sur les hanches, le père et le fils, avec le même sourire moustaché de cambouis. Alors, mon père accordait à sa bonne Mathis un bonbon. C'étaient des sortes de gros cachets d'un rose luisant, qui sentaient le camphre. Plongés dans le réservoir d'essence, ils prolongeaient, d'après le prospectus, la vie du moteur.

On avait alors un de ces appétits !

— J'ai pris du savon, disait papa qui pensait à tout, on va passer par la rivière. Je crois qu'il vaut mieux se décrasser avant de se présenter devant ta mère.

Une fois débarbouillé, il prenait le temps de rouler une cigarette, laissant piaffer sa femme devant ses trois couverts. Il lançait la première bouffée au ciel, toujours, puis, pour les autres, il contemplait sa rivière, le Luech, il l'estimait, la respirait, l'écoutait, s'en imprégnait, marmonnait un verdict du genre : « Dans quinze jours, on pourra attaquer la truite au portefaix[1]. »

Il vivait le moment présent, il en profitait, il le prolongeait même, par les cinq sens. Il ne cherchait jamais à épater personne, même pas son fils, cette absence d'ambition lui laissait donc des loisirs et lui faisait faire pas mal d'économies. Contrairement aux hommes de son âge, rescapés de la grande tuerie de 14-18, il n'avait pas un passé glorieux, ni même pittoresque, il ne pouvait causer que des siens, de sa petite vallée et, si vraiment ça s'y prêtait, de ses lectures. Il lisait des poèmes, des pamphlets, des romans et, beaucoup : le *Maistre et Blatger,* énorme catalogue où sont dessinés et décrits tous les boulons, écrous, vis, goupilles, ressorts, bielles, clés, pinces, etc., bref, tout ce que le génie de l'homme a inventé de mieux depuis la hache de pierre.

La Mathis était son quatrième véhicule. La bicyclette d'abord, une increvable Hirondelle à rétropédalage issue de la Manufacture de Saint-Étienne qu'il conservait pieusement, qui est donc devenue mon premier véhicule dès que j'ai été en âge de tenir l'équilibre sur deux roues. Puis la belle motocyclette Evans, transmission par courroie crantée qu'il avait revendue mais dont il parlait encore avec émotion. Cette revente, l'argent d'une coupe de pins et ses économies lui avaient permis l'achat d'une automobile. Les mauvaises langues avaient prétendu qu'il avait, pour ce faire, puisé dans la caisse de la « Société du sou de l'École laïque » dont il était en tant qu'instituteur le président naturel. Il avait alors démissionné de ce « fauteuil », et de la société en question. Désormais, et jusqu'à la fin de ses jours, il avait refusé de militer ou même de prendre simplement sa carte dans quelque groupement que ce soit. Il s'efforçait avec une attention sourcilleuse de ne jamais se mettre dans le cas « où la main gauche doit ignorer ce que fait la main droite », d'ailleurs il n'en avait qu'une. Quand j'ai eu des convictions,

1. Le portefaix est une larve qui vit dans les ruisseaux. Il faut l'extraire de son tuyau, corset formé de brindilles ou de petits cailloux agglomérés.

que je me campais devant lui pour proclamer « mes idées » avec des gestes superbes, il me répondait, bonasse : « Crois ça, et bois un coup d'eau fraîche. » Ou encore : « Ça te passera avant que ça me reprenne ! » Et moi, sur mes vingt ans, je me persuadais de plus en plus d'être devant un petit-bourgeois timoré. Je lui en demande pardon du haut de cette page un demi-siècle après.

Cette première voiture, la scandaleuse, était une « quadrillette », à cul pointu, étroite et haute sur pattes, qui pouvait se capoter comme un cabriolet hippomobile. Je ne l'ai pas connue, mais mon père et ma mère en parlaient affectueusement, échangeaient à son propos des regards entendus, et je l'ai vue, une fois, un jour de foire à Alès. Elle stationnait le long du trottoir près de l'octroi du Pont-Vieux.

— C'est ma première voiture.

— Comment tu peux en être sûr ?

Il m'a montré, sous une vis du capot, la rondelle faite à partir d'une pièce démonétisée : « C'est moi qui ai percé ce sou avec la chignole que tu connais. »

Au fait, elle servait à quoi, la Mathis ? Aux trajets d'Alès au mas et retour, une fois par semaine ou presque, le jeudi, et aux sorties dominicales, pour aller voir les parents de ma mère à Avéjan, les cousins Chante à Rochegude, la parenté du Collet-de-Dèze, pour aller à la fête de Bessèges ou aux champignons sur le mont Lozère. On couvrait rarement plus de soixante kilomètres dans la journée, retour compris. D'Alès, on allait pique-niquer à Lézan, au pont noyé. Nous emportions les cannes à pêche, et maman le linge de la semaine qu'elle lavait dans le Gardon et ramenait le soir presque sec. C'est là que mon père a été piqué par une de ces mouches roses, aux ailes triangulaires, des mouches totalement silencieuses, les sournoises ! Son avant-bras est devenu énorme en quelques minutes. Le médecin a expliqué que, dans ce cas-là, le mieux c'est de brûler immédiatement la piqûre. Depuis ce jour-là, j'ai vu mon père, à chaque piqûre suspecte, s'appuyer stoïquement sur la peau le bout rougeoyant de sa cigarette. « Et dire qu'il est douillet ! » soupirait maman que rien ne faisait jamais démordre d'une opinion qu'elle s'était faite un jour, il est vrai qu'il prenait plaisir à l'enfoncer dans son préjugé en geignant pour un rien afin de se faire dorloter.

Le grand souci, pour la Mathis, c'étaient les accus. Il fallait sans cesse refaire les niveaux. Mon père recueillait l'eau de pluie, la seule tolérée par l'inconstante batterie que papa ménageait en ne démarrant qu'à la manivelle. Le moteur était doté d'une dynamo mais aussi d'une magnéto. Après la longue et dure côte du col de Portes, la descente permettait de passer d'un régime sur l'autre, toujours pour ménager la mécanique. Mon père me tenait au courant de ces délicatesses.

Le volant était à droite, il pouvait ainsi manœuvrer le levier de vitesse de sa main. C'était un modèle français mais conçu pour les pays comme le Royaume-Uni où l'on roulait à gauche. Assis à côté du chauffeur, ou derrière quand ma mère était du voyage, je ne perdais pas un de ses gestes.

Le jour de mes onze ans, il m'a mis au volant.

— Tu crois que je peux, papa ?

— J'en suis sûr.

Je m'en souviens comme si c'était hier. Il avait rangé la Mathis sur le bord de la route d'Uzès, à La Jasse-de-Bernard, à quelques kilomètres d'Alès. Il est descendu, a fait le tour de la voiture, a ouvert ma portière.

— Qu'est-ce que tu attends ? Passe derrière le volant.

J'avais la trouille, il m'a rassuré : « Tu sais conduire, Pierrot ! » La première heure, je regardais le volant et les cadrans au lieu de la route, ils m'obsédaient. Après ça, je savais conduire, je ne faisais même pas craquer les vitesses. Je pratiquais le double débrayage comme un camionneur chevronné.

Mais qu'allait dire ma mère ? Rien. Elle a cousu un coussin calculé pour que mes yeux arrivent au pare-brise sans que j'aie à étirer le cou. Et il ne fallut pas beaucoup de temps pour qu'elle affirme bien haut, taquine, qu'elle était plus rassurée quand c'était moi, son fils, qui tenait le volant : « L'élève a dépassé le maître. »

Et il y avait plein de fleurs, de parfums, et de rires sur nos routes qui pourtant n'allaient jamais loin. Nous sentions que, tant que nous resterions tous les trois bien serrés les uns contre les autres, il ne pouvait rien nous arriver de fâcheux, la guerre est arrivée, et nous a donné raison.

Le moteur de la Mathis avait un joli bruit, surtout en prise.

On ne peut pas affirmer qu'elle était le quatrième personnage de la famille. Tout simplement parce qu'il n'y avait pas de place pour un quatrième dans cette famille. Mon père, ma mère et moi, le triangle était parfait comme dans la Bible, vingt dieux ! (Il jurait tout le temps, avec un plaisir inusable.)

Un beau jour, il s'est rasé la moustache. Quand on lui demandait pourquoi, il répondait très sérieusement :

— Elle m'empêchait de voir dans les virages.

Mon père aimait les gens, les humbles particulièrement. Lui, l'instituteur, il avait un penchant pour les primitifs, les analphabètes et les plus ou moins siphonnés. Lui, le passionné des poètes, il préférait les particuliers qui avaient le ciboulot plus près des ornières que des nues. Il se régalait des palabres en patois, m'en rapportait les saillies, soulignait pour moi les vocables charnus et odorants tout à fait intraduisibles en bon français. A rebours, ma mère tenait son rang d'institutrice, hautaine envers le *vulgum pecus*, obséquieuse envers le gratin et l'universitaire. Son homme la charriait pas mal là-dessus. Les jours de vidange, quand elle se penchait à la fenêtre pour appeler à table et qu'elle voyait son mari, dans ses peilhes poisseuses d'huile et de cambouis en pleine conversation patoise au beau milieu du chemin avec le voisin et sa mule puante, il lui fallait tout son amour conjugal pour saluer aimablement le père Bondurand dont la rosse lâchait des pets irrésistibles, même maman pouffait.

Dans l'intimité, enfin presque toujours, mon père pétait aussi, franc et sonore. Ce n'était qu'une, entre autres, des manifestations naturelles de son corps. Ce mode d'expression s'est beaucoup perdu de nos jours, même à la campagne. Que sont devenus les concours de pets de l'amicale tablée d'un dimanche après-midi, tels que les décrit magistralement Zola dans *La Terre* ?

De mémoire de nez, les vents paternels ne sentaient pas tellement mauvais, ou alors c'est que nous étions mithridatisés. Il était plus fort pour le son que pour l'odeur. « Il barytonnait du cul » assez fièrement. La preuve, c'est que ma mère, qui se targuait d'avoir le nez le plus susceptible de la maison, ne réagissait qu'à la déflagration. Les pets muets, vulgairement nommés « louises », dont la puanteur est la pire, c'est scientifiquement prouvé, comme s'ils exprimaient ainsi la souffrance endurée pour forcer le passage entre deux fesses hypocritement contractées, n'étaient pas, sauf exception, dans le répertoire de papa. Lui n'aimait pas les contraintes. Pour laisser le passage plus libre, il lui arrivait de lever une jambe, le torse penché vers l'avant, la bouche fermée sur un grognement. Il travaillait surtout le côté musical. Ma mère variait ses soupirs navrés (« Non, vraiment tu exagères ! ») qui ressemblaient à des gémissements de plaisir (« Non, je ne m'y ferai jamais ! »). En dehors de la famille, ces jeux ne se pratiquaient guère qu'entre hommes. J'ai le souvenir d'un petit festival inattendu, inoubliable. J'étais allé voir mon cousin Henri. Je l'ai trouvé couché, sur le ventre.

— C'est le médecin qui m'a dit de rester comme ça. J'ai de l'aérophagie. Il m'a donné des poutingues qui font péter. Il faut que je pète tant que je peux. Prends le briquet sur la table de nuit, et allume...

J'ai passé la matinée à allumer les longs vents du Riri. De brèves mais belles flammes bleues... En fin de compte, nous avions des plaisirs tout simples.

Un jour d'été, nous traversions main dans la main, mon père et moi, la place de la mairie d'Alès, déserte au moment du repas. L'horloge de l'hôtel de ville a sonné une heure. Papa en a lâché un, net et sonore : « Tu vois, Pierrot, je marche comme la ville ! »

La haute Cévenne n'est pas à proprement parler une contrée viticole, mais presque chaque mas entretenait quelques treilles et récoltait juste assez d'hectolitres pour la consommation familiale. Les vendanges n'étaient pas ici le grand ramdam des vastes domaines de la plaine, ce n'étaient que des vendangettes, mais chaque étape, chaque geste était le même qu'en bas, c'était pour mon père la meilleure occasion dans l'année de se conduire en paysan comme ses aïeux. Il n'était plus M. l'Instituteur, il revêtait ses peilhes. Si le raisin mûrissait à temps, notre récolte occupait la fin des vacances scolaires. S'il tardait, il fallait remonter d'Alès et se hâter le jeudi, puis le dimanche. Nous suffisions à la tâche, nous trois, plus la mamée et, s'il y avait urgence, quelques voisins ou cousins invités. Papa ne parvenait pas à se conduire en chef d'exploitation. Il n'avait ni le sens ni le goût du pouvoir. Les postes, les gestes, la stratégie, rien ne posait de question. Il suffisait de suivre la tradition. Tout le monde coupait. Lorsque j'étais trop petit pour le faire, je suivais, à quatre pattes, les coupeurs avec une petite casserole pour ramasser les grains tombés à terre, comme lui-même l'avait fait à mon âge. Quand ma casserole était pleine, moi je touchais dix sous. Il ne fallait rien perdre, alors (quand je vois de nos jours les saccages de la fantastique machine à vendanger...). Le charreton attendait sur le chemin vicinal. Chacun allait jusqu'à lui, vider le seau en fer. Quand les comportes du charreton étaient pleines, mon père et moi le poussions dans la cour du mas jusqu'à la grande cuve en bois chevauchée par le fouloir. Le trajet n'était pas long : depuis la mort de ce grand-père que je n'avais pas connu, sa veuve et son fils n'entretenaient que les vignes à proximité immédiate du mas.

A midi, nous nous retrouvions sur la terrasse pour un repas simplifié (les coupeuses n'avaient pas eu beaucoup de temps pour cuisiner ces matins-là). Mon père accrochait son fusil au dossier de sa chaise. Au premier étage, la terrasse surplombait la cour que papa pouvait surveiller de sa place. D'énormes rats sortaient de la cave et des écuries, attirés par les grains de raisin tombés à terre au cours des manipulations. Alors mon père s'arrêtait soudain de verser à boire ou de fatiguer la salade, il décrochait son fusil et, pan ! dans un fracas qui faisait soupirer ma mère, il zigouillait un rongeur. Le midi de nos vendanges est resté pour moi ces repas rythmés par les fusillades victorieuses de mon père.

Il disposait de deux fameux flingots. Celui de son père, un Darne calibre 16 à deux coups dont les chiens frappaient sur les broches des cartouches. Une très bonne arme, qu'il trouvait un peu lourde, c'est pourquoi il avait commandé à Saint-Étienne un Simplex calibre 20 suffisant pour son gibier habituel, les merles, les grives et les écureuils. Pour chasser ces derniers, jadis il avait dressé un petit chien, que je n'ai pas connu, il me le racontait :

— ... Quand il te voit arriver, l'écureuil passe derrière l'arbre. Mon chien tournait aussi. Pour le fuir, l'écureuil, très préoccupé, se représentait au bout de mon fusil... et alors, pan !

Je n'ai pas connu les écureuils, il n'y en avait plus. Papa prétendait que c'était même meilleur que le lièvre.

La terrasse, le lieu. La terrasse, je voudrais la raconter froidement. Quatre mètres sur huit, on y accède depuis la cour du mas par un escalier de quatorze marches, en pierre. Le long côté ouest de ce rectangle est ouvert sur la cour et, au-delà, sur la rivière. Au-dessous : la cave et les écuries. Au-dessus, les deux magnaneries et le grenier. A un bout, la porte de l'appartement de la grand-mère, à l'autre, la porte de celui des parents.

Dès que le temps le permettait, nous mangions sur la terrasse, mais séparément. Nous trois à la table, au centre, la vieille devant sa porte. Elle mangeait là, son assiette à la main, assise sur le coffre qui lui servait de banc, raide comme la justice du roi, frémissante. Elle mâchait longuement de ses gencives durcies, l'œil sur la crête d'en face, le regard fixe malgré l'incessant mouvement de sa tête de la droite vers la gauche et retour. Quand ils revenaient un instant vers son assiette, ses yeux d'un bleu très pâle, bordés de rouge, pouvaient accrocher au passage les trois personnages assis à table, les épaules de son fils qui lui tournait le dos, mais la tête de la mamée continuait de faire non, non, au rythme têtu de son parkinson. En face de son fils : sa bru. Sur le côté, face au paysage : l'enfant, son petit-fils, moi qui ne mesure qu'aujourd'hui ce que cette « sainte cène » avait d'insolite, d'insupportable.

Au-dessus de nous : le plancher du dernier étage situé directement sous le toit en pente. Les interstices lâchaient toujours quelques poussières. Il fallait couvrir vivement nos assiettes des deux mains dès qu'on voyait descendre le nuage doré par le soleil (papa avait le coup pour glisser son assiette sous la table le temps que ça passe...). Il était interdit bien sûr de marcher là-haut pendant les repas, mais la course d'un chat suffisait à nous assaisonner de quelques bonnes pincées. Dans la cour, au pied de la terrasse, s'étalait le fumier, ainsi nous pouvions lancer d'un geste large nos épluchures et nos restes par-dessus le petit parapet sans avoir à quitter nos chaises. On manquait rarement son coup : la flaque en piquante fermentation formait un cercle d'au moins cinq mètres de diamètre.

A ce tableau s'ajoutaient ce que nous nommerions aujourd'hui trois autres agressions, sonores ou olfactives, ou les deux : le nid, la tomière et le trou triangulaire.

Il est indispensable de préciser d'abord qu'on ne pouvait

trouver sur la terrasse une autre place pour la table. Si on la bougeait un tant soit peu, ou elle gênait le passage, l'ouverture des portes, elle entrait dans l'obscurité, ou, ce qui était pis, elle empiétait sur l'aire de la grand-mère. Or le nid d'hirondelles se collait à la poutre, à l'aplomb du centre de la table. Il n'était pas question de le bouger non plus. Mon père l'avait toujours vu là, il me montrait fièrement une sorte de sous-ventrière en vieux cuir que son père à lui avait clouée sur la poutre pour le maintenir. Rien ne devait être entrepris qui aurait pu décourager les hirondelles de revenir chez nous chaque année. Leur retour, c'était rien encore, mais quand leurs œufs avaient éclos, quand leurs petits fouissaient... Pour manger propre, nous étions obligés de porter des chapeaux à large bord. Piaillements affamés, va-et-vient nourrisseurs, parfois dans l'affolement, au moment d'atterrir sur le bord de ce nid vétuste surpeuplé de marmaille revendicative, le père ou la mère, battant des ailes pour l'équilibre, laissaient choir un vermisseau dans notre soupière. On entendait alors, à l'autre bout de la terrasse, le ricanement de la vieille à qui rien n'échappait. Mais son chef-d'œuvre d'emmerdeuse, c'était la tomière suspendue au-dessus du parapet de la terrasse, une sorte d'énorme garde-manger destiné à mettre les tomes à égoutter et à sécher au grand air à l'abri des mouches... à l'origine, parce qu'à présent la vieille y élevait des lapins, sur deux étages. Et les lapins, ça pisse dru, sonore, à faire ricaner même une septuagénaire qui se plaint de sa surdité (quand ça l'arrange).

Maman avait pris la tomière en haine, une obsession ! Poussé par elle, papa avait procédé à plusieurs démarches diplomatiques pour obtenir de sa mère le retrait en douceur du cube méphitique. En vain. Rebuté, découragé, il en venait à envisager des ruses de prisonnier :

— Une belle nuit, je vais donner quelques coups de lime aux fils de fer qui la suspendent. En la balançant, la tramontane fera le reste...

— Non ! non ! protestait maman. Ta mère se débrouillerait pour la recevoir sur la tête...

Ma mère redoutait l'accident comme encore une machination de son implacable belle-mère.

A l'autre extrémité de la terrasse, vers le pailler, dans l'angle, le parquet de ciment avait été scié transversalement, ce qui ménageait un trou triangulaire d'environ trente centimètres de côté. Ce trou servait aux pipis diurnes et aux cacas nocturnes. Urine et défécations tombaient droit dans un angle masqué de la cour, dans une cavité que l'on curait périodiquement avec une pelle et un seau réservés uniquement à cet usage.

Lasse de nous l'interdire, ma mère fermait les yeux en haussant les épaules quand mon père ou moi quittions la table pour un bref piquet au-dessus du trou triangulaire, le temps d'un jet. Par grandes chaleurs, elle y balançait un seau d'eau javellisée, ce qui irritait la vieille qui utilisait les curetages de la cavité de la cour pour fumer son jardin. Javel contre laitues... la guerre froide entre bru et belle-mère se poursuivait sur tous les plans avec une impassible raideur.

Et les soudains silences à notre table quand la vieille très droite nous passait devant le nez pour aller vider son assiette, par-dessus la murette, sur le fumier, ou encore choisissait l'instant de la daube pour venir soigner ses lapins dans la tomière. Elle rafraîchissait leur litière si maladroitement qu'il en jaillissait des bordées de petites perles noires. Mon père tournait vers « la vieille » un regard furieux, il grognait comme il se devait, mais je sentais que c'était surtout par solidarité conjugale. Dans le fond de lui-même, il devait apprécier le « putain de caractère » de sa maman... Il nous arrivait, à papa et à moi, d'échanger furtivement, en cachette de ma mère, un sourire assez admiratif : « Eh ben ! elle manque pas d'imagination, la vieille ! »

Il n'y avait ni W.-C. ni tout-à-l'égout. Quand le temps le permettait, on allait s'accroupir dans les buissons au bord de l'eau. Le reste du temps, on utilisait ces vastes seaux hygiéniques en métal sonore qui magnifiaient le pipi le plus discret. Au matin, on allait vider tout ça et rincer les seaux dans la rivière, laquelle, vous n'allez pas me croire, n'était pas du tout polluée.

En amont, tout le village, alors surpeuplé, faisait pareil et chacun de nous, dans cette vallée, pêcheur, bûcheron, faucheur, quand il avait soif, se mettait à quatre pattes et buvait à même la rivière. Ben, les truites y vivaient bien, elles ! Alors...

J'ai des souvenirs extrêmement précis de tant d'heures passées à manger, à veiller, à bricoler, à causer, à jouer sur cette terrasse, j'entends les bruits, je revois nettement la progression des ombres du crépuscule, les lézardes qui dessinaient sur le mur un lion avec sa crinière, je sens au bout de mes doigts le toucher grenu de la murette, je revis sous le nid et la tomière, entre le fumier et le trou triangulaire, ces repas scandés de pets, de rots et de coups de fusil, je ne me rappelle pas la moindre mauvaise odeur. Et pourtant mon nez savait repérer de très loin les plus légers effluves de pétrole, d'éther, de brûlé ou de Javel. A croire que les émanations naturelles ne puaient pas.

D'autres odeurs que je ne remarquais pas alors, que je ne notais pas, se gravaient dans ma mémoire sans que je m'en rende compte. Ainsi, maintenant, à soixante-huit ans, quand je me lève, que je sors mes jambes nues des draps moites de la nuit, il m'arrive de sursauter, de me retourner pour voir si mon père ne vient pas d'entrer dans la chambre ; ce remugle de suint, c'était son odeur lorsque j'allais le matin l'embrasser dans son lit. Alors, je ne la sentais pas. Aujourd'hui, je la reconnais. En moi. Une odeur de vieux. Une bouffée de suri, sur la seconde, efface un demi-siècle et la mort même.

La toux pareillement, c'est celle de mon père. Quand une quinte me surprend, je le sens là, derrière moi, qui me dit : « Tu vois, tu continues... » Et mon fils me rapporte qu'il lui arrive pareilles sensations.

L'implacable hérédité se manifeste irréfutablement par des détails concrets : mon père avait dans le dos des petites verrues. Il m'a confié que son père avait les mêmes : « Un jour, je l'ai entendu pousser un cri terrible... Irrité d'avoir ces trucs dans le dos, il en avait coupé un d'un coup de rasoir. C'était extrêmement douloureux, à croire que ces verrues tiennent au corps par un nerf. » Dans mon dos, j'ai les mêmes, et mon fils aussi, trois générations qui se baladent avec sous la chemise ces petites larmes de chair...

La grande époque de la terrasse a duré de mes cinq ans à mes seize ans, mais l'été seulement, pour les grandes vacances. Les jeudis, aux vacancettes d'hiver ou de Pâques, nous montions seuls, mon père et moi. Nous mangions alors à la table de la vieille, nous vivions avec elle, il n'y avait plus de hargne, plus de tension, puisque maman n'était pas là. Papa était le fils, j'étais le petit-fils, plus de corps étranger pour venir troubler la parenté limpide.

C'est seulement aujourd'hui, en l'écrivant, que je mesure l'insolite, et même un peu l'horreur de cette scène : notre trio autour de la table familiale, mangeant, buvant, conversant sous le regard hautain de la vieille implacable assise sur son coffre, son assiette à la main et sa tête squelettique à la peau si fine, si luisante, faisant non ! non ! non ! sans fin. Nous parlions... nous entendait-elle ? Parlions-nous pour elle ? Malgré elle ? Nos paroles, nos pensées étaient-elles différentes sous ces yeux sanguinolents ? Je n'arrive pas à m'en souvenir. La vieille, noire statue sinistre, chacun de nos mots devait prendre devant elle une taille, une résonance bibliques, je ne m'en rendais pas compte, sauf peut-être par-ci par-là à quelques propos échangés tout bas par mes parents.

La mamée, papa et moi, qu'on était bien tous les trois, sans maman, aussi bien que tous les trois, avec maman, sans la mamée. Je n'ai jamais entendu papa appeler sa mère maman. Depuis ma naissance, c'était devenu officiellement « la mamée ». Quand il en parlait entre nous, il disait « la vieille », ce mot devait sonner péjorativement aux oreilles de maman mais pas dans sa bouche à lui. « La vieille », une sorte d'injure affectueuse, comme on dit : « Sacripant ! » Il tenait un périlleux équilibre entre sa femme et sa mère, il aimait les deux, d'un amour différent bien sûr, il devait en souffrir mais ne le montrait jamais, il bougonnait, jurait, blaguait, quand il tournait le dos à sa mère sous le regard soupçonneux de sa femme, à table, sur la terrasse entre le fumier et le trou triangulaire. Si un gros rat pointait son nez dans la cour, avec quel soulagement papa décrochait son fusil !

Moi, je ne me rendais compte de rien. Je croyais qu'il était dans les normes de ne pas inviter sa mère à sa table quand on était marié. Néanmoins, je ressentais une sorte de bonheur parfait les jeudis, quand nous montions au mas dans la Mathis, rien que tous les deux, mon père et moi, pour passer la journée chez « la mamée », pour se mettre à sa table et manger son frichti. Le vrai bonheur quand, à la sortie d'Alès, passé les dernières maisons de Saint-Martin, papa me donnait le volant...

D'abord, je n'avais plus ma mère sur le dos.

Jamais je n'aurais pu participer si peu que ce soit au conflit permanent entre ces deux femmes terribles. Si je risquais le moindre mot en défaveur de l'une ou de l'autre, avec cette envie puérile de plaire, de briller parmi les adultes, mon père, si coulant d'habitude, tranchait sèchement : « Ta mère, c'est ta mère ! Ta grand-mère, c'est ta grand-mère ! » Sur un tel ton que je m'en voulais de m'être mêlé de ça. Moi, je n'avais pas le droit de dire « la vieille ».

Papa devait être écartelé entre ces deux mondes : sa mère, c'étaient son passé, les siècles de la terre ; sa femme, c'étaient les poètes, l'instruction, l'avenir de son petit. Le fossé passait entre la table de la mamée, dans sa cuisine, et notre tablée sur la terrasse, entre les jeudis de l'année et les grandes vacances, entre l'enfance de mon père et sa maturité. Au mas, il était comme un enfant. En ville, il jouait à l'instituteur mais ça, ça ne l'amusait pas, il se forçait, ne s'en cachait pas, il gagnait sa vie d'une main.

Le jeudi matin, quand on arrivait, la mamée nous servait le café de bienvenue, puis on s'habillait en peilharot. C'était la même femme pourtant, raide, l'œil soupçonneux, sans fin niant du parkinson, la voix rude, la parole sèche, mais elle était chez elle, avec les siens, parfaitement à l'aise, et comme par magie l'on se sentait bien dans la pénombre de sa cuisine, à sa table ou au coin de son feu. Ensuite on « attaquait la journée ».

Par exemple, mon père et moi, on allait « tomber un arbre ».

On emportait le pióllo (la hache) et la touradouïrè (autrement dit le « passe-partout », la longue lame de scie emmanchée aux deux bouts). On longeait la rivière pour choisir un grand verne. Papa pratiquait à la hache une entaille au bas du tronc, le plus bas possible. De sa main gauche, un genou en terre, en quelques « han ! » avec une facilité, une précision ! On aurait dit qu'il appointait un crayon. Puis on s'agenouillait de part et d'autre du tronc, on glissait la touradouïrè dans l'entaille et on tirait en cadence chacun son tour, je dis bien tirer, surtout pas pousser car alors la longue et souple lame gondolait.

C'est à l'automne qu'on faisait du bois, après les vendanges, avant les châtaignes et le cochon. Les bords de la rivière rouillaient dans la tendre odeur des feuilles mortes que les voisins brûlaient alentour. Les fortes dents de la touradouïrè mordaient dans le sec du tronc régulièrement avec un marmonnement de rumination satisfaite et la suave senteur de sciure neuve. L'arbre tombait exactement à la place choisie par mon père. Il avait dans les dix mètres de haut. Sa chute faisait trembler la terre, je la percevais nettement par la plante des pieds. Les oiseaux se taisaient, pour quelques minutes. Alors « on en prenait cinq », comme il disait, entendez qu'on s'asseyait, qu'on lampait un coup de piquette, mon père et moi, puis il roulait une cigarette. Je ne me lassais pas de le voir faire ça... Il tenait sa blague serrée contre sa poitrine par son avant-bras au bout duquel, sur le moignon, en équilibre, il plaçait une feuille de Riz-la-Croix non encollée. De sa main, il allongeait une ou deux pincées de gris. Il roulait le tout entre deux doigts et terminait d'un coup de langue cette affaire rondement menée.

Il disposait de pas mal de briquets. Il s'en fabriquait sans cesse de nouveaux. Avec un ancien tube de rouge à lèvres de sa femme, par exemple, sur lequel il soudait à l'étain une molette... Je préférais son briquet à amadou dont le rougeoiement répandait une senteur exotique.

Il fallait ensuite couper les petites branches, les lier en fagots, saucissonner le tronc. L'après-midi on chargeait le charreton, on effectuait les transports et le rangement sous l'appentis de la cour. Tout était fini avant la nuit, ce manchot et son petit travaillaient bien.

Le crissement régulier d'un passe-partout dans les bois et deux voix qui se répondent par-dessus... j'ai tout perdu, il n'y a plus que le fracas des tronçonneuses. La discrète senteur de la sciure même est effacée par les relents de l'essence brutalisée par le tronçonnage.

Le jeudi suivant, il pouvait pleuvoir, à l'abri sous l'appentis, nous refendions le bois, d'abord avec des coins, ensuite à la hache. Moi, je me contentais de poser le tronçon sur le billot et de le tenir à deux mains. J'étais à genoux, je ne regardais pas la hache que mon père levait haut, je le regardais, lui, son sourire et ses yeux gris clair.

Évidemment, le jeudi suivant, s'il faisait beau, le bois à refendre attendait à l'abri, nous avions d'autres travaux, d'autres plaisirs, dehors ! On n'avait pas le droit non plus de gaspiller le beau temps. Voilà, encore, une différence fondamentale : de nos jours, on veut être à la fois dedans et dehors. Cette perversion est symbolisée par la baie vitrée. Les citadins qui se payent un mas font abattre des pans de maîtres murs et font vitrer le vide. Chez nous, les fenêtres étaient étroites et rares. Les mas étaient faciles à chauffer, et à défendre. Les paysans chez eux n'avaient pas besoin de voir le dehors, « s'il faisait beau, ils y étaient, dehors ! s'il faisait mauvais, moins ils en voyaient, mieux ça valait », ils l'exprimaient ainsi, avec tranquillité.

Refendre le bois, mettre le vin en bouteilles, étamer les seaux, aiguiser les haches, bichonner la Mathis, etc., travaux abrités, quand la pluie cévenole redouble son rideau devant le portail ouvert à deux battants, et que les chats, comme des flèches, passent entre les gouttes.

Nous rentrions toujours vers midi, la mamée nous attendait debout, les poings sur les hanches, au bord de la terrasse, en haut des escaliers : on était toujours ou en retard ou en avance (elle ronchonnait de bonheur). Pour nous, elle avait soigné le repas. Elle avait des gestes tellement anciens, tellement précis, qu'elle ne regardait plus ce qu'elle faisait. Elle plongeait le bras dans la tomière, tâtait à l'aveuglette, empoignait le lapin par les pattes de derrière et le tuait net d'un seul coup de poing derrière les oreilles. Elle le suspendait au clou, dégageait la peau à partir des pattes de derrière et la tirait d'un coup. Elle ouvrait le ventre, jetait d'une seule poignée toute la tripaille aux chats, étalait ce qui restait sur sa planche et le découpait au hachoir. C'était l'affaire de quelques minutes.

Mon père et moi nous asseyions chacun à un bout de la table, la mamée nous servait, elle mangeait debout. Je ne parviens pas à me rappeler un seul geste tendre, une seule parole, un seul regard d'affection entre le fils et sa mère. Ils ne s'embrassaient jamais, se parlaient avec une rude brièveté, n'étaient jamais contents l'un de l'autre. Un étranger aurait pu croire qu'ils se haïssaient. Cette froideur participait-elle de l'attitude qu'il était bien obligé de tenir vis-à-vis de sa mère pour ne pas déplaire à sa femme ? Je ne le crois pas, c'était plutôt dans l'ancestrale tradition rurale des relations parents-enfants et j'étais sans doute, moi, la première faiblesse au bout de cette longue chaîne de raideurs. Cette distance affirmée entre mon papa et ma mamée n'empêchait pas le sentiment, j'allais dire : au contraire. Ils seraient morts l'un pour l'autre, tout simplement.

Au demeurant, les relations entre ces trois personnages, ma mère, mon père et sa mère, ne me troublaient en rien, je l'avoue sans fierté ; je n'éprouvais pas le besoin de prendre parti ni même de poser des questions. Il a fallu que je sois longtemps père et grand-père à mon tour pour en venir, sans me bousculer, à les analyser. Alors, je les aimais tous trois également, sans questions, j'étais un enfant heureux. Il arrivait à mon père, quand nous étions en tête à tête, de lâcher

« la vieille » au lieu de « la mamée », mais le ton et un sourire atténuaient aussitôt le lapsus péjoratif.

En dehors des phrases banales, ma grand-mère n'entretenait mon père que de problèmes graves. Il était l'homme du mas, le dernier, le seul depuis la mort prématurée de son époux : coupes de pins, murettes éboulées, chamailles de voisinage... Pendant des semaines, l'affaire du gravier est revenue sur le tapis. Un entrepreneur avait chargé des camions de l'autre côté de la rivière, sur un rivage sablonneux qui nous appartenait, et il se refusait à payer la somme promise. Figurez-vous qu'il aurait trouvé, en creusant, des restes du mur de soutènement de l'ancien chemin royal, donc ce terrain ci-devant « royal » (il en avait plein la bouche) ne nous appartenait pas, à nous, mais à la République, à l'État, donc il ne nous devait rien, C.Q.F.D. Je n'ai jamais su la conclusion de ce conflit, il a disparu des conversations, l'entrepreneur est redevenu un ami, peut-être en entrant dans notre parenté puisque son fils unique a épousé une de nos petites-cousines. Le sable s'est peut-être dissous dans la corbeille de mariage.

Visiblement, papa n'entrait dans ces chicanes qu'avec répugnance, mais la vieille le poussait, tenace, implacable. Entre nous, il ronchonnait contre les procéduriers :

— ... Et encore, mon Pierrot, c'est rien. Tu aurais vu ça, jadis ! Dans mon enfance, on les voyait monter à Génolhac le mardi, le jour où siégeait le juge de paix. L'expression était : « Ils vont manger leur pain blanc. » Au propre puisqu'ils étaient obligés de manger au restaurant où le pain était blanc alors que chez eux, au mas, ils mangeaient du pain bis. Et au figuré : « manger son pain blanc », c'est gaspiller ce qu'il y a de meilleur pour tomber dans la misère. Pauvres couillons, les avocaillons bouffaient toutes leurs économies...

— Papa, tu crois que vous allez en justice, la mamée et toi ?

Il répondait d'un petit signe répété du plat de sa main vers le bas : *Chi va piano, va sano...*

Chez la mamée, le repas comportait une demi-douzaine de mets différents, des restes pour la plupart, dans de petits plats émaillés à deux oreilles, ragoûts et fricots encore meilleurs réchauffés. Elle les tenait au chaud dans les coins du feu et nous les servait en grognant : « Ün paou dé tout' et pas gaïré dé rès » (un peu de tout et pas beaucoup de chaque chose).

C'est qu'on ne jetait rien. Ce qui restait après le repas au fond du pot à eau, elle allait en arroser ses plantations minuscules et mystérieuses devant sa porte. Il s'agissait de la partie inférieure d'un tonneau qui avait été scié par le milieu, un mètre de diamètre, rempli de terre. Là poussaient des plantes diverses, qui ne dépassaient jamais dix centimètres de haut et dont je ne reconnaissais que le persil. Au cours de sa cuisine, la mamée venait prélever là une feuille, ici un brin, pour les rajouter dans un faitout, dans une casserole. Ses préparations avaient une saveur rare, que je n'ai jamais retrouvée, nulle part. Je me reproche mon manque de curiosité, je n'ai rien demandé, rien noté, les recettes sont perdues à jamais.

Pareillement, je suis incapable d'énumérer ses liqueurs, apéritifs, digestifs, vins cuits... qu'elle fabriquait grâce aux mille degrés d'alcool que la loi lui accordait après chaque vendange, eau de noix, liqueur d'orange (on ne jetait jamais la peau de ces fruits encore rares, on la mettait à macérer dans notre gnôle maison), eau de coing... il y en avait bien une douzaine d'autres dont j'ai tout oublié. Elle nous servait toujours un tout petit verre de l'une de ses liqueurs quand nous prenions congé, avec la même solennité qu'elle nous servait le café quand nous arrivions, ces deux rites encadraient nos jeudis.

Elle avait la peau sur les os du visage, une peau fine, luisante, d'un contact froid, tendue sur les pommettes, et pourtant elle était belle, belle comme une sculpture antique, une demoiselle hellène. J'aimais la voir se peigner. Quand elle dénouait la tresse du chignon qui lui tirait implacablement les cheveux sur le sommet de la tête, soudain, comme le flot d'un barrage qui cède, le torrent blond coulait jusqu'à ses hanches. Car elle était blonde, blonde jusqu'à la fin de sa vie, à moins que ma mémoire éblouie ne change en blonds ses cheveux blancs. Mais non, elle était bien blonde, « comme une fée »... Il y avait un conte où il se passait quelque chose, je ne me souviens plus quoi, lorsque la fée lâchait son chignon pour se peigner. J'entends encore les vieux, ils en avaient plein la bouche : « *Si pïnchinavo, moun homé !* » (Elle se peignait, mon homme !) La mamée passait longuement, lentement, le peigne dans ses cheveux du haut vers le bas ; quand il se bloquait, elle tirait en fermant les yeux pour savourer cette agréable douleur. Et, tout à coup, comme si elle se surprenait en flagrant délit de plaisir illicite, elle refaisait sa longue et lourde tresse, l'enroulait sur le sommet de son crâne et la fixait là, très serrée, en piquant en force les épingles qu'elle tenait jusque-là entre ses lèvres. Cela s'exécutait en quelques gestes extrêmement précis, le tout d'une rapidité stupéfiante. L'échafaudage parfait tiendrait jusqu'au lendemain, nuit incluse.

Bon, c'est décidé : ma grand-mère avait les plus beaux cheveux du monde, elle était blonde et le resterait toujours, avec sa tignasse de Walkyrie. Je ne supporterai pas la moindre contradiction là-dessus, d'ailleurs plus personne ne vit qui pourrait se souvenir de ma blonde mamée... Si ! quand elle a vu ma fille Fanny si blonde. Mme Dédet s'est écriée : « Les mêmes cheveux que son arrière-grand-mère ! On a raison de dire que *la vaco nègro torno tchaco cint ons à l'establé*[1] ! »

La mamée était en permanence en attitude de reproche. Elle avait toujours à se plaindre « de tout le monde et son Père », jamais l'expression si populaire alors n'a été plus juste. Elle reprochait au Père éternel sa création, et particulièrement, dans le fatras de celle-là, le dépérissement et la mort, l' « abourissement », selon le terrible mot occitan. Elle en tirait un rare, un surprenant désespoir actif. Plus elle avançait en âge et plus elle perdait les forces, et l'envie, d'entretenir la propriété. De temps en temps, après un orage torrentiel, l'une des murettes de

1. La vache noire revient à l'étable tous les cent ans.

pierres sèches qui soutenaient les terrasses de jardins, de vignes ou de prés, s'écroulait. Remonter de tels éboulements était un travail de Romain, il fallait d'abord récupérer la terre avec des brouettes et des seaux, puis refaire le mur, ensuite reboucher derrière lui le trou avec la terre récupérée. Elle nous amenait donc, mon père et moi, contempler le désastre : « *Tout aco s'esbouzèno !* » (Ça tombe comme une bouse de vache !) Elle employait le présent perpétuel, avec une joie mauvaise, avec son air de hautain reproche envers son fils, envers moi qui avais pourtant mes deux mains ! Envers Dieu surtout, car elle ajoutait : « *Caou crèba ! crèbarem toutès !* » (Il faut crever ! nous crèverons tous !) C'était l'un de ses refrains familiers, ça la rassurait méchamment de voir la propriété familiale crever pan par pan avant elle, qui continuerait de plus belle de crever après elle, et après nous, quand nous serons crevés aussi — elle voyait juste, hélas ! Elle prenait, dans ces accès de désespoir rageur, une grandeur, une beauté antique. Je l'ai compris très tôt : la noblesse de la tragédie n'est pas l'apanage exclusif des princes. Et voilà qu'il me vient ici la réflexion, seulement aujourd'hui, que dans ces instants pénibles de « confrontation » (au sens policier), devant cet amoncellement informe de pierres et de bonne terre si bien cultivée jadis, mon père devait souffrir à neuf de n'avoir qu'une main, d'être le chaînon faiblard par où se rompaient les siècles ininterrompus. Une main manquait et la race s'éteignait. Il n'en laissait rien voir, c'est aujourd'hui moi qui l'imagine ainsi ; pourtant, j'ai retrouvé au fond de la cave une sorte de bêche qu'il avait fait venir à grands frais, un instrument qui comportait une pédale et dont la publicité affirmait qu'on pouvait s'en servir d'une seule main, vu qu'elle avait été étudiée à l'intention des mutilés de 14-18. Elle s'était révélée inutilisable.

Pour tous ces mouvements du cœur de mon père, j'en suis réduit à des supputations, alors, circonstance aggravante, que je ne m'interroge vraiment à ce sujet que plus d'un demi-siècle après. Lui, bien sûr, ne parlait jamais, ne faisait jamais la moindre allusion à cette main manquante et à tout ce que cette absence lui valait de difficultés et d'humiliations. Mais à présent (1993) il me revient de petits souvenirs, des détails, qui me plongent dans une méditation morose, comme la bêche à pédale. A chaque détail ou anecdote resurgi dans ma mémoire, j'ai un petit peu mal, pas beaucoup, guère plus qu'un pincement au cœur mais qui suffit quelques secondes à me rapprocher de mon père, comme si, dans un éclair, j'étais lui. Au fil des ans, mon écriture a évolué insensiblement, maintenant elle ressemble à la sienne, c'est à s'y tromper. Il en est de même de ma signature, et ça continue : je viens de recevoir une lettre de mon fils, c'est l'écriture et la signature de mon père. Cela me peine, et me rassure à la fois. Ce n'est peut-être que ça, la survie, l'éternité, ces infimes parcelles des parents qui passent dans l'enfant, ces résidus ataviques plus ou moins bricolés par la bonne volonté du dernier receveur.

Il s'était fabriqué un pantographe en bois : cinq baguettes formant deux losanges articulés dont les deux branches extrêmes portaient l'une un crayon, l'autre un clou. C'était un appareil à recopier : avec le clou, on suivait le trait ; à l'autre bout des losanges de bois, le crayon reproduisait le dessin. Les pantographes se vendaient, il en avait trouvé l'image dans le catalogue de Manufrance ; la plagier, c'était facile, économique et amusant. Il avait donc ambitionné d'être bon en dessin. Lui qui, de sa main gauche, avait une écriture admirablement moulée devait se contenter de croquis « à la six-quatre-deux », comme on disait alors : des cercles avec deux points pour les yeux, plus quelques traits pour la bouche, le nez, les sourcils, qui limitaient l'expression de la bonne bouille à l'étonnement, au chagrin, à la colère... Quel bonheur, quelle revanche ont dû être les siens quand il s'est avéré très tôt que son gamin était, lui, ataviquement très doué pour le dessin, comme ce fameux oncle Prosper, l'un des deux frères de son père, personnage mythique de l'artiste dans la famille, qui s'était enfui du village avec la jeune femme du notaire, avait traîné sa misère hautaine à Philippeville (Algérie) avant de disparaître, volontaire, dans les garibaldiens en 1871.

Lui, il était heureux de me voir dessiner, mais sans trop le montrer, car ma mère redoutait ce don, les artistes ne pouvant, selon elle, que sombrer dans la débauche syphilitique, poussant ainsi leur famille à la ruine et au désespoir. « Tu finiras comme l'oncle Prosper ! » marmonnait-elle quand je crayonnais. Dans son dos, mon père haussait les épaules.

Les inclinations culturelles de mes parents n'étaient pas du même style, ma mère admirait les classiques, mon père savourait les maudits, c'était la Grèce contre le Moyen Âge, Épidaure contre le Lapin agile, Ronsard, Racine et Chateaubriand contre Villon, Rabelais et Bruant. Il n'y avait certes jamais affrontement, en tout cas pas devant le petit qui devait briller dans les études, mais cela sourdait des comportements les plus quotidiens, car, chez nous, la culture était journalière, c'étaient propos de table et de jeu, du lever au coucher, directement ou allusivement. Le voyage en Arles en est un exemple significatif.

Arles n'était guère qu'à soixante-dix kilomètres (cent quarante avec le retour, quand même !), un tel voyage ne s'improvisait pas. Nous en débattions longtemps à l'avance, et le plaisir commençait là, de plus en plus profond, dans cette préparation de plus en plus minutieuse à mesure qu'approchait la date tant attendue. Lecture collective de l'article « Arles » dans tous les bouquins de géographie et dictionnaires à notre portée, suave révision de la Mathis, composition des gamelles pour le repas de midi, car, chez nous, il était exclu de pénétrer dans un restaurant que nous ne connaissions pas. Les routes étaient alors ombragées de platanes, d'Alès à Nîmes, et de Nîmes à Arles on roulait sous une voûte de verdure profonde et haute comme une cathédrale gothique. Toutes vitres baissées, quand la voiture quittait un carrefour en plein soleil pour se glisser dans ce tunnel frissonnant, la température dégringolait au moins de dix degrés, la fraîcheur vous pénétrait tout le corps comme une lampée de rosé bien frappé. L'hiver où l'ombre n'était pas souhaitable, nos bons vieux platanes avaient la délicatesse de quitter leurs feuilles. Entre les deux rangs de troncs, les routes étaient plus étroites qu'en cette fin de siècle mais beaucoup moins fréquentées. Jardinières, carrioles et tombereaux hippomobiles se doublaient aisément, à condition qu'une autre automobile n'arrive pas en face, ce que le chauffeur manchot de la Mathis avait de la peine à voir depuis le volant planté à droite. C'est donc ma mère assise à gauche qui donnait le feu vert, après une série d'interjections, de cris, de soupirs (« Vas-y ! Non ! non ! attends ! Oh mon Dieu ! là ! là ! Non, pas encore ! Mais tu es fou ! ») qui auraient affolé le plus placide des routiers. Elle répétait qu'un gosse peut sans cesse surgir d'entre deux platanes à la poursuite d'un ballon qui traverse la route.

— Tu te rends compte ! Écraser un enfant, toi, un instituteur !

Elle gémissait, fermait les yeux, hurlait au moindre coup de vent qui agitait une ombre sur la chaussée, levait les yeux au ciel, joignait les mains en prière ou les enfouissait entre ses cuisses crispées. Par une pression constante de cris, de plaintes, de haut-le-corps, de coups de poing sur le tableau de bord, elle contraignait le chauffeur à des ralentissements ridicules, à tenir sa droite jusqu'à mordre les bas-côtés... jusqu'au moment où papa, excédé, l'envoyait paître. Alors, elle fermait les yeux, se raidissait, s'allongeait toute dans la position du gisant, ne bougeait, ne parlait plus, comme morte déjà, prête à la canonisation. Je respirais, mon père et moi pouvions enfin savourer les plaisirs de l'automobile.

Avant d'arriver en Arles, le Petit Rhône se franchissait sur un pont suspendu à voie unique, étroite, constituée par un plancher disjoint qui craquait et tressautait sous les roues. De chaque côté, les piétons disposaient d'un trottoir qui mesurait bien trente centimètres de haut. Notre Mathis était le troisième véhicule à s'engager sur le pont du Petit Rhône. Devant nous, une superbe décapotable blanche, de ces voitures fastueuses dont jusqu'à la marque a disparu : Delage, Chenard et Walker, De Dion-Bouton, Hotchkiss... un véhicule large et bas, aux chromes étincelants, au pare-brise abaissé sur un capot interminable. De cet éblouissant roadster décapoté émergeait largement un couple, le chauffeur, épais quinquagénaire en casquette blanche, et sa compagne, une Mae West juvénile, foulard de soie sur les cheveux. Devant les pare-chocs, en tête de la colonne, au milieu de l'étroit plancher, un gamin poussait paisiblement une brouette. Sur le trottoir, à sa hauteur, une maigre noiraude en haillons. Le garçon n'avait pas dix ans, la fillette pas quinze. L'homme à la casquette blanche s'est mis à klaxonner pour que l'enfant se dépêche un peu. Ce klaxon avait la grosse voix qui convenait à une telle voiture, un organe puissant, bourru, plein de mépris, habitué à être obéi sur-le-champ...

— Le salopard, a grogné mon père.

— Voyons, papa !... a protesté ma mère.

Cependant, la fillette avait marqué le pas afin d'arriver à la hauteur du chauffeur, et s'était mise à le suivre à l'allure de plus en plus lente imposée par la brouette du gamin. Debout sur son trottoir, elle surplombait le couple rupin, l'apostrophait d'une belle voix forte, ne le lâchait pas :

— ... Eh ben, vas-y, gros lard, écrase-le, mon petit frère, passe-lui dessus, tu le sentiras même pas sous les roues, c'est rien, mon petit frère, rien qu'un petit gitan, un caraque, une merde, même pas, tu passes dessus, ça sent pas ! Vas-y, écrase-le ! Qu'est-ce que tu attends ? Toi, ton temps, c'est de l'argent, pas vrai, et l'argent tu connais ! hein ! L'argent et toi, vous êtes cul et chemise, et vous, la belle madame, vous êtes quoi, là-dedans, sa femme ou sa pute ? C'est sûrement pas pour ses beaux yeux et son physique que vous restez avec lui ! Vous devez fermer les yeux quand il vous chevauche et, après, vous devez courir vous laver le cul, non ?

L'homme baissait la tête, crispé sur son volant. La jouvencelle regardait avec obstination le flot du Petit Rhône, vers l'aval. Les trois véhicules roulaient si lentement qu'on aurait dit qu'ils faisaient du surplace, le pont semblait interminable, la fille intarissable :

— ... Qu'est-ce que t'attends pour foncer, trouillard ? Tu

risques rien, on n'a pas d'état civil, nous, on n'est pas assuré, on n'est pas marqué sur aucun registre et les pandores, ils diront : « Un de moins ! » Vas-y ! accélère ! Mon petit frère, il est de dos, tu verras même pas ses yeux... Ta petite pute à côté, elle va t'admirer, elle t'aura enfin vu tuer quelqu'un pour de vrai, en chair et en os, le tout bien mélangé, la vraie bouillâque ! Pas vrai, ma petite madame, que le spectacle en vaudrait le coup, ça vous changerait de l'Opéra, du casino de Monte-Carlo, mais vas-y donc, lopette graisseuse, appuie sur ta putain de pédale d'accélérateur, passes-y donc dessus, mon petit frère !...

A la sortie du pont, la route s'élargissait brutalement. La grosse décapotable a doublé la brouette dans un hurlement de moteur, un crissement de pneus, montant sur le talus. Elle a disparu en zigzaguant.

Mon père a fait un signe amical aux deux gosses.

— Moi, je me suis régalé, a-t-il déclaré.

Ma mère a levé les yeux au ciel

En Arles, elle a couru les musées. Elle a vu ce qu'il fallait voir, tout. Au début, avec papa, on l'a accompagnée au musée Arlatan, jusqu'au seuil. Papa se refusait obstinément d'entrer là-dedans.

— On va t'attendre au bistrot en face.

Moment délicieux, mon père et moi autour d'un guéridon, il commandait un demi de bière, moi un « pipermint » (de la limonade et une goutte de sirop de menthe).

Au second musée, comme on n'avait plus soif, papa a dit à maman : « On va t'attendre aux Alyscamps, prends ton temps. »

Les Alyscamps se présentaient comme une large allée de jardin public bordée de tombes vides, des blocs de pierre creusés vaguement à la forme d'un corps et qui font penser aux auges à cochon de nos campagnes. Nous avons enjambé face à face un de ces cercueils de granit, et nous avons étalé notre boustifaille entre nous, à peu près à l'emplacement du ventre du mort. Après s'être envoyé une rasade de rouge, papa m'a dit :

— Je vais te chercher de l'eau fraîche.

Il y avait un robinet devant la maisonnette du gardien. Celui-ci est sorti. Ils ont parlé tous les deux.

— Qu'est-ce qu'il te voulait, papa ?

— Il m'a proposé d'entrer pour voir les ossements d'une jeune Romaine. J'ai refusé, je lui ai dit : « Si encore elle était vivante, en chair et en os ! »

Pendant les soixante-dix kilomètres du retour, ma mère nous a raconté ses musées, les coutumes provençales, la Chambre de l'accouchée, reconstituée grandeur nature avec les mannequins représentant les voisins en costume arlatan qui apportent les présents rituels, le sel, le grain de blé, etc. (je ne m'en souviens plus très bien), elle jouait avec nous à retrouver la liste des treize desserts : « Figues, raisins secs, noix, noisettes, amandes, mûres... ça fait toujours que sept et je suis pas sûre pour les mûres, elles sont pas tellement sèches... »

Maman ne racontait pas, elle repassait la leçon avec l'inaltérable enthousiasme de la pauvresse ambitieuse admise aux nobles études, avec une âpreté de nouveau riche en savoir, elle, institutrice parvenue, maîtresse d'école ! Cette soif était si impérieuse qu'elle, militante laïque, se forçait à visiter les cathédrales, entre deux messes autant que possible.

Il m'en coûte d'en convenir, c'était une culture superficielle, un vernis, épais, oui, s'épaississant au fil des ans, couche sur couche mais sans nuances, une répétition consciencieuse de clichés resservis chaque fois avec l'inusable bonheur de retrouver un ami. Ils rythmaient la journée, commentaient le moindre incident : un saignement de nez ? « Il en rougit, le traître ! » (Edmond Rostand) ; après une purge, « vos selles sont-elles louables ? » (Molière) ; « Papa, c'est pas moi ! — " Si ce n'est toi, c'est donc ton frère ! " » (La Fontaine) ; retour d'Arles, « fatigué comme Ulysse après un long voyage (Du Bellay) ; Jeannot est tombé dans la fosse à purin ! « Mais que diable allait-il faire dans cette galère ? » (Molière encore) ; je pleurais : « Ta douleur, Duperrier, sera donc éternelle ? » (Malherbe, et, du même poème qui resservait quand nous cassions une tasse :

« Et rose, elle a vécu ce que vivent les roses... ») ; il pétait, « de frais parfums sortaient des touffes d'asphodèles », attention, allitération modèle du « père Hugo ». Je hachais l'oseille à en faire trembler la table ; « Écoute, bûcheron, arreste un peu le bras, ce ne sont pas des bois que tu jettes à bas... » (Ronsard). En se déshabillant, mon père ou moi : « Je quitte avec grâce mon feutre, je fais lentement l'abandon du grand manteau qui me calfeutre... » (Rostand, encore, on adorait *Cyrano*...). Je pourrais multiplier les exemples, on ne se lassait jamais. Mon père, lui, tournait tout ça à la rigolade. Ma mère se cultivait par orgueil, mon père par plaisir, la mamée n'y comprenait rien, elle bougonnait, son parkinson s'accélérait, sûre qu'on disait du mal d'elle. Alors que ma mère les évitait, mon père sortait le plus souvent des expressions, des sentences, des mots qui jaillissaient tout naturellement de sa vieille culture villageoise. Il dormait comme un « souquet » (une souche), elle « dans les bras de Morphée », il se « bourrait la panse à s'en faire péter la sous-ventrière », elle le traitait de Gargantua, il gueulait au charron quand elle criait « haro »... Les conversations ne manquaient pas de variété, il faut dire qu'on se parlait, encore.

Mais ma mère est restée jusqu'à la mort, j'en témoigne, follement amoureuse de mon père. Il lui arrivait, sans prétexte apparent, tout à trac, de se pencher à mon oreille et de me souffler : « Tu sais, ton père est l'homme le plus intelligent qu'on puisse rencontrer ! » Et parfois, sans méchanceté mais avec ferveur : « Tu ne lui arriveras jamais à la cheville ! » Et Dieu sait pourtant qu'elle était fière de moi !

Elle disait « mon homme », lui l'appelait « femme » tout court.

Voici l'une des scènes familiales que je me repasse avec plaisir : nous trois sur notre trente et un, avant une sortie en ville quelconque, même pas solennelle. Ma mère nous arrête pour nous inspecter, avec le même œil soupçonneux que l'adjudant de semaine pour le permissionnaire qui va quitter la caserne. Elle s'attarde sur papa qui joue au « garde-à-vous...

fixe ! », elle rectifie le nœud de sa cravate, l'assise du chapeau, reboutonne le gilet, marmonnant de plaisir : « Je veux que mon homme soit toujours le plus beau... » Enfin, elle se recule de trois pas, toise le mannequin après retouches et conclut : « C'est le plus beau ! »

Ainsi, la vie se jouait sur quatre scènes : notre étroit « appartement de fonction » (ma mère, mon père et moi), le mas sans ma mère (la mamée, papa et moi), le mas avec maman (ma mère, la vieille, mon père et moi), et partout, nous deux, mon père et moi.

Mais papa se débrouillait plus ou moins ouvertement pour transporter beaucoup de son propre univers sur chacun des quatre territoires, son univers patoisant de bricolo-chapardeur. Contrairement à sa femme qui veillait tard le soir pour corriger ses cahiers, rédiger sa « préparation » de la classe du lendemain, il n'emportait jamais de travail scolaire à la maison ; corrections, préparation, il se débrouillait pour les liquider en classe pendant que ses élèves se tapaient une copie, un problème, ou lisaient à haute voix et à tour de rôle *La Chèvre de Monsieur Seguin*. Donc, après le repas du soir, une fois la table levée, nettoyée, sous la pendeloque emperlée de l'abat-jour, en face de maman qui, consciencieusement, corrigeait les exercices à l'encre rouge et préparait à l'encre violette le plan des cours du lendemain, à l'autre bout, papa fixait, avec des borborygmes satisfaits, son étau miniature, serrait entre les mâchoires un hameçon irlandais et fabriquait une mouche artificielle. Il ligaturait savamment une plume minuscule choisie derrière le cou d'un coq, travail très minutieux exécuté avec une dextérité confondante de sa main gauche avec le soutien du moignon.

D'autres fois, à la place de l'étau, il fixait la belle sertisseuse pour faire des cartouches. Il étalait, comme pour une opération chirurgicale, l'étincelant matériel, de style Empire, hérité de son père : carguettes d'argent pour doser poudre et plomb, pilons d'ivoire pour tasser la bourre. Poudre et plomb arrivaient par la poste, sur commande, de Manufrance, dans des fioles plates, en métal. Lorsqu'elles étaient vides, on y perçait des trous d'aération, afin de les utiliser pour garder vivantes les sauterelles jaunes ou grises convenant à telle ou telle saison de pêche. Tout ce matériel ne tenait pas trop de place, ces travaux de veillée étaient tolérables même dans un logement de fonction. Là où mon père a quand même un peu charrié, c'est lorsqu'il a entrepris dans cette cuisine de trois mètres sur deux et demi la construction d'une voiture à bras. La porte d'entrée de l'appartement donnait directement dans cette cuisine. En s'ouvrant, elle cognait dans le dos de mon père assis là, au bout de la table. Chaque arrivant était ainsi accueilli par un juron.

Tout un mur était occupé par la cuisinière à charbon et l'évier. Face à la porte d'entrée : la fenêtre. Le quatrième mur était pris par une porte qui donnait sur le reste de l'appartement et par la table poussée contre le mur et surplombée par un étroit placard suspendu là, qui montait jusqu'au plafond par chance très haut, et qui contenait, de la vaisselle aux condiments, tout ce qui est nécessaire dans une cuisine. On ne pouvait circuler entre la table, toujours poussée contre le mur, et le reste qu'en fermant toutes les portes.

Nous vivions à trois dans ce réduit pratiquement tout l'hiver. Nous ne le quittions que pour aller au lit, en courant.

C'est dans cette cuisine qu'en un hiver mon père a construit un charreton, pièce à pièce, entièrement à la main, sauf les roues en fer qu'il a commandées à Saint-Étienne, d'après le catalogue. Il vissait un étau à son bout de table après le repas du soir tandis qu'aux deux autres bouts disponibles moi je faisais mes devoirs, ma mère corrigeait ses cahiers. Pour limer les mancherons, il devait laisser derrière son dos la porte ouverte sur le palier. Cet hiver-là, nous avons consommé beaucoup de charbon, ce qui n'a pas empêché mon père d'attraper une bronchite.

Chaque mortaise occupait toute une soirée. Il perçait trois trous rapprochés, avec sa chignole à manivelle coincée entre sa poitrine et l'étau, faisait sauter au ciseau à bois ce qui restait entre les trous et amenait la mortaise à dimension avec la râpe à bois. Il m'en restait toujours un peu de sciure dans la reliure de mes livres de classe.

Un magnifique charreton, tout à *la* main.

Là, ma mère a failli protester, mais comment l'aurait-elle pu quand elle admirait son manchot parfaire des chefs-d'œuvre manuels que ses deux frères aînés, pourtant dotés de deux bons battoirs à cinq doigts chaque, étaient bien incapables d'imiter ? Elle ne le formulait pas ainsi mais laissait parfois échapper de brèves comparaisons allusives qui permettaient de penser qu'elle le ressentait ainsi, tout au profond d'elle. Quand même, quoi ! Quelle revanche, son mari fignolant ses mouches à la veillée ! Il faut tout de même préciser que, au cours de ces soirées où la senteur des copeaux se mêlait aux fortes senteurs du tabac gris et de l'encre violette en grains, mon père n'a usiné son charreton que pièce par pièce, qu'il descendait brutes du Gravas et y remontait le jeudi suivant prêtes à assembler. Néanmoins, pour le fignolage de chacun de ces fameux brancards qui dépassaient les capacités de la cuisine en longueur, ma mère sursautait chaque fois qu'une de leurs extrémités effectuait un rapide virage entre son nez et sa plume Sergent-major. Quand les autres locataires, en montant l'escalier, apercevaient les mouvements curieux, les saccades d'un bout de brancard dépassant notre porte entrebâillée, ils plaisantaient volontiers, mon oncle surtout.

Sur le même palier, porte à porte, habitaient Marcel, frère aîné de ma mère, et les siens. Entre les deux familles se déroulait une sorte de compétition permanente, et sournoise. Cela ne se disait pas, mais cela transpirait de chaque attitude, de chaque propos. Principalement au niveau du frère et de la sœur, conjoints et rejetons suivaient vaguement, de loin, plus ou moins à contrecœur. Mon oncle Marcel était instituteur dans la même école que mon père, dans les classes au rez-de-chaussée. Sa femme, ma tante Rosa, était institutrice, avec ma mère, à l'École des filles de la grand-rue, à quelque trois cents mètres de là. La famille de mon oncle avait sur la mienne au moins quatre supériorités indéniables, que j'ai ressenties fortement tout au long des quatorze années de cohabitation : la guerre de 14-18, le muscle, la musique et la fertilité ! Le frère de ma mère avait fait la guerre et trois enfants (trois fois plus que mon père), tous doués pour le sport et la musique. Nous, on avait les muscles mous et on chantait faux. La comparaison paraissait tellement indubitable qu'il m'a fallu attendre d'être à sept cents kilomètres pour me mettre à la boxe, et la rencontre de Brassens pour me laisser aller à chanter, presque juste, ma foi, d'avis autorisé. Nous, les enfants, nous étions peu touchés par la compétition latente entre frère et sœur, nos parents. Mes cousins germains me plaisaient bien, j'admirais l'aînée, la fille, Marguerite, dite « la Guiguitte », qui avait au moins cinq ans de plus que moi, que je trouvais belle, intelligente, et qui, les dimanches après-midi, toutes fenêtres ouvertes, jouait sur son piano la *Marche turque* de Mozart, si bien qu'on l'identifiait tout de suite, et si vite qu'elle devait être ce qu'on appelait une virtuose. Henri, dit « le Riri », deux ans de plus que moi, était mon meilleur copain, de tous les instants, de toutes les bêtises, de toutes les confidences, de toutes les initiations. On avait nos habitudes : chaque jour, on s'enfermait dans l'escalier de la cave pour deviser de choses et d'autres. Le Riri était plus petit que moi, mais un paquet de muscles (alors que j'étais un long flasque) ; d'ailleurs, il est devenu prof de gym. Et j'adorais mon petit cousin Alain, dit « le Néné », deux ans de moins que moi, avec lequel on jouait à la lutte en se roulant sur le linoléum du salon, quelles parties de rire !...

Mon père vivait ce voisinage émulatif à sa façon, sans bien sûr désavouer sa femme mais sans l'exciter, ni trop l'approuver. Aux rapports aigris de son épouse, il ne répondait que par des grognements ambigus. De son côté, ma tante Rosa devait faire pareil ; tandis que frère et sœur se chipotaient, elle cuisinait, mon papa limait les pièces du charreton.

Il fallait bien qu'il vive cela. Je pense aux récréations, tandis que leurs élèves se dispersaient aux quatre coins de la cour, les instituteurs se groupaient au centre. Les trois autres et le directeur avaient fait la guerre, ils avaient de quoi causer. Les deux beaux-frères s'estimaient, j'en suis sûr, j'en ai eu des preuves, mais mon oncle, malgré tout, laissait percer une certaine hauteur vis-à-vis de mon père, à cause de son infirmité, à cause de 14-18, à cause, à cause... allons donc, entre nous, des trois beaux enfants, des muscles et de la musique. Parfois, Marcel ne pouvait résister à parader, jusqu'à amener dans notre cuisine Henri et son violon « qui va vous interpréter tout du long le *Clair de lune* de Werther », et le Riri l'interprétait, effectivement, jusqu'au bout. La scène me revient alors que je viens de trouver dans les papiers de papa son cahier de chansons où il recopiait refrains et couplets de sa belle écriture gauche, des chansons qu'il connaissait par cœur mais qu'il n'osait chanter devant de tels connaisseurs, même pour lui tout seul, même à voix basse ; il faut préciser que l'étroite cuisine qui était notre séjour quasi permanent n'était séparée de celle de mon oncle que par une cloison, de plus les deux évacuations d'évier faisaient téléphone. Il fallait s'autocensurer. Parfois, dans ses pointes de colère, ma mère élevait le ton à dessein : « Comme ça, ils sauront ce que je pense d'eux. » Aujourd'hui, la Guiguitte et le Riri me confient les propos et commentaires de l'autre côté de la cloison. Mes cousins et moi confrontons avec une tendre nostalgie ces chamailles fraternelles vieilles d'un demi-siècle. A la réflexion, je crois que l'acharnement de ma mère contre son frère était pour prévenir toute allusion à l'infirmité de son mari. A ma connaissance, il n'y en eut jamais. Le mot terrible, « manchot », n'était jamais prononcé ni tout haut ni tout bas, ni de près ni de loin, et pourtant ils devaient bien y penser tous, toujours, Marcel et les quatre autres instits, puisque papa leur serrait la main chaque matin, la main gauche.

Ma mère voyait d'un mauvais œil les relations entre son époux et son frère, craignant l'influence néfaste du vétéran de 14-18. Parfois l'événement lui donnait raison : une fois, Marcel, grand chasseur, avait entraîné mon père dans une battue au sanglier. Les deux beaufs étaient rentrés à la nuit tombante, enlacés, titubant et vociférant. Mon père avait vomi toute la nuit. Des années après, ma mère exhumait encore cette fameuse partie de chasse alcoolisée comme exemple à ne pas suivre. Ça ne fait rien, ils devaient nous sentir fragiles et craintifs, les sportifs d'à côté.

Papa bedonnait, maman grassouillait, moi, vers les onze ans, j'ai commencé à m'envelopper. Nos voisins étaient tous des ventres plats, secs, musclés et musicaux. Alors, notre supériorité à nous, elle était où ? Vers la même époque, un parti politique espagnol (les anars ?) avait cette phrase pour tout programme : « *Nosotros somos nosotros.* » Nous aussi. Nous, on était nous ! Voilà notre supériorité, nous trois, unis et fragiles comme l'œuf : le jaune, le blanc et la coquille, notre sainte trinité. Ça se voyait pas mais c'était vrai, vrai comme le sang qui nous coulait dans les veines, au moindre coup de canif ça se voyait. Fallait pas nous piquer. Dure, la coquille, c'était ma mère ; au centre de l'œuf, doublement protégé : moi. L'œuf, surtout pour ces trop rares grasses matinées où j'avais le droit de bondir sur le lit de mes parents et de me blottir entre les deux. Alors, nous ne percevions même plus la rumeur triomphante des voisins de palier.

Une institutrice retraitée, maintenant très âgée, qui a bien connu mes parents, raconte que mon père était tellement fainéant qu'il s'endormait en classe. Elle reconnaît qu'il était très intelligent, très cultivé, elle prétend même que ma mère se plaignait de la flemme de son mari, confidence plaintive qui m'étonne tout de même un peu de la part de maman, que j'ai toujours vue défendre son époux envers et contre tout et tous, ce qui ne l'empêchait nullement dans le secret de notre étroite cuisine de le sermonner en permanence, et rudement, mais c'était entre nous, bien sûr. Je vois mal ma mère tolérer que son mari soit ainsi critiqué publiquement, voilà... Et pourtant je suis sûr que, dans son for intérieur, elle regrettait terriblement le manque total d'ambition de mon paternel. Avec ses puissantes possibilités intellectuelles, mon père aurait pu devenir inspecteur primaire, et même plus. Elle évoquait souvent des collègues qui suivaient des cours pour atteindre à la qualification professorale dans des écoles supérieures, où d'ailleurs ils étaient alors beaucoup moins chargés en heures de cours, avantage qui avait de quoi motiver le plus paresseux des pédagogues primaires ! Mais mon père ne la suivait jamais sur ce terrain, il se mettait à fredonner « Lilas blanc », ou il taquinait son épouse : « Hé, quoi, femme ! Tu vas pas dire qu'on n'est pas bien comme on est ! »

Elle soupirait, se taisait, mais moi, tout gosse que j'étais, je voyais bien à qui elle pensait, aux collègues de la promotion de papa qui gravissaient tranquillement les échelons du primaire vers le primaire supérieur, alors que leur cerveau était loin de peser aussi lourd que celui de l'auteur de mes jours.

Je me demande même, à cet endroit, si dans ce grand amour, au départ, il n'y avait pas chez elle cet espoir fou qu'elle arriverait à lui inculquer l'ambition et le pousserait haut sur l'échelle sociale...

Ma mère m'aimait, moi aussi, comme un manager aime son poulain. Mon père m'aimait comme un fils, pas comme « son » fils (pas de possessif dans cet amour paternel), et moi, j'étais quoi ? J'étais l'unique. Quelles supériorités nous voyait-elle sur nos voisins ? Mon père était le plus intelligent, le plus beau, d'accord...

La première image qui se présente quand je pense à elle, c'est maman, remuant, volubile, tournant, le balai ou le chiffon d'encaustique à la main, autour de mon père, paisible, souriant, qui fredonne de plaisir en bricolant une lampe ou, tout bêtement, en épluchant les légumes pour la soupe, activité banale et répétitive qui lui procurait invraisemblablement un plaisir intense.

Quand il arrivait à mon père de se définir, c'était, immuablement, par l'expression suivante : « Je suis le je-m'en-foutiste intégral. » Il avait donc tout compris, lui, grâce à cette main droite qui lui manquait. Ainsi l'avouait-il sans gloriole, dans un soupir, ce n'était qu'une constatation. Et il contemplait avec indulgence ce bourreau de travail : sa femme.

Du lever au coucher, si l'on met à part l'heure de la sieste, il n'arrêtait guère pourtant, mais c'étaient des activités presque uniquement manuelles qu'il avait choisies, qu'il aimait, selon l'équation rarement formulée mais toujours appliquée : « Du moment que c'est agréable, ce n'est pas du travail. » S'il s'en excusait, c'était en citant quelques vers de circonstance.

Ces jours-ci, j'ai retrouvé deux de ces pauvres carnets recouverts de moleskine noire dans lesquels il recopiait avec application les poèmes qui l'enchantaient, et je mesurais presque à chaque vers comme il avait su les utiliser pratiquement, pour la séduction, ou pour la saveur de chacune de ses minutes. Eh oui, s'il y a un être humain qui a prouvé par toute sa vie que la poésie est d'une utilité concrète, pratique et quotidienne, c'est bien mon père !

Ma mère se sentait la plus forte des femmes, la mieux lotie ! Et moi ? Je devais sans doute, dans son esprit, hériter le meilleur des deux, gravir un ou deux échelons, devenir moi, petit-fils de paysans, fils d'instituteur, médecin ou professeur de latin. Mais notre vraie, notre indiscutable supériorité, c'était d'être trois. Fallait nous voir chaque jeudi matin partir aux bains-douches municipaux, derrière le Prisunic.

Le seul point d'eau de notre « appartement de fonction » était le robinet sur l'évier, dans la cuisine. On s'y lavait « comme les chats », le museau, les mains, chaque matin, chacun de nous trois, à tour de rôle. La grande toilette, c'était pour le jeudi matin. Je nous vois encore partir d'un bon pied, tous les trois, maman chargée du ballot de linge propre pour nous changer. Je sens soudain la moiteur, la buée chargée de chlore dès l'entrée dans cet univers carrelé, pendant que papa négociait deux cabines auprès de la caissière. Nous prenions deux cabines-baignoire, sauf pendant l'Occupation où, à cause des restrictions de carburant, les clients devaient se contenter de douches strictement minutées. Je barbotais tout seul jusqu'à ce que ma mère vienne me savonner avec vigueur, me rincer plutôt deux fois qu'une. Quand j'avais revêtu du propre bien repassé, elle reculait d'un pas, m'inspectait et concluait rituellement : « Tiens, tu vaux deux sous de plus ! »

Fallait nous voir, l'hiver, sortir des bains-douches, encore fumants, revenir d'un même pas, épaules redressées, maman avec sous le bras son ballot de linge sale, on était vraiment les meilleurs, tous les trois. Du coup, on passait par la pâtisserie.

Les dimanches, dès le matin, les automobiles des instituteurs sorties des garages s'alignaient le long de l'école bien avant l'heure du départ en famille. Leurs propriétaires tournaient posément autour, donnaient un coup de pied dans les pneus pour tâter le gonflage, ouvraient le capot, ils allaient de l'une à l'autre, se concertaient, comparaient avec des mots de mécanicien, articulés sur le ton maître d'école. L'oncle Marcel avait une Renault à l'avant plongeant, pointu, la seule six cylindres du quartier. Cette revue ne manquait pas de solennité, comme si, après le repas de midi, la caravane chargée de famille allait s'ébranler pour la « Croisière jaune ». Mon père brillait à peu de frais, il savait, lui, la différence entre une bobine et un condensateur.

Mais, en semaine, notre belle Mathis était souvent seule sur le départ devant l'école. Mon père trouvait toujours un prétexte pour l'emmener faire un tour.

— Et où on va, papa, ce soir ?

— Chercher de la merde.

Il adorait le « mot de Cambronne » (comme disaient ceux qui ne voulaient pas le dire). Papa le sortait à tout propos avec un plaisir évident, comme si le mot lui faisait du bien en lui passant par la bouche. « Merde » désignait pour papa beaucoup de choses, presque autant que le mot « chose » pour le commun des mortels. D'abord, c'était un mot interdit, donc sympa. Et le prononcer avec naturel, sans baisser la voix, faisait encore alors sursauter bien des gens, surtout dans le milieu pédagogique, et ma mère en premier, qui aurait dû pourtant être habituée, depuis le temps. Les « cinq lettres » (comme disent les gens qui reculent devant elles) le marginalisaient (comme on ne disait pas encore à l'époque) et il en jouissait, l'animal ! de se sentir ainsi remis par lui-même à sa place. Plus sérieusement, l'emploi volontaire des mots réprouvés était significatif, je le sens bien aujourd'hui, rétrospectivement, de son attitude plus ou moins tacite devant la vie et la mort, une sorte de désespoir souriant, ce que les anars nomment en chantant : la mélancolie. Le monosyllabe « cul » séduisait aussi mon père qui se plaisait à tourner longuement autour avant de le lâcher comme on débouche une bouteille. Dans l'intimité, il en abusait, il y avait un cul à chaque coin de phrase : une ponctuation. Se croire, c'était *vouloir péter plus haut que son cul ;* hésiter : *tortiller du cul pour chier droit.* Peur ? *T'en fais pas, on te fera pas un trou où t'en as déjà un !* Une niaiserie ? C'était *cucul laripette* ! Son juron favori : *Bordel à culs...* Quand il s'est senti vieux, un matin de cafard, il m'a dit tout bas cette phrase, encore plus terrible en occitan : *Aï caga maï de la mita dé moun brén...* (J'ai chié plus de la moitié de ma merde...)

Dans la confiante chaleur de notre trio méridional, le mot le plus cru, le plus sale même devenait, par sa répétition, par le contexte, par le ton, la plus affectueuse des apostrophes. Ma mère s'y était mise, elle aussi, à retourner le vocabulaire au service de l'amour maternel. Quand elle me parlait de « mes petits yeux de cafard » et surtout quand elle m'appelait « ma bousette », je fondais de tendresse. Pourtant, la bouse, même petite, c'est péjoratif au sens littéral, ça tombe, ça s'étale, c'est flasque, informe. De plus, nous étions d'un pays de chèvres qui, proprettes, égrènent un chapelet d'un beau noir luisant. Les vaches, c'était la Lozère, pays frontalier où, d'après papa, il n'y avait que « de la bouse et des curés ».

Donc, on partait chercher « de la merde ».

On commençait par sortir de l'arrière de la Mathis le coussin et le dossier, on se munissait de la pelle à charbon et de seaux en fer, et on partait gaiement vers les chemins de cambrousse. Les nationales étaient à éviter, il y avait trop de passage, le crottin y était si rapidement et si profondément laminé qu'il aurait fallu l'extraire à la curette et au buvard. Et puis la circulation ne permettait pas de stationner au milieu de la route assez longtemps pour un tel décapage.

Papa prétendait que « la merde hippique est le diamant des fumiers ». Il appréciait le fait que « le pot d'échappement des équidés, contrairement à celui des bagnoles, fasse pousser les fleurs ».

— Oh ! papa ! Là-bas ! Là-bas !

C'était à celui de nous deux qui apercevrait le premier, au détour d'un virage, le monticule doré, encore fumant parfois. On poussait un cri à la Christophe Colomb : « Merde à l'horizon ! » Il nous arrivait de suivre au ralenti, pleins d'espoir, une charrette de foin.

C'était au printemps, la saison des semis. Après la sortie des classes, il restait assez de jour, avant que tombe la nuit, pour une substantielle récolte. Il nous est arrivé, quand on se prenait au jeu, qu' « il en valait la chandelle », selon le mot de papa, de poursuivre la cueillette dans la lumière des phares.

Désinfection des locaux, conférences pédagogiques à présence facultative... mon père parvenait toujours à resquiller une journée ou un après-midi par-ci par-là, alors que ma mère se tapait scrupuleusement jusqu'à la dernière de classe, et au-delà. Nous faisions donc, plus ou moins légalement, papa et moi, l'école buissonnière en Mathis. Une de ces fois-là, au retour, nous sommes passés devant l'École des filles.

— C'est l'heure de la récréation, Pierrot. Va embrasser ta mère.

Me l'a-t-il proposé par malice ou tout naturellement, sans arrière-pensée ? J'avais cinq ans. J'ai traversé en courant la cour, vers les institutrices groupées au centre autour de la directrice. Leur cercle s'est ouvert aussitôt pour se refermer autour de moi : « Comme il a grandi... Tout le portrait de son père !... Ah ! vous pouvez en être fière... »

— Où êtes-vous allés, ton père et toi ?

— On est allés chercher de la merde.

J'ai claironné le vocable maudit, en détachant bien les syllabes, appuyant sur la finale pourtant muette, pour faire au mot un sort glorieux, à l'imitation de mon père. L'effet ne fut pas raté. Ma mère blêmit, se raidit, ses narines frémirent légèrement. L'odeur que je dégageais lui prouvait, à elle et à ces dames, qu'en tout cas je n'étais pas un menteur.

Je ne suis pas sûr d'avoir agi tout à fait innocemment. Ayant provoqué mon scandale, je me sentais plus proche encore de mon père, digne de lui, nous formions équipe, l'équipe de la merde.

La Mathis ne couvrait pas de grandes distances, mais elle s'arrêtait souvent. Nous connaissions les talus, les prés, les vignes et les bois où poussaient les poireaux et les asperges sauvages, la salade des champs, raiponces, chicorées à la bûche, les buissons à mûres, les châtaigneraies à cèpes... Bref, on n'était pas gens à brûler de l'essence pour rien. Grappillages et récupérations étaient à la limite du chapardage. On ne ramassait rien sans un rapide regard circulaire, c'était machinal. Il avait des phrases à calmer les scrupules : « Si les gens étaient plus soigneux ! » ou « Eh ben ! Ça sera pas perdu pour tout le monde ! » ou « Ça, ils l'ont sûrement jeté ! » ou encore « La plupart des gens ne sauraient pas quoi en faire, moi si ! »

Il avait l'art de détourner les objets. Quand je le voyais sortir l'oignon de son père, je savais qu'on allait s'occuper des vers de peau. La clé à remonter cette vieille montre était un tire-comédon idéal. Elle appuyait également sur le pourtour du point noir le plus récalcitrant, l'extrayait de son trou sans douleur excessive et l'avalait dans son tube. Il avait inventé ça, papa.

Mais c'est en naufrageurs que nous étions les meilleurs. Notre rivière était inépuisable en plaisirs variés. Le plaisir commençait à la contempler quand elle gonflait à la fonte des neiges ou pendant les gros orages, elle roulait, grondait, on mesurait ses progrès, elle montait à travers les bambous, jusqu'au canal, puis jusqu'au portail, elle allait jusqu'à nous faire peur, mais s'arrêtait toujours à temps. En amont, elle visitait des caves, des celliers, des écuries, et nous voyions passer des troncs d'arbre, des tonneaux, des garde-manger, qui ne s'arrêtaient, hélas ! pas toujours chez nous. C'est dans ces moments que mon père, je le voyais dans ses yeux, se retrouvait le plus près de son enfance. A la décrue, c'était le moment de sortir les bouteilles à vairons qu'il allait placer au crépuscule tandis que je faisais le guet pour les gendarmes. Bien avant que notre rivière retrouve son étiage, nous chaussions les caoutchoucs pour aller fouiller les berges. C'est incroyable ce qu'on pouvait dégotter pris dans les branchages ou les racines...

Au printemps, nous parcourions la rive, sécateurs en main pour préparer les « trapounets », c'étaient des trous dans le feuillage qui permettaient de glisser la canne à pêche sans être vu du poisson, ce qui est indispensable pour la « pipée », autrement nommée « dandinette » : on fait danser la mouche ou la sauterelle à la surface de l'eau, et la truite vient de loin, du fond, bouche ouverte, et bondit dessus, si elle ne vous a pas aperçu, évidemment.

Notre joie de découvertes provenait en partie de notre esprit d'économie. Il était poussé très loin chez nous. Au début de l'été, nous faisions les frais d'espadrilles à semelles de cordes, qui se seraient très vite usées et avachies. Papa s'était renseigné, il savait où trouver un tronçon de route en réfection. Nous y allions, chaussions nos espadrilles neuves et faisions quelques pas dans le goudron frais et, aussitôt après, dans le sable fin. Nos chaussures de toile devenaient plus lourdes mais pratiquement inusables.

Fallait connaître, on ne coupe pas à n'importe quelle saison les « abarines », ces tiges jaunes qu'il faut mettre à tremper le temps nécessaire, ni plus ni moins, si l'on veut obtenir des liens à la fois souples et solides. Mon père avait hérité recettes et secrets de sa longue lignée de paysans dont il a été finalement le dernier. On ne saurait même plus les énumérer, on n'en a plus besoin, il y a la ficelle en plastique, à volonté, on ne se rend même plus compte qu'on la paye. Ce qu'il arrivait à faire avec son couteau de poche! Faut dire qu'il le bichonnait presque autant que sa Mathis. Après le repas du soir, c'était rituel, il reculait son ventre, ouvrait le tiroir de la table, en tirait un bout de pierre noire sur lequel il crachait. Il y passait et repassait, d'un côté, de l'autre, longuement, la lame de plus en plus mince de son Laguiole qui finissait par tailler comme un rasoir, cela rendait le bruit doux, musical, rassurant, d'une caresse du soir. Du lever au coucher, sa journée, surtout au mas, enchaînait des gestes harmonieux, infiniment précis, et utiles.

Il y avait les matins de soudure, quand le mauvais temps interdisait de travailler dehors. Les seaux en fer se perçaient, le fond menaçait de se détacher, à croire que l'eau de notre rivière était acide. On récupérait les vieux couverts d'étain, on faisait fondre cuillères et fourchettes, et on les coulait dans la rainure d'un tiroir démonté, ce qui nous fournissait de belles barres de métal, carrées comme les règles de l'école (je me surprends à dire « on », à dire « nous », c'est bien sûr lui tout seul qui pratiquait ces opérations dangereuses entre son moignon et sa main unique, mais il arrivait de plus en plus souvent qu'il sollicite mon aide : passe-moi ça, tiens-moi ça... ce qui justifie que je dise « on » et « nous » sans présomption). La soudure est un cérémonial extrêmement minutieux surtout quand on n'a qu'une main et un enfant. Pendant que les fers chauffaient au rouge-blanc dans les braises, on préparait le trou. On en passait le pourtour au papier émeri jusqu'à ce qu'il brille. Puis mon père le badigeonnait avec l'extrémité d'une longue plume de poule qu'il trempait dans l'H_2SO_4 contenu dans une soucoupe de porcelaine. Il fallait encore frotter le fer à souder brûlant dans l'entaille d'un bloc translucide, une matière dont j'ai oublié le nom, enfin on pouvait mettre en contact l'étain et le fer rouge autour du trou et, progressivement, au-dessus. Les odeurs et les bruits changeaient à chaque phase : crissements du métal sous l'émeri, haleine forte de l'acide sulfurique, pétillement de sa mousse, odorante fumée du fer à souder essuyé dans le bloc, relent comparable à celui du sabot d'un cheval attaqué par le fer sortant de la forge couleur gorge-de-pigeon. Boucher un trou au fond d'un seau... Voir son père faire ça, et lui donner la main, c'était le bonheur d'un petit garçon. Un vrai travail de professionnel, le travail d'un instituteur qui se régalait en dehors des horaires scolaires.

Il avait, dans la vallée, une jolie réputation de bricoleur. Le curé d'un village voisin circulait en auto. Il ne savait pas conduire, c'est une assez jolie blonde qui tenait le volant. Sur la lunette arrière, l'ecclésiastique avait mis une pancarte : « C'est ma sœur ! » Un jour, nous avons vu arriver le véhicule toussant, cahotant. Devant le mas, le prêtre est descendu :

— Qu'est-ce qu'elle peut avoir aujourd'hui, cette voiture ? Le moteur s'arrête, repart... Tu voudrais pas voir ça, Silvin ?

Mon père a regardé sous le tableau de bord. Il en a retiré deux fils.

— C'est un faux contact. Remontez, tenez ces deux fils. Tant qu'ils se toucheront, vous pourrez rouler, ça vous permettra d'aller jusque chez un mécanicien.

La jolie blonde a embrayé avec, à son côté, le prêtre qui tenait à hauteur de ses yeux les deux bouts de fil bien serrés.

— Oh ! papa, pourquoi tu lui as pas fait une épissure ? Ça tiendrait tout seul...

— Tu comprends pas, Pedro, comme ça le curé, il a les mains occupées.

Quand il était de très bonne humeur, il m'appelait Pedro. Il avait appris à lire à tant de petits Espagnols que, lorsqu'il se régalait, il affectait volontiers l'accent castillan.

Il a beaucoup raconté l'histoire des mains du curé, elle a couru la vallée, le prêtre l'a apprise et l'a contée à son tour. Mon ami Pâquier me précise qu'il s'agit du curé Vidal qui était maire de Portes (un moment interdit par Rome) et il confirme : « C'était vraiment sa sœur. »

— Dommage qu'il soit curé, il aurait peut-être bien pu être bon à autre chose, a reconnu mon père, à contrecœur.

Papa se grattait le dos contre les murs, comme les chèvres. Il affectionnait pour cela l'embrasure d'une porte ouverte. Sur l'un des angles, il se frottait d'abord en large, d'une épaule vers l'autre et retour, puis en hauteur, ployant les genoux, le tout avec des grognements d'animal. Le même angle lui servait de toise. Chaque année, il me collait tout contre, bien droit, encochait le bois au sommet de ma tête et marquait la date. Le temps passait.

C'est un père qui n'interdisait pratiquement rien à son fils. Quand j'étais sur le point de « passer les bornes », il se contentait de me dire : « Si tu fais ça, tu feras de la peine à ta mère. » Parfois, assez habilement, il se mettait dans le coup : « Si tu fais ça, nous aurons des histoires, tous les deux. »

Ma mère m'engueulait à longueur de journée, je m'en foutais un peu, j'esquivais ses gifles jetées sans précision, sans conviction, pour le principe. Lorsqu'il y avait entre elle et moi un vrai problème avec dispute, éclats de voix et bouderies, qui dépassait le niveau des chamailles quotidiennes, mon père ne s'en mêlait guère, en tout cas il ne prenait jamais mon parti devant moi. Il attendait le soir, quand il se retrouvait au lit avec sa femme, pour lui dire son sentiment. Je le savais, je m'asseyais dans mon petit lit, je tendais l'oreille vers la cloison, mais je ne percevais guère de leur discussion chuchotée que la voix bourrue de mon père qui répétait : « Fous-lui la paix, finalement il est très bien, ce gosse... »

Je comprends aujourd'hui que ce n'est pas mon père qui me jugeait mais, en lui-même, l'enfant qu'il avait été à mon âge, c'était de l'indulgence par mémoire et atavisme.

Il me regardait souvent avec ce sourire bien à lui, un sourire qui atténuait les paroles : « Pense à ta sainte mère !... » sous-entendu : « Elle a assez de soucis, l'excellente femme, avec deux galapiats comme nous... »

Rien de tout cela n'était formulé, c'est seulement aujourd'hui que je parviens à l'analyser mais, alors, je le ressentais comme une confuse mais profonde complicité avec l'auteur de mes jours.

C'est d'ici, de cette page, que je réalise qu'il marginalisait ainsi notre duo : la famille sacro-sainte, c'était ma mère, respectable, respectée, et nous deux, nous étions deux sympathiques hors-la-loi plus ou moins vergogneux.

— Voyons, si tu fais ça, tu vas nous compliquer la vie, à tous les deux.

Il avait horreur des « histoires », qu'il nommait plus souvent les emmerdements. Il avait vissé au-dessus du pare-brise de la Mathis, côté passager, une plaque de cuivre portant cet avertissement : « Vous voyagez dans ce véhicule à vos risques et périls... » Chaque fois qu'il le pouvait, il se couvrait. Il aurait pu dire, comme Brassens : « J'ai tellement horreur des flics que, pour éviter tout contact, je traverse dans les clous. » Il poussait parfois ce souci un peu trop loin à mon goût. Il m'avait déçu cet après-midi où les gendarmes de Vialas voulaient le verbaliser.

— Allons ! messieurs, nous sommes des fonctionnaires, vous et moi, on devrait se comprendre...

Je pensais à ce qu'il disait des pandores, entre nous.

Mais, le plus souvent, il faisait preuve d'un courage qui frisait la témérité, comme pour le coup de la barbe.

Il se rasait debout devant la fenêtre. Il se savonnait, repassait le rasoir à main sur le cuir, puis entreprenait l'opération.

Le crissement du rasoir-couteau dans les poils, qu'il avait très durs, me dégoûtait un peu. Le fil redoutable de cet acier luisant m'obsédait. Je tremblais quand, de sa main unique, mon père l'enfonçait dans l'épaisseur de la mousse pour atteindre la peau fragile du cou tandis qu'il tendait le menton vers le plafond, avec un regard de travers dans la glace en mauvaise lumière, accrochée à l'espagnolette de la fenêtre. Je tremblais aussi quand il l'essuyait à l'aveuglette sur le bord d'une sorte de cendrier en caoutchouc durci. Je tremblais même quand il l'affûtait de nouveau sur le ruban de cuir qu'il tendait en le coinçant sur le rebord de la fenêtre avec son moignon.

Cette cérémonie était d'autant plus impressionnante qu'il

n'aimait guère que je lui tourne autour des mollets : « Attention, Pierrot !... Si tu me fais faire un faux mouvement, je me tranche la gorge ! »

Une fois sur trois ou quatre, et même quand je n'étais pas là, à lui tourner autour, il se faisait d'étroites estafilades dont il arrêtait le saignement assez abondant en frottant la plaie avec une sorte de petite pierre luisante (de l'alun de chrome) avant de coller dessus un bout de papier à cigarette.

« Rasoir »... le vocable sifflait en double et tranchante onomatopée, lame implacable et fragile, l'arme des pires escarpes, « vif éclair de minuit, l'heure du crime ». L'outil lui-même semblait être conçu pour maintenir en état de danger permanent d'abord celui qui s'en servait. Ouverte ou fermée, cette lame redoutable n'était arrêtée par aucun ressort, à l'inverse des couteaux de poche, elle jouait librement dans le manche, et celui qui se rasait la maintenait en équilibre risqué entre l'extrémité de trois doigts, le pouce, l'index et le médium. C'était, paraît-il, l'instrument rêvé pour trancher sans effort, d'un seul mouvement léger, d'une vive élégance, la gorge la plus rude d'une oreille à l'autre... Oui, j'avais alors tout ça dans la tête quand je contemplais mon père en train de se raser debout dans le jour incertain de la fenêtre.

Et puis un matin... nous étions à Alès, il était très malade, une congestion ou quelque chose comme ça, il a toujours été fragile des bronches. Il n'avait pas quitté le lit depuis plus d'une semaine, il m'a appelé :

— Pierrot, tu vas me raser.

— Moi... mais je vais te couper !

— Écoute, Pedro, si, moi, je te fais confiance, tu peux avoir confiance en toi. Hé ! je risque plus que toi. Va chercher le matériel.

Son matériel à raser, je l'ai gardé, tel quel. Un coffret qu'il avait fabriqué à partir de planches d'une caisse d'emballage, râpées, polies au papier de verre et vernies. A l'intérieur : trois rasoirs-couteaux, le cuir, la pierre huilée, le blaireau, le savon et la soucoupe en caoutchouc... Je soulève les deux crochets, j'ouvre le couvercle et je prends plein le nez de l'odeur de papa le dimanche, sa senteur de propre quand, après le rasage, il me tendait la joue :

— Eh ! J.-P. ! viens m'étrenner.

Ce matin-là, j'avais onze ans...

— Et arrête de trembler, jeune homme !

Avec le blaireau, j'ai fait mousser aussi longtemps qu'il l'a toléré, et il a bien fallu que j'ouvre l'horrible rasoir-couteau. Papa ne bougeait pas, ne tremblait pas. Je lui écartais les ailes du nez, lui soulevais le bout des oreilles. Je l'ai savonné une deuxième fois, j'ai repassé la lame dans l'autre sens, comme il se doit. Je suis allé chercher une bassine d'eau tiède pour le rincer. Puis je lui ai tapoté les joues avec mes mains enduites d'eau de Cologne, enfin je l'ai talqué !

— Va chercher la glace, Jip !

Il a passé l'arrondi de son moignon sous son maxillaire et il a conclu :

— C'est rasé presque d'aussi près que si je l'avais fait moi-même !

Puis il a posé quelques pièces de monnaie sur la table de nuit :

— Tiens ! les tournées Tichadel passent au Casino, va voir les femmes à poil !

Mes onze ans, pour lui, tout me le donne à penser, c'était une étape. Il m'a mis au volant, m'a ouvert sa bibliothèque, il s'est mis à me parler comme à un homme.

Je venais d'entrer au lycée, ce qui a changé beaucoup de choses. Ma mère, en bonne « primaire », tenait absolument à ce que j'aie mon certificat d'études primaires, examen qu'on ne pouvait passer qu'à douze ans révolus. Or, à onze ans, on entrait au lycée. Maman a supplié l'inspecteur primaire de faire une exception. Dans sa grande bonté, comme ma mère était une institutrice irréprochable, il a consenti à ce que je passe les épreuves, à condition que cela ne compte pas, même si j'étais reçu. J'ai passé l'examen, j'ai été reçu, pour rien. Je suis entré au lycée, j'ai fait ma sixième ; à la fin de l'année, comme mes douze ans étaient enfin révolus, maman m'a sorti du lycée, m'a fait repasser les épreuves du certif, j'ai encore été reçu, un peu moins brillamment que l'année précédente, mais pour de bon cette fois. J'étais bel et bien lauréat du certificat d'études primaires puisque j'y avais été reçu deux fois. Mon père avait suivi distraitement l'acharnement pédagogique de son épouse.

J'en suis encore à me demander pourquoi mes relations avec mon père ont changé à partir du moment où je suis devenu un lycéen. Il y a d'abord l'éloignement géographique. Jusqu'alors, pour aller à l'école, je n'avais qu'à descendre l'escalier, et je retrouvais mon père à chaque récréation et à la fin des classes. Nos horaires correspondaient. Le lycée Jean-Baptiste-Dumas était à l'autre bout de la ville, hanche contre hanche avec le tribunal. Mais, profondément, la distance était beaucoup plus grande. J'étais devenu un « secondaire ». Papa demeurait résolument « primaire ».

Nous, débarquant des communales, nous tombions en sixième sur des garçons très bien qui avaient fait leur primaire dans ce même lycée, depuis la onzième (qui correspondait à notre classe enfantine). Leurs parents n'avaient pas voulu que, pendant ces six premières années de leur scolarité, ils se mêlent à la marmaille du tout-venant des quartiers. Notre premier soin, le jour de la rentrée, a été de leur expliquer comment se faisaient les enfants. L'un de ces rejetons de la haute est allé pleurer dans un coin de la cour : « Que papa et maman aient fait ça, c'est trop horrible ! » Les malheureux enfants riches avaient pu se prendre de la onzième à la sixième pour une sorte d'élite. Ils tombaient de haut. Les études secondaires n'étaient pas gratuites comme aujourd'hui. Le lycée se payait par trimestres, sauf pour les boursiers. Les instituteurs ne présentaient à l'examen des bourses que les meilleurs, les plus pauvres de leur classe, c'étaient souvent les mêmes. L'examen était redoutable. Cette anecdote en donne une idée. Ma mère préparait alors ses élèves au certificat d'études. La première de la classe, Yvette, lui semblait capable de réussir aux bourses. C'était une fille de mineur, d'une famille très pauvre. Brillante mais timide, elle était affolée à l'idée de l'examen.

— Bon. Puisqu'il en est ainsi, je viendrai avec toi jusqu'à Alès où a lieu l'examen, a décidé ma mère. Rendez-vous demain à la gare, sept heures du matin.

A l'heure dite, pas d'Yvette à la gare de Chamborigaud.

Le chef de gare apprend à ma mère que la candidate vient de partir dans l'autre direction, par le train de la montagne (elle s'est engagée pour aller garder les vaches).

— Vous permettez que j'utilise votre téléphone ?

Ma mère appelle la brigade de gendarmerie, à Génolhac, à sept kilomètres de là. Elle se présente, puis :

— ... Le train venant de Chamborigaud va entrer en gare d'une minute à l'autre. Dedans, vous trouverez une mineure de treize ans prénommée Yvette. Vous la faites descendre et vous me la gardez, j'arrive !

Maman est allée chercher mon père, ils ont sorti la Mathis, ils sont montés à Génolhac, ils ont pris Yvette entre les mains des gendarmes et l'ont descendue à la ville pour qu'elle passe son examen des bourses, en voiture ! Et elle a réussi, Yvette, elle est même devenue professeur agrégée de lettres, elle, une fille de mineur ! Chaque année, elle envoyait ses vœux à ma mère, jusqu'à la mort de celle-là, car c'était ça, une institutrice laïque. Elle le disait elle-même :

— L'école du peuple, c'est pour cela, sinon nos aïeux se seraient battus pour rien.

En sixième donc débarquaient, dents et griffes, les boursiers des étroites vallées minières et des pauvres hameaux de la montagne. Ils se sentaient comme des princes, miraculeusement privilégiés mais aussi quand même coupables vis-à-vis des leurs. Certes, ils ne coûtaient rien à leurs parents, puisqu'ils étaient boursiers, mais ils ne rapportaient pas de paye à la maison, eux ! alors que leurs copains au village descendaient dans la mine à treize ans. D'ailleurs, eux-mêmes y descendaient aux vacances pour rajouter quelques sous au maigre budget familial. Il est facile d'imaginer leur attitude pendant les cours : ils ne voulaient pas en perdre une miette. Accéder à l'enseignement secondaire était pour eux une telle chance qu'ils recueillaient avidement chaque parole tombée de la bouche du professeur comme si c'était un louis d'or. Les pédagogues n'avaient qu'à bien se tenir, ces élèves-là étaient impitoyables. Quand le prof d'histoire annonçait, par exemple : « Mardi prochain, nous étudierons Cavour et l'unité italienne. » Le mardi en question, il se trouvait en face de gaillards qui savaient déjà par cœur tout le chapitre en question dans leur Malet-et-Isaac. Il fallait que le prof ait trouvé autre chose que ce qui était imprimé dans le manuel. Il était là pour ça, pour le surplus. S'il se bornait à rabâcher le bouquin, il se faisait chahuter, et comment !

J'ai eu donc affaire à forte partie quand je suis arrivé au lycée. Jusque-là, l'enseignement était pour moi une affaire de famille : le soir, ma mère surveillait mes devoirs. Mes parents ont été bientôt décrochés. Fils d'instituteurs, je me maintenais sans peine en tête dans le primaire. Dès la sixième, j'ai dû ramer sérieusement. Bientôt, ma mère a décrété la nécessité des leçons particulières. J'y perdais aussi peu à peu « le goût », comme elle disait, elle cédait peu à peu, à regret, des pans de son pouvoir sur moi à quelques vieux profs désargentés. Le secondaire nous coûtait de plus en plus cher, je n'étais pas boursier, moi. Et puis, progressivement, je découvrais la liberté.

Mon père suivait ma mue, discrètement, avec le sourire, je m'en rends compte à présent. Il me questionnait peu, ne s'inquiétait pas de mes retards ni de mes absences. Il ne commentait pas sinistrement, lui, la baisse de ma moyenne trimestrielle. Cette attitude molle indignait ma mère :

— Tu devrais lui dire, toi ! C'est aussi ton fils, après tout !

— Ben, je crois que tu lui as dit, toi-même, assez fort.

Elle parvenait, très rarement par bonheur, à le pousser à une démarche particulièrement pénible, pour lui et pour moi. Un matin où je faisais la grasse matinée dans mon petit lit, avec un bon bouquin, ils se sont pointés tous les deux (elle le poussait devant elle, littéralement, aux épaules). Elle nous a mis en scène :

— Jean-Pierre, ton père a quelque chose de très important à te dire. Il s'agit de ta santé, de ton avenir, de ta vie... d'*homme*, en quelque sorte. (Sa voix vibrait sourdement, elle fermait les yeux, hochait imperceptiblement la tête, c'était son style solennel des grandes occasions.) Papa, assieds-toi sur le bord du lit... comme ça. Et regardez-vous bien, tous les deux, les yeux dans les yeux, le père et le fils. Voilà. Je m'en vais, je vous laisse, entre hommes !

Ce qu'il était gêné, l'auteur de mes jours, lui que la plus scabreuse des situations ne pouvait mettre dans l'embarras. Il y a eu un silence, assez long, nous tendions l'oreille, tous les deux, comme si ma mère nous écoutait derrière la porte refermée, et elle y était peut-être bien. Enfin, il a commencé. Les mots ne lui venaient pas facilement :

— Ben... mon petit... elle a... enfin, ta mère a repéré (tu sais qu'elle a l'œil à tout !)... elle a cru voir... en fait, elle a vu, bel et bien vu, des taches suspectes dans tes draps... « suspectes », ouais, on les nomme ainsi. Voilà. Tu m'as compris ? Alors, moi, je suis chargé de t'expliquer que c'est une « mauvaise habitude », c'est comme ça qu'il faut dire. Il paraît que ça peut te détraquer. Les curés prétendent même que ça rend sourd, ou aveugle... Moi, j'en suis pas sûr, sinon je monterais une fabrique de cannes blanches. Le fait certain, Pedro, c'est qu'il faut rassurer ta mère. Elle parle déjà de t'amener chez un spécialiste qui te prescrirait des médicaments, qui sait s'il te ferait pas coucher avec des menottes ! Bon. Je suis pas forcé de t'en dire plus. Je vais expliquer à ta mère que tu as bien compris, que tu as pris de bonnes résolutions. Ne me fais pas mentir. Tu m'en veux pas ? Allez, Jip, fais-moi la bise.

Le seul résultat tangible de cette déplaisante démarche a été le mouchoir *ad hoc* que j'ai sacrifié pour cet usage et pour lequel j'avais trouvé une cachette inviolable, à portée de la main.

C'est alors qu'il a laissé les clés sur les portes de la

bibliothèque. Je puisais dedans, sans avoir de comptes à rendre, à personne. Ce meuble fantastique était bourré de bouquins, les poètes certes, mais aussi beaucoup d'ouvrages coquins. La bibliothèque avait trois portes, celle du milieu, la plus large, était vitrée. Ce beau meuble avait été entièrement fabriqué et sculpté à la main par M. Boutin, le menuisier-ébéniste de Chamborigaud. Le bureau-ministre et les deux fauteuils style déco sortaient aussi de son atelier. Mes parents lui avaient passé commande à l'occasion de leur mariage. L'immense lit de beau cuivre massif, ils l'avaient fait venir de Marseille. C'était un mobilier fastueux pour un jeune ménage d'instituteurs ruraux, il restait disproportionné pour l'exigu logement de fonction alésien. L'ensemble embouteillait la salle à manger-salon qui me servait surtout de chambre à coucher. La bibliothèque était au pied de ma couche-divan. Pour sa jeune fiancée, mon père avait dû lâcher ses dix années d'économies d'instituteur célibataire et y ajouter le produit d'une coupe de pins. Je ne me suis jamais lancé dans des dépenses de cet ordre. Maïakovski me servait d'exemple :

> « ... Il ne m'a jamais meublé, l'ébéniste
> Et, sauf d'une chemise toujours propre,
> Honnêtement, je n'ai besoin de rien... »

Et même pour la chemise, je ne suis pas très regardant.

J'ai appris que ma belle-mère avait dit à ma première femme : « Tu crois pas que ton mari va te quitter ? Il t'achète pas de meubles... » Elle n'avait pas tellement tort, c'était une vieille Corse pleine de sagesse populaire.

J'écris ces lignes sur une planche posée sur des casiers de contreplaqué (le tout : Samaritaine, rayon bricolage) et les livres qui habillent mes murs s'alignent sur des planches montées sur des briques. La belle bibliothèque est restée au mas, trop belle et trop lourde pour suivre mes déménagements. Je l'ai préservée telle quelle et, chaque fois que je reviens dans la maison ancestrale, je lui rends visite, la visite due à une personne de conséquence, à la douairière qui a toujours quelque chose à vous apprendre. De belles composantes de ce que je suis devenu au fil des ans sortent de ces rayons. Et j'en tire encore aujourd'hui des rasades. La porte ouverte, elle m'accueille toujours de son haleine familière : l'effluve des brochures d'antan, de ces feuilles jaunies, épaisses, au toucher grenu, dont les bords effrangés par le coupe-papier forment une tranche pelucheuse, appétissante touffeur, comme celle du lit qu'on ouvre d'un seul mouvement au matin d'une nuit de cauchemars et d'angoisses. Pas un seul de ces orgueilleux exemplaires numérotés sur « japon impérial » ou sur « papier vergé pur fil Lafuma », rien que le meilleur marché mais tout neuf, à peine sorti des presses. Mon père inscrivait sur la page de garde la date de son achat, elle coïncidait avec l'année et le mois du copyright. Mon père se tenait au courant des parutions, mais comment ? Il n'y avait ni télé ni radio, donc pas d'émissions littéraires, il ne pouvait se fier qu'à la presse et au bouche à oreille. Comme il avait des goûts très particuliers, je le vois mal en débattre avec ses collègues groupés au centre de la cour de récréation, étroit cénacle de chasseurs, d'électeurs, d'anciens combattants et de pédagogues tatillons. Aux meilleures places, à hauteur des yeux : les poètes. Verlaine, Baudelaire, Rimbaud, Mistral (« Nerte »), Musset (« Rolla », « Les Nuits ») bien sûr, mais, en plus grand nombre, des obscurs, des inconnus. Une anthologie de la poésie contemporaine en quatre volumes qu'il avait payée à tempérament, que je n'ai revue ni chez les libraires d'occasion ni sur les quais. Il s'y trouvait de petits rimailleurs comme un certain Georges Lafenestre qui m'éblouissait, dont je recopiais les sonnets dans le journal intime que je tenais par crises :

> « Puisque la vie est là, cruelle, mais certaine,
> Dans l'ivresse d'agir, il faut bien oublier... »

J'ai découvert dans les papiers de mon père qu'il avait entretenu une correspondance avec le discret poète André de

Richaud qu'il admirait beaucoup, c'était peu avant leur mort, à tous deux.

Tout le bas de la bibliothèque est occupé par la collection complète de la *Petite Illustration,* supplément théâtral du fameux hebdomadaire. Mes parents partageaient le coût de l'abonnement avec des amis qui, eux, étaient surtout passionnés par les photos. Après l'avoir parcouru, on le leur passait donc et on gardait les succès théâtraux qui se jouaient à Paris. Toute mon adolescence, j'ai lu le texte des pièces qui attiraient les Parisiens, de Jean Sarment à Giraudoux, de Bernstein à Sacha Guitry. Parfois, mes parents se laissaient séduire par l'un de ces démarcheurs en librairie qui écumaient le corps enseignant. J'ai passé des heures, fasciné par le Grand Larousse en deux volumes et par la collection des *Merveilles du monde,* surtout par le tome des *Races humaines* illustré de splendides photos de bourreaux chinois, de familles papous et de négresses aux seins nus.

Les seins nus ! C'est qu'il y avait plusieurs rayons de livres interdits et d'ouvrages coquins. Tous les Victor Margueritte, tous les Colette, avec ou sans Willy, dont les « Claudine », illustrés de dessins à la plume qui me ravissaient, l'un d'eux particulièrement représentait l'héroïne debout dans son tub, taille fine, petits seins, épaules étroites, hanches larges, genoux serrés... Je revois ce dessin d'ici, en le décrivant je sais encore par cœur le texte qui allait avec : une jeune amie contemplait Claudine en train de se laver : « On dirait une amphore. Ça ne m'étonnerait pas que ta mère, Claudine, ait fauté avec un ânier des Pyramides. »

Naturellement, j'ai commencé l'exploration de la bibliothèque paternelle par la littérature érotique imagée : *Blancador l'avantageux, La Tournée des grands ducs, Train de plaisir... Lulu* était illustrée d'habiles croquis sépia, d'un trait si fin, si sûr, que la jeune personne en question, nichons pointés, croupette rebondie, a représenté longtemps pour moi le summum de l'excitation.

D'autres bouquins n'avaient que le titre d'attirant. Je les

feuilletais rapidement à la recherche de pages grivoises, en vain, même pas un dessin. Félicien Champsaur, auteur à la mode de l'après-guerre, ne tenait pas la promesse de ses titres : *L'Orgie latine, Sa fleur* (étude de jeune fille moderne), *Régina Sandri* (mœurs de théâtre), *Le Semeur d'amour* (roman hindou), *Poupée japonaise, La Caravane en folie, Le Satyre invisible* (Homo-Deus), *L'Ingénue audacieuse, Le Bandeau d'Éros*... Son titre le plus formidable, à ce Félicien-là, c'était : *Tuer les vieux. Jouir!* (roman vache des mœurs du temps). Je l'ai parcouru plein d'appétit... rien! pas le moindre dessin, pas même un chapitre ou une page qui puisse m'émouvoir le bas-ventre. Je n'y suis plus revenu jusqu'à ces jours derniers. J'ai scruté ce *Tuer les vieux. Jouir!* avec mes yeux d'aujourd'hui. Paru chez Férenczi et fils en 1925. A la dernière page (280), l'auteur a noté : « Nice, 27 avril 1925 ». A la page de garde, mon père a noté en rouge (son encre d'instituteur) : « juillet 1925 », la date de son achat. A l'époque, vingt dieux! l'édition brûlait les étapes : impression, distribution, vente, en moins de trois mois... ça ronflait!

Je viens donc de me farcir avec application ce *Tuer les vieux. Jouir!* C'est, en réalité, un roman politique, à contre-courant des anciens-combattâneries. L'air du temps est laborieusement dosé : Picasso, les surréalistes, les Montparnos, les fumeries d'opium et, d'autre part, les ouvriers qui s'organisent, un patron éclairé, M. Aubert qui les comprend, veut les faire participer à la gestion et aux bénéfices, sûr que l'avenir leur appartient. Le fils de ce capitaliste contrit et bienveillant, le jeune Étienne, revient de la Grande Guerre couvert de médailles et bouillonnant d'appétits de toutes sortes. Il désire à la fois l'usine et la femme de son père, pour lui tout seul. Rien que ça. Champsaur nous éclaire sur ces survivants glorieux et juvéniles dès la page 34 :

« A bas les vieux! cria un autre. Ils encombrent la terre. Ce n'est pas assez d'avoir, pendant cinq ans de guerre, baisé nos poules; ils n'ont pas la pudeur de nous céder la place, partout, à nous qui nous battions pendant ce temps. C'est le tour de ceux qui ont sauvé le monde. Et les vieillards le mènent toujours. Ce sont ces salauds qui ont voulu la guerre, pour se débarrasser des jeunes gens. Il nous faut le gouvernement de la jeunesse ; il faut tuer les vieux, JOUIR ! non pas à notre tour, mais sans attendre, tout de suite. »

Tout au long du « roman de mœurs », la même idée revient, inlassablement :

« A mort, les vieux !... hurla Keydar. La guerre et la victoire nous ont émancipés, grandis. C'est nous, les maîtres, *nous, de la guerre* ! *Nous !* »

Voilà pourquoi Étienne Aubert, flamboyant ancien combattant de vingt ans, fera tuer son père, s'emploiera à flouer sa jeune belle-mère et à se débarrasser de son demi-frère, un bébé, qui pourrait plus tard exiger sa moitié d'héritage.

J'essaie d'imaginer dans quel esprit mon père dévorait ces pages, six ans après l'armistice, lui qui n'avait pas fait la guerre, qui vivait en marge des jeunes Artaban volubiles. Se sentait-il vieilli, du coup, à ranger parmi les barbons à liquider, lui qui avait quatre ans durant consolé les jolies institutrices dont les maris guerroyaient dans la boue et la mitraille ?

C'est sa bibliothèque qui m'en dévoile le plus sur ce qui devait l'agiter en profondeur, sans que je m'en doute une seconde, au cours de ces vingt longues années où il regardait grandir son fils unique.

L'érotisme, qui était alors mon seul intérêt pour ce genre de publication, n'était souvent qu'un vernis séduisant, un alibi, la sauce pour faire passer la critique corrosive d'une société. Bertolt Brecht démontre dans son article « De cinq difficultés pour écrire la vérité [1] » qu'un auteur peut parvenir à dire ce qu'il veut en dépit de toutes les censures. Parmi les exemples qu'il détaille, il cite *La Pucelle* de Voltaire qui voulait s'attaquer à l'Église sans risquer de représailles. Il a donc composé un grand poème à la gloire de Jeanne d'Arc, qui repose tout entier sur le postulat suivant : il fallait bien que Jeanne soit sainte

1. Dans le numéro « Brecht » de la revue *Europe*.

pour garder son pucelage en vivant parmi les soudards et les moines, et il nous la dépeint complaisamment dans une suite de tableaux lestement rimés, jambes ouvertes ou courbée en levrette, troussée par-devant, par-derrière, jusqu'à l'ultime seconde précédant la pénétration où intervient brutalement la volonté divine qui arrête le tout. *La Pucelle* a été l'une des opérations subversives les plus réussies de la littérature puisque ceux-là mêmes qui condamnaient publiquement cette œuvre se la passaient avidement sous le manteau.

Les premiers ferments anarchistes se sont infiltrés en moi par la contrebande (si j'ose dire !) de mon éveil sexuel, grâce aux choix excentriques de mon père pour sa bibliothèque. Je me suis repu de *Satan conduit le bal*, énorme volume de Georges Anquetil, panorama exhaustif des dessous les plus crapoteux, les plus scandaleux de l'ère bleu horizon. J'ai d'abord sauté sur les chapitres du sexe : tableaux de la prostitution, des perversions sexuelles, sans en passer une, sans oublier un détail, de la « maison » de luxe au bordel d'abattage, de Passy à la Goutte-d'Or, des couvents scandaleux au *bousbir* de Marrakech, des B.M.C. [1] à « la visite » de Saint-Lazare, des garçonnets à louer pour le week-end aux fillettes présentées par leur maman dans les fourrés du bois de Boulogne. Le tout, documents et chiffres à l'appui (jusqu'à 145 passes par vingt-quatre heures pour la même malheureuse au « Panier Fleuri », entre la gare et les casernes, à Verdun).

De quoi édifier un jeune homme de bonne famille.

Ensuite, je suis passé aux chapitres anticapitalistes, antiparlementaires, anti-tout. Les magouilles, le « panier aux crabes », « L'Assiette au beurre » (selon les termes de l'époque). Voilà, j'ai mis du temps à le comprendre, l'une des lectures qui nourrissaient au jour le jour le pessimisme souriant du manchot, qu'il contrebalançait avec ses chers poètes.

L'un de ses plus grands plaisirs était de classer, de reclasser

1. Bordel militaire de campagne, institution officieuse de l'armée.

ses volumes. Ça le prenait au moins une fois par an, quand il avait fait ses cartouches, ses mouches artificielles, qu'il n'y avait plus le moindre bricolage à la traîne, il annonçait : « Bon, je vais me mettre à ma bibliothèque. » Première étape : il recouvrait tous les livres avec du papier bleu qu'il prélevait dans les fournitures scolaires et plus tard, à la retraite, avec le papier glacé des magazines, ainsi Rita Hayworth protégeait *Topaze,* Maurice Chevalier, Bruant (ce qui tombait assez bien, par hasard, car il ne recherchait pas un rapport entre la couverture et le contenu). Enfin, il rédigeait des étiquettes neuves. Ce travail pouvait occuper les soirées de plusieurs semaines. Il traînassait, ne pouvait s'empêcher de feuilleter l'ouvrage à recouvrir, s'accrochait à un paragraphe, se laissait reprendre par le plaisir éprouvé lors des lectures précédentes, poussait parfois un cri quand il dégottait une nuance qui lui avait échappé jusque-là, qu'il communiquait aussitôt à ma mère, ou à moi. Enfin, il refaisait « ses catalogues » sur des cahiers scolaires qu'il découpait sur la tranche en petit escalier dont chaque marche comportait une lettre de l'alphabet. Chacun de ces répertoires maison était spécialisé : le premier, rangement alphabétique par auteurs ; le second, par titres ; le troisième, par genres : poésie, roman, théâtre, document, pamphlet, et, le dernier : livres prêtés.

Nos deux vies à nous, le père et le fils, tournaient autour de ce meuble de beau bois, avec ses panneaux sculptés de motifs artistiques : palette, pinceaux, lauriers...

Je me demande à présent si nous ne communiquions pas ainsi, à travers lui, père et fils, si nous ne nous disions pas à travers ces bouquins qui passaient de mes mains dans la sienne, et retour, ce que nous ne savions ou ne pouvions pas nous confier de vive voix. De là, le poids des regards que nous échangions furtivement.

La Garçonne, Le Couple, les deux volumes de *Prostituée, Nos égales, Le Bétail humain, Les Criminels, Non...* les œuvres complètes de Victor Margueritte étaient alignées sur l'étagère la plus accessible. Des bouquins brochés aux tranches émouvantes d'avoir été lus et relus, savourés avec une satisfaction renouvelée par mon père, content d'être si bien compris par ce fils du général Margueritte, dont mon dico dit qu'il était (à rebours de son père, sans doute...) *fortement marqué par les préoccupations sociales et plaidait avec ardeur pour l'émancipation de la femme et le rapprochement des peuples.*

Et voilà que je déguste ces chapitres, sans en sauter un mot, pas à pas, comme si je suivais les pensées de mon père.

Victor Margueritte écrit : « Le progrès ne sera qu'un attrape-nigaud aussi longtemps que n'aura pas été résolue, au bénéfice de la femme et de la mère, la question sexuelle... La fécondité du globe a ses limites, celle de l'espèce humaine n'en a pas... » C'est dans la préface de l'auteur pour son roman *Ton corps est à toi,* paru en 1927, j'avais deux ans, mon père trente-deux.

Je comprends mieux pourquoi, dans ses moments de jubilation conjugale, il traitait ma mère de « femme nauséabonde et impure », ce n'était, dans sa bouche, qu'une joviale antiphrase comme lorsqu'il me lançait : « Viens ici, fils d'imbécile ! »

Les faits le prouvent : dans sa vie, mon père a mis en application le malthusianisme prôné par Victor Margueritte. La preuve : je suis fils unique. Lui l'était aussi, pour une première raison, moins philosophique. Comment mes parents s'y prenaient-ils dans la pratique de chaque nuit ? C'était un couple épanoui, leur journée ponctuée de petits gestes coquins, prometteurs. Ils n'avaient pas cette apparence de bois mort que je croyais reconnaître chez quelques ménages stériles. L'avortement était sévèrement réprimé, donc clandestin, et finissait souvent très mal. D'ailleurs ma mère n'a jamais été hospitalisée, de toute sa vie. Quand elle s'est couchée sur le lit étroit d'une chambre blanche, ce fut pour mourir, très vite. Alors, comment faisaient-ils tous deux, parce que, bon Dieu ! je ne rêvais pas, j'étais parfois réveillé par les grincements cadencés de leur sommier derrière la cloison...

Et moi qui ai eu six enfants ! Au premier, un fils, tout allait pour le mieux, je restais dans la tradition, mais au deuxième, au troisième, au quatrième, rien que des filles, que mon père ne connaîtrait jamais, comment réagissaient-ils ? Quelques hochements de tête, quelques regards : « Décidément, notre gosse est fou ! » Sans méchanceté. Il ne m'est jamais parvenu aux oreilles le moindre commentaire ni le moindre mot critiquant mon lapinisme. C'est pourtant le type même de soupirs que les villageois recueillent, et répercutent avec délice par quelques détours hypocrites jusqu'aux oreilles du principal intéressé.

L'activité charnelle de mon père garde ses mystères. J'ai beau relire sa correspondance intime, la sensualité n'y court qu'en filigrane, c'est truffé de citations poétiques assorties de commentaires d'un lyrisme assez plat. Les seules indications indiscrètes, je les puise, encore, dans sa bibliothèque : *Douze nuits d'amour ou la vie d'une femme,* de Jean de Létraz, les œuvres complètes de Suzette Desty, *Nicole s'éveille, Nicole s'égare, Nicole s'abrite, Nicole se marie, Un homme deux femmes...* romans lus et relus par mon père (mais pas par ma mère) sur lesquels je me suis jeté à mon tour dès que j'ai eu passé l'âge des comtesse de Ségur, pas sous ses yeux mais sans trop me cacher. Il ne pouvait pourtant ignorer mes choix, j'étais bien incapable de ranger le volume emprunté aussi méticuleusement que lui. Ma sexualité s'est formée là non seulement dans les bouquins choisis par mon père, mais plus précisément, je crois pouvoir l'affirmer, dans ses paragraphes préférés, puisqu'« un livre s'ouvre tout seul aux pages souvent lues », ce qui est encore plus vrai pour ces éditions bon marché pourtant mais sur un papier presque aussi épais qu'une feuille à dessin, dont le seul contact aujourd'hui même, à cet instant, au bout de mes doigts, me ramène une émotion de puberté. *Huitième nuit : La nuit vénitienne,* page 144 :

— Ginette, connais-tu cette prière amoureuse d'un des plus grands poètes qui soient jamais nés dans ton pays. Écoute-la : « Ferme doucement tes bras comme une ceinture, sur moi... Les mains mieux que les bouches s'unissent, et leur passion n'égale à rien. »

Une exaltation commune les jeta désirantes peau à peau, mais l'Allemande négligeant son propre plaisir pour mieux conquérir son amie imposa son baiser. Ses lèvres impérieuses glissèrent de la bouche de Ginette à la pâquerette bistre de ses seins, frôlèrent son ventre lisse, puis, s'attardant en prémices, épousèrent le rythme même de sa vie...

Je ne vois pas très bien comment mon père aurait pu, dans sa vie d'instituteur marié, dont pas un instant ne pouvait échapper au contrôle de sa femme, de sa mère et de l'inspection primaire, reconstituer concrètement, avec personnages en os et en chair, pour son usage personnel, une scène aussi charmante et, avantage supplémentaire, parfaitement conforme au malthusiasnisme le plus rigoureux. Impossible... difficile même pour moi qui ai pourtant plus d'occasions et de liberté de manœuvre. Mais, de ces lectures, il reste pour la vie de tièdes, d'excitants détails, ah ! *la pâquerette bistre de ses seins...*

La Garçonne est dépenaillée, elle montre honteusement les fils blancs de son brochage distendu. Certaines pages tiennent avec des étiquettes à bordure bleue. Elle s'ouvre toute seule page 75, quand toute la petite troupe des amis est au théâtre : Max constate que Michelle *avait les jambes croisées si haut que les mollets et l'un de ses genoux s'offraient, dans leur gaine de soie... il feignit d'écouter (le spectacle) avec la plus grande attention... Il enserrait en même temps une des fines chevilles, captait la rondeur des mollets, puis du genou... et comme, à ce geste précis, Michelle décroisait comme par hasard les jambes, il suivit son chemin, lentement. Ses doigts frôlaient, après la soie irritante, une peau si douce qu'il en eût voulu baiser la tiédeur... Alors hardiment il froissa les linons qui s'ouvrirent, palpa, dans son nid de mousse, le fruit mystérieux...*

Je cite longuement car ce passage et pas mal d'autres du même parfum, choisis sur le même rayon à ma portée, ont déterminé toute ma vie sexuelle. Mes goûts, mes penchants, le style même de mes plaisirs charnels ont leur source dans cette littérature sans gloire où mon père cherchait confirmation des siens. Il serait aventuré, je l'avoue, de prétendre que mon papa et moi pratiquions l'amour de la même façon. Et pourtant... et pourtant... Surtout dans l'approche de la femme, dans les prémices, dans le désir furtif qui croît et s'exacerbe de pénombres odorantes et de soyeuses touffeurs, dans ces tâtonnements risqués entre le cri de protestation, voire la gifle sonore, et le consentement mesuré, concédé par une pudeur qui s'émiette avec le savoir et l'hypocrisie délectables de l'espèce, il me semble bien parfois que mon père n'est pas loin. Je n'irai pas jusqu'à dire que je le sens en moi qui fait l'amour, ou même que je suis son délégué, ou son imitateur. Non, c'est seulement une question de style, celui que m'a transmis l'éducation clandestine d'une bibliothèque partagée. Et ça, je le crois, en toute discrétion, en toute pureté, la complicité entre le père et le fils est allée jusque-là.

Il en faut, des années, pour rendre à l'auteur de ses jours ce qui lui est dû, en respectueux hommage.

La première et l'une des rares complicités de mâles entre lui et moi date de l'époque où je ne rêvais que de bicyclettes. Je voulais avoir un vélo à moi, chaque pièce choisie par moi, du guidon (un « trial ») jusqu'aux dents de la roue libre (16, 18, 22). Je savais par cœur des prospectus qui chantaient en moi comme des poèmes : « La douceur des roulements de nos bicyclettes est due à la qualité de nos aciers analysés dans nos laboratoires, à la dureté de leur trempe, au calibrage parfait des billes... »

Je nous revois ce soir-là, contre le parapet du Gardon, papa et moi, nous regardions passer les gens. Une fille pédalait sur une « Alcyon » à pneus demi-ballon équipée d'un dérailleur trois vitesses, tendeur sous le pédalier, un « Simplex » sans doute, une machine superbe. Mon père a murmuré :

— Dieu, qu'elle est belle !

— Oh oui, papa ! Elle a des jantes en bois, elle développe plus de sept mètres à chaque tour de pédalier...

— Non, Pedro, je parle de la donzelle, de ses jambes...

Je n'étais pas encore à l'âge où l'on guette les belles cyclistes, et le retroussis de leur jupe, pour leur lancer gaiement : « Baisse le capot, on voit le moteur... » Mais très jeune, un peu grâce à mon père, j'ai commencé à m'intéresser au petit triangle blanc entrevu au creux des ciseaux d'une paire de cuisses bronzées. Peu après, après mes lectures, j'en vins à imaginer là, « dans son nid de mousse, le fruit mystérieux »...

Très tôt, mes parents ont commencé à m'acheter des livres, rien que pour moi. Le premier, je ne l'ai jamais oublié, c'était *François le bossu* de la comtesse de Ségur, acquis au bureau de tabac de Génolhac, après le marché. Progressivement, le niveau s'élevait. Bien avant qu'on ait vu le premier film de Tarzan, mon père m'a apporté le livre original, le tout premier de la série : *Tarzan et les éléphants,* d'Edgar Rice Burroughs. Un soir qu'il avait pioché dans la corbeille aux livres d'occasion « Tout à 7 francs », devant Prisunic, il m'a tendu triomphalement le *Villon* préfacé par Clément Marot, bouquin broché, corné, usé, qui m'a suivi toute ma vie. Enfin, il a scié des planches par le milieu, dans la longueur, afin de fabriquer des demi-étagères, ce qui permettait de placer deux rangées de volumes dans la largeur. En tassant tous ses bouquins dans les deux premiers compartiments du meuble, il a libéré le troisième, pour moi seul, pour mes livres mais aussi pour tous mes secrets. Il m'a tendu la clé :

— Tiens, y en a qu'une. Personne ne pourra fourrer son nez dans tes affaires.

Le « secondaire », c'était bel et bien une autre vie, qui nous faisait différents, qui transformait le regard que nous portions sur nos parents. Nous grandissions d'un coup, nos regards plongeaient vers nos géniteurs primaires, c'était ainsi, on ne le faisait pas exprès, on s'en serait voulu si on s'en était rendu compte, c'était instinctif, voilà.

Je suis entré au lycée à l'automne 1936, alors que les premiers congés payés venaient de se terminer, l'année du Front populaire s'achevait, la guerre d'Espagne commençait. J'ai beau me creuser le ciboulot, je ne parviens pas à me rappeler une anecdote, une réflexion, une attitude, la moindre réaction de mon père durant ces événements qui bouleversaient nos vallées minières et notre ville prolétarienne, et pourtant il ne devait pas être à sec de boutades originales ! Je me souviens vaguement de l'avoir vu taper rageusement du moignon dans *Le Petit Provençal* ou *Le Petit Méridional,* les deux principaux quotidiens régionaux, l'un de gauche, le second de droite, qu'il n'appelait jamais autrement que « Le Petit Péteux » et « Le Petit Merdeux ». J'ai tant travaillé, trente ans plus tard, sur cette avant-guerre que les documents et les témoignages que j'ai recueillis pour mes *Rebelles* ont étouffé ce qui se passait alors chez moi, sous mes yeux, mais je doute que ce soit la vraie raison. Lycéen, je m'éloignais de mon père, je le regardais moins, je ne le suivais presque plus à la pêche, le jeudi, j'avais des « activités », je m'excusais de ne pouvoir monter avec lui au mas.

— C'est de ton âge, Pedro.

Que de temps perdu !

Quatre ans sont passés, de mes onze à mes quinze ans, dont je n'ai, pour mon compte, que de vagues souvenirs de lycée, et sur mon père, rien. De ce trou de quatre ans, ma mémoire ne me restitue que quelques images familiales avec ma mère en premier plan et, parfois, mon père dans le fond, à contre-jour, silencieux. Munich, Franco, les bruits de guerre, d'une guerre encore qu'il ne ferait pas, mais pour une double raison cette fois : l'âge, même sans son infirmité, il n'aurait pas été mobilisable, pas de regrets donc, pas de scrupules. Il devait bien l'exprimer, à sa façon, il aimait les Espagnols, la République, la France, la paix... Je n'ai pas su voir le regard qu'il me jetait sans doute : la guerre serait longue et son fils la ferait, je suis sûr qu'il regardait mes fortes mains, les deux.

3 septembre 1939. Nous étions encore au mas, c'était la fin des vacances, on préparait nos petites vendanges, le temps était à la pluie, une charrette s'est arrêtée devant la fenêtre ouverte. L'homme était debout dessus, ce qui le mettait exactement à notre hauteur. Quelqu'un du village, je ne me souviens plus qui. Il a dit :

— Silvin, la guerre est déclarée !

Quelques mois après, à La Tavernole. Les gendarmes nous avaient immobilisés le temps d'une alerte aérienne. Quelqu'un a pris une photo, que j'ai sous les yeux. Un gendarme patelin regarde notre groupe souriant, j'y reconnais Noélie Martin et ses deux enfants, Éliane et Robert, mon père, ma mère et moi. Entre nos jambes court un bébé de deux ou trois ans, Marc, le fils d'Aimé Bonnet, instituteur de nos amis qui vient d'être rappelé à l'armée. Je porte des pantalons très larges recouvrant presque toute la chaussure, comme c'était la mode, un gilet à fermeture Éclair. Mes cheveux brillent, tirés en arrière et collés à la Bakerfix, le cosmétique de Joséphine. Je suis grand, le plus grand du groupe, plus grand déjà que mon père. Je le taquine, je lui ai pris son chapeau, il essaie de me le reprendre. L'obturateur a fonctionné pile sur cet instant : mon père et moi de profil, le chapeau entre nous deux, à hauteur des yeux, chacun de nous tirant sur le bord, moi de la main droite et lui de la main gauche. J'ai toujours aimé jouer avec ses couvre-chefs, lui découvrir la tête par surprise, jusqu'à la veille de sa mort. J'aimais son abondante chevelure ondulée que j'ai toujours connue brillante, couleur vieil étain. Il faisait soleil, nos ombres sont courtes, c'était la fin de la matinée. Tout le monde rit ou sourit, même le pandore.

Derrière la photo, de sa belle écriture, mon père a écrit : « Alerte ! La Tavernole 2 juin 1940 ». Neuf jours après, j'avais quinze ans, c'était la débâcle, et commençait la période la plus exaltante, la plus heureuse de ma vie.

Je n'ai jamais pris la guerre au sérieux, même quand j'y ai tenu, volontairement, mon rôle (figuration muette), je la contemplais comme un film et je m'y entrevoyais distraitement avec bienveillance. J'ai vu la mort, j'ai vu mourir, j'ai même dû risquer ma peau, le tout dans la plus parfaite inconscience. Tout ça n'était pas vrai. Non mais, quel beau film ! On ne s'y ennuyait jamais. Je comprends aujourd'hui que je m'éloignais de mon père ou que lui se retirait de moi, se dissolvait dans l'ombre à pas de loup.

1940 : Alès et le lycée débordaient. Les premiers arrivants de la débâcle, les étudiants flamands sur leurs immenses vélos noirs bardés de sacs, puis les grandes écoles repliées à la hâte, Polytechnique entre autres, envahissaient nos bâtiments. Nos profs mobilisés avaient été remplacés au pied levé par de délicieuses jeunes femmes. L'épouse du pharmacien avait repris du service en classe d'anglais, on se battait pour être au premier rang d'où l'on avait une vue mémorable sur ses bas noirs, ses cuisses blanches et le triangle rose de sa culotte, l'image rêvée des masturbations juvéniles. On touchait des licenciées de vingt ans, la rougissante Mlle Simian qu'on torturait avec toute l'hypocrisie des élèves brillants :

— Dans *L'Avare*, Molière dit à propos de Frosine l'entremetteuse : « En voilà une qui connaît l'art de traire les hommes », Pourriez-vous, mademoiselle, nous expliquer ce que signifie concrètement, physiquement, « traire les hommes » ?

Elle avait des seins magnifiques. Pour le 1er avril, nous lui avions offert un gros œuf de Pâques dans lequel nous avions mis un soutien-gorge.

Le matin, on arrivait très en avance et, groupés devant la porte du lycée encore fermée, on jaugeait les filles qui se rendaient au collège.

De fait, je n'avais plus le temps de regarder vivre mon père.

J'ai retrouvé le carnet sur lequel je notais en vrac mes pensées encore puériles et toujours présomptueuses. « La France de demain ne sera pas peut-être quand même aussi belle que celle d'hier. La France d'hier aura toujours la beauté d'un souvenir. 14 décembre 40 » ; et, le lendemain : « Vive la France et l'amour, vive ce qui dure toujours » ; et, le 13 : « Un bon mot est vraiment bon si, quand vous l'aurez répété vingt fois, vous lui trouvez la même saveur. » Il y a aussi des pages de vocabulaire flamand, langue que j'ai tenté une semaine ou deux d'apprendre avec les cyclistes du Nord (« *ec spreicke eun weueynec vlasm* : je parle un peu flamand »). Et des bouts de poèmes, de chansons... des citations, beaucoup, dont celle-ci : « Aucun peuple n'a, chaque fois, réparé aussi vite que les Français les suites d'une catastrophe nationale, aucun n'a retrouvé avec la même aisance le ressort, la confiance en soi et l'esprit d'entreprise après de cruels mécomptes et des défaites qui semblaient écrasantes. »

Et, au-dessous, j'ai écrit : « Bülow (Allemand !) ».

Pendant quelque temps, j'ai tenu mon journal quotidien. C'est sans intérêt, exemple :

« Dimanche 14 avril. Belle journée ! un très beau soleil, nous sommes allés à Lézan pour voir Alice Gourdon, une camarade de maman pour les sous d'un cadeau à faire à l'une de sa promotion qui se marie. Puis on a fait un tour en voiture et on est rentré, je me suis mis au travail... »

Mon père apparaît çà et là, discrètement :

« Jeudi 18 avril. Il fait sombre mais assez beau. Papa est allé au Gravas. En partant, il a cassé le loquet de la porte, car il ne fonctionnait plus... »

C'est vrai qu'il avait parfois un geste de colère d'une brutalité fulgurante, mais toujours sur les choses. Ça me rappelle l'affaire du roquefort. Un soir, à table, à la fin d'un repas pendant lequel ma mère n'avait cessé de le pousser à faire quelque chose (je ne sais plus quoi) à laquelle il se refusait. Il n'avait pas répondu, pas un mot, il fixait sous la cloche de verre une part de roquefort, une tranche sur toute la hauteur, énorme, une fortune pour l'époque. Un marteau traînait à côté, prêt pour un bricolage du soir. Soudain papa a saisi l'outil et, d'un seul geste, a écrasé la cloche de verre sur le morceau de roquefort. Éclats et fromage bien mélangés, il a fallu tout jeter. Le coup de marteau : le bruit d'une explosion. Maman s'est tue.

Presque chaque jour, jusqu'au 13 juin 1940, je me suis fait un devoir de remplir d'une écriture serrée, et pour les dernières lignes terriblement resserrées, une page d'un de ces épais carnets recouverts de toile bistre, appelés « carnets de chantier ». Presque toutes ces notes sont sans intérêt : météo, devoirs à rendre, rendus, notes (réactions de ma mère, il y est surtout question d'elle, papa remuait peu de vent, de moins en moins)... blagues, nouvelles des copains « Chevalier a avalé un clou... » Quarante-huit heures plus tard : « Chevalier a chié son clou... » Pour mes petits secrets, j'employais l'alphabet grec que maman ignorait, il s'agissait surtout des parties d'escrime sauvage entre mon cousin Riri et moi dans la vaste cave de l'école (nous avions acheté, avec de l'argent grappillé à nos parents, une paire de fleurets de compétition). C'est miracle que nous ne nous soyons pas crevé un œil, nous n'avions aucune protection.

Je picore çà et là quelques lignes qui peuvent aider à suivre mon père, ne serait-ce qu'en reflets ou comme un personnage en creux :

« ... Ma mère continue à vouloir m'empêcher de faire des

lettres. Je suis en grande ferveur poétique (pourvu que ça dure !) je veux faire une chic pièce en vers avec du souffle, je veux faire des lettres ! Je veux ! je veux ! je réussirai car j'ai la foi. DÉCISION : dorénavant, je vais être plus calme et plus posé, et réfléchir, réfléchir, je vais être plus vivant en classe de français et bûcher dur le grec, ALEA JACTA EST ! »

Mon père avait dû plier devant sa femme sur mon orientation scolaire, à contrecœur, puisqu'en fin de page, plusieurs fois par semaine, je note qu'il me faisait travailler les maths :

« Maman a engueulé papa qui ne voulait pas me faire voir ma géométrie. » (22 avril.)

« Mon père m'explique si bien ma géométrie que je comprends et je commence à m'intéresser. » (26 avril.)

« Le moment est tragique, les Anglais reculent en Norvège et les Allemands commencent déjà à crier victoire. Paul Reynaud a fait ce soir à la T.S.F. un discours très bien.

« Le soir, j'ai expliqué à papa ce qu'on avait fait en géométrie. Je ne l'ai pas très bien compris mais je suis arrivé à lui faire croire que j'avais compris.

« J'en ai marre.

« Comment tout ça finira-t-il ? » (1er mai.)

Finalement, recours à des leçons particulières :

« Maman, quand je lui lis ma rédac, trouve qu'elle ne casse rien, papa non plus d'ailleurs (sujet : racontez une journée de François Villon). Je lis *Cagliostro se venge* (Arsène Lupin), maman m'engueule car je n'ai rien écrit sur la géométrie que je devais réviser. A cinq heures et demie, je vais à ma leçon particulière de géométrie. Je comprends très bien, je suis très content, c'est chic, tout très bien, mieux qu'avec mon père... » (3 mai.)

« J'ai séché des cours. En sautant le mur, j'ai déchiré mon pantalon. J'ai essayé de le réparer tout seul, ça a mal pris. Papa, sur ma demande, a caché à maman que j'avais fait le mur... » (6 mai.)

« Deux francs pour le Secours national (ai demandé 3 francs à papa — 1 franc de bénef). » (7 mai.)

« Ce matin, je me lève vers neuf heures, je sors avec papa tout le matin, on bade sur les quais et à la Chaussée... Les Français reculent en Belgique sur des positions préparées. La Hollande abandonne la lutte sur terre, mais l'armée de l'air et de mer combat encore. Belle journée. Pour la politique, ça marque plutôt mal. » (14 mai.)

J'étais un mauvais élève, les neuf dixièmes de mon journal sont occupés par ce constat désabusé, au hasard (lundi 3 juin) :

« ... En histoire, le prof se met en colère, il me colle. En latin, je roupille. En histoire de l'art, je joue aux échecs, et je finis la partie en grec. Je sors... Je sèche l'aprèm', je sors en vélo puis je vais chercher le pain, je perds 5 francs. Maman en colère dit que je ne sortirai plus après quatre heures. A sept heures et demie, je sors, je vais voir les réfugiés belges... »

Ma mère ne me lâchait pas : je devais prendre la tête de ma classe ! Mon père baissait les yeux. J'ai appris tout dernièrement, par une vieille dame, institutrice retraitée, que maman lui avait confié jadis :

— A la maison, j'ai deux sacrés fainéants ! Ah ! ils sont très intelligents, tous les deux, c'est sûr, mais, si j'étais pas là, ils ne feraient rien...

Jusqu'à son heure dernière, elle est restée persuadée que, si son mari et son fils avaient voulu, lanterlu... Quelques mois avant sa mort, en 1980, elle a demandé devant moi, chez moi, à mon ami le pasteur Roby Bois :

— Dites, vous qui avez été en khâgne avec Jean-Pierre, c'est bien vrai qu'intelligent comme il était, s'il avait été un peu plus travailleur, à l'heure actuelle, il serait professeur de latin au lycée d'Alès !

Mon père n'a jamais exprimé de tels regrets jusqu'à sa mort, dix ans avant ma mère. Ce qui différenciait les deux fainéants de maman, c'est que papa, lui, n'avait pas d'ambition.

La guerre avait justifié la dépense d'un poste de T.S.F., mais je suis sûr que, sans elle, papa l'aurait acheté quand même.

D'abord, il était à l'affût des nouveautés (n'avait-il pas eu l'une des premières motocyclettes, puis l'une des premières automobiles de sa commune natale ?). Enfin, nos deux voisins de palier, l'oncle à notre gauche et le directeur de l'école sur notre droite, avaient chacun le leur depuis des mois, ce qui n'était pas tolérable, surtout qu'ils ne le laissaient pas oublier chaque soir, ça « téésséfait » par la gauche et par la droite.

Le modèle le plus récent, le plus perfectionné, donc le plus cher, ah mais ! Ma mère elle-même ne mégotait plus quand il s'agissait de notre prestige de palier. Un cube en palissandre, cinquante centimètres de côté, avec un cadran lumineux sur lequel s'alignaient des capitales nombreuses dont beaucoup, Boston, Djakarta, Sydney..., qu'on ne captait jamais. Le monstre avait été installé sur un guéridon *ad hoc* sous la fenêtre de la cuisine, entre l'évier et la porte du salon, en face de la table de la cuisine. Quand mes parents étaient sortis, j'installais mes affaires dessus, j'ouvrais la fenêtre, je faisais mes devoirs ou je dessinais ainsi, debout comme Victor Hugo à son pupitre. Avec cette différence que la T.S.F. parlait ou musiquait contre mon ventre, à fond, et le palissandre vibrait sous ma feuille à dessin. Pour les longues émissions de la soirée, mon père tirait sa chaise et s'asseyait devant sa T.S.F., bras croisés sur le rebord du guéridon, le nez à toucher le haut-parleur. Pourtant, il n'était pas encore sourd (c'est peut-être ainsi qu'il l'est devenu...). Il parcourait d'abord les capitales dans une rapide cacophonie : un calembour, deux mots de discours, une bribe de messe, une portée de musique, un refrain, de l'anglais, du chinois, de l'espagnol, du russe... Maman grognait :

— Ton père fait son tour du monde.

Il adorait l'opéra-comique, les pièces humoristiques et les goualantes de sa jeunesse. Moi, je me précipitais chaque jour pour ne pas rater « le quart d'heure du soldat » où je dégustais Maurice Chevalier, Mistinguett, Charles Trenet, Tino Rossi, Alibert, Darcelys, Jean Nohain, Pierre Dac, René Dorin, Georgius, Milton, Georges Thil, et beaucoup d'autres dont je me ressers encore *in petto* des bribes de succès pour un petit bonheur solitaire.

Du coffre de palissandre est sortie la voix chevrotante qui nous annonçait que nous avions « capitulé dans l'honneur et la dignité », que, tout ça, c'était bien de notre faute mais que tout pouvait encore changer en bien pourvu que nous reconnaissions nos péchés.

Je regrette de ne pouvoir me rappeler en quels termes exacts mon père a accueilli cette homélie, mais le mot « cul » devait y occuper belle place, la répétition rattrapant l'exiguïté de ses trois lettres. Il n'avait pas donné sa main droite à Verdun, lui. Le fait est là, mon paternel n'a pas marché dès le départ. Moi, si

L'armée française s'était débandée, c'est le mot exact. Rien n'est plus fuyard, plus lâche, qu'un fuyard dont les bandes molletières mollissent, se relâchent, se débandent devant le martèlement lourd mais allègre de bottes en beau cuir, solidement ferrées, dont les pas cadencés arrachent aux pavés des étincelles.

Actualités cinématographiques, photos, nos quinze ans étaient hantés d'images implacables, irréfutables. L'armée française, celle des poilus de 14-18, celle qui défilait le 14 Juillet sous l'Arc de triomphe, dressant ses fines et longues baïonnettes triangulaires, « moisson d'acier étincelant »... c'était devenu ça, ces bandes de clochards en grosse capote dégrafée, s'entravant dans leurs bandes molletières... calamiteuse débâcle, piétaille haillonneuse et geignarde, la retraite de Russie sous le soleil de juin, sans Berezina, sans Napoléon, sans la « Garde qui meurt », sans même crier « Merde ! ». Nos quinze ans ont pleuré.

Puis nous avons vu les autres images, celles de nos vainqueurs, nous les avons aimés, ils nous ressemblaient. Jeunes et beaux, chemise ouverte, manches retroussées, chevauchant des motos fantastiques, Ben Hur dressés sur leurs chars, mitraillette à la main, Leïca en sautoir. Ils n'avaient même pas eu à se battre, ils n'avaient eu qu'à se montrer, tels que les eût rêvés Gengis Khan ou Philippe de Macédoine.

Pourquoi eux et pas nous ? Nous n'étions pas du bon côté du Rhin... Nous avions quinze ans en 1940, et nous voulions savoir la faute à qui ? A nous ? Voyons, à quinze ans, on n'a pu avoir grande influence politique...

L'ordre nouveau de l'État français nous l'a expliqué, la faute à qui, petit à petit, habilement, sur les murs, dans les journaux, sur les affiches, dans l'enseignement. Ah ! si nous avions eu un chef, un vrai, comme Hitler ou Franco ou Mussolini... Mais c'était la pagaye, la politicaille de bistrots, les pouvoirs occultes, l'internationale des communistes, des juifs et des francs-maçons, en un mot : la faute à la République.

Au milieu du désarroi général, la « Révolution nationale » organisait des associations ciblées, Anciens Combattants, Secours national... plus ou moins calquées sur les modèles allemands ou italiens. Pour nos âges, il y avait les Compagnons de France. Un vaste magasin (appartenait-il à un juif?) avait été réquisitionné pour eux, au bas de la rue d'Avéjan, trois vitrines. La grand-porte restait ouverte à tous, en permanence. L'uniforme comportait de grosses chaussures montantes, des chaussettes d'épaisse laine blanche. Le short avec le ceinturon, la chemise bleue barrée du baudrier de cuir, un très large béret basque à porter réglementairement incliné sur l'oreille droite. Ces garçons ne se donnaient pas du « camarade » mais du « compagnon ! », à tous, car il y avait de tout dans les deux étages du local : lycéens, apprentis, chômeurs, en passant la porte, ils n'étaient plus que des compagnons, plus de lutte des classes. Mais ce n'est pas pour leur uniforme, ni pour leur politique, d'ailleurs encore mal précisée, peu matraquée, mais par le dessin que j'allai vers eux.

A l'époque, je crayonnais beaucoup, avec passion, tellement que d'une semaine à l'autre je changeais de vocation, tantôt grand poète, tantôt génial sculpteur, Hugo ou Rodin, ambivalence, évidemment révisée à la baisse, qui me dure encore. Il me hâtait d'être publié, connu. J'envoyais mes œuvres aux concours de dessin, aux journaux illustrés. J'avais adhéré à *L'Art cévenol* où je me trouvais au milieu de graves messieurs, honorables peintres du dimanche, et, à quinze ans, j'ai eu un de mes dessins (« La Godasse ») suspendu « aux cimaises du salon annuel », comme en fait foi le programme où j'ai vu mon nom imprimé pour la première fois, avant (par ordre alphabétique) celui d'André Chaptal, le maître paysagiste de la montagne cévenole.

A l'émission enfantine de Radio Vichy, Robert Rocca, un jeune présentateur, avait cité mon dessin parmi les œuvrettes reçues dans la semaine. Mon nom était passé sur les ondes, ce qui m'a valu d'être présenté à la fête de fin d'année du lycée comme « le dessinateur de la radio ». Je vendais mes caricatures de professeurs et, sur trois pièces reçues, j'en glissais une dans la poche gauche. Celles de la poche droite, c'était pour le Secours national, la poche de gauche pour mon banjo. Rentré chez moi, après la fête, j'ai fait le compte des pièces resquillées. Il me manquait encore dix francs pour me payer ce banjo que j'avais repéré dans la vitrine de M. Garrigues, rue Jules-Cazot. Mon père tenait en réserve quatre ou cinq pièces, pour parer à tout imprévu, dans le tiroir central de son bureau. Je savais où était la clé. J'ai prélevé les dix francs. Il s'en est certainement aperçu, il était trop soigneux... Il n'y a jamais fait la moindre allusion.

Tous les établissements scolaires organisaient « le dessin du Maréchal ». Chaque élève devait donc pondre un fusain, une pointe sèche, une aquarelle, à son gré, sujet libre. Le lycée se chargeait de l'envoi à Vichy. J'ai composé une ronde de charmantes filles à mon goût, levant le mollet dans un bel envol de jupons et, au-dessous, j'avais calligraphié : « La Ronde des Provinces françaises ». C'était réussi, mon prof avait appelé ses collègues pour leur faire admirer mon œuvre avant de la joindre à l'envoi collectif.

Un mois après, M. Lanneau, le concierge du lycée, a fait irruption en pleine classe d'histoire :

— Chabrol, le proviseur te demande, immédiatement ! Dans son bureau !

Quand je suis rentré, le patron redouté de notre établissement s'est levé respectueusement :

— Mon cher Chabrol, le Maréchal vous a distingué. Voici ce qui vient d'arriver de Vichy, à votre nom.

Avec solennité, talons joints, s'inclinant, il m'a tendu l'enveloppe déjà ouverte. A l'intérieur, une carte postale. Au recto, une reproduction couleur du portrait officiel du chef de l'État. Au verso, écrit de l'auguste main, ces lignes :

« Mon enfant,

Votre dessin m'a plu. Vous l'avez fait avec un soin qui témoigne que vous avez du goût pour ce genre de travail. Je vous en félicite. Continuez.

Philippe Pétain,
Maréchal de France. »

Le proviseur m'a repris délicatement la carte postale :

— Je la garde pour l'instant. Elle vous sera remise au cours de la cérémonie, lundi prochain. Alors, mon cher enfant, vous pourrez la garder votre vie durant.

Le soir, j'ai raconté ça à la maison. Ma mère frétillait de fierté. Papa bougonnait. J'ai cru comprendre : « Maréchal de mon cul... »

Chaque lundi matin, depuis le nouveau régime, les quelque quatre cents lycéens formés en carré saluaient au garde-à-vous la montée du drapeau jusqu'en haut du mât planté à cet effet dans la cour d'honneur. Le samedi suivant, même cérémonie pour les trois couleurs qui descendaient lentement pour le repos dominical. Le lundi suivant l'arrivée de l'illustre courrier, devant mes quatre cent vingt-huit condisciples au garde-à-vous, dès que « notre emblème national se fut élevé pour flotter fièrement dans le ciel de la patrie », M. le Proviseur, après avoir célébré d'abord le vainqueur de Verdun puis mon talent juvénile, m'a remis, sur le front des troupes, la carte postale.

Le lendemain, le mardi matin, la poste a livré au lycée quatre cent vingt-sept cartes postales exactement semblables, chacun la sienne. Le proviseur m'en a toujours voulu. Est-ce ma faute à moi si ma carte avait fait bande à part pour griller toutes les autres sur le poteau par une mystérieuse fantaisie des P.T.T. ?

Après avoir glorieusement rapporté la cérémonie du lundi matin à la maison, je me suis tu sur le courrier collectif du mardi matin, mais mon oncle, auquel ma mère s'était vantée de la distinction de son rejeton, avait déboulé le mardi midi chez nous en brandissant la distinction des siens, trois cartes postales à l'effigie de Pétain, avec le même texte, de la même écriture au verso, une pour la Guiguitte, une pour le Riri et une pour le Néné.

— C'est quand même celle de mon fils qui est arrivée la première ! s'obstinait maman mortifiée.

N'empêche, en dépit des rigolards, la bévue n'avait guère nui à ma réputation de petit prodige de l'art plastique. Moi, la première cérémonie m'avait marqué. Sur une feuille de Canson, j'ai entrepris de crayonner des garçons au garde-à-vous tandis que monte le drapeau. Pour brouiller les pistes, j'ai peint en bleu les chemises et coiffé les bonshommes du béret dûment incliné sur l'oreille droite. C'était bien venu, j'étais assez content de moi, tellement qu'aussitôt, mon dessin roulé sous le bras, je suis allé le porter aux Compagnons de France. Ils l'ont trouvé si bien qu'ils l'ont exposé au centre de leur vitrine principale, celle qui donne sur la place.

Le lendemain, je rentrais du lycée plutôt guilleret. Ma mère m'attendait, elle me dit, la tête basse, la voix rauque : « Va dans le salon, ton père veut te parler. » Ma mère c'était la correctionnelle. Mon père, c'étaient les assises. Je ne me souviens pas d'avoir été justiciable de sa haute juridiction jusqu'à ce jour-là.

Il m'attendait, faisant les cent pas d'un mur à l'autre (cent pas, ça représentait pas mal d'aller et retour). Quand je suis entré, il a refermé la porte derrière moi, puis il a pris deux chaises qu'il a posées face à face au centre de la pièce. Il m'a fait signe de m'asseoir. Il s'est installé en face de moi, il a planté son regard dans le mien. Le bleu de ses yeux n'avait jamais été aussi pâle. La phrase qu'il m'a dite s'est gravée en moi pour toujours, elle résonne encore dans ma tête, mot pour mot, avec l'intonation. Il a brandi son moignon frémissant sous mon nez. Les extrémités arrondies et imbriquées l'une dans l'autre du radius et du cubitus semblaient vouloir percer le peu de chair qui restait là, recouvert d'une peau calleuse, comme une paume.

Après une minute, il a articulé sourdement :

— Jean-Pierre, dans la famille, on a toujours été républicain. Si tu deviens fasciste, moi, je te tue.

Il s'est levé, il est sorti, de la pièce, de la maison. Il est rentré tard, dans la nuit, puant la gnôle.

Le ciel m'était tombé sur la tête. Mon père si tendre, si compréhensif, qui me passait tout, qui m'aimait tant, cet homme si doux m'avait dit ça ! Je n'ai pas mis en doute un seul instant la menace. Mon père pouvait me tuer ! Je ne comprenais pas, mais ça devait être terrible. Je n'osais plus bouger, plus parler. Par chance, les grandes vacances étaient là. Nous sommes montés au mas. Je me suis enfermé dans ma chambrette sous les toits, qui avait été celle du berger que l'on engageait jadis pour la saison des vers à soie, où l'on n'avait plus le temps de s'occuper des bêtes. On l'appelait « le tristet », je ne sais pourquoi. Deux mètres sur trois, c'était devenu mon domaine, ce l'est toujours, c'est là que j'écris.

André Lamorte, mon cousin de La Jasse, le petit-fils de l'Anaïs du Chambon, m'avait prêté *Les Misérables*. Je me suis plongé dedans, je m'y suis englouti. Victor Hugo m'a emmené par la main au premier étage du café Musain où se retrouvaient les étudiants et les jeunes ouvriers de l'A.B.C. (l'abaissé : le peuple).

Orphelin, Marius de Pontmercy avait été élevé par son grand-père, M. Gillenormand, farouche royaliste. Marius découvre un jour que son père, dont on ne lui parlait jamais, avait été un glorieux colonel de la Grande Armée. Il quitte la maison de Gillenormand et, privé des subsides du royaliste, devenu bonapartiste, Marius vient traîner sa misère au Quartier latin où il rencontre Enjolras et Combeferre de l'A.B.C. Simples relations estudiantines. Un soir, Marius les suit dans l'étroit escalier qui conduit au premier étage dans la salle bouillonnante du café Musain. Là-haut, Marius prête l'oreille aux discussions passionnées de chaque tablée. Il est outré d'entendre que ces gens ne disent pas « l'Empereur », même pas « Napoléon », mais « Bonaparte », et même en affectant la prononciation italienne, méprisants : « Buonaparté ». Soudain, Marius se redresse, écarte les épaules, traverse la salle d'une telle façon qu'il s'y établit un grand silence, tous sentent qu'il va se passer quelque chose... Marius va jusqu'au mur du fond où pend une grande carte de France avec, en bas, à droite, dans son casier : la Corse. Il pose la main sur celle-ci, se tourne vers la salle médusée :

— Une petite île qui a fait la France bien grande !

Et Marius se lance dans une de ces interminables et flamboyantes tirades hugolesques où il est question de trônes qui tombent comme des feuilles mortes au roulement de *ses* parcs d'artillerie, des rois venant à *son* bivouac, sous *sa* tente, lui offrir leur fille... et, pour finir, cette péroraison (à peu près) : Que peut-il y avoir de plus beau que d'être le soldat d'un tel chef, le bras d'un tel cerveau ?

Dans le silence glacial du café Musain, une voix répond calmement : « La liberté. »

Ensuite, Combeferre se lève, se dirige vers la porte du fond et, dans le silence qui ne dégèle pas, on l'entend qui chantonne en descendant l'escalier :

Si le grand César
M'avait offert
Ses foudres et son char,
J'aurais dit au Grand César :
Garde tes foudres et ton char,
J'aime mieux ma mère, ô gué !
J'aime mieux ma mère...

Alors, un à un, les consommateurs, les jeunes ouvriers comme les étudiants, se lèvent et quittent la salle, lentement, sans un mot. « Ma mère »... Marius, pétrifié, reste là, le dos tourné à la Corse. Il se rend compte que, depuis des mois, il a beaucoup pensé à son père, et pas du tout à sa mère. Il murmure : « Ma mère... »

Enjolras pose sur son épaule une main fraternelle :

— Ta mère, citoyen, c'est la République !

Je n'ai pas relu *Les Misérables* depuis des années, je n'ai pas voulu vérifier. Je cite de mémoire, intentionnellement. L'important pour moi, et jusqu'à maintenant, c'est le souvenir que j'en ai entretenu, tout digéré, transformé qu'il soit, et que je me ressers chaque fois que me revient, tenace, l'horrible tentation du fascisme. D'autres phrases du même ouvrage ont guidé ma vie, dont le lumineux « On fusille, j'en suis ! ».

J'entends Aragon : « ... Un mot, un mot qui n'est pas dit, et c'est tout le destin d'un homme qui déraille. »

Ce mot, mon père l'avait dit. Et je n'ai pas fini dans la L.V.F., la Milice ou les SS comme quelques-uns des copains de mes quinze ans qui avaient commencé par incliner le béret basque sur l'oreille droite.

Vingt-quatre ans après sa mort, il n'a jamais été aussi vivant, pour moi, je ne lui avais jamais prêté autant d'attention, il vit en moi, je le sens plusieurs fois par jour, par nuit. A la manière des fils d'aveugles qui s'exercent à garder les yeux fermés toute une journée, pour « voir »... il m'arrive d'essayer de vivre un matin en ne me servant que de ma main gauche, mais je ne tiens pas, très vite je triche.

Je m'endors toujours une jambe sortie des draps, comme lui. Quand je vois dans un demi-sommeil la longue traînée de la cuisse et du mollet, blafarde, dans la pénombre de la chambre, je revois mon père, quand j'allais l'embrasser dans son lit. En m'endormant, je me roule avec ces grognements de fauve repu qui étaient les siens, exactement. Son odeur est sous mes draps dans les moiteurs nocturnes... Mais voilà qui est très restrictif, tous mes effluves sont les siens, ma piste est son fumet. Dans une discussion insipide, la boutade qui sort de ma bouche est de lui. Ces rides sur mon front, ces poches sous les yeux, ce nez qui bourgeonne... chaque matin la glace me montre son fantôme. A chaque déception, je l'entends ricaner, dans ma gorge. Dans mes meilleurs moments, c'est son rire qui sort... Couché, j'observe ma main droite, elle m'étonne, elle bouge, elle avance sur les cinq doigts, elle remonte en crabe le long de cette jambe qui pend hors des draps...

Et pourtant, à partir de mes quinze ans, je ne l'ai plus

beaucoup vu. D'abord parce que je vivais de moins en moins chez moi, surtout parce que je ne le regardais guère. Quand je l'apercevais entre deux portes, je n'avais pas le temps de reconnaître ce petit homme vieillissant, rondouillard et craintif. Moi, je me voyais Jean Marais dans *L'Éternel Retour,* Alain Cuny dans *Les Visiteurs du soir...*

Que voulez-vous, j'étais devenu farouche républicain, mon temps se partageait entre le lycée, les copains, les filles et la Résistance. Je pourrais raconter le détail des cours, les blagues des copains, l'éblouissement des premiers corsages dégrafés, les distributions de tracts, les vitrines pétainistes que nous cassions après le couvre-feu, inclus celle des Compagnons où mon beau dessin avait été depuis longtemps remplacé par photos et slogans d'une propagande qui s'était durcie. Où était, que faisait, que pensait mon père pendant ces années pétulantes ? Il n'apparaissait que comme un machiniste distrait pendant un changement de décor. Il ne jouait pas. Il n'était pas sur la scène, il n'était pas distribué dans ma pièce, ma comédie héroïque, mon vaudeville faluchard.

Ces années que l'on dit « noires » m'apparaissent tout ensoleillées. Notre patriotisme nous commandait de sécher les disciplines nouvelles d'inspiration pétainiste : éducation civique, ligue de loyauté, hébertisme, dessins folkloriques... Nous avions presque tous nos après-midi de libres. Les bois et les rivières étaient à moins d'une demi-heure de vélo du centre de la ville.

Il y avait des soirs d'été d'une douceur amère.

Après le débarquement des Alliés en Afrique du Nord, les troupes allemandes avaient envahi la zone Sud, dite « zone libre ». Les salles de classe avaient été réquisitionnées pour les loger, et transformées en chambrées. C'étaient de jeunes recrues qui restaient à Alès le temps d'un entraînement accéléré. Un jour, ils peignaient leurs casques et leurs véhicules en blanc et partaient pour l'hiver russe. Puis sont venues les recrues de l'Afrikakorps de Rommel qui étaient, celles-là, peinturlurées en jaune sable avant de partir pour Marseille et la

Libye. Les après-midi où je sautais sur mon vélo pour rejoindre quelque lycéenne dans la campagne voisine, il m'arrivait d'apercevoir une centaine de recrues s'aguerrir à quatre pattes dans le gravier d'une carrière. Ils avaient mon âge.

Les trois familles d'instituteurs continuaient à loger au-dessus de l'école casernifiée. Ce n'était pas rigolo. Le bâtiment avait été entouré d'une double rangée de barbelés en prévision d'attaques « terroristes ». Quand je rentrais du lycée ou d'un rendez-vous d'amour, mon vélo sur l'épaule, je devais me glisser dans la chicane entre deux sentinelles.

La veille de l'arrivée du gros de la troupe, j'étais seul dans le fond de l'appartement quand un bruit m'a attiré dans la cuisine. Un soldat allemand était en train de remplir des seaux sous le robinet de l'évier. J'ai appelé mon père. Devant le colosse perché sur ses bottes, en tricot de peau et bretelles, mon bonhomme de père dressé sur ses ergots, tout tremblant, tellement indigné qu'il était incapable de sortir un mot, même pas le plus court, le plus machinal, montrait de son moignon la porte restée ouverte sur l'escalier. Le grand guerrier ne se l'est pas fait dire deux fois. Dix minutes après, un jeune capitaine est venu présenter ses excuses à mon père (peut-être croyait-il avoir affaire à un mutilé de 14-18 ?). Ce fut, à ma connaissance, le seul incident de cette cohabitation forcée.

Un bataillon, près de deux cents hommes, s'entassaient sur des châlits dans les six classes de notre école. Il n'y avait que cinq cabinets au fond de la cour de récréation et un seul point d'eau, le robinet. Comment se débrouillaient-ils ? Ils rentraient de manœuvre à la tombée de la nuit couverts de poussière ou de boue selon le temps. Au petit matin, ils se rassemblaient au carré, impeccables, cuirs luisants, aciers étincelants. Ils étaient épuisés, ils ne faisaient pas beaucoup de bruit. Seul un harmonica lançait tout bas des romances nostalgiques, accompagné à bouches fermées. Au cœur de la nuit, c'était déchirant. L'été, toutes fenêtres ouvertes, le ronflement des sommeils fourbus, ponctué de gémissements, de brefs cris d'enfants, montait jusqu'à notre premier étage, ainsi que le puissant remugle des grosses chaussettes mêlé à l'odeur si particulière de la graisse de bottes, rare cocktail qui restera pour mon nez le sillage de la Wehrmacht en campagne. Mais il y avait une autre puanteur, plus perçante...

Mon père et moi nous nous accoudions à la fenêtre avec, entre nous, la T.S.F. qui donnait les dernières informations de Radio Vichy et revenait sans cesse l'expression « la Wilhelmstrasse communique... ». La Wilhelmstrasse, c'était leur Quai d'Orsay. Elle nous tenait au courant des actes et paroles du « docteur Ribbentrop, ministre des Affaires étrangères du Reich »... A nos pieds, le trottoir qui longeait l'école avec sa rangée de vieux platanes dont le feuillage venait chatouiller nos fenêtres, puis le quai, le parapet, le lit de la rivière. Sur l'autre rive, le quartier des abattoirs et les premières collines, puis le ciel.

Par groupes de trois ou quatre, avant de tomber sur leurs châlits, terrassés par le sommeil, les jeunes soldats venaient pisser au pied des platanes. Ils allaient et venaient, ils étaient nombreux finalement, dotés de jets puissants. Le grand cercle de terre ménagé dans le ciment du trottoir au pied de chaque tronc n'arrivait pas à absorber l'abondance d'urine dont l'irrésistible relent ammoniaqué s'élevait jusqu'à notre fenêtre et nous piquait le nez.

Entre nous, Radio Vichy continuait : « La Wilhelmstrasse communique... »

Papa contemplait sans hargne ces garçons en bretelles et en chaussettes, dos voûtés, mains jointes, absorbés par leur action, presque toujours silencieux comme s'ils ne voulaient rien perdre du grondement liquide qui leur devait tout. Souvent, ils ajoutaient le point final d'un jeune pet, très clair, avant de rengainer d'un frisson d'épaules suivi d'un mouvement de hanches. Chaque soir, quand même, sous nos fenêtres, ils étaient plus de cent. Mon père ne pouvait leur en vouloir, à eux, il ne haïssait que la politique :

— Ah ! Pedro ! Mais j'irai pas un jour, moi, pisser sur leur Wilhelmstrasse ?

Deux ans plus tard, je roulais dans les ruines de Berlin. En levant les yeux, j'aperçois une plaque : « Wilhelmstrasse ». J'arrête la jeep, m'arme d'un tournevis, monte sur le capot... A la première permission, j'arrive devant mon père (c'était au mas, il était en train de bricoler dans la cour).

— Papa, t'as envie de pisser ?

— Comme toujours, Pedro !

J'ai posé la plaque de la Wilhelmstrasse à ses pieds :

— Tiens, papa, pisse !

J'ai raconté souvent l'anecdote et j'y reviens sans me lasser. Ils ne sont pas si nombreux, les petits plaisirs que j'ai procurés à mon père depuis mon adolescence, alors que j'allais lui faire tant de peine, alors que j'allais irrémédiablement gâcher la fin de sa vie.

Mes sentiments avaient mal évolué, je n'avais plus pour mes parents qu'une tendresse distante, condescendante, particulièrement pour mon père que je jugeais sévèrement. Je le reconnais aujourd'hui, avec beaucoup de tristesse. C'est qu'à vingt ans, moi, j'étais un ancien combattant. J'étais glorieux, vainqueur. Et lui, pendant quatre ans, qu'avait-il fait, alors que je « résistais », que je montais au maquis, que je poursuivais l'envahisseur nazi jusque dans les Vosges, l'Alsace, la Forêt-Noire et l'Autriche ? Lui, il avait continué de mener sa petite vie paisible entre le mas et l'appartement alésien. Il redescendait chaque semaine avec les légumes du jardin, le fromage des chèvres de la mamée, la charcutaille du voisin et du beurre à prix d'or. A table, le meilleur m'était réservé, mais je ne m'en rendais pas compte. Maman veillait jusqu'au cœur de la nuit, elle tricotait pour la famille de notre petit cordonnier italien : il avait tellement d'enfants qu'il n'utilisait pas tous ses bons de sucre et de viande. Il nous laissait son surplus contre des pull-overs. Et moi, je ne manquais pratiquement de rien grâce à ces secrets que je n'ai appris que des années après la Libération.

Ce dont je souffre le plus, c'est d'avoir en ces temps de gloire méprisé mes parents. Ils m'apparaissaient comme le type même des petits-bourgeois.

Ma mère visait pour moi l'école la plus prestigieuse de France, la fameuse rue d'Ulm d'où sortaient les personnages les plus illustres de la politique et des lettres. Elle avait si bien intrigué que j'avais été admis après mon bac, en 1943, dans l'une des meilleures khâgnes du pays, celle de Louis-le-Grand. Je suis donc monté à Paris. Aujourd'hui encore, quand je gravis la rue Saint-Jacques, entre la rue des Écoles et la rue Soufflot, et que je longe sur ma gauche cet interminable bâtiment, plein de morgue (tiens, oui, sinistre comme une morgue), je suis secoué d'un frisson de dégoût. C'était l'Occupation, l'hiver, les restrictions, on y crevait de froid, de faim et d'ennui. J'y devins le cancre le plus sournois de l'établissement, je parvins à passer la majorité du trimestre à l'infirmerie, où il faisait chaud, à lire des polars.

Au milieu du trimestre, ma mère est venue me voir. C'était, pour elle, une véritable expédition. Elle avait arraché un « congé pour convenances personnelles », passé la ligne de démarcation avec ses contrôles humiliants, dans un de ces trains de nuit bondés jusque dans les W.-C. où l'on pouvait dormir debout dans les couloirs sans risquer de tomber, et qui couvrait la distance Alès-Paris en un peu moins de vingt-quatre heures. Elle s'était fait faire exprès pour une telle occasion un manteau sur mesure d'après une gravure de mode, selon ce qu'elle croyait être le dernier chic parisien. Quant au chapeau imaginé par sa modiste alésienne, je me suis empressé d'en oublier les formes et les couleurs.

On m'a fait demander au parloir, elle était là, frétillante au milieu de ses valises et de ses cageots de bonne bouffe, des provisions pour son pauvre petit pensionnaire. Elle me faisait la surprise...

Les conversations assourdies du parloir de l'auguste Louis-le-Grand se sont arrêtées net. Venues voir leur rejeton, il y avait là Mme C..., veuve de l'ancien ministre de la Marine, la baronne de V..., une demi-douzaine de ces dames authentiquement parisiennes, élégantes, distinguées... Le regard rond qu'elles ont jeté sur l'apparition provinciale ! Le sourire narquois de leurs enfants sur leur condisciple affublé d'une telle mère !

Le pire, c'est quand maman s'est mise à parler tout haut, très normalement, à son habitude, elle ne se rendait compte de rien, au contraire, elle devait les croire impressionnées par l'arrivée de la mère d'un futur président du Conseil. Avec son putain d'accent du Midi qui roulait complaisamment sous les voûtes à l'acoustique impitoyable...

J'ai eu honte de ma mère.

Il m'arrive de m'en réveiller la nuit, tellement je m'en veux, oui, je me retrouve assis dans mon lit les poings serrés. Ma mère ! Elle valait tellement mieux que ces mijaurées cousues d'or, bouche en cul de poule, qui ne s'étaient donné que la peine de naître dans le XVIe et d'ouvrir dédaigneusement les cuisses pour recevoir la gougoutte d'un monsieur bien choisi afin que, neuf mois plus dix-huit ans après, « le fruit de leurs entrailles », après avoir toisé ma mère, se jette sur ses cageots, se baffre des saucissons, des fromages et des succulentes confitures qu'elle s'était procurés avec tant de peine, qu'elle avait transbahutés jusque dans ce parloir à travers tous les contrôles du marché noir et que moi ! oui, moi, son fils, j'offrais avec humilité comme pour me faire pardonner d'être le fils d'une pauvre institutrice de province.

J'enrage, un demi-siècle après. Plus j'y repense et plus ma rage s'accroît. Ah ! elle voulait que je monte sur l'échelle sociale, eh bien, c'était réussi ! De là-haut, je la compissais !

C'est qu'à l'infirmerie je lisais aussi Montherlant. J'y apprenais qu'on a plus vite fait de reconstruire un pont que de détruire un bordel, qu'il est jouissif, le frémissement d'une mitrailleuse entre ses cuisses, qu'il faut être du fer dont on fait les Romains... J'ai honte.

Je n'ai pas eu la force de terminer l'année universitaire. Je suis rentré dans les Cévennes, dans ma petite ville, au printemps, il faisait beau et clair.

J'ai retrouvé mon douillet petit lit-divan, et mon père. Je ne me souviens pas de sa réaction devant ma démission parisienne, j'ai seulement retrouvé le brouillon d'une lettre par laquelle il priait M. le Recteur de bien vouloir m'inscrire à la faculté de Montpellier. Quand j'essaie de le revoir dans ces semaines qui séparent ma fuite d'hypokhâgne de ma montée au maquis, la seule image qui me revienne est celle-ci : tandis que, dans son dos, ma mère peine sur la correction de ses cahiers, lui, le nez sur le poste de T.S.F. (le son réglé tout bas), écoute la Radio de Londres en épluchant les légumes pour la soupe. Sous notre fenêtre ouverte, les *Obergefreiters* hurlent les ordres au bataillon harassé qui rentre de manœuvres. L'irritante moulinette du brouillage des ondes laisse passer les bribes des appels pathétiques de Maurice Schumann, des couplets de Pierre Dac et la litanie des « messages personnels ».

C'était une période délicieuse. Ailleurs, il y avait les massacres, les camps de concentration, les chambres à gaz... mais nous ne le savions pas. Les jours allongeaient, le temps était beau, la guerre avait basculé, l'été arrivait et, avec lui, sans doute, la libération et la paix, et moi, je n'avais plus de cours, plus de réfectoire, plus de dortoir. Je n'avais plus qu'une faim croissante d'héroïsme.

Et mon père épluchait ses patates !

Il écoutait Londres en hochant la tête, il n'approuvait pas sans réserve. Il était, je l'ai mieux compris plus tard, antifasciste, antinazi, antiraciste... Il disait avec humour : « Je ne suis contre personne, je suis contre les généraux. » Et de Gaulle en était un, noble de surcroît.

C'est incroyable, le vacarme que peuvent faire en courant quatre cents talons ferrés de grosses bottes sur le plancher disjoint des salles de classe. Un moment après commence le concours de jets sur le tronc des platanes.

Après Londres, il faisait courir l'aiguille sur le cadran, à la recherche d'une opérette, de chansons ou des « tribunaux comiques ». Il montait le son, prenait du recul pour mieux étaler ses légumes. Il travaillait proprement sur un journal déplié qu'il formait en tuile, à la fin, pour faire glisser les pluches dans le sac où elles s'accumuleraient à l'intention de quelque copain qui élevait des lapins. Son moignon coinçait la pomme de terre sur le journal et la faisait rouler par à-coups si bien que la lame amincie du Laguiole parvenait parfois à dénuder la patate en une seule épluchure, ruban que papa brandissait avec satisfaction à la pointe de son couteau. Moi, graine de héros, moi aussi j'avais envie de dire : « Pauvre con ! »

Mac Orlan m'a raconté que Toulouse-Lautrec mourant avait été ramené dans le château familial. Son père le veillait. Il s'ennuyait, le vieux comte, il tournait en rond dans cette chambre lugubre. Finalement, il s'était campé devant la fenêtre et s'amusait à attraper les mouches. L'agonisant a ouvert un œil, a regardé l'auteur de ses jours, a murmuré : « Pauvre con ! », et il est mort. « Pauvre con », pour son père, les derniers mots de Toulouse-Lautrec. Quand Mac Orlan m'avait rapporté l'anecdote, dans les années soixante, j'avais ri avec lui. A présent, je n'ai plus envie de rire.

Éplucher les légumes de la soupe était une tâche importante, c'était tout ce qu'il avait à assumer, papa. Je bouillais, on allait finir la guerre sans moi !

Mon père m'observait, à la dérobée, par-dessus ses patates. Je n'aurais pas été tellement surpris s'il m'avait lâché : « Eh bien ! vas-y, toi ! » Alors, j'aurais fait la guerre pour nous deux.

Dans les villages miniers, on parlait beaucoup de cordes. Un matin, notre petite mairie portait en lettres monumentales qui occupaient toute la largeur de la façade sur deux lignes :

« LES CAGOULARDS ON LES PENDRA !
CHAQUE PAYS PENDRA LES SIENS ! »

Les gens se saluaient parfois d'un simple « lous pendjarén ! » (on les pendra !). Personne n'avait besoin d'explication.

Un soir, sur la terrasse du mas, nous contemplions rêveusement les frondaisons du rivage. Mon père a soupiré : « Le jour où on les pendra, je prêterai mes arbres. »

Les fils des déserteurs de 14-18, qui avaient été relativement nombreux dans les Cévennes, prenaient le maquis. Les pères avaient refusé de partir pour une guerre à laquelle on les contraignait, les fils partaient volontaires pour une guerre qu'on leur interdisait. Parfois, c'étaient les mêmes gendarmes qui les poursuivaient.

Voilà deux jours que je me creuse, la plume en suspens. Je ne vois plus mon père, je ne le sens plus. Comme si ma montée au maquis l'avait gommé. Le détachement, l'éloignement étaient beaucoup plus forts, plus nets que pour le passage du primaire au secondaire, mais dans l'autre sens. Je ne me hissais plus jusqu'à la prestigieuse rue d'Ulm, je tombais dans le peuple, le vrai, celui qui patoise, écorche le français, crache sur les « beaux messieurs ». Je me suis vite senti dans l'obligation de me faire pardonner mon enfance protégée, mon éducation, mon instruction, mes parents mêmes. Ce n'était pas dit, vivre jour et nuit dans la paille des granges au milieu des mineurs et des paysans suffisait. D'abord, j'y étais le seul rejeton de petits-bourgeois. J'ai donc oublié mon père.

Quand je suis parti, ma mère a dû piquer sa colère : j'abandonnais mes études !

— Laisse-le faire, ce gosse !

Ça, il l'a dit. Je le sais.

Juin, juillet, août 1944, mes parents supposaient que j'étais quelque part, pas très loin, dans la montagne au-dessus d'eux. Ils devaient trembler pour moi. Dans la micheline d'Alès à Chamborigaud, une dame du village, connue pour ses contacts avec la Milice, avait dit carrément à ma mère : « Y a longtemps qu'on n'a pas vu votre fils. Il serait pas dans les maquis par hasard ? Dans ce cas-là, ça pourrait vous coûter cher ! »

Mes parents, je les imagine tous les deux, sur la terrasse du mas, dans le crépuscule estival, regardant la nuit tomber sur la crête d'en face. Et, derrière eux, sur son coffre, la grande vieille hochant la tête comme une mécanique déréglée.

Ma mère pouvait-elle s'empêcher de dire à mon père :

« C'est ta faute... » ? Ils n'avaient aucune nouvelle de leur fils unique. C'étaient les vacances, de longues vacances prématurées.

Les Alliés avaient débarqué en Normandie, puis en Provence. Des deux mers, les troupes libératrices avançaient vers Paris. Les maquis descendaient dans les vallées, vers les villes. Le nôtre a « libéré » mon village. Nous nous y répandions quand les miliciens sont arrivés de la sous-préfecture par camions entiers. Nous sommes remontés à toutes jambes vers les cimes. J'étais celui qui connaissait le mieux le secteur, j'ai été chargé d'aller chercher du renfort. Je suis passé en courant, à perdre haleine, tout seul, sur le chemin, devant le mas familial. Je n'avais pas revu mes parents depuis des semaines. Ils étaient là, debout devant la fenêtre ouverte, raides. Je courais, je les ai à peine aperçus, le temps d'une seconde, et même pas, mais l'image est restée gravée dans ma mémoire : mon père et ma mère, raidis, au garde-à-vous, sans épaisseur, sans vie, comme ces photos grandeur nature, collées sur du contre-plaqué découpé et plantées sur le trottoir devant un magasin. J'ai quand même eu le temps de les regarder en dressant mon index devant ma bouche : chut !

La minute d'après, une douzaine de miliciens, qui me poursuivaient, ont demandé à mes parents :

— Vous n'avez pas vu passer un terroriste ?

D'un même mouvement, tous deux ont secoué négativement la tête.

Dans la nuit, nos renforts sont arrivés, les miliciens ont détalé. Le lendemain matin, j'ai obtenu l'autorisation d'aller embrasser mes parents. Ma mère avait des cheveux blancs.

Pendant un an, je ne les ai aperçus qu'en coup de vent. Au maquis, j'étais devenu communiste, ce qui m'éloignait encore plus d'eux, moi. Eux, ça ne les gênait pas, au contraire, puisque maman, dans la louable intention de montrer sa solidarité avec son fils, avait adhéré aux « Femmes françaises », organisation de masse du Parti, qu'elle devait quitter assez rapidement, claquant la porte, ne pouvant supporter d'être commandée par des « femmes qui font des fautes de français ».

Mon père ne me disait rien, n'adhérait à rien. Je ne voyais mes parents qu'une heure ou deux, au passage, entre la libération d'Alès et le départ à la poursuite des Allemands en fuite, jusqu'à Vichy, Dijon, jusqu'à la bataille des Vosges. Je mesure ici soudain combien il m'avait peu parlé, « parler » dans le sens où un père et un fils « se parlent », où deux êtres « se parlent ». La politique, la philosophie n'étaient pas son fort, il ne s'exprimait là-dessus que par des boutades, assez rares et presque toujours les mêmes. Depuis toujours, il n'avait été prolixe que pour les explications concrètes : la mécanique, la pêche, le jardinage, l'orthographe, ou ses lectures. Dès qu'on abordait les sujets profonds, la finalité, le matérialisme, l'avenir... il s'en tenait à des citations, plutôt que de sortir des banalités, ou des « bourdes » selon son mot. D'ailleurs avec lui, dès qu'elle faisait mine de s'élever vers ces sommets, la conversation tournait court. Il ne pratiquait aisément que l'anecdote ou, très consciemment, la cuistrerie poétique ou sarcastique.

Il m'écoutait patiemment lui exposer la politique du Parti en long, en large et en travers dans l'élan de mon enthousiasme de néophyte, avec des accents lyriques, il hochait la tête, faisait la moue et lâchait finalement des phrases casse-pattes dans le genre : « *Tout' aco appountcharié pas ün füss*[1]... », ce qui ne facilitait pas les échanges.

Néanmoins, il n'était pas contre, il ne fréquentait guère que les mineurs communistes du village, inclus les gueulards et les poivrots, ses amis d'enfance dont il ne s'était jamais éloigné, même lorsque sa jeune femme lui faisait entendre que ce n'était vraiment pas des relations pour un instituteur public. Il racontait avec jouissance qu'en 1939 il avait vu le paysan

1. Tout ça n'appointerait pas un fuseau (donc ne sert à rien puisqu'un fuseau est déjà pointu par nature).

royaliste des Ronzières, un mas situé au-dessus de notre hameau, qui, perché sur une échelle, scellait une énorme faucille et un énorme marteau en brique au fronton de sa maison :

— Mais qu'est-ce que tu fais là, toi, un réac ?

— Silvin, on vient d'interdire le Parti communiste.

Il aimait raconter aussi l'histoire de son copain Alfred. A la même époque, les gendarmes étaient allés le trouver pour saisir son fusil de chasse :

— Nous avons l'ordre de désarmer tous les communistes...

— Mais moi, je suis socialiste, tenez, voici ma carte, signée de Paul Faure.

— Alors, excuse-nous... seuls les communistes sont interdits...

— S'il en est ainsi, je suis communiste...

Et Alfred a déchiré sa carte du parti socialiste sous le nez des pandores qui n'ont pas insisté.

C'est seulement sous cette forme, en apologue, qu'il exprimait ses pensées profondes : « On fusille, j'en suis ! » Il devait trembler pour moi mais ne le montrait pas. Il portait sur ce jeune guerrier péremptoire, qu'il avait, enfant, nourri, élevé, un regard étonné. J'étais grand, mince, costaud, armé, vainqueur, tout ce qu'il n'avait pu être, mais je ne suis pas sûr qu'il me regardait comme sa revanche sur la vie.

Le passage du Rhin à Karlsruhe, la Forêt-Noire, le Voralberg, l'occupation en Autriche, ma démobilisation, mon retour à Paris pour y reprendre des études avec une bourse d'ancien combattant, je venais d'avoir vingt ans, passons, c'est mon histoire. Pas celle de mes parents, classés définitivement par mon esprit marxiste-léniniste parmi les « petits-bourgeois », tiroir du bas. J'avais laissé tomber mes études : impossible de reprendre mes dicos, le Bailly, le Quicherat, après ce que j'avais vécu sur les bords du Rhin, de la Lauter et de l'Ill, dans l'exaltation militante dont je bouillonnais en permanence... Mes parents m'avaient-ils coupé les vivres pour sanctionner cet abandon ? Ou, campé sur ma bourse d'A.C., avais-je refusé avec hauteur la prébende petite-bourgeoise ? Impossible de m'en souvenir, mais je reste persuadé que tout cela s'était fait en douceur, gentiment même, dans le style : ... mais non, mais non... gardez vos sous, vous avez assez dépensé pour moi. Ne pensez plus qu'à vous, il est temps. J'ai ce qu'il me faut, et je suis assez grand garçon...

La dernière fibre du cordon nourrisseur était rompue.

De descendant, on devient condescendant, ne faites pas la moue, le mot est admirable. De descendant on descend à condescendant ! (Il faut avoir pas mal vieilli pour bien comprendre.)

En 1946, mon père a pris sa retraite. Il aurait pu exercer encore cinq ou six ans, ma mère aurait bien voulu. Rien à faire : pas une minute de plus ! Et tandis qu'elle, qui avait dix ans de moins, faisait sa rentrée scolaire, il est venu fêter ça à Paris, avec moi, chez moi.

Les derniers jours heureux du père et du fils.

Lui, si douillet en famille, il s'accommodait de tout... Il était bien, j'en suis sûr, comme il ne le serait jamais plus. Fi de l'hôtel ! il logeait chez moi, dans l'exiguë, crasseuse chambre de bonne mansardée de la rue de Grenelle. Le divan était étroit. Je mettais le matelas par terre. Papa couchait dans le lit, moi, à ses pieds. On s'endormait en se tenant la main. Pour faire pipi, comme dans la chanson de Trenet, c'était « au fond du couloir, et là-bas, y a pas d'lumière »... Pour se laver, il y avait un robinet sur l'évier, dans la chambre même, ça ne nous changeait guère. Je préparais le café sur le réchaud électrique ou, si nous n'avions pas trop la flemme, nous allions le prendre au bar-tabac de la rue du Bac, l'un des seuls coins encore sympa de cet arrondissement hautain. De temps en temps, on s'offrait un petit restau pas cher, autrement on cuistançait tant bien que mal sur l'infâme réchaud dont la résistance en boudin cassait toujours au mauvais moment.

Je voudrais marquer tous les détails, les sensations, les odeurs de ces quelques jours (j'ai même oublié si c'était trois, une semaine, pas un mois en tout cas), j'en ai presque tout oublié, sauf que c'était beau, et rare, mais oubliable, irrésistiblement, comme une lune de miel. On s'écoutait, on se regardait vivre, comme si c'était notre première rencontre adulte, et, en un sens, ça l'était. Il était en forme, physiquement et moralement. La retraite enfin ! c'était pour lui la nouvelle jeunesse. On prenait peu le métro, on marchait, on faisait un détour pour longer la Seine, et chaque nuit la mansarde mêlait nos sueurs de fatigue. Au matin, il fallait ouvrir grand l'unique vasistas, on fredonnait *Lily Marlène*, il chantait juste, avec moi. Il y avait une sorte d'allégresse. Nous étions loin de nos mères. Je lui présentais mes nouvelles connaissances, des copines, et une ou deux qui étaient un peu plus que ça. Il avait toujours été chic dans ce domaine. Chez nous, à Alès, quand une de mes jolies cyclistes me demandait, il faisait la commission, simplement, sans le moindre sous-entendu. Alors que maman, elle, c'était tout l'un, et tout l'autre. Elle se refusait avec hauteur à « jouer les entremetteuses » mais, par ailleurs, se vantait volontiers auprès de « ces dames » des pouvoirs de séduction de son fils, de ses flatteuses relations.

Entre mes copains et mon père, ça marchait tout seul. Plus d'un me laissait entendre qu'il aurait bien voulu en avoir un pareil. Il faut bien dire qu'ils avaient l'habitude de débouler dans ma mansarde à n'importe quelle heure et nous surprenaient donc parfois au lit, ou en petite tenue autour du réchaud à boudin. C'étaient tous de jeunes militants, résistants, maquisards, rescapés des camps, communistes ou sympathisants. Nous étions informés, péremptoires, inflexibles, inexorables, ce qui n'avait pas l'air de gêner papa qui, silencieux, se roulait une cigarette et dépliait *L'Huma*. Par moments, mon esprit s'évadait : des hommes tels que lui, que pourrait bien en faire notre future société communiste ?... Voilà qui ne me troublait qu'un instant, je rentrais aussitôt plein d'ardeur et d'assurance dans la discussion. Mais quand mon père était présent, mon marxisme s'enlisait.

Il aurait pu comparer... C'était son deuxième voyage à Paris, son premier séjour s'était effectué dans le luxe. Il était monté dans la capitale, avant son mariage, à l'occasion de l'exposition coloniale, en compagnie de son cousin Félix Larguier. Les deux jeunes Cévenols avaient été les hôtes de M. Bouard, un fameux maître d'armes, originaire de notre village, qui ne fréquentait que des riches et des nobles. Leur prévôt d'épée leur était indispensable au point qu'il devait accompagner son principal élève, le duc de Montmorency, dans ses villégiatures de Nice et de Megève. Le linoléum pelé de la mansarde n'avait rien à voir avec les tapis de haute laine. Mais, trente ans après, seuls manquaient à papa les réverbères à gaz et les omnibus à chevaux. Et je parierais bien qu'il était parfaitement à l'aise parmi nous, pauvres boursiers de la guerre. Nous finissions d'user des pièces d'uniforme, des godasses éculées, nos personnes étaient négligées, ce n'était pas pour le gêner. Dans cet équipage, nous allions au théâtre, souvent aux premières (je ne sais pourquoi, il nous était plus facile d'avoir, pour celles-là, des billets gratuits). Quand je me rendais à une réunion, ce qui arrivait presque chaque soir, je lâchais papa dans Paris. J'ignore comment il occupait son temps, c'était un badaud-né. Il était doué pour contempler, pour savourer la minute qui passe, j'aurais dû l'envier, me mettre à son école, moi qui courais après cette révolution imminente qui reculait toujours plus vite devant mes yeux qui ne voulaient pas voir. Mon père était-il tellement indulgent, ou s'était-il laissé entraîner à y croire un peu, puisque son fils y croyait, que c'était sa voie, au Pedro, son avenir peut-être.

Je commençais à placer quelques dessins politiques dans la presse communiste, parrainé par H.-P. Gassier qui m'avait pris en amitié. Ils étaient deux chefs de file de la caricature, Sennep qui faisait la une du *Figaro,* Gassier qui faisait celle de *L'Humanité.* Bien que de bords opposés, ils s'estimaient beaucoup, aucun des deux ne s'était mouillé avec les occupants. Mon père admirait les dessins de Gassier depuis avant la guerre de 14-18, au temps de *L'Humanité* de Jaurès. Et voici qu'un soir H.-P. nous a invités à dîner, mon père et moi ! Un grand moment, pour nous deux. Ils avaient dès les hors-d'œuvre trouvé un langage commun, l'instit retraité venu de sa province et l'artiste dont le trait ridiculisait les ministres. Hélas ! je n'ai pas retenu grand-chose de la conversation des deux gaillards, sinon sa truculence. A ce propos, il me revient une des anecdotes rapportées par Gassier : le gigantesque incendie des Galeries Lafayette à Marseille avait révélé de telles carences des services municipaux que la mairie, pour se concilier la bienveillance des journalistes, les avait conviés à un fabuleux banquet. Aux petites tables de trois, H.-P. Gassier s'était attablé en compagnie de Sennep et de Jean Effel, alors tout jeune.

— ... Avant même l'arrivée du premier plat de résistance, le petit Effel n'en pouvait déjà plus, il était « couffle ». Il a allumé une cigarette. J'étais outré. Je lui ai dit : « Si tu fumes, moi, je pète ! »

Ils se sont esclaffés, ils aimaient également rire de choses simples. Gassier bataillait pour se faire servir le fromage en même temps que la salade, ce qui posait toujours des problèmes au restaurant. Je peux préciser que c'étaient des crottins de Chavignol. Il les a découpés en petits cubes dans son assiette, puis les a mélangés à la salade. C'est Gassier qui nous avait appris ça, depuis nous accomplissions ce rite savoureux, mon père et moi. Encore aujourd'hui, quand je fatigue le chèvre et la frisée, je repense à cette rencontre. Le cliquetis (le pépiement) de la lame découpant le fromage dans l'assiette, papa, de sa main unique...

Ainsi donc « le fils ne devient adulte que lorsqu'il devient le père de son père » ? Si c'est vrai, la mue s'est produite pendant ce trop bref séjour dans ce Paris qui était celui de son fils. Je le menais par la main. Il ne s'éloignait pas sans me dire où et quand je pourrais le retrouver, il ne demandait pas l'autorisation mais c'était tout juste. Je ne me rendais pas compte de la passation des pouvoirs tant cela me paraissait aller de soi. Instinctivement, je ralentissais mes longues enjambées pour qu'il puisse me suivre sans s'essouffler. Je me souviens qu'il faisait beau et que nous en avons bien profité.

Un père ne meurt pas d'un coup. Il s'estompe petit à petit, devient un pointillé d'entrevues superficielles, de courtes pensées, d'obligations navrantes, une image qui pâlit, un fantôme qui s'éloigne, jusqu'au jour où il meurt concrètement. C'est le trou, plus ou moins profond, d'où il finit par resurgir, ressuscité, indispensable, pour réoccuper l'âme de son fils.

Et il est là, chaque fois qu'au réveil je vois ma jambe nue pendre au bord de mon lit, qui était le sien.

Nous étions des amants de fable. Notre mariage était la conclusion d'un de ces mythes sévères qui nous initient à la tragédie.

Norman MAILER.

Et la troisième femme arriva. Après la mamée, après la mère... Et l'histoire recommença.

La troisième, la voici qui arrive. Elle est superbe. Grande, mince, une longue chevelure jais, une héroïne rescapée d'un camp de concentration, je descendais du maquis, c'est l'histoire qui nous poussait dans les bras l'un de l'autre. Nous vivions dans le vent, comme les cheveux de Jean Marais dans un dessin de Cocteau, oui, nous vivions en relevant le menton, narines frémissantes comme si l'air que nous inspirions nous saoulait. Dans la Résistance, nous avions eu des noms de guerre, elle : « Nathalie », moi : « Patrice ». Prénoms de Madeleine Sologne et de Jean Marais, les amants éternels de *L'Éternel Retour*, notre « film-culte » (comme on ne disait pas encore), noms de guerre que nous avions choisis chacun de notre côté sans nous connaître. Prédestination, encore. Nous n'avions alors jamais le moindre doute.

Je viens de recevoir une photo prise le 1er juin 1947 à Hérany dans l'Oise. Nous sommes trois jeunes couples venus camper au bord de l'eau, Ralph, « la Guêpe », Adolphe, dit « Radada », sa copine, et elle, et moi. En maillot. J'avais oublié le mien, j'avais passé entre mes jambes une serviette éponge dont les deux extrémités étaient retenues par une ceinture. Tous regardent le photographe, sauf elle et moi qui sommes de profil, les yeux dans les yeux. Le soir, autour du feu de camp, nous nous racontions nos aventures de résistants, nos espoirs de jeunes communistes, nous chantions les refrains révolutionnaires et ceux de Charles Trenet...

Bref, nous nous sommes mariés très vite, très légèrement, sans tralala, comme ça se trouvait, dans le trois-pièces d'amis, un repas, c'est tout, après un passage à la mairie du VIIe devant le camarade Frayssinet, maire adjoint communiste.

Un beau jour d'été, nous avons pris le train, j'allais présenter mon épouse à mes parents. Ma mère se prénommait Noélie. Elle, elle se prénommait Noëlle.

Noëlle et Noélie, la femme et la mère : le choc. Mais pas tout de suite. La Mathis nous attendait devant la gare. Mon père était seul :

— Ta mère prépare la cuistance...

Sa bru, il l'a embrassée de bon cœur, content, il aimait les jolies filles. Elle, je ne sais plus si elle avait tiqué en voyant le moignon, et si, les premières heures, elle devait faire des efforts constants pour en détourner les yeux (comme il est normal devant un infirme). Je n'arrive même plus à me rappeler si j'avais averti ma jeune épouse : « Au fait, tu sais, mon père n'a qu'une seule main... » Je ne me vois pas lui dire ça, pourtant j'ai bien dû la prévenir, au moins avant de la conduire à la mairie...

— Pierrot, tu veux prendre le volant ?

— Tu parles !

On est passé devant mon lycée, puis on a longé le Gardon par les quais, je lui montrais ma ville. Mon père était assez raide, il avait peur de faire un faux pas, de lâcher un mot, un de ses mots habituels.

Au menu de ce midi, il y avait tout ce que j'aime (le rôti de veau avec des oignons entiers, des aubergines froides avec la sauce tomate brûlante, les fromages de chèvre, la confiture de châtaignes maison...). J'avais déjà un peu raconté ma femme dans mes lettres mais, là, je détaillais, j'exaltais... à peine gêné par la présence de l'héroïne.

Ma mère a toujours prétendu juger les gens du premier coup

d'œil et ne jamais se tromper. Elle savait ce qu'elle devait penser d'eux, sans erreur possible, et sans hésitation dès les premières secondes... Lorsque je ramenais un nouveau copain à la maison, elle se plantait devant lui, et c'était, sur-le-champ, ou :

— C'est à cette heure-ci que tu rentres ! Non, non, je ne veux rien entendre, tu me présenteras ton nouveau condisciple un autre jour, quand tu auras moins de devoirs à faire ! Je regrette, mon petit, vous allez rentrer chez vous... On verra ça plus tard !

Ou alors, c'était :

— Mais qui est ce charmant garçon, qui a la gentillesse de raccompagner mon fils jusque chez nous ! Il se trouve justement que j'ai fait un gâteau ! En attendant que je vous mijote un bon chocolat chaud, allez jouer au salon tous les deux...

Je ne l'ai jamais vue, de sa vie, démordre d'un premier jugement. Pour ma jeune femme, je crois bien qu'elle l'avait condamnée avant même de la voir. Son accueil avait été d'une politesse minutieuse, aux formules préméditées, et tellement bien articulées qu'elles en étaient gênantes. Elle glissait quelques petites questions, mine de rien, qu'il fallait presque deviner : ... Bien sûr, maman. Noëlle a une bourse de guerre, comme moi, meilleure même, et, en plus, elle travaille le soir, ouvreuse au Théâtre des Variétés... Comment s'est-elle débrouillée pour poser la question et moi, comment ai-je formulé la réponse pour lui faire comprendre que, non, y avait pas de bébé en route, ce qui a dû, va savoir pourquoi, la rassurer.

Papa a débouché une bouteille de notre vin du Gravas, une des trois ou quatre qu'il avait cachetées vingt-deux ans avant, l'année de ma naissance. Le clinton ordinaire avait pris une teinte acajou, il s'était madérisé, il était devenu doux et fort comme un vin de dessert.

Après le café, nous sommes allés, mon père et moi, je ne sais où, faire un tour en ville. Il ne m'a rien dit de sa bru, il souriait, on était bien tous les deux.

Noëlle et la Noélie était restées seules, en tête à tête, sans témoins. Ce qui s'est passé là, je n'en ai appris que des bribes longtemps après, au cours de ces crises du couple où l'on dit tout ce qu'on retenait depuis des années, qui a bien fermenté, aigri...

Ma mère était plutôt petite, grassouillette. Elle a dû examiner, du bas vers le haut, cette longue jeune femme, en prenant son temps, puis lâcher enfin, avec ce terrible accent méridional qu'elle accentuait paradoxalement quand elle se mêlait d'affecter l'accent pointu qu'elle croyait être la marque des Parisiennes distinguées : « Ma pauvre petite... je vous plains ! »

Je l'entends d'ici, ma mère : « ... Je vous plains, ma petite ! » C'est comme si elle avait débondé le grand tonneau.

Pendant ce temps, mon père et moi, nous marchions lentement, nous allions n'importe où, nous parlions peu, de n'importe quoi. On avait l'esprit ailleurs, auprès de ces deux femmes laissées ainsi seules, face à face. Parfois, il me prenait le bras comme pour me dire : de toute façon, nous deux, on s'aimera toujours, mais il le lâchait très vite, comme s'il craignait d'être allé trop loin et que même ce geste furtif ne soit de trop.

— ... Il y a longtemps que vous avez fait sa connaissance, à mon fils, quand vous avez accepté... de l'épouser. Non, bien sûr. Vous le connaissez encore mal. Au début, il se montre sous son meilleur jour. C'est qu'il nous en a fait voir ! Même à nous... à ses parents ! Moi, je suis sa mère, j'ai appris à le connaître, alors j'arrive à limiter les dégâts... Oh ! pas toujours. Tenez, quand, sur un coup de tête, il a tout laissé tomber, ses études, ses parents, pour aller... « faire la guerre » ! Je vous demande un peu... Pardon ! c'est vrai, vous aussi... Oui mais vous, c'était pas pareil, ils sont venus vous arrêter au lycée... hein ? Si, c'est pareil, vous étiez volontaire... Ah bon ! Non, vous, vous êtes une femme, c'est pas pareil, tandis que lui, il avait une belle carrière universitaire qui s'ouvrait devant lui, au lieu de se mêler de tout ça ! Comme si la France ne pouvait pas se libérer sans lui ! Il a une forte personnalité, d'accord, mais justement...

Bref, d'après ma mère, je n'étais pas fait pour le mariage (aujourd'hui, je pense qu'elle n'avait pas tout à fait tort) et, pour le démontrer à sa belle-fille, elle lui a ouvert mon casier de la bibliothèque, elle en a sorti le coffret dans lequel je rangeais les photos et les lettres de mes amourettes (Noëlle ne m'a raconté ça que plus tard, quand nous nous sommes fâchés).

— ... Cette photo, c'est Muriel, une délicieuse petite blonde potelée. Ils se sont beaucoup aimés. Je crois bien que ça a duré plus de deux ans... Ça, c'est Mathilde, rondelette aussi, tirant un peu sur le roux, un vrai petit Rubens... C'est marrant, il a toujours été porté sur les blondes bien en chair (long regard sur sa bru, du bas vers le haut)... jusqu'à présent. Ah !... voici Arlette, la plus jolie, vous voyez ? la plus intelligente, et la plus amoureuse aussi. Ses parents, c'est pas... le gratin. Non. Des gens comme nous, modestes, droits ! D'ailleurs nos deux familles se fréquentaient, on allait les uns chez les autres depuis toujours, pour ainsi dire. Les gosses s'enfermaient dans la chambre, pour jouer, bien sûr. Pauvre Arlette, quand je la vois, elle me fait de la peine... Vous savez, dans une petite ville comme la nôtre, on se croise trois ou quatre fois par semaine, à la poste, au Prisunic... Arlette, je vois ses yeux qui brillent. Elle me fait de la peine. J'ai pas osé lui dire qu'il était marié. J'ai pas eu le courage... seulement tout se voit sur mon visage. Je suis limpide, moi... Elle demande d'une pauvre petite voix : « Alors, Jean-Pierre, il est pas malade au moins ? » Je réponds : « Non, non... ça va... » J'ai la gorge serrée, moi aussi. Comment faire de la peine à une belle jeune fille qui écrit dans un style superbe... Prenons une lettre au hasard : « Oh ! Jean-Pierrou, mon bel amour, je n'oublierai jamais la soirée dans les bois au clair de lune... » Tenez, lisez vous-même...

— Mais, madame !

— Eh ! attention, y a plus de « madame » ! Tant que vous êtes... je veux dire : *maintenant* que vous êtes ma belle-fille, moi, c'est Noélie.

Comment cette ardente et pure jeune femme pouvait-elle endurer ça ? Eh comment l'autre pouvait-elle agir ainsi ?

L'amour, je n'y vois que cette explication (il est vrai que ça m'arrange...). L'une voulait garder son fils, l'autre son homme, hélas, c'était le même, et c'était moi. Mon père qui n'avait rien entendu non plus de leur conversation ne m'en regardait pas moins, à la dérobée, d'un œil ému, il était passé par là.

L'après-midi de ce premier jour, nous sommes allés dans la Mathis jusqu'à Cardet, au bord du Gardon, où il y avait une sorte de plage naturelle. Il faisait très beau, les baigneurs étaient nombreux. Je suis allé travailler mes plongeons, depuis un rocher à pic, à une centaine de mètres de là. Je les ai laissés tous les trois, assis sur la grève, parmi les baigneurs qui bronzaient. Ma mère ne lâchait pas sa bru, ma mère, intarissable :

— ... Regardez-le, là-bas. Il est beau, c'est vrai, il est beau, mon petit. D'un côté, je vous comprends... Attention, il grimpe tout en haut ! Il va pas sauter de là quand même ! J'ai peur peur... il prend des risques... des risques terribles ! C'est ça, une maman, ça passe sa vie à avoir peur pour son enfant !... Ça y est ! Il a sauté ! Oh ! que c'est beau !... Ça s'appelle « le saut de l'ange »... si ! bras écartés comme le Christ sur sa croix... Mais, dites, au fait, vous vous baignez pas, vous ?... J'espère que ça ne cache rien de fâcheux... Attention, parce que lui et l'eau, ça va ensemble, faut pas les séparer, à aucun prix...

Elle a baissé la voix, s'est penchée à l'oreille de sa belle-fille :

— ... Voyez ce jeune homme, il ne vous perd pas des yeux ! Ma parole, il va attraper un torticolis... Vous savez qui c'est ? Jean-Denis Saint-Hilaire, l'héritier des cimenteries, l'un des jeunes gens les plus en vue de notre sous-préfecture. Il paraît qu'il a un esprit fou !... Tenez, il se retourne encore ! Ben, il a l'air de vous trouver à son goût ! Il fait des études de droit, paraît qu'il se foule pas, il sait bien que les usines de son père l'attendent. Ces gens, c'est le dessus du panier, Lion's Club et Chambre de commerce... Et voilà ! il se lève, il vient vers nous, je suis sûre qu'il va trouver un biais très spirituel pour vous aborder, ma chère...

— Excusez-moi, je vais rejoindre mon mari au plongeoir.

Le dernier coup, ma mère l'a porté (je l'ai su plus tard) sur le quai de la gare pendant que mon père et moi nous occupions des bagages :

— ... Écoutez... ça restera entre nous, mais je peux pas vous laisser partir sans vous en parler... Mon Dieu ! que c'est difficile à dire... Et c'est naturellement à nous autres, pauvres femmes, que le pire incombe... Regardez les hommes là-bas, le père et le fils, ils causent, ils rient, ils se moquent du tiers comme du quart... n'empêche qu'ils nous mènent toujours par le bout du nez, nous, les femmes ! Ah ?... que c'est difficile à dire... Mon fils ne vous en a rien dit ? Ça ne m'étonne pas, il n'aime pas parler de ces choses-là, il fait comme s'il ne savait rien, comme s'il ne voyait rien... Et pourtant ! Bon, que voulez-vous, c'est mon devoir de mère et, peut-être, hélas ! de grand-mère ! de vous avertir... Ah... j'ai commencé, il faut que j'aille jusqu'au bout... Alors, voici : mon fils a une hérédité chargée. Enfin, vous avez vu, de vos yeux vu...

Et là, elle a fait le geste ignoble, que j'ai surpris de loin, à n'en pas croire mes yeux : elle a frappé de l'index raidi de sa main gauche sur le poignet de sa main droite.

— ... Vous vous rendez compte, ma petite ! Avant de faire un enfant !

— Vous, ça vous a pas gênée.

— C'est que ça saute une génération ! C'est pas moi qui dis ça, c'est les médecins. Moi, j'en sais rien...

La veille au soir, on s'était mis à la fenêtre, papa et moi. Nous observions en bas, sur le trottoir, le manège d'une chienne entre deux platanes. Elle mordillait, chassait et même poursuivait sur quelques mètres un chien plus petit qui s'obstinait à venir vers elle.

— C'est son chiot, m'a expliqué mon père. Elle juge qu'il est assez grand maintenant, elle l'empêche de téter, elle ne veut même plus qu'il l'approche... (Après un temps, il a ajouté :) Les bêtes, c'est comme ça.

Papa laissait faire : « Il vaut mieux entendre ça que d'être sourd... » Il faisait souvent le geste de baisser les bords de son chapeau, en rentrant la tête dans les épaules, ce qui signifiait pour lui : « Laisse pleuvoir... » qu'il soulignait parfois en occitan, sur un ton désabusé : « Tan plo-ou aqui coum' aqui... » Autrement dit : il pleut autant ici que là (alors pourquoi se bouger de place ?).

Il prenait les gens comme ils étaient, les événements comme ils arrivaient, il grognait : « Ça m'est égal, chuis pas d'ici, chuis du Sénégal !... » Dans tous les domaines, il était ainsi, et je l'ai mal jugé, souvent, pour ça. Sa mère, sa femme, comment les supportait-il ? Coincé entre sa mère et sa femme, puis entre sa femme et sa bru, il renâclait à prendre un parti définitif. Il aimait sa tranquillité, il aimait, tout simplement, et sa mère et sa femme. De plus, je crois qu'il leur avait à toutes deux une reconnaissance infinie, à la première de l'avoir élevé tel qu'il était, à la seconde de l'avoir choisi tel qu'il était. Moyennant quoi, je dois bien le reconnaître a posteriori, il maintenait un climat bonhomme, le cul sur les marmites explosives, contenant si bien ces conflits qu'ils ne m'ont jamais perturbé, il m'a fait une enfance et une jeunesse heureuses.

Je n'avais pas, je le confesse, les mêmes scrupules, le même souci de ma tranquillité, le même respect de qui m'aimait. Il m'est arrivé de me poser la question : « Mon père trompait-il ma mère? » Je me suis répondu : non, quand l'aurait-il fait? Et comment? Ils ne se quittaient jamais (et quand il n'était pas avec elle, il était avec moi). D'ailleurs, de toutes nos amies, de toutes les femmes de nos parages, pas une n'était aussi jolie, aussi pimpante que ma mère. Une autre question m'est venue : en avait-il eu envie? Je me suis répondu : certainement! Mais il a su se retenir, sans gros efforts, je pense, en application d'une formule de son style : une minute de plaisir, une éternité d'emmerdements.

Hélas, je n'avais pas la même sagesse, la même retenue. Quand j'y pense, j'étais un peu fou. D'abord moi, j'avais toutes les occasions, toutes les facilités. Je n'étais amoureux que de la nouveauté, et, comme son nom l'indique, la nouveauté ne dure pas, elle se périme, se faisande vite, surtout entre deux draps quotidiens. Je ne me vante pas, au contraire, j'ai toujours rêvé d'être un mari modèle, et j'ai joué ce rôle chaque fois que j'ai pu le tenir sans invraisemblance. J'ai toujours souffert de tromper ma femme, souffert avant, pendant et après. Longtemps j'ai même souffert beaucoup plus qu'elle, puisque, elle, elle ne le savait pas. Pour suivre ma nature, je forçais ma conscience.

Si je fouille en moi, sans délectation, c'est pour tenter de trouver les racines du mal qui allait gâcher la dernière partie de la vie de mon père. Je suis évidemment mieux approvisionné sur les causes profondes de ce gâchis, autrement dit sur mes aventures et mes responsabilités, que sur les conséquences, autrement dit les lésions provoquées par elles chez mes parents, chez lui en particulier, et que je ne pouvais estimer que très superficiellement d'après les quelques mots échappés, les quelques comportements retenus d'une grande douleur autocensurée. Au-delà, derrière cette façade souriante, je suis obligé d'imaginer. Mais, au départ de cette longue dégradation des rapports entre mes parents et ma première femme, il faut bien le marquer, je n'y étais pas pour grand-chose, et elle non plus. Elle en a fait, des efforts, et d'abord sur elle-même, pour endurer les affronts. Quand j'y repense aujourd'hui, à froid : elle n'a pas eu de chance de tomber sur moi, et, comme diraient les commères : « Elle méritait mieux... »

Née Corse, elle l'est, toujours, plus que jamais. Pour le commun, le vulgaire, le mot « Corse » traîne des préjugés complaisamment entretenus, et souvent par les Corses eux-mêmes : Corse = fainéant, hâbleur, flic ou truand. Mes parents n'avaient jamais rien entendu d'autre jusqu'à son irruption, à elle, dans notre famille (dans « l'œuf »), or elle était tout le contraire, droite et pure. Comment la situer entre Napoléon et Tino Rossi ? D'autant plus difficile que Corses et Cévenols se ressemblent : mêmes paysages, même paysannerie misérable de montagnettes arides, schisteuses et granitiques, même orgueil, même maquis. Entre les deux petits peuples : une affaire de famille, ou l'amour ou la haine. Haine, amour, les mots sont grandiloquents, jamais les Cévenols n'ont débarqué en Corse, jamais les Corses n'ont colonisé les Cévennes, d'autres s'en sont chargés au cours des siècles. Au niveau d'une famille, le conflit reste dans la grisaille aigre-douce, il blesse mais ne tue pas, enfin pas d'un coup. Bon, c'était petit, petit, mais venimeux.

Il s'est déroulé des scènes... Je suis parvenu grosso modo à les reconstituer, à partir de témoignages, car il y a eu des témoins, des témoins impartiaux, de ceux que chérissent les historiens. D'abord, quelques détails biographiques personnels indispensables à la compréhension du tableau suivant.

Au printemps de 1949, dans notre bonheur, nous avons eu notre fils. Un beau bébé. Entier. A la dérobée, je lui recomptais les orteils. Pourtant, nous n'avions eu, ni elle ni moi, aucune hésitation, aucune angoisse à procréer. Et nous avions eu raison, la preuve était là, gesticulant, gazouillant. Mon premier enfant, je n'étais pas encore très étonné, ni très admiratif, ni très attentif, pas tellement père encore, je n'avais pas fait mes classes. Aujourd'hui, six fois père, je suis presque au point. Quelle joie de retrouver mon bébé entre deux voyages ! Je rattrapais en deux heures deux semaines d'absence. Le temps ne fait rien au sentiment, ce que les enfants ont de la peine à admettre quand ils ont entre dix et dix-sept ans mais comprennent assez bien dès qu'ils deviennent pères à leur tour.

Georges Cogniot, le rédacteur en chef de *L'Huma,* n'aimait guère mes dessins. Trop gentil pour me virer carrément, il me laissait écrire quelques lignes par-ci par-là... En moins d'un an, j'étais devenu un rédacteur apprécié, tellement que je me suis vu confier le billet d'atmosphère du Tour de France. Le surtitre était : « Un môme dans le Tour », j'avais vingt-quatre ans, mais c'était le jeu : écrire comme un gosse ébloui par les prouesses des coureurs et la beauté des paysages traversés. Avant de prendre place dans la jeep du journal, entre Abel Michéa et Yann Le Floch qui, eux, journalistes sportifs, se chargeaient du reportage sérieux, j'ai envoyé ma jeune femme et notre bébé dans notre mas familial, je les ai confiés à la garde de mes parents, en toute confiance.

Sur le cruel théâtre de la terrasse se sont alors déroulées des scènes d'une âpreté renouvelée, d'un fiel nouveau, que l'on m'a narrées par la suite, que j'ai eu du mal à croire, et que je souffre de rapporter aujourd'hui (mais peut-être que ce n'est pas vrai, j'ai encore besoin, un demi-siècle après, d'une marge de doute, comme un peu d'air frais par la fente, sous la porte...). Je retarde le moment de décrire la terrasse d'alors, il est des cauchemars persistants.

Et d'abord Le Gravas était en pleins travaux. Le vieux mas familial allait, sous l'impulsion novatrice de ma mère, perdre pas mal de ses traits ancestraux, sous les yeux étincelants de la grande veuve noire, dont la tête osseuse continuait à faire non-non, mais qui n'y pouvait plus grand-chose. De dix ans plus jeune que papa, maman avait encore quelques années d'école devant elle, mais ces travaux préparaient leur installation définitive au mas pour leur retraite. Les maçons venaient de Bessèges (à une quinzaine de kilomètres), deux jeunes Italiens travailleurs et joyeux, deux garçons magnifiques, longs et musclés, qui travaillaient en short, criant, riant et chantant. Ma mère les trouvait beaux (et ne cessait de le dire à ma femme). Elle les faisait manger à midi, ce qui revenait moins cher que de leur payer le restaurant, mais, respectant leur travail, elle préparait des repas abondants et savoureux, on n'avait jamais si bien mangé au Gravas à midi. Il fallait bien que nos deux gaillards n'aient pas à regretter l'auberge.

Au-dessus de la terrasse, le plafond de planches était remplacé par une dalle de béton. Il ne tomberait plus de poussière dans la soupe, ni de chiures d'hirondelles, leur nid séculaire était parti avec les poutres condamnées. La maudite tomière aussi avec ses lapins, leurs pipis et leurs perles noires... Le trou triangulaire était surmonté de vrais W.-C. avec siège de faïence, lunette en bois et une chasse d'eau qui poussait les déjections dans un puisard lointain. Devant l'importance et l'allant du commando bétonneur, la vieille n'avait plus rien à dire. Elle ne protestait encore que par sa sombre présence fantomatique, sur son seuil, son assiette à la main, devant la tablée bruyante animée par les deux jeunes Ritals en joie. Ils travaillaient dur depuis l'aube, ils reprendraient après, c'était leur bon moment, la détente, la bonne bouffe, les assiettes débordaient, le vin rouge n'était pas mesuré, ils bouillonnaient de jeunesse et de vie, ça leur sortait de partout, ils n'y pouvaient rien, même s'ils étaient les témoins des drames familiaux, peut-être même à cause de ça, par réaction.

Ils étaient proches de ma jeune femme, et aussi, paradoxalement, de la veuve noire avec sa tête qui disait non-non sans cesse, là-bas dans le coin sombre de la terrasse ensoleillée.

C'était donc le mois de juillet, les vacances scolaires, et moi je suivais l'épopée d'Hugo Koblet, « le pédaleur de charme ». Le Tour faisait étape à Montpellier. La Mathis, conduite par mon père, a amené ma femme et mon fils pour me voir à l'arrivée, quelques instants, on repartait le lendemain, j'avais mon article à écrire et à dicter. Noëlle m'a annoncé que le petit avait fait ses premiers pas sur la terrasse de la vieille maison familiale. J'en ai ressenti une vraie joie, c'était la continuité. J'ai eu droit à une démonstration, entre elle et moi, bras tendus, mais dans cette foule, ce vacarme, le bébé ne se lançait pas volontiers. Alors qu'ils allaient repartir, j'ai regardé mon père dans les yeux et, du menton, j'ai désigné ma femme (qui ne regardait pas) :

— Alors, ça va ?

— Ben, oui... ça va.

— Et maman ?

— Tu sais, avec les maçons, et tout... elle peut pas laisser le mas comme ça...

— Mais... ça va ?

— Ben, oui... ça va.

Chaque midi, ma mère mettait quatre couverts pour les deux maçons, pour elle et son mari. Elle « oubliait » l'assiette de sa bru. Systématiquement.

Il faut dire que celle-ci arrivait toujours en retard pour s'attabler. Elle donnait le bain au bébé, puis elle le faisait téter, c'était jamais fini à temps. Ce n'était pas si facile. Il fallait faire chauffer des litres d'eau, remplir la grande bassine qui servait de baignoire, faire barboter le bébé qui se régalait, il adorait ça ! Puis le sécher, aller vider la bassine, pomper et sécher les flaques d'eau, réchauffer le biberon... Il fallait pour ce faire disputer plus ou moins ouvertement l'un des deux ronds du Butagaz à la maîtresse de maison qui mitonnait les bons petits plats de ses maçons. Belle-fille et belle-mère se croisaient, se butaient, bras chargés, dans ces incessantes allées et venues entre les portes étroites...

Quand notre bébé repu, re-nippé de sec et de propre, son rot enfin sorti, acceptait de s'allonger dans le berceau pour la sieste, ma jeune femme arrivait à mi-repas devant la joyeuse tablée. Elle cherchait en vain sa chaise et son couvert. Elle finissait par aller prendre dans le buffet une assiette et une fourchette, se servait de quelques restes et venait s'asseoir pour manger sur la première marche de l'escalier, ce qui la mettait presque au pied de la grande vieille noire dont la tête ne faisait plus tout à fait non-non. Le même parkinson pouvait s'interpréter ainsi : je te comprends, va, je suis passée par là, j'y suis encore, pas pour longtemps, c'est la vie...

Le bébé, lui, n'était pas dans l'embrouille. Il avait toute sa place, lui, il était l'héritier. On l'adorait. Comment une femme qui a été mère, et quelle mère ! peut-elle se conduire en vraie grand-mère en passant par-dessus la mère, en l'ignorant ? Être une jeune grand-mère attentionnée, consciente, démonstrative, enthousiaste et, en même temps, une belle-mère glaciale ? Concentrer toute son affection, son ardeur, sur le bébé entre les bras de sa mère comme s'il était calé entre deux polochons ?

Et on veut me faire croire que les Corses sont susceptibles ! Surtout qu'il y avait des témoins, les deux beaux Italiens, mais aussi les visiteurs, les parents, les amis. A l'arrivée de chacun, ma mère fonçait, arrachait le bébé de son berceau ou des bras de sa mère pour le montrer, le vanter, le caresser, tandis que les arrivants attendaient, très gênés, qu'on leur présente la maman, l'épouse du fils de la maison.

Plus tard, beaucoup plus tard, Noëlle m'a dit :

— Heureusement qu'il y avait la mamée, toute droite, avec sa tête qui remuait. Elle me comprenait, elle était avec moi...

— Et mon père ?

— C'est un faible.

Je me demande quelle aurait été mon attitude si j'avais été là. D'abord, je me plais à croire que ma mère n'aurait pas osé. Et si j'avais appris la chose sur le coup, en revenant chercher ma femme et mon gosse à la fin du Tour de France ? Me serais-je borné à quelques remontrances : « Maman ! Quand même, tu charries ! Et devant des étrangers ! Tu n'as pas honte ! » Et ce, sans doute, en cachette de mon père, pour ne pas le rendre malheureux parce que lui, j'en suis sûr, il ne demandait qu'à l'aimer, sa belle bru venue de Corse.

Tout dépend comment je l'aurais appris. J'étais alors capable de colères fulgurantes (je le suis toujours mais j'ai appris à me maîtriser, mes muscles sont moins durs, mes réflexes plus lents), j'aurais pu tout casser, et même, dans la folie, battre ma mère. J'aurais alors rompu totalement, de mon fait, alors que cette rupture malheureuse pour nous tous n'eut lieu que dix ans plus tard, sur ultimatum.

Mais qu'est-ce qui me prend à raconter tout ça ? Rien ne m'y oblige, j'ai passé une partie de ma vie à l'ignorer, puis une autre à n'y pas croire, enfin j'étais parvenu à l'oublier. Alors pourquoi me faire mal maintenant, si mal ! Et je leur fais sans doute mal, très mal, à eux deux, à ma mère passionnée, impitoyable, à mon père marginal et faible qui ne voulait pas d'histoires, mal jusque dans leur tombe, mal jusqu'au profond des os.

Ces trois femmes sur la terrasse en rénovation, pendant que papa se tassait en roulant une cigarette, que le bébé gazouillait, que les deux jeunes Ritals s'enivraient de rouge, de rires, de refrains et de blagues pour ne pas voir, eux non plus. L'une née en 1864, la seconde en 1900, la dernière en 1927. Qu'est-ce qu'elles avaient en commun ? Le mariage, un fils unique : mon père, moi et mon fils, nous trois, nous n'en sortirions jamais, nous n'en sommes toujours pas sortis.

Les hirondelles piquaient en piaillant vers l'emplacement de leur nid et faisaient un brutal demi-tour sous le béton. C'était un très bel été. Pendant ce temps-là, je travaillais à Paris. Dans les rédactions, les plus jeunes n'ont pas à choisir les dates de leur congé. Des copains passaient par les Cévennes pour faire la connaissance de notre bébé. Ma mère s'employait à la démonstration. Parfois, ils invitaient Noëlle et son enfant à une promenade en montagne, pour les sortir un peu de là (ce n'était pas dit, bien sûr). Dans la voiture, ils parlaient politique, mais il y avait aussi de pesants silences ; quand ils remontaient dans la capitale, pas un ne me cassait le morceau. Les autres jours, Noëlle et son bébé se rendaient à pied à la baignade. Elle liait connaissance avec des gens du pays qui la plaignaient discrètement, et sont restés ses amis pour toujours. A Paris, je dessinais, j'écrivais avec fougue. Les effectifs réduits du mois d'août me laissaient beaucoup de place et d'initiative. Je bichais. Je recevais régulièrement des lettres de ma femme qui n'avaient rien pour m'inquiéter, j'y répondais en racontant mon travail, avec des dessins dans la marge.

L'année suivante, nous sommes allés tous trois passer nos

vacances en Corse. J'étais entré dans une famille de neuf enfants. Avec les conjoints, les cousins, les parents, tous très liés (trop de monde pour les mesquineries), je découvrais de l'intérieur une tribu compacte et chaleureuse. Je m'y suis trouvé bien, tout de suite. Si bien que j'ai commencé à écrire sur la Corse, bien avant d'être inspiré par les Cévennes. Je prenais plaisir à mes séjours dans leur île, leur village, leur famille infinie, sans penser que, dans l'esprit de ma mère, c'est ma femme qui m'éloignait de notre cher petit nid. C'était paradoxal : combien de gens divorcent à cause de la famille, moi je me suis cramponné longtemps au mariage à cause de ma belle-famille. Mon beau-père n'était différent de mon père qu'en apparence. Il avait ses deux mains, lui. Il était sec, osseux et rude, il avait gardé quelque chose de la raideur du gendarme qu'il avait été quelques années, à son corps défendant, mais il faut bien gagner sa vie quand on est un jeune Corse misérable et chargé de famille. Dans cette optique, il avait eu plus de chance que mon père. Pour la retraite, les années de guerre et celles de service en Corse comptaient double, chaque enfant comptait pour un an, il en avait neuf, ce gendarme s'était retrouvé pensionné entre trente et quarante ans. Depuis, il profitait de la vie. Je l'ai accompagné à la chasse, à la pêche, au jardin, à la belote et au rami. J'aimais cet ancien combattant qui détestait la guerre, cet ancien gendarme-braconnier qui votait communiste, ce rustre timide qui sifflait sa femme, parlait peu, par bouts de phrases qu'il lâchait comme des rafales assourdies. Il n'a jamais rencontré mon père, je le regrette, ils se seraient entendus comme larrons en foire. Ils entretenaient les mêmes rapports méticuleux et sensuels avec la montagne, la rivière, la terre, le fer, le bois, la viande et la lame de leur couteau de poche. Et la même façon de regarder le ciel en sortant le matin, pour annoncer la journée. Mon beau-père m'estimait, il ne m'a jamais fait sentir que j'étais un greffon insolite sur son arbre corse. Il y avait entre nous deux la complicité latente des mâles. Chez lui, nous vivions entre hommes dans un univers de femmes. D'où son indulgence bougonne pour mes frasques dont il n'était pas dupe. Il avait l'œil noir et perçant, il aurait fait un fameux gendarme s'il n'avait tant visé la retraite. C'est peu de dire que je m'entendais avec lui à demi-mot, nous nous comprenions en parlant d'autre chose, comme avec mon père. Le hasard a fait que, lorsque j'ai commencé à rendre sa fille ouvertement malheureuse, je n'ai plus eu l'occasion de le rencontrer. Tant mieux pour nous deux. Quand il est mort, j'étais en divorce, je l'ai pleuré.

Pendant ce temps, mes parents s'efforçaient de s'accoutumer à me voir de plus en plus rarement, de plus en plus brièvement. Ils aménageaient leur retraite. Finis, les « logements de fonction ». Ils s'étaient installés définitivement dans le mas familial, sous les yeux presque blancs mais au regard aigu de la vieille toujours très droite, et secouée de « non ! », au seuil de son logis, de sa partie de maison, à la frontière de laquelle s'était arrêtée la modernisation maçonnière. Ma mère avait obtenu un poste dans un hameau, à quatre kilomètres de là. Elle s'y rendait à vélo. Quand le temps était trop mauvais, mon père l'accompagnait en Mathis. Toute la journée, il était seul avec sa mère ; le soir, la nuit, le jeudi, le dimanche et les jours fériés, seul avec ma mère.

J'imagine une de ses journées types.

Il se levait le premier pour préparer le petit déjeuner de son institutrice. Le moulin à café entre les genoux, tandis que la chatte venait se frotter à ses mollets avec son miaulement mélodieux du matin, il actionnait la manivelle avec son moignon. Ce bruit si particulier des grains de café broyés manuellement, ce bruit perdu, réveillait ma mère. Tous deux déjeunaient alors en tête à tête d'un bol de café au lait dans lequel trempait, coupé en cubes réguliers, ce qui restait du pain de la veille. Entre deux bouchées, ma mère lui expliquait ce qu'elle lui laissait à faire. Elle était la travailleuse et lui son homme de ménage, mais elle se gardait bien sûr de souligner ce changement de responsabilités, elle se serait fait envoyer sur les roses. Au demeurant, il ne s'agissait que de bricoles, achats, cuisine, dégrillage et entretien du calorifère... Parquets, grands nettoyages, grosses lessives, maman les réservait pour elle ou pour la femme de ménage qu'elle faisait venir quelques heures par semaine.

Les jours de Mathis, au retour, il s'arrêtait au tabac pour acheter son cube de gris « Caporal ordinaire », ou un cahier de feuilles, ou un journal, ou n'importe quoi pour parler, pour s'attarder. De même chez le boulanger, l'épicier. Il groupait ses achats avec ceux de la vieille, qui protestait toujours, qui avait horreur qu'on l'aide. Il connaissait tout le monde, il était né, s'était élevé, avait été maître d'école par là, c'est une époque où le village se renouvelait très peu. On y vivait toute sa vie, on pouvait, il y avait du travail. Ils parlaient de moi. Chamborigaud était communiste, on y lisait *L'Humanité* et, surtout, *La Marseillaise*, quotidien régional du Parti qui reprenait nombre de mes dessins et de mes reportages. Je n'avais pas besoin de leur écrire personnellement pour que mes parents aient de mes bonnes nouvelles.

Au retour, il en profitait, il voyait sa mère. A midi, il pouvait parfois manger avec elle, la mienne n'était pas là (l'école était trop loin pour faire l'aller et retour pendant l'interclasse, ma mère emportait donc sa gamelle, comme un mineur). Il s'occupait des affaires de sa vieille, c'était pas grand-chose. Après la Libération, Ambroise Croizat avait créé « la retraite des vieux ». Mon père avait demandé à M. Larguier, l'ancien filateur de Pont-de-Rastel, un papier attestant que ma grand-mère, lorsqu'elle était jeune fille, avait travaillé chez lui. Ainsi mon père avait obtenu la retraite des vieux pour sa mère. Le facteur lui en apportait l'argent chaque fin de trimestre. Nous nous demandions ce qu'elle pouvait bien en faire. Après la mort de la mamée, pas mal de temps après, mon père a trouvé par hasard dans l'ancienne écurie du mulet, sous une pierre plate, tous les versements, toutes les enveloppes (il n'en manquait pas une !) de la retraite des vieux [1]. La vieille n'avait pas voulu y toucher. C'était de l'argent louche, qu'elle n'avait pas gagné elle-même, de ses bras, tiré de sa terre, un argent qui venait, paraît-il, de l'État ! Ah ! l'État ! qu'est-ce qu'il n'était pas capable de lui réclamer en contrepartie d'un tel argent ! Méfiance... « Voleur ! » L'État n'était qu'un voleur ! S'il donnait ça (geste de l'index gauche coupant l'index droit à la base), c'était pour reprendre ça (l'index gauche va frapper l'épaule du bras droit qui se tend brutalement), on n'attrape pas les mouches avec du vinaigre !

Mon père savourait ces journées du mas où, seul avec sa mère, il retrouvait son enfance avec ses odeurs, ses impressions, ses sensations. Débarrassé des devoirs pédagogiques, son emploi du temps ne comportait plus guère de moments désagréables. Les dégâts étaient limités, en fin de compte, il n'y avait que la moitié du premier étage qui avait été implacablement modernisée, au-dessus dans les deux magnaneries restées en l'état, au-dessous dans les caves, les anciennes écuries et l'atelier, il retrouvait les lieux et les senteurs familières, les outils, la lumière chiche des fenestrons, la poussière, le craquement des vieux bois, les toiles d'araignée, les souris et les loirs peu farouches. Tout, là-haut et en bas, comme si le temps n'avait pas bougé... Le crissement de la lime sur le fer, chaque bleu dégradé de la sulfateuse, un immémorial relent de tourteau, et le fumet plus ancien encore et plus évocateur du tartre des barriques en attente d'une mèche soufrée, tout à fleur de nez, à fleur de peau, le ramenait vers son enfance. Rincer les bouteilles, transvaser le vin, cacheter les goulots, d'une vendange à l'autre, il y a toujours à faire dans une cave. Et dans le garage alors, entre deux sorties, la Mathis était exigeante comme une vieille demoiselle. Sous l'appentis, le bois à scier, à

1. J'ai souvent mentionné cette découverte qui m'a frappé durablement, et m'impressionne encore plus en cette fin de siècle où les subventions prennent graduellement la place du travail.

refendre, dégageait son parfum rassurant et saupoudrait le poil des avant-bras d'un mouchetis doré. Il décidait du travail à accomplir, où, et quand, et comment. Il était enfin son maître.

De temps en temps, la vieille passait le nez par la porte de l'atelier, ou du garage. Heureuse de le voir heureux, elle n'en demandait pas moins, d'un ton rogue :

— *Et aro, dé qué tarabastèdjès*[1] *?*

Il répondait, sans se retourner :

— *Eh ! ou vézès bé !* (Eh ! tu le vois bien...)

Ça leur suffisait, la vieille, qui n'avait rien vu, repartait en grommelant de bonheur.

C'était toujours du travail manuel, mais le soir, après le repas, il ouvrait un bouquin et s'en régalait, avec des grognements de gourmet, jusqu'au moment où le sommeil lui fermait les yeux sur un sourire.

1. « Et maintenant, qu'est-ce que tu... ? » Le mot occitan est difficile à traduire tant il est péjoratif et méprisant : qu'est-ce que tu « trafiques-bricoles-démolis-désordonnes »... ? Ils font un peu tout ça, ceux qu'on nomme en francitan les « tarabastiers ».

Ma jeunesse pénétrant dans ma vieillesse, la gravité de mes années d'expérience attristant mes années légères, les rayons de mon soleil, depuis son aurore jusqu'à son couchant, se croisant et se confondant, ont produit dans mes récits une sorte de confusion, ou, si l'on veut, une sorte d'unité indéfinissable ; mon berceau a de ma tombe, ma tombe a de mon berceau : mes souffrances deviennent des plaisirs, mes plaisirs des douleurs...

CHATEAUBRIAND,
op. cit.

J'ai eu trois autres enfants, trois autres filles, que papa n'a jamais connues, lui qui en aurait été fou, qui aurait été le plus merveilleux des grands-pères. Monstrueux ! Et là, aujourd'hui, sur cette page où j'écris, je me demande comment ça s'est fait, comment j'ai pu provoquer ça, comment j'ai pu m'y plier.

1956, le grand tournant de ma petite vie. J'avais alors une activité débordante. Je venais de publier avec succès deux romans, j'étais chef des informations à *L'Humanité*, dessinateur à *La Vie ouvrière*, correspondant à Paris du *Neues Deutschland* et collaborateur de la *Literatournaïa Gazeta*... quand les tanks soviétiques sont entrés à Budapest. J'ai tout laissé tomber. La situation économique de ma famille avec trois enfants n'était pas brillante. Gaston Gallimard m'a consenti une mensualité gagée sur mon œuvre future, belle confiance, qui n'excédait pas soixante mille francs, ce qui à l'époque dépassait à peine le S.M.I.G. (salaire minimum interprofessionnel garanti), c'est-à-dire la misère moins une. Bien pis : j'étais désorienté, c'est le mot. Ma fameuse « boussole marxiste-léniniste » avait perdu le nord dans un premier temps avec le rapport Khrouchtchev puis, définitivement, sous les chenilles, à Budapest. Tout ce qui m'avait animé, qui m'avait fait marcher (dans tous les sens de l'expression), mon armature et mon armure, s'était « esbouzéné » (oui, flop ! comme une bouse qui tombe du cul de la vache). Mes journées s'étaient vidées, plus de courses dans les couloirs de Denfert-Rochereau, plus de ruées sur les dépêches du *printing,* plus de conférences de rédaction, de relectures au marbre, plus de manifs à vivre et à relater, plus de reportages à dicter au téléphone... plus rien. Et je ne cherchais pas autre chose... J'errais.

A la parution de mon premier livre, l'une des premières lettres que j'aie reçues était signée : « Ma main amie, Blaise Cendrars », quelques lignes d'encouragement, très cordiales... A l'époque, Brassens et Fallet fréquentaient l'auteur de *Moravagine.* Parfois, après avoir déjeuné impasse Florimond, nous traversions à pied ce XIVe chéri par Georges qui respirait mal en dehors des limites de cet arrondissement qu'il considérait avec hauteur comme sa seule patrie, et nous arrivions dans les parages de la Santé, devant la porte de Cendrars. Là, je disais au revoir à mes deux amis.

— Mais monte donc avec nous, Blaise serait ravi de te voir, il t'a écrit...

— Non, non. Une autre fois peut-être.

Puis il est mort. Je n'ai donc jamais rencontré l'un des premiers écrivains qui ont manifesté de la considération pour mes écrits. Je m'en suis toujours voulu. Je me suis toujours demandé pourquoi j'avais raté cette amitié. C'est seulement aujourd'hui, quarante ans après, que je le comprends : Cendrars avait perdu une main à la guerre et moi, j'avais déjà mon manchot. Inconsciemment, je n'en voulais qu'un.

Je passais beaucoup de mon temps avec Georges chez lui et aux studios de Boulogne où il tournait, sous la direction de René Clair, *Porte des Lilas,* d'après le roman de René Fallet. C'était l'époque de l'expédition de Suez. Le canal fermé, l'essence manquait, elle était rationnée. Par le studio, Georges obtenait des tickets, il me prêtait sa D.S., je profitais aussi beaucoup de sa bagnole.

La vaste loge de Brassens était un lieu de libre passage, acteurs et techniciens, tous l'aimaient, ils entraient et sortaient sans manières. Entre deux prises, Georges, qui avait horreur de tourner, venait s'affaler sur le divan et se mettait à gratter vaguement, il se réfugiait en sa guitare. Il avait accepté de faire du cinéma par amitié pour Fallet, il n'a jamais remis ça. C'est ainsi que j'ai eu un coup de foudre. Georges n'avait pas besoin de mes confidences, il lisait tout dans mes yeux, et même mon avenir. Il s'est dressé, a fait trois fois le tour de sa loge en battant des bras comme un papillon bat des ailes en s'écriant : « Attention, les copains ! Jean-Pierre est amoureux, c'est les emmerdements qui vont commencer. »

Bien vu.

Elle se faisait appeler Maria, c'était son « nom d'artiste », elle était figurante (ou un peu plus, je ne connais pas le terme technique), elle tenait le rôle de la petite vendeuse de la boulangerie, ce qui fait que nous l'appelions « la Boulangère », je la soupçonne d'avoir été d'abord amoureuse d'Henri Vidal, la vedette du film, et peut-être de lui avoir accordé, dans sa loge à lui, un bref moment de bonheur ; le fait est qu'elle avait l'air assez triste quand j'ai fait sa connaissance. Pas très grande mais si bien roulée ! Avec un beau visage lisse, de grands yeux sombres. Elle m'a fait oublier les tanks soviétiques. Elle avait quinze ans, j'en avais trente et un. Avec la D.S. et les bons d'essence de Georges, pendant qu'il s'emmerdait devant les caméras de René Clair, nous allions rôder, « la Boulangère » et moi, dans les forêts de grande banlieue. Je la prenais pour Ingrid Bergman, je me prenais pour Gary Cooper, je l'appelais, comme l'aurait fait Hemingway, « mon petit chevreau ». Elle ambitionnait de chanter, je lui pondais des couplets.

Finalement, nous sommes partis en voiture un beau matin, tous les deux, direction : le Sud. Elle avait l'air si gamine que j'ai eu peur d'être arrêté pour détournement de mineure dans le premier hôtel où nous descendrions. Surtout que ses parents n'étaient pas commodes ; selon elle, sa mère se résignerait assez facilement, mais son père ! Dans une quincaillerie de Fontainebleau, j'ai acheté deux anneaux de cuivre pour tringle à rideau. C'est tout ce que mes moyens me permettaient comme alliances. Nous nous les sommes passés au doigt en pouffant sur un parking de la nationale 7.

La nuit allait tomber, nous venions de traverser Vichy, puis Thiers, je ralentissais devant chaque hôtel, toujours ou trop rupin ou trop crado, avec l'angoisse de se voir refouler, suspecter... pour finir dans le plus sinistre, en face de la gare d'un bled nommé Olliargues. Nous avons passé sans encombre l'épreuve du bureau avec des gestes de mains pas du tout naturels mais qui faisaient briller nos alliances de rideau. La chambre, le papier jauni des murs, le lit de fer aux ressorts carillonnants, tout pour dégrader à l'acide une lune de miel... Je nous sentais salis. Alors j'ai pris une décision qui me coûtait mais qui me semblait formidable, nous allions loger dans ma maison, ma seule vraie maison ! chiche ! j'emmenais Maria chez mes parents !

Curieux... je ne me souviens plus du tout de l'intronisation de Maria dans Le Gravas. Il me semble vaguement que, pour ne pas débarquer comme ça de but en blanc avec elle, je l'avais déposée au Café de la Gare à Génolhac, le temps de préparer mes parents à son arrivée.

Autant qu'il m'en souvienne, l'accueil de mes parents fut réservé mais cordial. Visiblement papa l'a trouvée ravissante, sur-le-champ, s'il avait été seul avec elle, et que son fils ne soit pas dans le coup, bien sûr... C'est peut-être là, et là seulement, que je me suis rendu compte que mon père avait été un séducteur, et qu'il l'était encore. Quant à ma mère, plus ou moins consciemment, pour elle, cette jeune beauté, c'était sa revanche. Toutes les conditions se réunissaient allègrement pour me plonger dans la merde profonde. Et je n'aurais à m'en prendre à personne ! Mais quels jolis moments, avec cette Maria, nom de Dieu...

« C'est une gamine charmante, charmante, charmante... », aurait pu fredonner mon père, c'était l'un de ses refrains d'opérette favoris. Je pense qu'il la voyait à travers toutes les lectures érotiques dont sa bibliothèque était si bien fournie, elle était Lola, Marquisette, Claudine... C'était l'une des illustrations aux traits si fins, des poulettes, des grisettes dénudées par les artistes coquins de la Belle Époque. Et son fils, quand même ! son Pedro, c'était un sacré gaillard... « Blancador l'Avantageux »... Bref, mon père m'aimait, il me souhaitait le meilleur en tout, et la meilleure, et celle-là, c'était pas du fond du panier. Surtout que sa femme n'avait pas l'air de faire obstacle, au contraire. La passion maternelle passait sur tout, prête à tout. Toute tendue vers un seul but, récupérer son fils unique, je suis sûr qu'elle était incapable (dans son impatience et sa naïveté, oui : sa naïveté) de se livrer à de savants et sordides calculs, cela se faisait tout seul au plus profond d'elle-même, à son insu, c'était un obscur et violent instinct qui aboutissait aux mêmes navrants résultats, elle faisait le mal innocemment, de l'entier de son âme, tellement mère qu'elle était méchante et pure. Du premier coup d'œil, elle l'avait jaugée, cette gamine qui aurait assez de poids, assez d'emprise sur son fils pour le séparer définitivement de sa Corse, mais pas assez pour l'accaparer longtemps, l'ensevelir dans une sauvage tribu insulaire, et le retenir loin de ses parents. Rien de tout cela n'échappait à mon père. Encore une fois, il laissait faire en souriant. Et il avait toutes sortes de bonnes raisons, lui. C'est trop facile de parler de lâcheté, ou de faiblesse. D'abord, Maria lui plaisait, elle était plus à son goût que Noëlle (qu'il aurait pu aimer, elle d'abord, c'est sûr, sans la pression constante de ma mère). Supposons qu'il ait frappé du poing sur la table, qu'il nous ait fermé la porte au nez, à nous les amoureux : « Je ne veux pas de ça chez moi, tu es marié, Jean-Pierre, l'oublies-tu ?... » Primo, ce n'était pas son style. Secundo, il se fâchait avec son fils (mettre son fils à la porte, lui !) sans pour autant renvoyer l'époux adultère dans le foyer conjugal, le coupable reconverti par magie à la fidélité maritale... Et cette pauvre gosse qui semblait si amoureuse...

Il me semble bien que j'avais fait quelques efforts pour sauvegarder les apparences et fournir à mes parents quelques arguments s'ils étaient mis en demeure de justifier cette coupable hospitalité. Je présentais Maria comme une future chanteuse dont je m'occupais, je devenais donc, après avoir abandonné le journalisme militant, une sorte d'imprésario, ou, pour mieux me faire comprendre par des provinciaux qui se piquaient de culture, le Pygmalion de ce tanagra, je ne suis pas sûr que j'y croyais vraiment, ni que sa vocation lyrique soit très solide. Nous menions ce jeu, tous quatre, de façon assez puérile. D'abord, nous n'avons pas couché dans le même lit ni dans la même chambre. Nous nous gardions de toute caresse, de tout contact, tant que nous n'étions pas seuls, en particulier en présence de voisins ou d'amis. Cela ne pouvait tromper personne, même pas l'idiot du village qui fixait obstinément Maria en rabâchant dans sa bave : « *Quand n'o-ouras toun sadoul, Jean-Pierre, mi la baïlarass !* » (Quand tu en seras rassasié, tu me la passeras !)

Au départ de cette idylle qui allait mettre tant de mes proches mal à l'aise, et quelques-uns dans la fureur, il y avait quoi ? il y avait moi, et je crois bien que je n'étais pas réellement amoureux, j'en suis même sûr puisque je le suis devenu réellement par la suite et j'ai pu voir alors la différence entre l'amour et un béguin. Sur le plan concrètement sexuel, ce n'était pas non plus, allons ! chaque nuit le feu d'artifice... Alors ? L'avoir à mon bras, les regards masculins (et féminins) sur elle, quand nous arrivions quelque part, puis sur moi : l'étonnement, l'envie, la rage dans tous ces yeux... Je me voyais l'amant et le mentor d'une nouvelle Bardot, un Vadim quoi !

> « Ce qu'on peut à *trente* ans se raconter d'histoire
> Et l'avenir est tributaire du passé [1]... »

Je surprenais aussi des regards de mon père, pas tout à fait naïf, lui, mais il m'aimait et me passait Maria comme il m'aurait passé la drogue ou la prison.

Ce n'est que lorsque le médecin est arrivé que j'ai pris conscience de l'énormité de la situation dans laquelle je m'étais fourré, et les miens avec moi, où le poids de mon atavisme

---

1. Aragon écrit « à *vingt* ans », mais j'étais un attardé...

chrétien et protestant m'est tombé d'un coup sur l'échine, avec tout son attirail de « liens sacrés du mariage », de « fidélité conjugale », etc. (Avec Noëlle, communistes conséquents et laïques, on ne s'était mariés que civilement, mais ça n'arrangeait rien...)

Maria se plaignait de violentes douleurs dans le dos et les reins. Nous avions beaucoup gambillé dans l'attristant dancing du Trianon à Alès, où nous étions pratiquement le seul couple sur la piste, une véritable exhibition, d'un entrain un peu forcé, sans rater un fox-trot ni un tango que moulinait un quatuor, pardon, un quatuor de barbons blasés, un trio plutôt, vu qu'il n'y en avait toujours que trois qui jouaient pendant que le quatrième buvait. Ô Fellini...

Les douleurs de Maria dépassaient en intensité, et en durée, les courbatures d'une nuit de guinche. Mes parents lui ont cédé leur lit, le vaste monument de cuivre nuptial. Une première ! je ne les ai jamais vus inviter quiconque à prendre leur place dans la couche où ils m'avaient conçu, où j'étais venu au monde. Je revois Maria perdue au milieu, les deux bras reposant sur le revers du drap de part et d'autre des initiales entrelacées de mes parents, brodées à la main, et en relief. Sa sombre chevelure étalée sur l'oreiller mettait en valeur la délicatesse de ses traits, et sa grande pâleur. Je l'entends encore remercier mon père de sa voix rauque si caractéristique, une voix mâle, qui ne lui ressemblait pas du tout, la voix d'une femme âgée qui aurait beaucoup vécu, et pas mal bu. Comme elle parlait toujours doucement, assez bas, cela ne choquait pas. Une voix de chanteuse réaliste.

On s'est résigné à appeler le médecin.

C'est à l'instant où il a fait son entrée que le Christ m'est tombé sur les épaules, de tout son poids, du poids de sa croix, le crucifix géant et sanguinolent, le modèle espagnol.

Le docteur Jeanjean était un formidable personnage. Un géant, épais de partout, avec un visage d'un puissant et séduisant relief, tout venait en avant, les sourcils, le nez, la bouche, les lèvres et les dents. La parole elle-même venait en avant, rugueuse, ronflante, roulant les mots de poids avec une aisance rassurante. C'était un cousin, un cousin de la haute société protestante, proche parent du pasteur Vidal qui ranimait la flamme du Soldat inconnu avec les représentants des autres cultes chaque 11 novembre. C'était un ami d'enfance de mon père, avec lequel il venait jouer très souvent ici même, au Gravas. (Tiens, lui, il aurait pu me dire comment papa avait perdu sa main.) C'est lui-même qui, dans ce lit vers lequel il s'approchait pour ausculter Maria, avait accouché ma mère, m'avait mis au monde. Il était très cultivé, il nous connaissait, il connaissait tout, fallait pas lui en raconter. Il n'a même pas demandé qui était pour nous cette jeune personne et par quel privilège inouï elle occupait le centre de la couche-symbole de ses cousins Chabrol. Enfin, il connaissait bien ma femme puisqu'il était venu visiter notre bébé au cours des vacances qu'elle avait passées au mas.

Ma mère et mon père debout sur un côté du lit fantastique, moi de l'autre côté, tous les trois au garde-à-vous, Maria plus pâle que jamais, mains jointes à la mode des gisants, et le docteur, face à elle, immense, la statue du Commandeur ! Je n'en menais pas large. Il nous a regardés, ah oui ! il fallait sortir, le laisser seul avec elle. En plus du fameux lit, de proportions aussi solennelles, il y avait l'armoire à glaces, deux portes qui reflétaient la scène impitoyablement. Ses immenses miroirs biseautés insistaient de toute leur hauteur, comme pour vous graver dans la rétine à jamais l'image de cette situation dans cette chambre au cœur de ce mas confit dans la rigueur de quatre siècles calvinistes. Et nous sommes restés là, à un mètre de cette porte refermée sur la chambre, mes parents et moi, médusés, paralysés, sensibles à la moindre rumeur : l'organe rocailleux mais bonhomme du grand cousin toubib ne nous parvenait que par bouts de ronrons indéchiffrables. J'imaginais, autour du lit où gisait Maria, la foule des aïeux, dans leurs gros vêtements de cadis, les longs maigres voûtés qui se redressaient, avec leurs bras interminables pendant le long de leurs cuisses et chacun doué de deux mains osseuses, noueuses.

Là, il n'y avait pas de femmes, elles n'avaient pas le droit d'assister à la discussion ni de participer à la décision, elles s'étaient tassées dans une petite pièce attenante, blotties dans leurs jupes et leurs caracos noirs, tête basse, sous leurs fichus de deuil, elles ne formaient plus qu'une masse monstrueuse à peine agitée d'imperceptibles soubresauts : elles priaient.

Dans ce mas, les hommes étaient les justes [1]. Cette nuit peut-être une toute petite vie serait noyée dans la fosse à purin. Dans ces vallées étroites, partager l'héritage est un luxe. La morale chrétienne est là pour nous guider. Je revois la vieille mâchonnant un mot pour cracher son mépris : « *Bastardou, bastardièmié...* » Bâtard, tout bébé venu au monde moins de neuf mois après le mariage : Bâtard, bâtarderie ! Moralement, elle jetait aussi la jeune mère dans la fosse à purin. Voilà comment se sont tant bien que mal maintenus au cours des siècles les misérables petits biens de la montagne cruelle.

Ainsi, la seule présence de la petite Maria au creux du lit insultait deux millénaires de droiture cévenole et au moins autant de chatouilleux honneur corse. Je m'attendais à voir en quelques secondes se fissurer les murailles cyclopéennes de ce mas qui avait tenu tête à l'artillerie des dragons de Villars et à voir sombrer l'île de Beauté. Et tout ça, *mea culpa*, par ma faute, ma faute à moi seul, mon crime de lèse-majesté, de lèse-sacrements, de lèse-race, je n'étais plus seulement un infidèle, un adultère, j'étais un hérétique.

Enfin, la porte de la chambre s'ouvrit. Le massif médecin la franchit en baissant la tête. Non, Maria n'était pas enceinte. Un tour de reins, voilà tout, dû à la fatigue, à une mauvaise position ou à un faux mouvement. Il ne regardait même pas vers moi en résumant assez sèchement son diagnostic, il parlait à mes parents, et à eux seuls, pour les rassurer, comme s'il s'agissait de leur enfant, je n'existais plus. La fille qu'ils

1. *Le Crime des justes* d'André Chamson m'avait profondément impressionné. Il est l'un des maîtres livres de ma formation.

n'avaient pas eue, mieux encore, celle qu'ils auraient choisie, déjà faite, sur catalogue, celui de Manufrance par exemple.

Le médecin parti, le mas a retrouvé son train-train, le soleil du matin flattait les cuivres du lit et jouait avec les glaces biseautées de l'armoire. Les effluves d'enfance du fricot maternel qui se glissaient par la porte restée ouverte entre la cuisine et la chambre, le ronron de la chatte qui avait sauté sur le lit, le bêlement plaintif des deux chèvres que la mamée ramenait à l'écurie, et le klaxon du boulanger qui déposait le pain frais de midi sur le rebord de la fenêtre, tout cela composait un ensemble rassurant qui parvenait à alléger rapidement le poids de mon hérésie, ma culpabilité d'époux sournois, de Ganelon conjugal.

En somme la norme, c'était ici.

L'an dernier (1992), j'ai reçu un coup de téléphone de Maria. Elle était par hasard tombée sur mon numéro. Nous n'avions eu aucun contact depuis 1957, pourtant j'ai immédiatement reconnu sa voix sombre, assez froide. Nous avons pris rendez-vous. Elle avait très peu changé. Elle avait depuis longtemps renoncé au cinéma et à la chanson, elle avait entrepris des études tardives et exerçait la profession de psychothérapeute. Nous avons échangé le temps d'un apéritif des propos nostalgiques, sans plus, et nous nous sommes quittés sur un au revoir qui ressemblait à un adieu définitif.

Avant-hier, mercredi 19 mai 1993, j'étais à mon bureau, je me préparais à écrire l'arrivée du docteur Jeanjean quand j'ai formé son numéro que j'avais gardé. Comme elle avait le temps, entre deux clients, je lui ai lu au téléphone les quelques pages où elle est le personnage principal :

— Jean-Pierre, j'avais dix-sept ans, mais ça fait rien...

— Je ne me trompe pas ? Ça s'est bien passé comme ça ?

— Oui ! oui !

— J'ai oublié beaucoup de détails, et même des choses importantes, par exemple, on est restés ensemble combien de temps chez mes parents ?

— Oh ! au moins quinze jours...

— Non ? Je croyais guère plus de quarante-huit heures ?

— Non, Jean-Pierre, c'est au moins dix à quinze jours, je me souviens de tout, et du voyage à Port-Vendres et du retour...

— Au retour, je t'avais déposée à la gare de Fontainebleau, avant de bifurquer vers Coulommiers et Saint-Cyr-sur-Morin...

— Oui, et à Fontainebleau, tu avais acheté un jouet pour ton fils, une panoplie de cow-boy...

Je revois nettement cette dernière partie du trajet par la nationale 7, la traversée de la forêt de Fontainebleau, je vivais déjà par la pensée le retour au foyer conjugal (depuis l'enfance, j'ai cette sale manie de vivre en permanence deux ou trois heures en avance, ce qui m'empêche de profiter avec conscience du moment présent). Oui, j'imaginais même un scénario de film : un mari infidèle va retrouver sa digne épouse, la scène se déroulait sur le pare-brise de ma 2CV qui roulait tandis que je conduisais d'une main, l'autre posée sur la cuisse de la jeune Maria tandis que nous arrivions en vue de la jolie petite gare de Fontainebleau.

— Attention, Maria, ce n'est pas notre histoire que j'écris, c'est celle de mes parents, et plus particulièrement de mon père...

— Tu sais que tes parents ont continué à m'écrire pendant quelque temps ?

— Mais non... je le savais pas.

— Si. Je les aimais beaucoup. J'ai gardé soigneusement toutes leurs lettres. Veux-tu que je t'envoie une photocopie ?

Je viens de recevoir l'enveloppe. Maria joint ce mot de sa belle écriture arrondie, au stylo bleu :

« *... J'espère, et je suis certaine que tu en feras bon usage. Je me suis " replongée " avec tendresse, et un peu de tristesse, dans ce lointain passé... Tu sais, ou peut-être tu ne sais pas, l'amitié que je portais à tes parents ! Donc tout ceci est précieux pour moi.*

Tendresses

Maria. »

Peu après ce retour au foyer, j'ai rompu avec Maria et avec mes parents. Ma femme avait tout appris. Je ne me souviens plus comment, mais ce qu'elle ne savait pas, je le lui ai dit, tout en gros et en détail, oralement et par écrit, j'ai tout raconté par une sorte d'imbécile fierté. Ce qui l'indignait le plus était l'attitude de mes parents ! Comment, ils avaient reçu « l'autre » ! Ils étaient impardonnables, eux ! c'était assez pratique, ça laissait une issue pour me pardonner moi, une voie de sortie étroite, pénible, mais possible. Parce qu'il fallait bien me pardonner, sinon la situation de notre petite famille devenait intenable. Nous avions maintenant trois enfants (ça donne la dimension de mon coup de folie !), neuf ans, trois ans et un an, et Dieu sait si je les aimais ! Ces trois-là plus ma femme que j'aimais aussi dans un des plateaux de la balance, mes parents et Maria dans l'autre. J'avais le choix, mais tout de suite, et totalement, et pour toujours. Pas de nuances, pas de marchandages, c'était oui ou non. Je m'engageai donc solennellement à ne plus revoir jamais ni Maria ni mes parents.

Je ne savais pas qu'ils s'étaient écrit. Trente-six ans après, j'ouvre l'enveloppe de Maria. Je reconnais si net l'écriture de ma mère que j'en reçois comme une gifle de tramontane en plein visage. C'est elle qui écrit, qui tient la plume serait plus exact car ils sont à deux dans ces feuillets, d'ailleurs papa rajoute quelques lignes et signe, il authentifie. Je parcours ces lettres une première fois, à toute allure, tellement curieux, tellement ému. Il s'en dégage une impression de resserrement, de repli, de contraction, j'y sens, j'y vois mon père et ma mère se rapprocher plus encore l'un de l'autre pour se ramasser, se tasser, se rétracter, se ratatiner. Ils font retraite de la vie. Fonctionnaires retraités, ils prennent leur retraite de parents.

Il y a eu ce séjour de leur fils accompagné de sa jeune maîtresse... puis le vide.

« Le Gravas, 7 mai 1957

Chère petite Maria,

Votre lettre est pour l'instant le seul écho de votre voyage. Heureux que vous soyez arrivés sans incidents.

Ici, comme à l'accoutumée, calme plat. Dimanche, on est allé voir Notre-Dame de Paris, *au cinéma, à Alès. En revenant je pensais à votre radio, à vos chants, à vos danses et à la bonne humeur de notre J.-P. que, depuis des années, nous n'avions vu si jeune et si heureux.*

Nous, nous n'oublierons pas de sitôt que c'est vous qui l'avez ramené à la maison, et à ses parents.

J'ai refait des galettes. Mais elles se mangent moins vite. Si vous étiez là, je profiterais de vous pour en faire encore (et pour les manger !). J'espère que vous avez réussi les vôtres et que vous n'avez pas donné à votre maman une trop piètre idée de la soupe au chou du Gravas.

Vous êtes gentille de nous offrir vos services. Que vous demander ? Tout ce qui touche Jean-Pierre de près ou de loin — événements heureux, amis et même le contraire — nous intéresse. Vous le comprenez. C'est donc avec joie que nous recevrons vos lettres, petite fille, et que nous y répondrons.

Bien sûr, en attendant de vous revoir le plus tôt possible et de vous embrasser de tout cœur.

La Man, N. Chabrol
Le Pa, S. Chabrol. »

« Le Gravas, 22 mai 1957

Chère petite Maria,

Comme vous le pensez, votre lettre a été la bienvenue. Il nous tardait d'avoir de vos nouvelles à tous. Vous parlez beaucoup de travail et je vous félicite, jeune et douée comme vous l'êtes, en travaillant, vous devez forcément arriver et VITE *! Nous vous souhaitons tous les deux, papa et moi, une franche et belle réussite. De même nous aimerions bien voir et entendre G. Brassens, mais quand ?*

Ici, il vente dur ! mais le soleil est chaud. La campagne admirable. Et les odeurs ! Depuis quelques jours, on coupe les foins, et cette odeur de foin coupé vient s'ajouter aux mille parfums des bois de pin, de serpolet, de genêt. La tête vous en tourne. J'ai repris mes promenades, mais après goûter car, avec les chaleurs, je fais la sieste. Pendant mes 4 km, je tricote votre gilet, ce qui fait que je pense continuellement à vous. Je fais durer le plaisir. Il manque encore une manche et demie, je la monterai sur la voisine qui, sauf la poirine, a votre taille. Et puis dois-je vous l'expédier ou attendre... votre bienheureux retour ?

La salle à manger a retrouvé son calme et elle n'est jamais en désordre. Et cet ordre même a quelque chose de figé et de fatigué. Il lui manque le raffut que fait notre tonnerre de grand fils partout où il est. Je lui trouve même à cette pièce un air de salle d'attente... Je fais toujours des galettes et elles traînent aussi au fond des boîtes.

La rivière est presque cachée par la verdure des vernes et des osiers. C'est à peine si on la voit de la terrasse. D'ailleurs, nous n'avons pas encore inauguré le régime d'été sur la terrasse. Il ne fait pas assez chaud pour y manger.

Papa a lu enfin Fleur d'épine. *Il va vous en parler lui-même. Espérant que dans votre prochaine lettre vous remplirez toutes les pages, je vous embrasse de tout cœur, petite fille !*

Man,
N. Chabrol. »

Et de la splendide écriture, souple et charnelle de la main gauche paternelle, au bas de la page :

« *J'ai en effet lu* Fleur d'épine *en deux ou trois jours au maximum. C'est un critère. C'est dire s'il m'a intéressé, moi qui mets en moyenne une semaine pour lire un roman policier. Il est vrai qu'avec les beaux jours je suis dehors toute la journée. A nous deux, les galettes vieillissent dans les boîtes.*

Baiser,

Pa Chabrol. »

J'avais oublié ! j'ai de la peine à y croire ! mais c'est vrai : pendant toute cette période, pendant Maria, en plein adultère consommé, prolongé, proclamé, homologué, je prenais des notes, je concevais, écrivais et publiais *Fleur d'épine,* plus de trois cents pages sur la Corse, un hymne d'affection pour ses gens, dont l'héroïne était ma Corse à moi, à laquelle d'ailleurs le livre est dédié. Autant que je puisse m'en souvenir, je ne vivais pas si mal la contradiction, je ne sais pas si même je m'en rendais compte. La littérature avait tous les droits, c'était la meilleure part de ma vie, comme si je ne vivais que pour en écrire ensuite. C'est ce que je fais aujourd'hui devant les lettres de mes parents. Mon bouquin corse, l'avaient-ils acheté ? Je ne pense pas que j'avais eu le culot de le leur envoyer. Ma mère, qui a dû se jeter dessus, n'en dit pas un mot ; quant à mon père, il se borne, sous le regard de son épouse, à préciser qu'il l'a lu rapidement, plus vite qu'un roman policier, ce qui est ambigu.

Le hasard fait que cette lettre écrite le 22 mai 1957, je la transcris ce matin du 22 mai 1993, trente-six ans après exactement, dans le jardin du Mazet, en garrigue nîmoise, à quelques kilomètres du Gravas. Les quelques précisions que j'y trouve me permettent par déductions de type archéologique de reconstituer ce qu'était la vie quotidienne du mas familial sans le fils de la maison et, plus ou moins, l'état d'esprit de mes parents vieillis après la terrible rupture.

Maman, soucieuse de lutter contre l'obésité, et contre le raidissement des muscles, avait pris la décision de faire chaque jour une marche d'au moins quatre kilomètres, et elle s'y est tenue jusqu'à la veille de sa mort, en 1980. Je sens comme elle ce matin, écrivant sur la table du jardin, les mêmes puissantes senteurs de foin et de pinède, j'en ai comme elle ce tournis du mois de mai. Je pourrais écrire mot pour mot les phrases de ma mère. Mais elle, elle marchait en tricotant. Je garde soigneusement une paire de gants qu'elle avait confectionnés pour moi sur la fin de sa vie, tricotés doigt par doigt, à quatre aiguilles fines, plus personne ne sait faire ça, des gants qui me vont parfaitement, chaque doigt a la longueur et la grosseur qu'il faut compte tenu de l'élasticité de la laine. Des gants inusables, il faut dire que je les ménage, je ne m'en sers que deux ou trois fois par an, ils sont encore comme neufs. Elle en tricotait aussi pour papa, des paires, mais oui. Le gauche était un gant normal, le droit, un mignon petit sac parfaitement adapté au moignon, on aurait dit le bonnet pour un baigneur en Celluloïd.

La salle à manger, une pièce avec baie sur la fenêtre, la plus belle de la maison avec ses meubles massifs dont la bibliothèque bourrée de bouquins chéris de mon père, ne servait que lorsqu'il y avait des invités, et encore des invités de marque, avec les habitués on mangeait dans la cuisine. Sa belle salle à manger, ma mère nous l'avait octroyée à Maria et à moi. J'avais étalé sur la vaste table à rallonges mes manuscrits et, peut-être, les épreuves de *Fleur d'épine* que je devais corriger vers cette époque. J'improvisais des couplets que Maria fredonnait en dansant... Maman était une cuisinière à tocades, une année, c'était les pâtes de coing (elle nous les resservait à tous les repas, au goûter, au petit déjeuner, elle les offrait aux amis, en envoyait par la poste...), l'année suivante, c'était la « confiture de cîtres » (un fruit de son jardin que je n'ai jamais retrouvé nulle part ailleurs, inclus dans les pays les plus lointains, le mot n'est même pas dans le Petit Larousse, je viens de vérifier) et, là encore, tout le monde de s'extasier devant elle à chaque bouchée. L'année de Maria, c'était donc « les galettes ».

Enfin, j'avais oublié que mes parents étaient allés si loin, jusqu'à introduire Maria dans la parenté, jusqu'à la présenter aux cousins Larguier de Mende... Ils l'avaient vraiment adoptée, leur « petite fille », envers et contre tout, par-dessus l'hérédité sévère des huguenots, par-dessus la morale héritée, apprise et enseignée, tout ça un peu par haine de la Corse et beaucoup par amour pour leur fils. Pour mon père s'y ajoutait un penchant pour la provocation et l'aventure...

Lettre du 5 juin :

« ... *Vous êtes une petite futée ! Pour ne pas laisser de page en blanc vous la coupez simplement. Enfin, l'essentiel est que les nouvelles soient bonnes.*

Ici les cerises sont mûres et cela va durer encore huit ou dix jours. Avant souper, nous allons avec papa en manger aux arbres et en ramasser quelques-unes. J'ai bien envie de faire un peu de confiture. La pluie s'est enfin arrêtée voilà deux jours. Et la chaleur commence. Mais ici, il y a toujours dans la maison et au-dehors un coin d'ombre pour se mettre au frais. Si cela continue, on pourra s'installer au balcon.

J'ai terminé le tricotage du gilet. Je vais faire un peu de raccommodage avant de le monter. Et si la chance faisait que j'aie mon petit mannequin pour le coudre, je suis sûre qu'il irait mieux.

Que vous dire encore ? Notre vie est si réglée, si dépourvue d'imprévu ! On lit des romans policiers, on se promène, on écoute la radio, et la journée passe. Mais les moments sont rares où nos pensées ne vous suivent pas tous les deux. J'entends toujours dans mon oreille :

J'ai mangé mon blé en herbe et
Je suis retournée, moi à ma sténo,
Toi à tes moutons[1]*... »*

Au-dessous, de la main de mon père :

« *Je suis un pauvre pêcheur qui ne fait pas grand mal aux habitants de la rivière, mais c'est tout de même un passe-temps agréable. Peut-être avec la chaleur le poisson sera-t-il plus facile à prendre.*

Baisers
Pa Chabrol. »

La rupture se précise :

« *Le Gravas, 21 juin 1957*

Chère petite Maria,

Je n'en suis plus à une déception près. Avec ma prescience des événements, je sentais bien que je n'aurais pas la joie de vous avoir. Voilà dix ans que J.-P. nous a été enlevé[2] *et la clique qui le tient le tient bien. Seulement, j'ai aussi la prescience que le mal qu'on fait sciemment vous retombe un jour sur le nez et je préfère ma place, et vous devez aussi préférer la* vôtre *à celle des* “ *méchants* ” (Pas un instant, elle ne pensait au mal qu'elle avait fait à Noëlle. Sa tête fonctionnait ainsi, dans un sens unique, avec des œillères, et elle ne se croyait pas méchante !...). *Voilà. Comme ni vous ni moi ne sommes des faiseuses d'histoires, nous ne pouvons donner plus de précisions et c'est*

1. Bribes d'une des chansons que j'avais écrites pour Maria.
2. « Nous a été enlevé. » Elle emploie la formule courante en Cévenne pour les décès. Dix ans, elle prend donc la date de mon mariage.

pourquoi nos lettres paraissent si vides et si pleines de réticences. Même au point de vue de votre supplément d'instruction, il est dommage que vous ne soyez pas venue, car Patou et moi vous aurions facilement (il ne vous manque pas grand-chose) amenée au niveau du brevet élémentaire. Vous devez vous soigner et ne plus maigrir. Voyez-vous, on rit, on se promène, on va au cinéma, comme si nous n'avions pas quelquefois envie de désespérer. Nous tâchons de donner le change à tout le monde. Prenez exemple sur nous, vos vieux mais très sûrs amis (bien que récents).

Pour en revenir à la matérielle, le gilet est fini. Je m'y suis appliquée. Dois-je vous l'expédier? Et où? Je ne voudrais pour rien au monde embrouiller les cartes chez vous. Écrivez-moi ce que je dois faire...

Nous avons eu indirectement des nouvelles de Jean-Pierre. Il travaille à refaire son dernier roman. Il ne parle pas de venir et nous n'en sommes pas étonnés. Nous savons que nous avons seulement le droit de céder le pas à une forte et diabolique partie. Vous avez raison de travailler. Cultivez-vous, ne vous rouillez pas. Cela vous permettra de mieux vous défendre... »

Du 8 juillet :

« ... *Nous subissons la chaleur avec beaucoup de mal... Nous pensons souvent à vous et aux températures caniculaires de Paris. Que ne pouvez-vous profiter un peu du Gravas en ce moment ! Votre lettre nous a fait plaisir. Comme nous sommes sans nouvelles de J.-P., vous comprenez notre souci... Quant à venir à Paris, je crois que les circonstances ne s'y prêtent guère ! Je vous assure cependant que l'envie ne m'en manque pas ! Et que de choses on pourrait alors tirer au clair ! et parler à cœur ouvert. Mais moi, je crois à une chose, c'est que, jusqu'à présent, les gens qui m'avaient fait du mal en ont été punis, sans que je m'en mêle. Le sort s'en est chargé. Il faut s'en remettre à lui, et se dire qu'on ne peut pas impunément et longtemps distiller la méchanceté et le malheur.*

Je vous adresse le gilet... »

Du 14 juillet :

« ... *Nous avons été peinés en recevant votre lettre de savoir que J.-P. a eu une crise d'urticaire. Certainement la chaleur et son amaigrissement prononcé en sont la cause.*

Nous allons lui écrire chez son éditeur, espérant avoir bientôt une réponse. Sinon, il nous faudra trouver un moyen d'avoir des nouvelles à n'importe quel prix.

Je comprends que votre vie ne soit pas gaie. Mais vous êtes si jeune ! Aujourd'hui encore nous étions à Villefort au petit café où nous avons goûté le lundi de Pâques. Là-haut, il faisait presque froid et c'était plein d'estivants...

Vous êtes vraiment héroïque de ne pas prendre de vacances. Mais je pense que trop de choses vous retiennent à Paris ! Tâchez de ne pas être malade à votre tour. Parlez-nous un peu de votre film. Ce qui vous touche nous intéresse. Croyez-le.

Quant aux fautes d'orthographe, je vous trouve en progrès. Aucune faute dans votre dernière lettre. A peine l'accent circonflexe sur " drôle ". Vous voyez que je prends tout de suite le ton pédagogue. Et je suis bien sûre qu'avec nous vos progrès seraient foudroyants.

Demain, on refait les matelas. J'ai lavé la laine la semaine passée et attrapé un bon coup de soleil en la rinçant à la rivière. Vous pouvez suivre notre vie pas à pas... »

Mon père a ajouté au bas de cette lettre :

« *Je ne suis pas allé voir le Tour de France à Alès. L'ayant vu six ou sept fois, je trouve que c'est largement suffisant. Par cette chaleur, on est mieux au Gravas qu'à Alès...* »

« *Villefort 31 juillet 1957*

Chère petite Maria,

Je vous écris du petit café que vous connaissez. Nous avons attendu votre lettre. Tant mieux que votre retard n'ait pas été dû à la maladie... Que vous dire des nouvelles que vous nous envoyez ? qu'en penser ? Plus que jamais, certaines choses ne peuvent être écrites et ne pourraient se traduire que de bouche à oreille, surtout quand on a à faire à très forte partie... »

Là, je reconnais l'influence de mon père, il le répétait souvent : « n'écrivez jamais (les écrits restent) », de même que l'un de ses principes favoris était : « N'avouez jamais ! »

Du 23 août :

« ... *Je ne sais pas si J.-P. est rentré à Paris ! Il était invité à rester à Moscou quinze jours encore après la fin du festival. Peut-être verrons-nous demain, à Alès, des amis qui l'auront vu...* »

J'imagine ce que ça devait coûter à son amour-propre, courir après des communistes retour du festival de la Jeunesse de Moscou pour essayer d'avoir des nouvelles de son propre fils !

« ... *Quant à nous, la santé est bonne et si nous avons souvent le cafard, nous le chassons bien vite.*

Je me suis remise à tricoter... Du moment que je suis contente, tout le monde l'est. Le pays regorge d'estivants. Mais les premiers froids de septembre vont les chasser et la campagne retrouvera son calme si reposant.

Qu'allez-vous faire à la rentrée ? chansons ? danses ? instruction générale ? Peut-être mènerez-vous le tout de front ? Je suppose que dans cette sage petite tête beaucoup de projets s'élaborent. Mais il faut savoir choisir, vous le savez, et pousser sans faiblir dans le sens où l'on veut percer. Mais, à mon avis, au point où vous en êtes, vous devez pousser encore le niveau instruction.

Vous allez penser que je pontifie mais, que voulez-vous, c'est un peu de déformation professionnelle, et beaucoup de l'intérêt que je vous porte... »

Ainsi, mes parents ne s'illusionnaient pas sur le niveau culturel de Maria, mais ils faisaient confiance à ses capacités intellectuelles (la suite leur donnera raison) et ils fondaient de grands espoirs sur elle puisque, dans leur esprit, elle serait la belle et digne compagne de leur fils pour la vie. Ma mère surtout continuait ses efforts de séduction par tous les moyens (galettes, tricot) et surtout offre de leçons particulières. Elle se sentait revivre en Maria. Qu'elle lui ait ouvert les bras si vite et si grands malgré les circonstances ne cesse de m'étonner.

Découvrir cette correspondance aujourd'hui me torture : non, je n'ai pas assez aimé ces femmes qui se sont si totalement données à moi, sacrifiées pour moi, je n'ai pas assez aimé ma mère, pas assez Noëlle, pas assez Maria.

« *Le Gravas, 20 septembre 1957*

Chère petite Maria,

Votre lettre nous a fait un bien immense. Comme vous êtes chic ! petite fille ! quel cran ! et quel bon sens ! Papa et moi en avions les larmes aux yeux. Et quelle délicatesse ! Comme vous vous appliquez pour ne pas flétrir J.-P. aux yeux de ses parents qui le jugent, je vous jure, plus sévèrement que vous.

Mais, croyez-moi, petite fille ! vous avez le beau rôle. Vous vous effacez sans bruit, non pas devant la péronnelle raisonneuse au cœur d'acajou dont il se fout ! mais devant trois têtes d'enfants. Et cela c'est très, très bien. (Ah ! maman, même là, tu ne parviens pas à parler comme une grand-mère ! Tu ne mentionnes tes petits-enfants que comme des arguments ! Quelle aurait été ton attitude si tu avais été à la place de Noëlle ? C'est fou... je ne mesure qu'ici, treize ans après ta mort, quelle femme terrible tu as été... Dans le temps d'une vie, une femme peut être fillette, amante, mère et grand-mère, elle avait mis tant de fougue dans les trois premiers chapitres...) *Vous avez le beau rôle parce que vous ne retrouverez pas chez vous au lieu du jeune visage rayonnant, du jeune corps, une femme aux yeux méchants... Comment oubliera-t-elle cette fugue d'un mois ? Elle n'est pas de celles qui supportent même en esprit ou en souvenir une rivale — fût-elle la mère !* (Là, elle s'identifie à Maria. La rivale n'est qu'une : la mère et la maîtresse.) *Elle vivra un enfer, je vous dis. Cela va la ronger comme un cancer. Quant à vous, croyez-moi, les rieurs seront de votre côté. Et en France et particulièrement à Paris, le ridicule tue...* »

Ici, je vois mon père lui dire : « Arrête ! voyons... » L'écriture de ma mère se désordonne, elle est tremblée, tremblante, sa rage est telle qu'elle, elle ! laisse passer des fautes d'orthographe (que j'ai corrigées par piété filiale).

« *Parlons sérieusement. Ne comptez pas que nous allions vous laisser tranquille. Venez au Gravas — quand vous le voudrez. Le portail sera toujours ouvert pour vous. On vous offre tout (cœur, bras et soins) avec enthousiasme... Ne me dites pas que vous ne le ferez pas. A la première fatigue, arrivez donc. Et quand vous aurez trouvé le brave gars qui vous épousera, venez tous les deux.*

Je m'arrête, chérie. A bientôt de vos nouvelles. De grands baisers. Et qu'il ne soit plus jamais question de qui vous savez.

(Ces lettres, dont je ne prends connaissance que maintenant, plus de trente ans après, me font très mal...)

Man Chabrol.

Bons baisers et bonne santé

Pa Ch. »

Du 23 septembre :

« ... *Nous attendions d'avoir des nouvelles de J.-P. Or depuis cinq semaines nous n'avons rien eu. J'espère qu'il n'est pas malade... Si vous avez le moyen de parvenir jusqu'à lui, je vous en prie, dites-lui combien il nous tarde de recevoir un mot de lui. Je ne vous demande pas si vous l'avez vu ! Je suis une égoïste en ne pensant qu'à nous...*

Du 16 octobre :

« ... *J'ai bien cru que vous nous aviez lâchés, vous aussi. Malheureusement, vous avez été malade... Non, nous n'avons pas eu la grippe. Et nous faisons tout pour l'éviter. C'est ainsi que nous nous sommes privés d'aller dimanche à Alès voir le film* Porte des Lilas [1]. *On s'est contentés d'une promenade à Villefort où l'air des châtaigniers n'est pas encore chargé du " virus de Singapour ". Papa a trouvé quelques cèpes et on s'est régalé. Je me promène tous les jours et papa file à son club de retraités où on fait et défait les ministères...*

A part ça plus de nouvelles de Mr J.-P. C. !

Ma foi, nous allons en prendre notre parti car, si on en claquait, ça lui ferait trop plaisir à elle...

A bientôt de vos nouvelles. Gros baisers. »

1. Dans ce film pourtant, on peut apercevoir Maria.

Du dimanche 3 novembre :

« *Je ne vous ai pas répondu tout de suite parce que j'avais le cafard et que je ne voulais pas vous le transmettre...*

Aujourd'hui est un peu sorti de l'ordinaire, nous avons assisté à l'inauguration du nouveau groupe scolaire de Chamborigaud. Anciens élèves, parents d'élèves, inspecteur, député. C'est une vraie plongée dans notre passé, notre enfant est né là, à l'ancienne école, il y a plus de trente-deux ans.

A part ça, notre petite vie tranquille. Les premières gelées font leur apparition et le matin, on ne peut pas sortir avant 10 heures. Ce qui ne nous gêne nullement. Et à 5 heures, on s'enferme, lecture, tricot, radio et rami. Quand je ne dors pas, je lis. Je viens de relire Les Désenchantées *de Pierre Loti. Voilà vingt-cinq ans que je ne l'avais pas relu. Et c'est pour moi aussi passionnant qu'à la première lecture. Papa est en train de changer les couvertures de quelques livres de la bibliothèque jusqu'au moment où je lui flanquerai la pile au rami...* »

Du 28 novembre :

« ... *Nous sommes très heureux que votre travail marche à votre idée et encore plus que vous soyez encore avec vos parents. Ne croyez pas que parler argent nous froisse. Nous en savons trop la valeur ayant travaillé tous les deux toute notre vie pour avoir une retraite à peu près décente. Et puis gagner sa vie, c'est aussi gagner son indépendance, toutefois une indépendance relative. Et puis, comme dit le proverbe :* " *ni intéressé, ni intéressant* ". *Quant à nous, nous subissons un automne merveilleux, malgré les fortes gelées nocturnes... La jeune voisine vient souvent veiller avec nous... j'ai fait une fois de plus de la confiture de châtaignes et si vous veniez bientôt vous pourriez en goûter.*

Je vous assure que nous aimerions beaucoup vous recevoir, mais quand? Nous écoutons la radio, mais un peu moins que d'habitude car la voisine est bavarde. Et puis il y a les cartes.

La grippe sévit au village, mais pas trop mauvaise cependant. Nous tâchons de ne pas prendre froid et de ne pas aller voir les malades. Nous craignons les microbes car je ne sais qui nous soignerait si nous étions couchés tous les deux à la fois. Une seule ressource : nous emmener à la maison de santé, le plus valide conduisant l'autre. Vous voyez que, l'esprit caustique reprenant le dessus, ça va mieux. Je vous embrasse, Maria chérie. A bientôt de vos nouvelles.

Man.

Bons baisers de Pa Ch. »

Ce paquet de lettres est arrivé hier. Je viens de découvrir ça. J'en suis bouleversé.

C'est la première fois que je peux imaginer de façon tangible comment mon père et ma mère ont vécu pendant dix ans. Sans moi. Dix ans, de 1957 à 1967.

Car j'avais sinon voulu du moins accepté ça, la rupture totale d'avec mon père et ma mère. C'était le prix à payer pour garder mes trois enfants, ma femme, ma maison, le petit univers personnel, peu confortable mais bouillonnant et chaleureux, que j'étais parvenu à construire en dix ans, de 1947 à 1957.

Je ne sais plus comment cela s'était marqué, ni seulement si cela s'était dit, formulé entre Noëlle et moi, mais c'était net, indiscutable, indiscuté, gravé dans le marbre, scintillant en lettres de feu sur chaque mur que rencontraient mes yeux : « mon père et ma mère s'étaient prêtés à ça ! » (et encore ma femme ne savait pas tout, moins que moi-même jusqu'à l'arrivée du facteur hier), ou j'étais comme eux ou je rompais définitivement avec eux. Ils ne connaîtraient jamais leurs petits-enfants. Inexorable...

Et, de fait, mon père est mort le 4 avril 1971 sans avoir jamais vu, même en photo, même une seule de ses trois merveilleuses petites-filles qu'il aurait adulées.

J'aurais pu au moins, au cours de ces dix années, je ne sais pas, leur écrire, voire en cachette. Mais non, j'ai joué le jeu que j'avais accepté, peut-être même proposé en partie, et durci, tant avait été fort mon désir d'être pardonné, gardé. Qui sait même si mon épouse bafouée m'en demandait tant. En tout cas, cela se résumait très bien ainsi : « c'est eux (mes parents) ou nous (mes trois enfants et moi) » ... Allons ! je suis allé de moi-même jusqu'au bout de la rupture, orphelin volontaire, sans rechigner, sans tricher pour une fois. Tu me croirais si je rayais mon père et ma mère ? O.K. ! rayons-les ! Et je m'y suis tenu, très strict, l'époux repenti, ce qui ne m'empêchait pas cependant de continuer à tromper ma femme mais sans joie, avec le dégoût de l'éthylique sortant de sa cure de désintoxication pour courir au bistrot. Dans cette histoire navrante, mon père et ma mère ont payé, payé le prix fort. Dix ans de bagne parental.

Et pourtant nous nous aimions. Deux paumés se sont accrochés l'un à l'autre et quatre enfants formidables sont nés de cette union. Il y a un peu d'elle dans chacun des quatre, et c'est la meilleure part.

Elia KAZAN,
Une vie.

Dix ans pendant lesquels, entre mes frasques et mes œuvres, je m'épanouissais. Naturellement, à partir du moment où je n'y ai plus mis les pieds, je me suis mis à écrire sur les Cévennes, *Un homme de trop* (1958), *Les Fous de Dieu* (1961), la suite des *Rebelles* (de 1965 à 1968), *Les Contes d'outre-temps* (1969), etc. A écrire et à raconter mon pays, les Cévennes. Les droits d'auteur affluaient, mon épouse, mère de quatre enfants, pouvait enfin, grâce à moi et à la Cévenne, se reposer un peu sur une bonne... En une soirée, la télévision a fait de moi une vedette. Plus je m'éloignais d'eux, plus mes parents avaient de raisons d'être fiers de moi. Quand j'étais programmé sur le petit écran, les voisins les invitaient car eux n'avaient pas encore de téléviseur. Les villages voisins organisaient des écoutes collectives.

Au pays, j'étais devenu un sujet de conversation. Pour mes parents, il y avait deux sortes de rencontres, les gens qui leur parlaient tout de suite de moi, et ceux qui évitaient de leur en parler, avec des airs contrits, car ils étaient au courant. Mon père et ma mère sortaient donc de moins en moins du mas où ils se recroquevillaient autour de la bibliothèque.

Mes œuvres cévenoles me ramenaient sans cesse au pays, je veux dire : physiquement. La première chaîne de télévision (il n'y en avait encore qu'une) a présenté un documentaire en deux parties, chacune d'une heure et demie, à partir de mon roman *Les Fous de Dieu,* deux soirs à 20 h 30, en « prime-time » (ni le mot ni l'obsession n'existaient encore). J'ai donc parcouru mon petit pays à deux reprises, pour les repérages puis pour les tournages, allées et venues qui me conduisaient à passer et à repasser à quelques centaines de mètres de mon mas familial. Nous logions à Vialas, à Pont-de-Montvert, à Florac, à Alès, alors qu'il y avait des chambres libres chez moi et, tout chaud, un accueil bouleversant.

Le réalisateur, Jean L'Hôte, écrivain lui-même, auteur de *La Communale,* des *Confessions d'un enfant de chœur,* fils d'instituteur comme moi, pouvait me comprendre à demi-mot. Il ne me passait rien, il m'aimait bien, son affection caustique me manque encore, il savait, lui, jusqu'où je pouvais « aller trop loin », il me le disait, et je l'acceptais, de lui. Après une journée de repérage sur le plateau du mont Lozère, nous redescendions vers notre hôtel d'Alès, j'ai arrêté la voiture sur la route de Génolhac, à l'à-pic du Gravas. Nous nous sommes assis sur le parapet. Souvent des promeneurs s'arrêtaient là pour contempler la vallée. Le feuillage des chênes verts qui poussaient sous la route empêchait les gens d'en bas de distinguer les curieux, je le savais, nous étions tranquilles de ce côté.

C'était par un de ces tranquilles crépuscules cévenols où l'air se plaît à porter loin l'aboi d'un chien, le crissement des freins dans un virage et les cris des écoliers sur le chemin du retour. Le soleil, qui s'apprête à passer derrière la crête de Coudouloux, dore les reliefs dont les ombres s'allongent presque à vue d'œil. Le temps avait été beau toute la journée, le linge était sec. A beaucoup moins de cent mètres au-dessous de moi, ma mère décrochait les draps et les vêtements pendus sur la corde entre les deux cerisiers. Je reconnaissais presque chaque pièce, mes parents n'avaient guère renouvelé leur garde-robe. Je pouvais même distinguer un nouveau fond au vieux pantalon que mon père affectionnait pour aller à la pêche parce que sa couleur passée se confondait avec la végétation des rives. Les bras levés, maman chassait à petits coups de pied retenus un chat qui s'obstinait à tourner autour de ses jambes et lui chatouillait les mollets de sa queue dressée. Mon père, je ne le voyais pas mais je l'entendais : ces coups de marteau légers, répétés par séries rythmées sur l'enclume sonore, comme des pépiements, ce ne pouvait venir que de lui, dans l'atelier dont le double portail n'ouvrait, hélas ! que sur la cour. Il redressait des clous...

Il y avait cinq années que je n'avais pas vu mes parents.

Il m'aurait suffi de dévaler par le sentier qui reliait la route au chemin vicinal du bas et qui débouche juste devant chez nous. Il m'aurait suffi d'une minute...

Mais j'avais promis à ma femme, et cette promesse-là, va savoir pourquoi, je la tenais, je m'y tenais, alors que je lui avais aussi promis fidélité devant le maire adjoint du VIIe arrondissement... C'était un serment plus facile à tenir que celui de ne pas courir la gueuse, mes parents en pâtissaient plus que moi, l'avais-je mesuré ? Oui, quand même un peu, je n'en suis pas très fier aujourd'hui... Encore une fois, je me servais d'eux, c'était lâche. A vingt mètres de la corde à linge, il y avait notre tombeau familial. Mon père et ma mère y entreraient-ils avant que j'aie pu sauter dans leurs bras ? Ce grand-père pourrait-il apprendre à son petit-fils, qui marchait sur ses quatorze ans, à attraper sous les cerisiers ces sauterelles jaunes à cul rouge qui plaisent à la truite ? Le temps passait, irrémédiable. Quel gâchis !

Jean L'Hôte et moi, assis sur le parapet, les pieds dans le vide, nous battions lentement des chevilles, d'un même mouvement. Je lui avais tout raconté. Il se taisait, moi aussi. Il y en avait pourtant, à dire, mais ni lui ni moi ne savions comment.

Maman rentrait, le linge passé sur son avant-bras comme la serviette d'un serveur de restaurant. Du linge sec, il n'y en avait pas beaucoup, ils n'étaient que deux, elle lavait souvent, ça l'occupait. L'ombre du Gravas s'allongeait sur le chemin et le pré, les moindres bruits montaient jusqu'à nous, nets, comme en studio. Ils me suffisaient pour imaginer ces gestes du soir qui n'avaient pas changé depuis cinq ans. Le crissement d'un vantail (toujours le même) que papa tirait en force quand il quittait l'atelier. Sur les quatorze marches en pierre de l'escalier que je ne pouvais voir, le clapotis des vieilles godasses que mon père enfilait « en grolles », c'est-à-dire sans chausser le talon. Un silence sur la septième marche pour allumer... non, pour rouler une cigarette (l'arrêt briquet serait plus court)... Je décrivais tout cela à Jean L'Hôte, qui me jetait un regard bref, timide : « Qu'est-ce que tu attends pour descendre ? Qui le saura ? » J'aurais pu répondre : « moi », mais entre nous deux rien n'était formulé.

Le plus dur pour moi, c'est quand j'ai entendu la voix de ma mère. Elle criait car mon père était un peu sourd, elle lui demandait d'apporter une bouteille de la cave, et je le devinais à mi-escalier en train de rouscailler qu'elle aurait pu lui dire ça avant qu'il commence de monter...

Ma bouche s'emplissait de l'âpre verdeur de notre vin de clinton familial. J'aurais voulu voir (au moins apercevoir) mon père. Même de loin, j'aurais pu juger (à sa silhouette, à sa démarche) de son vieillissement. Attente vaine, je le savais, il redescendait en grommelant sept marches, traversait la cour, entrait dans la cave, choisissait une de ces anciennes bouteilles de bière à bouchon mécanique en porcelaine dans lesquelles il transvasait le vin des tonneaux, puis il remonterait, entrerait dans la cuisine dont il fermerait la porte pour la nuit... J'entendais déjà le clapotis des libres talons dans l'escalier, au retour. J'aperçus une dernière fois ma mère, à contre-jour. Elle tirait les volets. C'était fini.

Nous sommes remontés en voiture, jusqu'à Alès nous n'avons pas dit un mot.

Puis il y a eu cette glorieuse soirée de l'Évêché. A force de me regarder à la télévision, ma sous-préfecture voulait me voir en chair et en os. Les organisateurs m'avaient logé à l'Hôtel du Nord qui avait été réquisitionné sous l'Occupation par la Waffen SS française. La chambre avait été heureusement désinfectée et rénovée depuis. Je m'y suis installé pour une nuit avec une sorte de satisfaction revancharde. Le palais de l'Évêché a été racheté par la Caisse d'épargne qui a fait fortune en manipulant les petits sous de retraités mineurs fabuleusement économes. La belle salle du palais, où je devais me produire, est actuellement le hall du vorace Écureuil. Elle était pleine, il y avait deux rangées de personnes debout le long des murs. Mes parents étaient assis dans le fond, je suppose qu'on leur avait fait place. Je ne les ai vaguement aperçus que lorsque je suis monté sur l'estrade. Cloué là, ne sachant quelle contenance prendre pendant que quelques jeunes filles, la crème du groupe théâtral du lycée, mises en scène par leur professeur, ânonnaient quelques dialogues de mes *Rebelles*. L'enfilade d'anecdotes, que j'avais préparées pour tenir au moins une heure, étaient toutes fondées sur des souvenirs d'enfance et d'adolescence. Mon père ou ma mère ou les deux en étaient souvent les acteurs, en tout cas presque toujours les témoins. Si mes récits touchaient si directement, si vivement, ce public en majorité cévenol qui me le prouvait spontanément par ses rires, ses ah ! ses oh !, ses bravos, que ne devaient-ils remuer dans le cœur de mes parents que je n'avais pas embrassés depuis tant d'années pendant lesquelles ils ne m'avaient vu que sur le petit écran et qui me voyaient ce soir pour la première fois depuis 1957, en vrai, mais de si loin, du fond de cette longue salle où ils se perdaient dans la foule ? Du haut de mon piédestal, je les avais plus ou moins repérés et je croyais deviner, au petit éclat métallique allant de l'un à l'autre, ces jumelles de théâtre nickelées que mon père avait rapportées de son premier voyage à Paris, et qu'ils devaient là se passer de l'un à l'autre, s'arracher des mains pour rapprocher leur fils. A part ces quelques secondes, je ne pensais pas à eux, je ne faisais, même pas par la pensée, la relation entre eux et ce que je racontais. Tout mon être était mobilisé pour la conquête de ce public au milieu duquel ils ne comptaient pas, ils ne devaient pas compter sans quoi j'aurais perdu le fil, je serais resté sec et contrit. Je m'appliquais donc non seulement à porter la voix, à m'exprimer joliment, avec les mots justes, dosant l'occitan assez pour caresser les patoisants dans le sens du poil mais pas assez pour perdre l'attention des autres, et surtout je m'efforçais de revivre en les contant les sensations, les émotions, les peurs et les joies, les bonheurs de mes vertes années au cher petit pays. Je l'avais déjà maintes fois éprouvé, que ce soit en public ou même devant les micros et les caméras, devant une poignée de techniciens blasés : l'emprise réelle et immédiate (disons « le charme » puisque c'est le mot juste) que j'exerçais sur mes auditeurs, quel qu'en soit le nombre, ne se nourrissait que de ma propre nostalgie, dans la mesure où j'étais capable de la vivre en la parlant, la vivre intensément, au point de m'amener moi-même au bord des larmes, ou de m'incruster de rage les ongles dans les paumes. Alors, sur l'estrade, j'étais seul. Alors je pouvais raconter, puis en venir à conter (ce qui est sublimer le passé réel) mes parents mythiques sans que me gêne en rien la présence de mes parents réels, sans même que je pense à eux, là, présents, mes parents d'aujourd'hui.

Je me suis laissé aller follement. Qui sait, leur présence peut-être inconsciemment m'excitait, peut-être mon succès présent n'était qu'un alibi, un biais pour me faire pardonner ma terrible carence filiale, une monnaie d'échange, de la fierté contre de l'affection. Ce beau raisonnement, j'étais bien incapable de le mitonner alors, face à la salle de l'Évêché, tout à l'intensité de mes ressouvenances, mais aujourd'hui, de cette page, je suis convaincu que mon lyrisme verbal aurait été différent si mon père et ma mère n'avaient pas été dans le fond. J'ai parlé deux heures.

Après, il y a eu le banquet offert par les organisateurs en mon honneur. Convives triés sur le volet. Mes parents avaient-ils été invités ? Je ne l'ai pas su, je ne l'ai pas demandé. J'étais fêté, disert, j'en suis triste aujourd'hui, je n'ai pas eu une pensée pour mon père et ma mère qui avaient dû se glisser vers la sortie en rasant les murs, remonter dans leur voiture, se taper les trente kilomètres jusqu'au mas dans la lueur des phares (mon père qui détestait conduire de nuit !) en silence, oui, je ne les vois guère échanger leurs impressions, pas sur le coup, peut-être en se couchant, tous les deux, seuls dans la grande maison familiale si vide...

Au cours de ces dix années de sevrage parental, combien de fois n'ai-je pas tourné en rond dans le pays natal en veillant à ne pas approcher de trop près notre mas familial ? Ma Cévenne, je l'ai parcourue, sillonnée, quadrillée, contemplée, reniflée, épiée, humée, sondée, avec une sorte de désespoir latent, inavouable. N'importe quel prétexte m'y ramenait, en équipe, en galante compagnie, ou tout seul, mais toujours incognito (stricto sensu : « En agissant de manière à ne pas être reconnu. Ex. : voyager incognito... »). Je n'étais pourtant pas un bâtard, mes parents m'avaient « reconnu », c'est moi qui ne les « reconnaissais » plus... Je poussais l'audace jusqu'à me faire conduire sur notre chemin, mais le courage me manquait soudain pour passer même à trente à l'heure sous les fenêtres du mas : je me cachais la tête entre les genoux. Je « rôdais comme un chien malade », mon père employait volontiers cette expression populaire. Je suis venu en repérage avec Paul Carpita et le producteur Harry Saltzman pour préparer le tournage d'*Un homme de trop,* puis je suis revenu pour présenter le film réalisé finalement par Costa-Gavras en compagnie de Jean-Claude Brialy, Bruno Crémer et d'autres acteurs, pour le tournage puis, plus tard, pour la présentation solennelle à Alès. Et là encore, papa et maman devaient se trouver rencognés dans le fond de la salle obscure. Je ne les ai pas vus vraiment, ils ont disparu parmi la foule qui s'écoulait dans la rue d'Avéjan. Et après tout, quoi ! ce n'était qu'une paire de petits-bourgeois étriqués et frileux, moi je demeurais avec les vedettes de « mon » film.

J'étais devenu hypersensible aux senteurs, aux couleurs, aux saveurs, aux contacts de mon pays. Le mauve unique des brousses, le roucoulement d'un ruisselet, pour peu qu'un souffle de tramontane me caresse les cheveux, arrêtaient net mon pas et m'amenaient au bord des larmes. Grand idiot que j'étais, je me serais battu ! Je voyageais beaucoup, mais partout dans le monde, en Islande, en Ukraine, au Japon, une odeur de feuilles mortes, la danse d'un feu de bois, le toucher du granit suffisaient à me ramener chez moi quelques secondes. Et je me retrouvais à l'aise dans les écrits des bannis, des proscrits, des exilés. Si j'avais été plus conscient, j'aurais envié le fils prodigue. N'est-ce pas là l'une des causes de la faiblesse générale des écrivains d'intérêt local, de la littérature purement régionale ? Le créateur qui y passe sa vie, sa contrée ne lui manque pas, c'est du quotidien, du normal, il n'en souffre pas, il n'a pas le mal du pays (le bien-nommé !). Sans souffrance, sans nostalgie, pas d'art. C'est maintenant qu'ils sont morts que je peux parler de mes parents, plus le temps passe plus j'en souffre, plus j'ai le mal d'eux, en outre je sais au moins que là où ils sont mes mots ne les peineront pas, non, pas autant que les a peinés mon silence.

Je me mis en tête d'acheter un mas, dans l'arrondissement d'Alès si possible. Le marchand de biens m'a fait visiter une bastide majestueuse en face d'Anduze, une grange magnifique sur la route de Saint-Jean-du-Pin, des propriétés dans le val Borgne et sur les rives des trois Gardon... Presque toutes plus pratiques et plus belles que le modeste Gavras. A sa grande surprise, je ne tombais en arrêt que devant la niche d'un fenestron, un tuyau d'écoulement creusé dans le bois ou la meule à aiguiser rudimentaire qu'un bricoleur (sans doute manchot) avait munie du même système à pédale que celui bricolé par mon père.

— Voyez ce paysage ! m'exhortait le marchand de biens.

Moi, je m'attardais devant le râtelier charançonné d'une étable abandonnée depuis longtemps mais qui conservait ses odeurs familières. Bien sûr, je n'ai rien acheté mais je garde un humble souvenir de cette prospection, un larcin, un couteau de poche rouillé, ébréché, au manche cassé, mais un « Sauvagnat », la marque préférée des mamées cévenoles.

Entre deux voyages, en Cévenne ou ailleurs, je retrouvais ma femme et mes enfants, ils étaient quatre à présent, auxquels il aurait été indécent (comment est-on arrivé à me le faire comprendre et à me le faire croire ?) de parler de leurs grands-parents cévenols, et même de la Cévenne tout court, je pondais assez sur le sujet ! Bref, la Cévenne, c'était mon atelier, mon gagne-pain, mes gosses n'avaient rien à voir avec ça, ils ne lisaient pas mes livres, savaient que je me disais écrivain mais n'en étaient pas persuadés.

Un jour, ma fille aînée, douze ans, m'a demandé en rentrant du lycée :

— Alors, papa, tu es vraiment écrivain ?

— Mais oui, pourquoi ?

— Y en a qui te lisent au lycée, tu es dans Le Livre de Poche, comme Malraux, comme Hemingway...

Bof ! ma mère n'y croyait pas non plus. Mes livres en main, elle en a douté jusqu'à sa mort.

Mes quatre enfants allaient passer leurs vacances dans l'*Île*, ils vivaient beaucoup avec leurs grands-parents, leurs tantes, oncles et cousins, *madunaccia* ! Ils étaient persuadés qu'il n'étaient *que* corses, que le sang cévenol n'y était pour rien. A la maison, chez moi ! « Cévenol » était gentiment péjoratif, une tare pas trop grave, une manie presque inoffensive que l'on passait à papa, pourvu qu'il n'en abuse pas...

Et, moi, je laissais faire... comme mon père.

En premier lieu, je travaillais, tout le temps, et beaucoup, grâce à quoi ma nichée vivait confortablement. Articles, romans, contes, émissions... j'adorais ce que je faisais, je m'y donnais corps et âme, je me réveillais la nuit, souvent, pour noter ce qui débordait de ma tête.

A des journalistes qui le poussaient à dire du mal de moi, mon fils a répondu : « Mon père, il est habité ! »

Mon fils m'avait enfin compris, c'était il y a peu, il a plus de quarante ans.

Quand je demande aujourd'hui à l'un de mes enfants le souvenir immédiat qu'il a gardé de moi pendant son enfance, la réponse est la même, pour les quatre : « Le bruit de ta machine à écrire, la nuit, dans le grenier... »

Quand ils se réveillaient sur un cauchemar, m'expliquent-ils, le tic-tac de ma vieille Olympia ferraillante les rassurait : papa travaille, tout va bien, et ils pouvaient se rendormir paisiblement. L'un des plus jolis tableaux de cette époque fut par une nuit d'orage fracassant. On aurait dit que le tonnerre canonnait la maison qui en tremblait de la cave au grenier. J'ai d'abord entendu dans l'escalier la toute petite qui montait péniblement.

— Papa, j'ai peur. Je peux rester un peu avec toi ?

Puis la deuxième, puis la troisième, enfin mon fils, l'aîné, très maître de lui :

— Papa, je monte voir si les petites te gênent pas...

Tous quatre allongés sur le tapis à mes pieds se sont mis à me raconter les orages corses. J'ai arrêté d'écrire sur la Cévenne, l'Olympia s'est tue.

Et mon père est mort sans avoir eu ses petites-filles confiantes, autour de lui, pour leur raconter nos tramontanes et les rages électriques du mont Lozère. Infirme, deux fois infirme, amputé de sa main droite et de ses petits-enfants.

Quand la dernière est née, j'étais en plein dans *Les Fous de Dieu*, je travaillais toute la nuit. Comme, pendant les premiers mois, le bébé avait un biberon à deux heures du matin, dès que je l'entendais pleurer, j'allais le prendre dans son berceau, très délicatement pour ne pas réveiller ma femme, j'étalais une alaise sur mes feuillets couverts des sermons et des exploits de Roland Laporte, j'enlevais les couches maculées, je nettoyais les petites fesses avec de la crème *ad hoc*, je les séchais, les talquais, remaillotais l'ensemble et donnais le biberon. Puis il y avait le problème du rot, la petite Elsa était très longue à le sortir, et je ne pouvais la recoucher avant qu'elle l'ait fait. Pour le faciliter, il faut maintenir le nourrisson à plat, le ventre sur la main. Et moi, il me tardait de retourner à mes camisards, j'avais peur de perdre le fil. J'ai fini par trouver le truc. J'écrivais par ces nuits froides emmitouflé dans une veste de chasseur, en velours côtelé, qui comportait une très vaste poche dans le bas du dos, pour porter le gibier, dite « poche carnassière ». Je glissai là-dedans mon bébé, les pieds d'abord, le ventre à plat, les bras et la tête sortis, dans la position même où le berger porte l'agneau né pendant la transhumance, et je reprenais le fil de la « guerre en Cévennes ». Quand j'entendais dans mon dos cette forte éructation d'Elsa, qui la secouait des pieds à la tête, je pouvais aller la recoucher dans son berceau, où elle s'endormait instantanément. Je pouvais alors replonger pour de longues heures dans la horde hérétique de mes huguenots de 1703 que la propagande officielle n'appelait pas encore les « camisards » mais les « attroupés », les « malcontents » ou les « malheureux », et dont je me représentais certains avec les yeux tendres, les rides profondes et la barbe piquante de mon père la veille de son rasage hebdomadaire. Le caca d'Elsa leur a porté chance.

Il y a quelque complaisance, j'en conviens, à rapporter ces souvenirs. On peut y voir je ne sais quel hypocrite plaidoyer d'un père négligent, accusé de ne s'être jamais sali les mains dans les besognes les plus malodorantes d'une famille nombreuse. Le grief, c'est vrai, a longtemps traîné dans les allusions quotidiennes, dans le dossier du divorce et, ce qui est plus navrant, dans les mémoires enfantines et adolescentes (je payais donc, moi aussi, et pas seulement mes parents). Baste ! mon plaisir est pur, est doux, de me reprojeter, sur le grand écran de ma petite tête, la nuit de l'orage et l'alaise étalée sur les camisards pour le joli petit cul à talquer. Mes enfants auraient pu passer des vacances en Cévennes, je suis bien sûr que papa se serait fait une joie, et un plaisir, de se lever au milieu de la nuit, pas sans rouscailler bien sûr, pour débarrasser sa petite-fille de ses couches merdeuses, la nettoyer et la sécher, mieux que moi, comme s'il n'avait fait que ça toute sa vie, de toute sa tendresse, de toute son habileté de manchot.

Il semblerait que, paradoxalement, ce soient les couples en péril qui produisent les plus beaux enfants, comme si l'amour qui s'évapore se condensait, purifié, dans la progéniture. Quels que soient ultérieurement les déchirements de leurs parents, les enfants sont là, preuves lumineuses que l'amour révolu fut très beau. Ainsi, quand les amants deviennent parents, la meilleure part de leur amour leur échappe, heureusement, celle-là, ils ne pourront pas la salir. Jadis, on nommait « enfant de l'amour » celui dont les parents n'étaient pas mariés. Après divorce, tout enfant devient enfant de l'amour. Si l'on met à part quelques couples monstrueux, le père et la mère, moins ils s'aiment, plus ils aiment leurs enfants. Rien ne se perd, il faut bien poser son cœur quelque part. Les ex-époux peuvent bien s'acharner à creuser bec et ongles le fossé de leur séparation, ils ne peuvent retirer leurs sangs qui sont mêlés harmonieusement dans l'éclatante jeunesse qui leur doit la vie, à tous les deux.

Séparation de biens, séparation de corps, quand on s'est disputé la table de la cuisine et la télé, on peut bien s'arracher les enfants. Parce qu'il n'y a plus d'amour, il ne reste qu'eux, et chacun les veut tous pour lui seul. Et voici l'épisode du cercle de craie, que je me permets de rappeler ici à ma façon : deux femmes se prétendent la mère d'un enfant. Salomon le fait placer au centre d'un cercle. Chaque prétendue mère va le tirer par un bras, celle qui l'attirera hors du cercle sera décrétée la vraie mère. Toutes deux tirent, de toutes leurs forces. L'enfant pousse un cri de douleur. L'une des femmes le lâche, elle a perdu. Non, décide Salomon, c'est elle la mère authentique car elle n'a pas pu supporter de voir son enfant souffrir. Hélas ! dans ces luttes d'après divorce, il n'y a pas toujours un Salomon pour préférer le cœur au biceps.

L'une des expressions populaires pour « faire l'amour » est « tirer le feu d'artifice ». Quelles que soient plus tard les vicissitudes et l'amertume du couple qui se fissure, il faut en revenir au crépitement d'étoiles dont l'enfant est le bouquet. L'enfant reste à jamais le bouquet, même si les deux artificiers se brouillent après coup. La nuit s'est plus ou moins embrasée, les fusées sont montées plus ou moins haut, plus ou moins colorées, mais les pétards sont bel et bien partis, il n'y aurait pas d'enfant sans cela. Sans l'aiguillon, sans le désir, l'homme ne serait jamais un père. C'est ainsi que mon père m'a fait, ainsi que j'ai fait mon fils et mes filles...

Que le ton choisi soit lyrique ou vulgaire, sentimental ou médical, il n'est jamais juste. Il ne fournit qu'une note, qu'une couleur pour un seul détail, une seule seconde, il donne à peine à soupçonner la profonde symphonie, l'immense fresque, bref l'inconcevable mystère qu'est la création de la vie. Dire que c'est mystérieux, allons ! ce n'est pas annoncer une grande nouvelle, mais c'est au moins marquer qu'on ne s'habitue pas à ce vertigineux inconnu, qu'il nous intrigue et nous inquiète à neuf, toujours, même si l'on est devenu père de famille nombreuse. Cette faculté d'étonnement, d'admiration ne s'estompe aucunement dans la répétition des paternités, au contraire, les pères âgés sont les plus naïvement épatés par leur bébé. La vie ce n'est que ça : la faculté de s'étonner toujours. Se blaser, c'est se préparer pour la mort.

Il passe des moments moroses où le divorcé se demande ce qui lui a pris de faire tant d'enfants, mais alors il voir venir un grand gaillard dont le nez bourgeonne comme le sien, qui le prend dans ses bras et lui lance un « salut, papa ! ». Alors le papa se dit : « Que je suis con ! » Est-ce qu'il faut vraiment tant d'explications ?

Maintenant, 1993, en cette fin de siècle, quand je remonte au Gravas au milieu de la nuit, je traverse les villages déserts ou désertés. Après huit heures du soir, plus un chat dans les rues. Les persiennes montrent des rais d'une lumière bleutée qui s'éteignent avec la dernière émission de la télé. Mais je sais que, dans presque chacune de ses humbles maisons barricadées, une famille est déchirée. Les causes ne manquent pas : fuite des enfants, chômage, alcoolisme, hypocondrie, remords, angoisses... mais surtout, aggravant le tout, héréditaire, ancestral, à peine émoussé par les siècles : notre putain de caractère cévenol.

Alors, s'il se heurte au putain de caractère corse !

Allons ! ni les uns ni les autres n'étaient des agneaux œcuméniques. Mon vieux papa, qui s'était toujours « démerdé pour ne pas avoir d'histoires », avait dû faire une erreur quelque part, je cherche encore où. Mon erreur à moi, je crois bien qu'elle remonte à Yalta. Le partage du monde a des effets pervers, à long terme. Nous étions des victimes de l'Histoire (avec un grand H gothique), mon père et moi (on se console comme on peut).

Tu me dis que tu es allé à Lyon pour que je croie que tu n'y es pas allé ! Mais je sais bien que tu y es allé, grand menteur !

Cité par Mac ORLAN comme typique de l'humour lyonnais.

Il mentait pour le plaisir. De plus en plus, en vieillissant. Ma mère me racontait :

— Je lui ai dit : « Hier, tu es allé à Génolhac... » Il m'a répondu : « Non. — On t'a vu ! — C'est pas vrai ! — Si, Mme Boutefieu t'a vu ! — Cette vieille taupe ! elle y voit pas plus loin que le bout de ses dents ! — Si ! tu achetais ce journal que tu as, là, entre les mains ! — C'était pas moi... » Rien à faire, il niait jusqu'à l'évidence. Pourtant pas de problème : il était libre d'aller à Génolhac, pas de reproches à lui faire, au contraire, ça lui fait du bien, de sortir un peu... Mais non, il ment, comme ça, pour rien, il ment comme il respire, c'est le cas de le dire...

Maman constatait ce travers sans se plaindre, c'était encore une originalité de son drôle de mari : « J'ai beau lui mettre le nez sur son mensonge gros comme une maison, irréfutable, il nie encore, il rit, alors je finis par rire aussi... »

A moi, il me confiait à mi-voix : « Si le Père éternel a inventé le mensonge, c'est pour s'en servir ! »

Il était conscient, lui. Moi, je mens sans m'en rendre compte. Déjà tout petit, j'étais fasciné par l'ambiguïté du langage. « Je suis un menteur », tu le dis mais tu mens, donc tu n'es pas un menteur, mais si tu ne l'es pas, affirmant ainsi que tu l'es, tu mens... Pas moyen d'en sortir.

Papa mentait pour pimenter la vie, qu'il trouvait farce.

Quand on le lui reprochait, tout au plus répondait-il d'une boutade avec l'accent de Raimu : « Je ne mens pas, J'EX-XA-GÈREU ! » Mais, la plupart du temps, il ne s'en défendait même pas. Il était capable de mentir froidement, sans que ses muscles faciaux trahissent la moindre crispation, hormis parfois une petite lueur dans le gris-bleu de ses yeux... mais il fallait le connaître bien pour la remarquer. Il mentait pour rire, mais il mentait aussi par une sorte de revanche sur la vie, qui nous est imposée, cette vie qui lui avait été rognée dès la première minute. Son genre n'était pas l'autobiographie mais le roman, pis : la romance, qu'il chantait faux, il faussait même la musique. Ses mensonges servaient sa révolte et sa liberté : il n'était pas ce que vous dites, il n'était pas allé où vous l'affirmez, il n'avait jamais prononcé les paroles que vous avez entendues, vous n'avez rien compris, il était ailleurs, il était autre. Il voulait mentir à tout le monde, aux siens, à ses voisins, à l'Académie, à l'État, et à Dieu surtout. Quand il mentait aux gens qu'il aimait, il s'y prenait si gauchement qu'ils doutaient aussitôt de ses dires. Quand il mentait aux autres, je ne sais pas. Mentir au Grand Menteur ! Dans notre occitan, mensonge se dit « messorgue », vocable doublement religieux dans lequel s'accordent la messe et l'orgue. Messorguer, c'était la seule arme qui lui restait, la seule adaptée à ce monde charlatanesque, la seule que pouvait manier un pirate diminué menant en solitaire sa guérilla de survie. Il aurait pu marquer sur sa carte d'identité : « profession : menteur ». Comme un écrivain.

Un trou de dix années. J'essaie ces jours-ci, désespérément, de le combler, ce vide, comme mes parents s'étaient employés eux-mêmes à le peupler. Ils nouaient de nouvelles relations, ou renouaient avec d'anciennes longtemps négligées. Ils prêtaient un bout de terrain irrigable à côté du mas à un lointain cousin pour qu'il y fasse un jardin, et disposer ainsi, pendant l'arrosage de soirs d'été, de quelqu'un à qui parler. Cette moitié du Gravas qui m'aurait été dévolue à moi et à ma famille, ils l'avaient aménagée pour la louer, plus pour le voisinage et la conversation que pour le rapport. Mes parents cherchaient surtout des gens avec qui causer de leur fils. Ainsi défilèrent à leur table et dans la chambre d'ami d'invraisemblables vieilles filles, esseulées, émotives, que mon père caricaturait sauvagement dès qu'elles avaient le dos tourné, des militantes protestantes rassises qui venaient tourner autour du « mas des Fous de Dieu » et, faute d'y trouver l'auteur, s'y rabattaient sur ses parents, sur maman plus précisément, qui ne demandait que ça, gloser sur ce « maître livre des huguenots », exégèse viscéralement maternelle qui fondait indiscutablement le génie de l'auteur sur une enfance et une adolescence modèles entre ces murs suintant l'Histoire qu'elle prenait plaisir à faire visiter aux curieuses. Papa se marrait, il suivait de loin, en fumant, sa femme qui se laissait reprendre par la religion de ses parents dont elle avait été tellement gavée qu'elle s'était juré le jour de son mariage que ce serait le dernier des rites auquel elle se prêterait. A l'heure du thé (car, pour plaire à ces dames, maman s'était mise à la boisson anglaise), mon père les charriait gentiment. C'était admis, il jouait le mécréant acceptable. Plus tard, il m'a confié :

— Y en avait pas une de simplement regardable... Des « roumèques », paquets d'os et culs pincés, t'avais pas envie de...

Sa main unique mimait la remontée d'une cuisse sous une jupe.

J'étais le fils prodigue, trop occupé (ses livres, la télé, vous l'avez vu, je pense...) pour venir visiter ses vieux parents, mais on peut vous montrer le veau gras, il est à l'étable, il devient énorme, un de ces jours il va exploser...

A mon grand retour, j'en ai rencontré quelques-unes, qui continuaient de loin en loin à fréquenter Le Gravas, la boiteuse, l'énorme qui n'avançait, une patte après l'autre, que par une torsion de tout le corps, la volubile qui moulinait des deux bras (quand elle traversait la cuisine, on entendait tomber les casseroles), la très pieuse qui marchait mains jointes, les yeux au ciel, et ratait les marches, l'« évangéliste du septième jour » qui prétendait, démonstration à l'appui, qu'on ne peut réussir à monter une mayonnaise sans appeler à l'aide le Tout-Puissant... Je me moque, j'ai tort, elles ont aidé, par leur complaisante disponibilité, ma mère à supporter sa peine, et, par leur pittoresque, mon père à supporter la sienne.

A papa, ces vieilles demoiselles bégueules passaient tout. Devant lui, elles exagéraient, s'effarouchaient démonstrativement, pour lui plaire, mais, lui parti, elles en parlaient avec une tendresse teintée d'envie, comme du voyou bien-aimé, l'indispensable iconoclaste, le piment sans lequel la vie quotidienne des familles chrétiennes serait bien fade. Ces dévotes aimaient mon père comme les curés, Brassens. Il les avait séduites, même celles-là, et sans effort, sans se châtier le langage ni rien retrancher à ses vitupérations païennes.

Ils fréquentaient les Pâquier. Henri avait été six ans mon condisciple et mon meilleur ami au lycée d'Alès, il avait fait carrière dans l'enseignement, il était inspecteur primaire. Au moins une fois tous les quinze jours, mes parents débarquaient chez les Pâquier pour choisir des livres, il leur avait accordé à eux, et à eux seuls, le libre accès de sa bibliothèque. Ma mère l'appelait son « deuxième fils ». Je suis allé le voir hier (25 mai 1993) :

— ... Ils arrivaient avec leur sac à provisions, leur « cabas », pour le remplir de bouquins. Ta mère parlait de toi. Ton père, non.

— Quel genre de livres choisissaient-ils ?

— Ah... Ta mère, des livres sérieux, par exemple les Giono, ou bien même des livres très sérieux, Montaigne... Ton père, lui, cherchait des bouquins vachement légers, ou des polars. Alors, ils faisaient deux tas, le tas de ton père et le tas de ta mère, et ils arrangeaient tout ça dans le cabas. Arrivés chez eux, ils recouvraient mes livres pour pas qu'ils se salissent.

— Tu as une idée de leur emploi du temps... quotidien ?

— Ils sortaient peu en bagnole. A la belle saison, chaque soir après le repas, ils marchaient jusqu'à Pont-de-Rastel. Ta mère allait faire ses commissions à Chamborigaud, à pied, elle s'arrêtait un peu partout, elle tchatchait...

— Elle parlait volontiers de moi ?

— Beaucoup. Plus que ton père.

— Et quand les gens lui demandaient : « Quand est-ce qu'il vient ? » qu'est-ce qu'elle répondait ?

— Je ne sais pas, je n'ai jamais vu tes parents avec des gens.

— Et avec vous, avec Thérèse, avec toi ?

— Je me souviens d'une anecdote. Un jour, je t'ai vu à Paris, à la vente du C.N.E. [1], tu signais tes bouquins à côté de Jean Vilar et de Claude Roy qui venait d'écrire une biographie de Gérard Philipe. Je me suis avancé vers vous, j'ai fait signer son bouquin à Claude Roy, à Jean Vilar aussi, puis je t'ai pris à part, et je t'ai dit : « Tes parents pensent sans arrêt à toi. » Et tu m'as répondu : « Laissons passer le temps. » Et, à mon retour ici, j'ai répété la chose à tes parents. Ta mère avait les larmes aux yeux, ton père n'a rien dit.

Thérèse narre gaiement les jeux du séducteur :

— « ... Tu es jeunette, toi ! Tes mollets sont lisses, je les embrasserais plus volontiers que certaines babines pieuses... »

— Il avait de l'humour, répète Henri.

— Il était adorable, répète Thérèse.

— Mais ton absence a été cruelle pour eux, ton père mettait un point d'honneur à en parler le moins possible.

— Ils vous ont parlé de Maria ?

— Oui. Et ils avaient la sensation d'avoir été blousés. C'est-à-dire d'avoir reçu cette fille sans se rendre compte de ce qu'ils faisaient. Stupéfaits, après coup, des conséquences que ça avait eu...

— C'était bien de ma faute.

— Ils ont tout le temps dit que c'était de ta faute. La fierté qu'ils avaient de toi et l'amour qu'ils te portaient ne les

1. Comité national des écrivains.

empêchaient pas de reconnaître que c'était de ta faute... Dix ans, tu dis ? Quand ils en parlaient, on faisait en sorte que la conversation glisse sur autre chose... Dix ans, dis-tu ! Je les aimais autant l'un que l'autre, mais j'étais plus près de ton père.

Je ne parle d'eux que tels que je les ai perçus, ressentis, sachant fort bien que, comme en toute perception psychique, ce qu'ils ont pu être a toujours déjà été investi dans les projections fantasmatiques de mon angoisse.

Louis ALTHUSSER,
L'avenir dure longtemps.

La bonne part de ce qui s'est passé dans notre mas pendant mes dix ans d'absence, c'est de mon père lui-même que je la tiens. Il me l'a contée à sa façon au cours de toutes ces conversations détendues que nous avons poursuivies tous deux, par la suite et jusqu'à sa mort.

Il avait survécu au milieu de trois femmes, trois mères ! et lesquelles ! La sienne, la mienne et sa belle-mère à lui ! A la mort de son père, maman s'était entendue avec ses deux frères sur le partage des pauvres biens, et elle avait pris sa mère en charge. C'était une adorable petite vieille menue, toujours souriante et modeste. Elle parlait peu, seulement quand elle avait quelque chose à dire, et dans un français très pur, étudié, presque élégant, qui ne se permettait jamais la moindre licence de grammaire, de vocabulaire ou d'accord. Elle était uniformément laborieuse et pieuse. Quand elle s'arrêtait de tricoter ou de coudre, elle se plongeait dans la Bible portative reliée de cuir noirci par les doigts calleux de son « défunt ». Sa taille ne dépassait guère un mètre cinquante et, par-dessus le marché, elle se faisait toute petite, elle avait toujours peur de déranger, trottinant vers les coins sombres sans déplacer plus d'air qu'une souris. Ce n'était pas, on le voit, une femme du Gravas. A côté de la grande mamée naturellement brutale et mal embouchée, le contraste était saisissant. Dans un style différent, particulier à chacune, les deux vieilles s'ignoraient. Au moment des repas, la terrasse offrait un tableau renouvelé, aux tons violents mais vernissés. Ce lieu théâtral avait perdu de sa virulence dans les dialogues mais gagné de l'épaisseur dramatique dans les situations.

Bien des années après la mort de sa belle-mère, mon père aimait me raconter la « petite mamée Esther » (c'était un prénom courant à la fin du siècle dernier chez les huguenots cévenols) :

— ... J'étais en train de me raser, debout devant la fenêtre de la cuisine, elle est arrivée de sa chambre, elle m'a regardé les yeux ronds, littéralement effarée. Elle m'a dit : « Silvin, tu te rases ? Mon Dieu ! j'en déduis que nous sommes dimanche matin, le jour du Seigneur ! Et moi qui tricotais !... » Je l'ai charriée : « Mamée, si j'étais vous, je démaillerais ce que j'ai fait ce matin ! — Silvin, il n'est point charitable de se gausser d'une pareille étourderie qui me pousse à mesurer combien ma pauvre tête décline... » Elle se sentait réellement coupable, tu te rends compte ! Elle aurait été catholique, elle se serait précipitée dans un confessionnal et en serait ressortie, rassurée, munie d'une ordonnance de trois *ave* et trois *pater* avant chaque repas, tandis que là, rien. J'ai cessé de rire. Malgré tout, elle est restée triste tout le reste du dimanche...

La mamée Esther ne s'accommodait pas du voisinage distant mais bruyant de la grande mamée Chabrol avec ses longues enjambées, son branlement de tête qui disait toujours non et ses bougonnements sonores, incessante rumination de jurons païens.

— ... Un jour, elle s'est présentée à moi cérémonieusement (c'est toujours mon père qui parle). Elle s'était endimanchée, coiffée de son unique chapeau de paille noire qui avait exactement la forme d'un bob de Ricard et tenait sur son chignon par deux longues aiguilles croisées. Quand je l'ai vue dans ses atours, j'ai cru qu'elle avait fait sa valise et se préparait à fuguer (hé ! on en a vu d'autres avec ces vieilles bigotes !). Elle s'est mise au garde-à-vous devant moi, elle a baissé la tête et m'a dit avec beaucoup d'embarras : « Silvin, tu es mon gendre et, le Seigneur m'en est témoin, je n'ai jamais eu à m'en plaindre. Il n'est ni dans ma nature ni dans mes coutumes de récriminer, mais, cette fois, les bornes de la tolérance la plus amène sont franchies, l'indulgence et la patience les plus chrétiennes sont dépassées... — Bon, mamée Esther, je vous en prie, venons-en au fait, tout cru, tout net, s'il vous plaît, j'ai à faire... » Elle a pris son courage à deux mains et, toute frémissante : « Silvin, ta mère m'a insultée, moi, ma religion, et mon Dieu ! — Quoi ? qu'est-ce qu'elle vous a dit ? — Silvin, ta mère m'a traitée de sainte pute... »

« Santo puto » était avec « tchinarèdo » (chiennerie), « pudécino » (puanteur), « putassariè », « bourdel dé Diou », etc., les mots les plus courants dans la bouche de la grande mamée. Quand on la connaissait bien, on n'y prêtait plus attention. Compte tenu de l'intensité moyenne des richesses de son vocabulaire ordurier, « sainte pute » était plutôt modéré.

— ... J'arrivais pas à le lui faire comprendre ça, à la mamée Esther, continuait mon père. « ... Silvin, je t'assure, elle a dit “ sainte ” parce que j'avais ma Bible à la main, et “ pute ” parce qu'elle mettait en doute la pureté des mœurs de l'épouse irréprochable que je n'ai jamais cessé d'être. » Moi j'essayais de lui faire comprendre la vérité, c'est-à-dire l'insignifiance de l'expression : « Voyons, mamée Esther, dans la bouche de ma mère, la sainte pute c'est pas vous, c'est la Sainte Vierge ! — Que dis-tu, Silvin, la mère de Notre-Seigneur ? — Eh ! pardi... »

Il paraît que ça n'arrangeait rien, c'était pis, elle aurait préféré être insultée elle-même.

Quand il parlait de ses dix années sans fils, papa procédait par anecdotes, plaisantes pour la plupart, rien sur sa longue tristesse, il avait retrouvé son fils, le temps n'était pas aux amères ruminations, d'ailleurs ce n'était pas son genre. Ma mère non plus n'en disait rien, ou alors elle se contentait d'une mimique bien à elle : elle me regardait, fermait les yeux, hochait la tête, parfois lâchait un timide « quand même » dans un soupir. Je savais du coup à quoi elle pensait.

Pendant ces dix années, il y avait eu des rumeurs insidieuses qui parvenaient à mes oreilles, par mon épouse la plupart du temps. Elle avait gardé quelques amis au village, des gens qui ne me pardonnaient pas d'avoir quitté *L'Huma* et le Parti et qui, paradoxalement, me jalousaient, deux ou trois, guère plus, que ça distrayait et ravissait de brasser le linge sale des familles pour en exalter le remugle. Elle correspondait avec eux, ne me donnait pas à lire les lettres qu'elle recevait, mais m'en livrait le suc avec des soupirs retenus qui ressemblaient à ceux de ma mère : « Tu sais ce qu'ils ont fait encore, tes parents ? » Pas devant nos enfants bien sûr, mais, allons ! leurs petites oreilles ne traînaient pas loin, il ne pouvait leur échapper qu'ils ne voyaient leurs grands-parents que d'un côté, le côté corse. Et, même s'ils n'entendaient rien de précis, le pire était en suspension dans l'air familial, et les gosses s'en imbibaient en dépit de toutes les précautions des époux en guerre froide. De la plus petite au plus grand, ils ne me questionnaient jamais sur mes parents ni sur mon pays, l'horrible Cévenne, la Canaan des adultères.

Voici donc, par exemple, le tableau de l'enterrement de ma petite grand-mère Esther qui m'a été suggéré : elle était morte doucement, sa Bible sur le cœur, au domicile, et dans les bras, de sa fille. Elle avait souhaité reposer pour l'éternité auprès de l'homme de sa vie dans le caveau biplace qu'il avait lui-même maçonné, de ses mains, peu avant sa mort, dans leur village d'Avéjan, à la frontière de l'Ardèche. Pour le transport, mes abominables géniteurs au paroxysme de leur pingrerie cévenole avaient obtenu d'un maçon local le prix le plus bas.

La rumeur minutieusement colportée me fournissait négligemment juste assez de détails pour que ma furieuse, mon impitoyable imagination (bien connue, ah ! ces conteurs !) me fasse vivre et revivre à longueur de cauchemar l'impardonnable trajet. Je frémissais au crissement de l'étroit, du tout petit cercueil de bois blanc sur la tôle du camion-benne, je tressautais au roulis qui l'expédiait d'une ridelle sur l'autre dans chacun des brutaux virages de la route de Bessèges, ma tête suivait les secs mouvements de celle de ma petite mamée qui butait sur les parois même pas rabotées de la boîte en mauvais bois et s'y truffait d'échardes. Je voyais mon père et ma mère à côté du maçon, tassés à trois dans la cabine, parce que bien sûr, à l'apogée de leur avarice, ils avaient laissé leur voiture au garage et profitaient du camion-benne... Je me réveillais en sursaut, trempé de sueur, poings serrés, enragé contre mon père et ma mère.

Autre exemple de ces harcèlements sournois, imperceptibles ou presque : la fin de ma grande mamée Chabrol, la terrible veuve noire du Gravas, fin à laquelle je n'avais pas, et pour cause, assisté. Sur ses sabots cloutés, elle avait jusqu'au bout gravi les escaliers de pierres branlantes des barres pour cultiver son jardin, s'en nourrir, survenant à tous ses besoins, jusqu'à l'accident, la chute où elle s'était cassé le col du fémur. Et la voilà immobilisée définitivement, et, selon le mot presque aussi repoussant que l'état : grabataire. Elle ! toujours debout, si vivante, si active, si maîtresse de sa vie, si orgueilleuse de son autonomie ! elle devait souffrir comme personne de cette condamnation au lit à perpétuité, avec son enchaînement quotidien de servitudes plus ou moins puantes. Sa vieille colère contre la vie en général, son exaspération de mortelle contre le destin devaient s'enrager, la ronger par le dedans. Elle n'avait jamais été facile à vivre, elle était pire. Mais le tonnerre de dieu de l'enfer dans sa situation, c'est qu'elle était livrée nue à sa bru ! La femme abhorrée la soignerait, la nourrirait, la déshabillerait, la démerderait, la laverait... et il faudrait la remercier ! Plutôt crever ! Certes, mais à petit feu.

— ... Ta mère la tenait à sa merci. Paraît qu'elle s'est vengée ignoblement. A force d'être clouée au lit, la pauvre vieille souffrait d'escarres. On dit que ta mère les désinfectait, tu sais avec quoi ?... de l'eau de Javel ! pure ! La mourante hurlait, on l'entendait du village...

Attention ! je ne pouvais pas sauter en auto pour aller voir, mettre fin à l'interminable martyre : quand les échos des « voisins indignés » me parvenaient, ma grand-mère était morte depuis plusieurs mois. Et voilà qui me retenait encore plus fort d'aller revoir mes parents dont les nouvelles me parvenaient, plus ou moins à mon insu, tronquées, vicieusement détournées ou absolument calomnieuses. M'ôter toute envie de les revoir, n'était-ce point l'effet recherché ?

Quand je lui ai, mardi dernier, rapporté ces racontars, Henri Pâquier, qui a bien connu ma mère, et surtout pendant cette période, s'est indigné : « Elle était incapable de ça ! »

A rebours, je revois mes parents, quelques années auparavant, embarquer de force la terrible mamée dans la Mathis pour la descendre à Montpellier chez le professeur Margarot à cause d'un bobo qu'elle avait sur la tempe et qui pouvait être cancéreux, puis remonter allègrement au village, rassurés, nantis d'un traitement bénin mais pour lequel il faudrait batailler deux fois par jour afin que la vieille l'observe.

Ma mère ? Au pis, je la crois capable de s'user jour et nuit à soigner et à guérir sa belle-mère afin de pouvoir ensuite, bien vivante et bien gaillarde, l'étrangler de ses propres mains, car ma mère était comme la justice.

Une grand-mère implacable, une mère exclusive, une épouse vendettatrice, trois Érinyes pesant sur ma vie, Alecto, Tisiphone et Mégère, filles de Gaïa fécondée par le sang d'Ouranos que Cronos venait de mutiler (lui trancher la main droite ?). Elles châtiaient plus particulièrement la démesure et les crimes contre la famille ou contre l'ordre social. Avec leur corps ailé, leur chevelure de serpents, munies de torches et de fouets, elles tourmentaient leurs victimes et les frappaient de folie[1]. Avec trois féminités de cet acabit passionnément penchées sur mon destin, que serais-je devenu si je n'étais pas un raconteur d'histoires ? Je me serais écrasé comme une merde, « esbouzéné » puis desséché comme une bouse de vache après trois étés

1. Je n'ai quand même pas fait quelques mois d'hypokhâgne pour rien, mais, rassurez-vous, ça ne durera pas. Une pincée de cuistrerie ne peut nuire.

aux soleils du Causse qui redevient paille et poussière et qui ne dégage plus depuis longtemps la moindre odeur. Heureusement pour moi, j'aimais me raconter des histoires.

Mac Orlan me disait à peu près : « Si je n'avais pas écrit, je serais sans doute devenu un triste sire. Un écrivain, quand il a envie de tuer, il commet son meurtre sur le papier. » Mais alors, cher maître, quel beau crime !

Ma pauvre petite mamée Esther, elle n'avait vraiment rien à voir avec mes trois fascinantes furies, elle a traversé trotte-menu, ses psaumes sur les lèvres, la formidable terrasse du Gravas comme une souris blanche entre trois chattes, griffes dehors, pétrifiées dans leur querelle.

A l'époque actuelle tout est décrépit dans un jour ; qui vit trop, meurt vivant. En avançant dans la vie, nous laissons trois ou quatre images de nous, différentes les unes des autres ; nous les revoyons ensuite dans la vapeur du passé comme des portraits de nos différents âges.

CHATEAUBRIAND,
op. cit.

Les lignées paysannes meurent lentement, irrévocablement. Elles meurent plus visiblement que les autres, car c'est la nature qui les étouffe. De nos jours, dès qu'ils sont en âge et en force de travailler pour les autres, les enfants descendent dans les villes. Resté seul sur son bien ancestral, le paysan vieillit encore plus vite. Ses forces s'affaiblissent et cèdent peu à peu devant l'invasion d'une nature implacable. Il abandonne les cnamps lointains, ne cultive plus que les alentours de la maison, au plus près, au plus facile. A chaque orage d'automne, c'est une murette de plus qui s'écroule, mais il n'a plus l'élan d'ameuter les voisins (d'ailleurs, il n'y en a plus ou ils sont encore plus las que lui) pour aller remonter le champ qui coule vers le fond de la vallée. Les brefs, brutaux déluges emportent une à une ces terrasses de bonnes terres conquises patiemment sur la pente rocheuse par des générations d'aïeux obstinés. Alors, le paysan désarmé, ou sa veuve car les femmes vivent plus vieilles sur la montagne, regarde, avec le non-non rageur de son parkinson, les ronces, les genêts, les broussailles, puis l'armée désordonnée des conifères tordus descendre vers son logis, le cerner, l'envahir. Déjà le lierre grimpe jusqu'au toit qu'il commence à dépiauter en soulevant les tuiles de la génoise. La nature triomphante reconquiert en quelques années tous les territoires qu'elle avait cédés pendant des siècles à l'homme. Elle est si rapide, si vorace, qu'on se rend compte soudain qu'elle était toujours là, de tout temps, jamais vraiment domptée ni dressée, elle était là-haut, tapie, gonflée de colères et de rancœurs, toujours prête à pousser des pointes à la moindre faiblesse de l'occupant, jusqu'au jour où elle sent qu'elle est assez forte et lui assez malade pour lâcher sur les pentes ses grandes masses à l'heure de sa libération. Ainsi, bientôt, non seulement la lignée paysanne sera brisée, non seulement le paysan n'existera plus, mais son œuvre millénaire, sa trace même seront à jamais gommées. Son souvenir même, ses recettes, ses berceuses, ses proverbes, ses légendes, sa mémoire... s'effaceront de têtes bourrées d'images plates et inodores. Il restera pour quelque temps encore quelques sujets de thèses, mais moins intéressants, moins passionnants que les Spartiates.

Mon père, même quand il eut tout son temps bien à lui, devait se contenter de bêcher sous les murs du mas comme on se cramponne aux douves de sa citadelle. Au pied de toute cette montagne sauvage qui le menaçait, lui, petit bonhomme, ne pouvait pas grand-chose, mais consciencieusement il cultivait son lopin comme Pangloss, et il se régalait.

Son cousin germain Félix Larguier (l'un des deux fils de la tante Élodie) salue ainsi le retraité... « *Et toi, Silvin, budgétivore impénitent, que fais-tu et que deviens-tu? L'oisiveté, tu le sais, use beaucoup plus que la rouille. Il est vrai que ton amour de la terre doit te permettre de résister sérieusement à l'empire de la paresse. Tu dois être très souvent au Gravas auprès de ta maman pendant que ta chère moitié se consacre encore à son rôle d'éducatrice. Que fait J.-P.?* »

Avec une bêche légère, un sécateur, une sulfateuse, une sarclette, à petits coups, sans presse, comme on déguste un vin vieux, notre fainéant intellectuel abattait à sa main un sacré boulot. Les carrés de son potager miniature évoquaient un charmant jardin de curé. Il savait où placer les plants, comment les arroser, les pincer, les fumer. Ses récoltes n'étaient pas abondantes mais singulièrement savoureuses. Ses tomates, par exemple, avaient un goût perdu de nos jours, un goût de tomates. L'odeur calme et comme sûre d'elle-même que dégageait en noircissant le limon de notre rivière, quand l'eau des rigoles d'arrosage inondait ses sillons qui l'absorbaient avidement, c'était l'ancestrale, la maternelle senteur de sa terre qui le reliait, ignorant la césure, à sa longue lignée paysanne. J'en suis sûr puisque, moi qui n'aime pas particulièrement jardiner, je reste ataviquement sensible à l'haleine du limon désaltéré.

Il maniait à petits coups, comme on claque la langue quand on prend son plaisir, une serfouette dotée d'une fourche dont les deux branches n'avaient plus que la moitié de leur longueur d'origine. Le métal restant était brillant et lisse comme de l'argent. Combien avait-il fallu de générations pour user cinq bons centimètres de fer forgé ? Je repensais à la vertigineuse définition de l'éternité que m'avait rapportée un zélé catéchumène : « Imagine une boule d'acier de la taille de la terre. Tous les mille ans, une hirondelle vient l'effleurer de son aile. Quand le globe sera usé entièrement, l'éternité sera à peine commencée... » Ah ! Père éternel, remplacez donc votre volatile désinvolte par quelques rudes paysans cévenols !

Ce qui lui gâchait le plaisir, c'étaient les badauds, les bavards. Son jardin se trouvait par malheur sous le chemin vicinal, alors les passants marquaient la pause, contents de contempler le maître d'école aux champs, ils le saluaient en prenant leur temps par le sempiternel « ah ! la terre est basse !... ». Il les envoyait au diable, mais in petto parce que c'étaient des voisins, des amis d'enfance, et que parfois leurs remarques sur l'écartement des haricots ou leurs conseils pour l'extermination des taupes ne manquaient pas d'intérêt. La plupart du temps, il en était réduit à bougonner, pour abréger (de toute façon, il passait pour bourru). Il aimait travailler seul et en silence, enfin... un passant par-ci par-là, le temps de rouler une cigarette... il ne faut être catégorique en rien quand on parle de lui. Il n'ignorait pas qu'en partant les badauds, quand il y avait parmi eux un nouveau venu au pays, murmuraient, comme si c'était devenu l'une des petites fiertés de la vallée : « Il s'en tire pas mal, d'une seule main... » Mais ça, il avait eu le temps de s'y faire, il n'y pensait même plus, il s'en foutait. Et puis, quand l'eau était arrivée au bout des sillons, qu'on pouvait fermer la diguette du canal, la nuit n'était pas loin, sa fraîcheur exaltait la puissante odeur de la terre humide, alors la cigarette en point final du jardinage était une des meilleures de la journée. Il espaçait les bouffées, il faisait durer la maigriotte roulée main, son regard gris fixant les pins en baïonnettes qui hérissaient la crête : « D'accord, d'accord, vous finirez par m'avoir... » Et là, tout seul, il souriait.

Je n'arrive pas à me souvenir à quel moment ni dans quelles circonstances je suis revenu au Gravas. Je reste le seul survivant de ce moment-là qui a dû ressembler, avec un tantinet de solennité en plus, à tous mes retours dans le vieux mas.

Je klaxonnais sur les derniers cent mètres. A peine descendu de voiture, devant le portail, je tombais nez à nez avec mon père qui sortait de l'atelier ou de la cave ou qui remontait de la rivière. Je l'embrassais fougueusement, il se laissait faire en se raidissant un peu. Il retenait sa casquette, de son moignon. De sa main unique, il tenait toujours quelque chose. Il ne pouvait me rendre mes bises à cause du mégot à moitié jauni qui pendait à ses lèvres.

Il se hâtait, tandis que nous étions seuls tous les deux, de me demander des nouvelles de mes enfants. Il les répéterait plus tard à ma mère qui était bien trop orgueilleuse pour faire la démarche. Elle m'attendait en haut de l'escalier, les poings serrés, les bras raidis légèrement écartés des hanches, tremblant des pieds à la tête, tremblant très fort, je le voyais du bas des quatorze marches. Elle chargeait un peu. Sa culture ne l'avait pas guérie de ce penchant à la dramatisation, le pauvre théâtre des humbles qui expriment par des attitudes et des apostrophes grandiloquentes, imitées du théâtre et du cinéma, des sentiments bien réels, profonds, saignants, que ce style emprunté caricature. A l'occasion, ma mère arrivait même à verser des larmes qui n'avaient pas l'air vraies. Elle était comme une mauvaise comédienne qui provoquerait rires et huées alors qu'elle se poignarderait et mourrait pour de vrai sur la scène.

Les outrances maternelles des retours me gênaient même quand je n'étais pas accompagné. Elle m'étouffait avec les pulsions convulsives d'une amante au seuil de l'orgasme. Je nous voyais ainsi accouplés, debout, au bord de la terrasse, je nous jugeais de haut, du troisième balcon, du paradis, d'où le grotesque de la mise en scène était grossi par l'effet de plongée. Mais, dans cette minute que j'abrégeais sournoisement, maman concentrait tous ses rêves, et son idéal, tout ce qui la maintenait en vie, droite et menaçante.

Elle se détachait enfin de moi, s'écartait à un mètre pour me contempler, puis m'examiner. Avec le mouchoir qu'elle avait tenu dans sa main pendant toute la scène, elle essuyait soigneusement sur mon visage les traînées de blanc qu'elle y avait laissées. Elle se pomponnait à la poudre de riz mais mal, abondamment, sans se contrôler dans une glace, c'était un fard de clown las. Maintenant, la coiffeuse du village lui teignait les cheveux d'un noir violent à reflets bleutés, mais, comme elle n'y allait pas assez souvent, les racines poussaient un centimètre de blanc et un de jaunâtre. Elle n'utilisait ni rouge à lèvres ni rimmel, elle restait en noir et blanc.

Mon père tournait autour de ces accolades spasmodiques, impatient de passer à la suite du programme. Il avait vieilli, maigri du haut, grossi du bas, l'impression venait de ses vastes pantalons que la ceinture serrait bien au-dessus du nombril, carrément sous les seins. Ses sourcils, normalement très fournis, s'étaient mis à pousser démesurément, bien qu'il les égalisât au ciseau chaque dimanche matin. Il avait été malade, gravement, à plusieurs reprises. Il avait été presque chaque fois hospitalisé à la maison de santé protestante d'Alès.

— ... Tu te rends compte, Pedro ! Un type très bien mis, très poli, entre dans ma chambre. Il se présente : « Je suis le pasteur... » Voulez-vous me foutre le camp ! Marchand de morts subites ! Renifleur de cadavres !

A la Maison de santé protestante nonobstant, on adorait mon père. On lui passait tout. On avait même ajouté dans sa chambre un petit lit pour que ma mère reste la nuit avec lui...

— ... Manquait plus que ça ! Pour une fois que je pouvais coucher sans elle ! C'étaient pas les jolies infirmières qui manquaient...

Il me lançait un regard complice comme si, sur ce plan-là aussi, il se réalisait un peu en son fils.

Il n'a jamais laissé passer l'occasion d'une femme un tant soit peu jolie sans un brin de cour, une blague assez leste. Et maman, si « stricte » par ailleurs, tolérait ça, elle s'en amusait même, assez fière de son séducteur d'époux. Toujours est-il, je l'ai appris de sources différentes, que les petites aides soignantes de l'austère maison de santé sortaient de la chambre de mon père avec des rires chatouillés. Elles sont à présent des mémères épanouies, que la seule évocation de mon père réjouit, rajeunit.

Il pensait à la mort bien sûr, toujours, comme tous les Chabrol, mais avec élégance, il la courtisait en secret, c'était sa maîtresse matinale. Après mon petit déjeuner, que je prenais très tôt avec ma mère, quand je l'entendais remuer dans la chambre, j'allais l'embrasser dans son lit. Il protestait, avec un sourire forcé que je ne lui connaissais pas :

— Laisse-moi seul, Pedro, j'ai ma petite tristesse du matin.

Maintenant que j'ai son âge, j'ai les mêmes réveils chagrins, péniblement méditatifs, et je n'échappe à la morbidité métaphysique qu'en sautant du lit, d'un bond, comme si la Camarde venait de s'y allonger, glacée, contre mon flanc. Mais papa, plus courtois, Lui consentait un moment de flirt, c'était de son savoir-vivre. Il était du temps des longues fiançailles. Sa poitrine le rapprochait d'Elle périodiquement. Bronchites, congestions pulmonaires, il était faible de là, même si c'est par le cœur qu'il irait L'épouser. La chose était entendue entre eux depuis pas mal de temps déjà. Quand je le voyais esquisser ce sourire contrit, ce sourire récent, je comprenais qu'il venait d'avoir une pensée pour Elle.

Avec son instinct féminin d'amoureuse, ma mère sentait cela, mais sa jalousie n'était plus hargneuse, elle s'employait à combattre la rivale, à la repousser mais, pauvrette ! c'était la lutte de la chèvre de M. Seguin contre le loup, jusqu'à l'aube mais pas plus, sans illusions sur la victoire. Chaque quinte de toux le lui rappelait cruellement.

Les médecins avaient formellement interdit le tabac, et maman y veillait ! Il ne fumait donc jamais devant elle, mais il ne s'attardait plus à table. Son café avalé, il annonçait : « Je vais ranger la cave » ou : « J'ai à faire au garage », ou dans l'atelier...

Encore aujourd'hui, dans ces endroits, en déplaçant un meuble ou en soulevant une pierre, il m'arrive de tomber sur une de ses cachettes. Dans une boîte en fer ayant contenu des bonbons, des pastilles Vichy ou Valda, il avait mis un peu de tabac, quelques feuilles Riz-la-Croix et trois ou quatre allumettes de cuisine. Il venait là tirer la cibiche en polisson, comme l'écolier qui fume dans les cabinets, il devait se marrer, les bouffées n'en avaient que plus de saveur. Quand je découvre l'une de ses réserves secrètes, j'en suis bouleversé, je le sens tout entier tout près de moi.

Car c'est bien là, pendant les derniers temps de sa vie, que je me suis fondamentalement imbibé de lui, je l'ai aspiré, inspiré en moi par les cinq sens mais aussi par tous les pores. Sans m'en rendre compte sur-le-champ, c'est aujourd'hui seulement que je comprends que cela s'est fait naturellement, à notre insu à tous deux, que mon père est entré en moi insensiblement, délicatement, sans en avoir l'air, mine de rien, à sa manière, pour ne pas mourir tout à fait, Dieu merci.

Nous avions dix ans à rattraper. L'objectif n'était pas formulé, n'était même pas ressenti. Ils n'ont pas été rattrapés. Tout bonnement, on se retrouvait là, l'un à côté de l'autre, on était bien, sans emphase (ça, c'était le style de ma mère), bien comme deux amis à la pêche quand le jour se lève sur la rivière à truites. Rien que des propos communs, des phrases banales, des paroles que l'on peut croire. Un homme et son fils, nus comme à la création du monde. Je le respirais. Ma mère, avec tout son théâtre, nous dérangeait. Il s'adressait à moi sans effort, sans autocensure, comme si j'étais un prolongement de lui-même, cette main droite qui lui avait toujours manqué. Et moi, j'absorbais ses odeurs corporelles, les grognements étouffés de sa méditation, l'imperceptible frisson de ses rides, qui sont depuis devenus miens et, maintenant, ceux de mon fils qui a ces jours-ci quarante-quatre ans. J'ai passé, dimanche dernier, l'après-midi avec lui, c'est hallucinant. On ne peut vaincre la mort, mais on peut quand même essayer de la grignoter, de lui bouffer les marges, de lui mégoter la victoire, de lui gâcher le plaisir, et c'est ce que je suis en train de tenter, on l'aura compris.

Papa ne se rasait que le dimanche matin. Dès le mercredi, il avait les joues de chaume blanc.

Ce qui peut identifier l'homme, plus précisément que son passeport, c'est le cocktail d'odeurs que soufflent ses draps quand il sort de son lit après une nuit de cauchemars. C'est délicat, c'est « pointu », le dosage d'un cocktail. Eh bien ! nous avons le même, au millilitre près, mon père, mon fils et moi. J'y reviens sans cesse, hantise du réveil, l'instant où l'on ouvre les yeux sur cette jambe nue, pâle, raide, qui dépasse des draps comme d'un suaire, dans ce fumet de nuit et de mâle... si l'on arrive à péter, net ! sonore ! la mort recule.

Égoïstement, innocemment, je « profitais » de mon père en ses derniers ans, ses derniers mois.

Je revois ce notable dans un village de brousse au Bénin. Ses proches, ses parents, ses amis avaient ligoté son cadavre sur un fauteuil comme s'il trônait encore vivant parmi eux. Et ils restaient là, ils attendaient patiemment la putréfaction. Quand un liquide perlait du nez, de la bouche, des oreilles, ils en recueillaient jusqu'à la moindre goutte pour l'absorber, la déguster, la faire leur. Ils se partageaient les ongles dès qu'ils pouvaient se détacher facilement. Le défunt respecté passait en eux.

Ils m'ont dit : « Les nègres ne meurent jamais. Votre Christ, vos religions sont primitifs. L'éternité, la survie, le paradis, c'est pas de monter au ciel, c'est de descendre dans les descendants. »

Entre l'index et le pouce de ma main gauche, je serre très fort mon poignet droit, là où il devrait être tranché ! Ma main droite m'est étrangère. C'est sa faute, c'est elle qui a tout fait, je suis droitier. Je me sens traître.

J'aurais tant voulu lui ramener l'aîné de ses petits-enfants, mon fils, lequel, en prenant de l'âge, se mettait à lui ressembler trait pour trait, lui présenter l'aînée de ses petites-filles, qui témoignait du même caractère, la cadette qu'il avait dotée du même bout de ciel dans les yeux, et la dernière-née toute fraîche, tout ouverte à l'affection, que les allusions les plus insidieuses n'avaient pu former à l'idée qu'un grand-père même inconnu pouvait être méchant. Mais l'affaire était cuite, il ne les connaîtrait jamais, je me répète, et n'en finirai jamais, je le crains, de me le ressasser.

C'étaient les temps du divorce, une bonne décision de la Corse et du Cévenol d'un commun accord (consentement mutuel...). C'est après la décision, dans les démarches, que les choses se gâtent. Je n'ai pas le goût de raconter le détail de l'histoire. En bref, mes gosses, restés auprès de leur mère, ne voulaient plus de moi, ils refusaient même de me répondre au téléphone. Avant de les amener à leur grand-père, il aurait fallu les ramener à leur père, or, je ne me sentais pas de forcer leurs consciences vulnérables, de les disputer à leur mère comme des parts d'héritage. La fréquentation d'un père devrait être un plaisir, jamais un devoir. J'étais payé pour le savoir : dix ans, je m'étais fait un devoir de ne pas fréquenter mon père. Je me consolais comme je pouvais, je me disais qu'après tout, moi non plus, je n'avais pas connu le père de mon père, mais l'argument était captieux, là c'était la faute de la conquête de la Tunisie qui l'avait tué, à retardement, bien avant que je naisse.

De la séparation réelle, avouée, jusqu'au divorce prononcé passèrent trois ou quatre ans, disons de 1967 à 1971, je ne tiens pas à vérifier, à rouvrir le profond tiroir où j'ai enfoui toutes les paperasses de justice. En plein mitan de ce délai : Mai 68 ! Mes derniers scrupules de petit chrétien vergogneux se dispersaient aux quatre vents de ce printemps-là. Finies les contraintes, les dissimulations, les justifications conjugales, j'avais quarante-trois ans, le vent en poupe et l'avenir devant moi !

Ce fut alors le règne de la Jitana, interrègne plutôt, bref mais marquant. La nouvelle régente est l'un des personnages les plus singuliers qu'il m'ait été donné de rencontrer. Métisse d'une Blanche et d'un « colored man », produit, je me plais à le croire, d'un passage de G.I. ou de troupes coloniales, abandonnée à la naissance, allaitée par l'Assistance publique, passée de ferme en ferme pour se fixer quelque temps chez un couple d'honnêtes banlieusards d'où elle avait fugué vers sa quinzième année pour sauter de rapins en rimailleurs, comme on passe une vie à gué, puis dans mon lit presque libre justement.

Une adolescente dodue, aux vastes yeux noirs en amande, si brune de tignasse, à la peau si fine, d'une couleur chamois si chaude, qu'on la prenait souvent pour une hindoue, d'autant qu'elle se baladait volontiers en sari.

— Elle est rigolote, cette poulette..., m'a soufflé papa dans l'oreille.

Le plus étonnant chez cette jeune personne bouillante et lascive, c'étaient sa culture, son intelligence, son efficacité, sa bonne volonté, son ardeur au travail, même le plus pénible, le plus rebutant, mais, par-dessus le tout, son putain de caractère absolument lunatique. Des crises irrépressibles, fracassantes, ça la prenait au moins une fois par mois (sans coïncidence sauf exceptions avec ses règles), des crises d'une violence, qui dépassaient de loin la plus sauvage des scènes de ménage et qui ne pouvaient s'achever au mieux que dans une rixe. On ne le sentait pas venir, on ne savait jamais ni pourquoi ni comment ça démarrait, la seule certitude c'est qu'après le combat s'ouvraient, avec les hématomes et le sparadrap, deux ou trois semaines de grande tendresse où le moindre geste, ralenti, radouci, comme pour rattraper la fureur des corps, s'achevait en caresse. Après le combat de rues, les délices de Capoue.

Mes parents ne s'attendaient pas à ça, ils n'avaient jamais rien vu de pareil, même au cinéma. Le Gravas a tremblé jusqu'en ses fondations de 1321.

Je ne sais plus pourquoi, sans doute pour rien, la Jitana s'était employée, de toute sa science diabolique, à m'exaspérer au point que je la poursuivais dans tous les escaliers du mas dans l'intention bien arrêtée de la tuer. Mais, avec ses petites jambes, elle avait pris assez d'avance pour se barricader dans la chambrette du grenier. Elle refusait de m'ouvrir, hurlant des mots de son cru que je ne peux décemment reproduire ici. La porte, j'ai d'abord tambouriné dessus, de plus en plus fort, puis je l'ai cassée à coups de talon, je l'ai mise en pièces, dans un fracas qui couvrait nos vociférations conjuguées. Et je suis littéralement passé à travers. De l'autre côté, la Jitana m'attendait les bras ouverts, nous avons roulé sur le lit, ainsi recommençaient des semaines paradisiaques.

Pendant la séquence, mes parents se terraient à l'étage en dessous. Après l'amour, nous sommes redescendus avec un appétit du tonnerre nous asseoir devant l'odorante soupière de maman. A posteriori, je me demande comment mes parents pouvaient bien expliquer la chose aux passants qui marquaient le pas sur le chemin : « Mon fils et sa partenaire répètent des scènes de tragédie... »

La Jitana est la dernière de mes jeunes conquêtes que mon père a connues. Irrémédiablement, dernière représentation des « Amours de mon fiston ».

En dehors de se bigorner puis de se mignoter, la Jitana et moi, on travaillait beaucoup. Mes parents nous avaient livré la salle à manger où documents et manuscrits pouvaient être étalés sur la vaste table ronde. Je préparais *Le Canon Fraternité,* la Jitana m'aidait à dépouiller les publications, livres et journaux parus pendant et après le siège et la Commune de Paris. J'avais établi mon plan, et c'est en le suivant qu'elle me rendait compte des textes que je n'aurais jamais eu le temps de lire moi-même. J'ai sous les yeux l'un de ses cahiers de notes et de résumés. Elle travaillait facilement, méthodiquement, avec une intelligence aiguë de ce qui pourrait nourrir mon roman. Je m'en suis amplement servi. Les neuf cents pages grand format, petits caractères, du bouquin lui doivent beaucoup. Mais, il faut bien le reconnaître, c'était un labeur discontinu. De temps en temps, on se quittait pour une semaine ou trois, rarement plus d'un mois. Jamais après l'une de ces chicorres dont nous sortions apaisés pour lécher nos plaies et bosses avant de reprendre, avec une passion renouvelée, le Siège de Paris où nous l'avions laissé. Non, c'était après une lente et froide querelle à voix basse qu'elle se levait, allait bourrer son havresac (une fois sur deux, c'était moi qui allais chercher son bagage pour le déposer à ses pieds en lui montrant la porte). Je profitais de son absence pour mettre ses notes au propre, rajuster mon plan selon elles et préparer les nouvelles directions de recherche qu'elle trouverait à son retour.

Mes parents suivaient difficilement les péripéties de notre idylle. Je leur racontais quelques anecdotes méconnues dénichées par elle ou par moi dans les documents, ça suffisait à les apaiser un temps.

Je nous revois tous les quatre, la Jitana et moi après une journée fiévreuse entre Jules Vallès et Lissagaray, entre *Le Père Duchesne* et *Le Monde illustré,* ma mère revenant de ses quatre kilomètres hygiéniques, mon père retour du jardin ou de la rivière, toussant et crachant les deux ou trois roulées main clandestines, autour de la table familiale. Il y a une salade des champs, chicorée, pissenlits, que mon père a cueillis autour du tombeau familial, qu'il a nettoyés, assaisonnés, qu'il remue, qu'il fatigue à présent, prononçant avec solennité la formule traditionnelle en Cévenne :

— *Las fendos coumo las ensalados aïmo d'estré boulégados !*

— Et ça veut dire ? demande la Jitana.

— Les femmes, comme les salades, aiment à être secouées.

Une seconde ou deux de froid... Mon père éclate de rire, les trois autres suivent.

— A propos, faudrait quand même que je répare la porte de la chambrette...

— Bof, ça peut attendre, Pedro.

— Occupe-toi donc de ton livre ! ordonne maman.

La Jitana, pour elle, n'a pas, à l'instar de Maria, valeur de revanche. Elle est la collaboratrice, voire la muse, de son grand écrivain de fils. Pour un peu, ma mère me ferait la gueule, elle aussi, quand l'inconstante se barre sur un coup de tête :

— Tu n'es pas près d'en retrouver une autre aussi travailleuse pour te supporter !

— Pleure pas, maman, gouaille papa, elle va revenir, restent des portes à casser.

Le plus rassurant pour eux, c'étaient les travaux que j'avais décidés pour aménager la partie du Gravas qui revenait par tradition à la nouvelle génération et dans laquelle, depuis mon divorce, j'avais résolu de m'installer définitivement. Pendant que la Jitana et moi vivions exaltés parmi les communards de Belleville insurgée, à l'étage au-dessus les maçons transformaient l'ancienne magnanerie en salle de séjour. Les mêmes ouvriers qui avaient, vingt ans auparavant, modernisé la terrasse au temps de Noëlle et de notre premier bébé. Ils jetaient des regards étonnés et concupiscents à la Jitana qui passait et repassait en sari couleur rouille. J'avais dessiné la cheminée monumentale dont je rêvais depuis toujours pour remplacer le foyer d'angle de rigueur dans les magnaneries cévenoles.

— Hé ! ça change, a dit papa.

— Que veux-tu ? Avant, ici, on faisait des vers à soie, maintenant on fait des livres.

— Quand tu es né, Pierrot, c'était la dernière année où nous avons fait des vers à soie. Malheureusement, ils avaient tourné, il y avait eu un orage. Ma mère a dit : « Les vers à soie sont ratés, l'enfant est réussi, l'un dans l'autre, c'est pas une mauvaise année... »

Chaque soir, après le départ des maçons, nous montions, mon père et moi, voir où en étaient les travaux. Ce jour-là, ils avaient terminé la grande cheminée.

— Papa, on va l'essayer !

C'est un moment d'angoisse, de toute éternité, on était là tous deux seuls, mon père et moi, et nous le ressentions aussi fort que dans un crépuscule du Moyen Age. On avait souvent parlé des fantaisies du feu. Les cheminées sont lunatiques : tant qu'on ne les a pas essayées par tous les vents, par tous les temps, on ne peut pas savoir si elles sont bonnes ou vicieuses. Pendant des siècles, c'était le seul moyen de cuisiner et de se chauffer. Une cheminée fantasque, c'était la malédiction sur la famille. Et il n'y a pas de normes, pas de recettes éprouvées, de l'aveu même des fumistes, spécialistes qui portent bien leur nom.

La salle était encore vide, pas le moindre siège, on était là, mon père et moi, debout, tête baissée vers l'âtre, émus, sensibles tous deux, sans s'être concertés, à la gravité symbolique, mythologique de la naissance d'un foyer, à sa première flamme. Un foyer ! Mon père en avait un, moi pas encore. Tous mes âtres s'étaient étouffés, éteints et refroidis, après m'avoir passablement enfumé. Le florissant arôme de la chaux et du ciment est celui du matin de noces confiantes. Mon père a écrasé son mégot pour mieux savourer l'instant. Avec l'arrivée de la cuisinière de fonte, puis du Butagaz, puis du chauffage central, il avait vu, lui, mourir une à une toutes les cheminées du Gravas. Il les regrettait, il se méfiait de ces nouvelles températures trop égales, trop bien réparties d'un mur à l'autre, d'une pièce à l'autre :

— ... C'était bon de s'approcher pour se chauffer le ventre, puis de se retourner pour se chauffer le cul. Quand on s'écartait, on avait froid mais, quand on revenait, c'était un délice...

J'ai froissé un journal, posé délicatement deux pignes dessus, échafaudé un derrick de petit bois, préparé de part et d'autre deux chutes de planches bien sèches...

— Tu as ton briquet ? A toi l'honneur, papa !

On retenait sa respiration. La première flamme, celle du papier, s'est élevée tout droit, mais ça ne signifiait encore rien. Elle suffit pourtant à mettre le feu aux pignes, le petit bois très sec se mit à crépiter, l'instant venait de rapprocher les deux planches en étau. Et, tout d'un coup, l'ensemble s'embrasa, s'unifia, c'était comme si la cheminée venait de se décider, de nous dire : oui ! Ses longues flammes se tordaient en une tresse blonde qui montait droit avec un ronronnement de croisière. Un feu clair et tranquille, fin prêt pour les siècles à venir...

Il y avait longtemps qu'on n'avait pas dépucelé une cheminée dans la famille... On était émus.

— Allons voir vers où va la fumée, proposa mon père en se dirigeant vers la fenêtre.

Il soufflait un petit vent d'ouest, celui que nous appelons « l'aouro » « l'auroux », qui n'est pas méchant mais roussit toute vie comme son nom semble l'indiquer. Le vent bai couchait sur le toit la première colonne de fumée et la conduisait paisiblement tout droit sur le tombeau dans lequel reposaient sa mère, son père, ses grands-parents, jusqu'à... on ne savait plus.

La fumée, que le vent des rousseurs rabattait mollement, venait caresser le fronton et les pentes du caveau.

— Bah ! murmura mon père. C'est pas assez pour réchauffer leurs vieux os mais ça ne peut que leur faire plaisir.

Il savait peut-être déjà, lui, que six semaines plus tard il irait les rejoindre. Et, depuis, les soirs où souffle le vent roux, quand mon feu a pris, je ne peux m'empêcher d'aller à la fenêtre pour vérifier si la fumée connaît toujours le chemin de papa.

Il nous restait si peu de temps. Nous savourions de longs tête-à-tête où dominaient des silences qui n'empêchaient pas les échanges, bien au contraire. J'avais soif de ses paroles, je les attendais sans me permettre de les susciter. Il roulait sur son moignon des cigarettes de plus en plus maigres, de plus en plus tordues ; devant moi, il ne se gênait pas, il savait bien que je n'irais pas cafter à ma mère. Il aspirait longuement, profondément, les premières bouffées, celles qui le faisaient tousser. Je faisais celui qui n'entend pas, qui ne se rend pas compte, c'était bien mon tour de fermer les yeux, de tout admettre. J'attendais qu'il parle, mais il se réservait, comme s'il n'avait plus à dire que l'essentiel.

Pour lui comme pour moi, seules les aurores étaient morbides, les crépuscules étaient amicaux pour les vivants, même en automne, quand la nuit s'empresse d'éteindre l'éclat roussâtre des feuillages. Car c'est le moment qu'attendent les jardins mourants pour pousser leurs soupirs fanés, qu'attendent les chiens pour se répondre d'un bout à l'autre de la vallée...

Debout sur la terrasse, face à l'ouest, nous avions à nos pieds la cour du Gravas, le mur d'enceinte, puis l'ancien poulailler, la bambouseraie, la rivière. Sur l'autre rive, les deux mas du Rieu, leurs prés, enfin au flanc de la montagne les châtaigniers et les pins dont les plus hauts, sur la crête, dentelaient le ciel.

Mon père a dit soudain :

— Il y a quatre-vingts ans que je regarde ce paysage et je n'en suis pas encore fatigué.

Au cours d'un autre de ces crépuscules de fin d'année où nous nous ménagions, sans en être convenus, tout naturellement, une petite heure rien qu'à nous deux, autant pour les silences que pour la conversation, avant d'aller nous asseoir à la table pour le repas du soir, il m'a dit quelques mots de plus sur son agnosticisme.

Il avait perdu la foi le dimanche 9 septembre 1899, à midi, et cela pour sa vie entière. Il revenait du temple où il avait suivi le catéchisme. Il avait trouvé fermé le portail du mas, ses parents n'étaient pas encore rentrés de Chamborigaud où se tenait chaque 9 septembre la plus grande foire au bétail de l'année. En les attendant, il avait décidé d'aller jouer au bord de la rivière et, pour avoir les mains libres, il avait déposé son petit livre pieux sur le rebord du soupirail en forme de meurtrière de la porcherie. Quand il était revenu, le verrat avait dévoré le catéchisme. Il avait neuf ans, il s'était dit : « Moi, un bon Dieu qui se laisse bouffer par les cochons, je peux pas y croire. »

Il m'avait raconté l'anecdote il y avait bien longtemps, lorsque, jeune lycéen, s'était posé pour moi le choix d'une religion, donc de l'existence de Dieu : « Tu y crois, toi, papa ? » Telle avait été sa réponse. On n'était jamais revenu là-dessus. Pourquoi, en ce crépuscule de fin 1969, alors que la nuit commençait à remplir sa vallée par le bas comme une bouteille d'encre, pourquoi a-t-il éprouvé le besoin d'ajouter quelques précisions sur le sujet ?

— J'ai caché à mes parents que j'avais perdu la foi, ça leur aurait fait trop de peine. J'ai continué à fréquenter l'école du dimanche comme si de rien n'était. Comme j'apprenais facilement... n'importe quoi... j'ai réussi brillamment mon examen, j'ai fait ma communion, mon père et ma mère étaient contents, le pasteur était content, tout le monde était content, moi, j'étais fou de rage. Pour l'occasion, j'ai reçu deux cadeaux, un psautier et une pièce d'argent. Je suis parti. Je courais comme un fou, pour être seul, pour arriver le premier dans la maison vide, je sanglotais de dégoût. En passant sur le pont, j'ai jeté la pièce dans la rivière, une pièce d'argent ! Je n'en avais jamais eu une à moi ! En arrivant, j'ai jeté le psautier dans le feu, je le regardais se tordre dans les flammes, c'était un très beau petit bouquin, relié en vrai cuir épais, luisant, je le plaignais un peu, c'était quand même un livre...

Pourquoi m'a-t-il raconté ça ce soir-là ? Pour me prouver qu'il s'était montré honnête, y compris envers un Dieu auquel il ne croyait plus ? Non, je ne lui prête pas une intention aussi médiocre. Je penserais plutôt qu'il voulait ainsi d'instinct m'encourager à demeurer fidèle à moi-même, à garder une sorte de pureté jusque dans mes débordements.

Nous sommes restés longtemps silencieux, ce soir-là. J'aurais dû lui dire : « T'en fais pas, mon papa ! On ne prie qu'à deux mains. Si l'Éternel, contre lequel tu as tant pesté, existe, il te préférera, toi, avec ta grande gueule sacrilège, tes profanations à l'encens de soufre et tes blasphèmes sortis du cul, oh que oui ! Il t'aimera mieux, mon papa ! Bien mieux que toutes ces dévotes constipées, fesses tristes et cœur sec, que tous ces bigots affairistes, que tous ces cagots exploiteurs, tous ces tartuffes de la Haute ou du Milieu, qui le louent dans les règles, lui lèchent les pieds en lui répétant qu'il est le plus beau, qu'il est le meilleur, dans le but mesquin de se réserver une loge ou un banc d'œuvre de premier rang au paradis comme ici-bas. Si Dieu existe, et s'il est digne de son standing, mon papa, il te dira : “ Silvin, viens t'asseoir à côté de moi, et fais-moi rire... et puis fais-moi pleurer... Redis-moi ce que tu penses de ma Création merdique... ” »

Au début de l'année 1970, on s'était séparés, la Jitana et moi. Je l'avais vue partir avec son petit baluchon, sans regrets. J'en avais plus que marre des concubinages cahotiques. Je voulais aussi changer d'atmosphère. J'avais écrit à peu près la moitié du *Canon Fraternité*, j'avais envie de le terminer dans la solitude, face à la mer. Je me suis installé dans un appartement neuf et vide au Grau-du-Roi. Par temps clair, j'apercevais nettement le mont Saint-Clair à Sète.

Les premiers jours de ce mois d'avril étaient dignes d'un vrai printemps. J'écrivais la nuit. Je me préparais à aller au lit quand le téléphone a sonné ! J'ai sauté dans ma D.S. et pris la route de mon village. Le manque de sommeil, l'état d'excitation hallucinatoire dans lequel me plongeait toujours la dernière des douze ou quinze heures consécutives que je vivais, la plume à la main, parmi les garibaldiens de Belleville faisaient que je ne savais plus très bien si je vivais en 1870 ou en 1970 et si la mort annoncée était celle de mon père au Gravas ou celle de Gustave Flourens à la tête de ses fédérés...

Edmond Chapon attendait ma voiture, bras en croix, au milieu de la route, à l'entrée de Chamborigaud. Il a ouvert ma portière et m'a dit... (je me souviens de chacun de ses mots, de son intonation), il m'a dit seulement :

— Mon pauvre petit, tu n'as plus de papa.

Alors seulement, brutalement, les sanglots m'ont étouffé.

La cuisine était déjà pleine de voisins, heureusement. Ma mère était tassée sur une chaise dans un coin. D'un geste menaçant, comme si c'était ma faute, elle m'a désigné la porte de la chambre. On avait refermé les volets, bien sûr. Dans la pénombre, j'ai vaguement distingué une toute petite tête au milieu de l'interminable traversin du lit de cuivre. De part et d'autre du renflement des draps, il y avait une main, et un moignon. J'ai vite refermé la porte.

Ma mère m'a dit :

— Je comprends pas. Il allait très bien. Hier soir, il a sorti sa voiture pour aller faire un tour dans le pays, comme ça, pour rien. Il a mangé d'un très bon appétit. Il s'est régalé de ma daube de la veille (tu sais qu'il la préfère réchauffée). Après le café, il est descendu bricoler je ne sais quoi dans la cave ou l'atelier. Quand il est remonté, nous avons parlé un peu. Il était de très bonne humeur. Il s'est couché avec une « Série noire » mais il s'est très vite endormi, paisiblement... Au milieu de la nuit, de ma chambre là-bas (j'avais laissé les portes ouvertes, comme d'habitude), je l'entendais qui parlait tout seul. Je ne comprenais pas un mot, il chuchotait. A un moment donné, il m'a même semblé qu'il chantonnait. Je n'avais donc aucune raison de m'alarmer... Ce matin, à neuf heures, quand je me suis rendu compte qu'il n'avait pas encore bougé, j'ai pris sur moi de lui préparer son café au lait avec son pain trempé. Je le lui ai apporté. Il souriait. Il était mort...

Les gens m'entouraient. J'étouffais. Mes pas m'ont porté vers le tombeau. Un voisin fauchait les orties et les ronces, un autre décrochait les fils à sécher le linge entre les deux cerisiers.

— Qui vous a commandé de faire ça ?

— Personne... mais, Jean-Pierre, il faut bien que les gens puissent passer... pour l'enterrement.

Tout le monde s'affairait, sauf ma mère et moi. Des parentes, des voisines préparaient des litres de café, des casse-croûte. J'ai vu passer Ildebert Trossevin, le menuisier, avec son mètre pliant, qui est entré directement dans la chambre... Des apparitions, des fantômes que je reconnaissais à peine. Un remue-ménage qui nous échappait...

Je chancelais, je suis monté me réfugier dans la chambrette qui se trouvait juste au-dessus de la chambre mortuaire. Je suis tombé sur mon lit d'enfant et me suis aussitôt endormi.

Le bruit caractéristique de la porte rafistolée de bric et de broc m'a réveillé en sursaut. La petite Jitana était là, sur le seuil de la chambrette, avec son baluchon :

— A la gare de Nîmes, j'ai appris que ton père était mort. Je l'aimais beaucoup. J'ai fait du stop. Je viens d'embrasser ta mère...

Nous nous sommes regardés. Elle s'est déshabillée. Nous avons fait l'amour, avec fureur, pour affirmer la vie. Il n'y avait rien d'autre à faire. Juste au-dessous de ce lit de fer aux ressorts carillonnant, à moins de trois mètres, mon père reposait. Je pensais qu'il était content.

Mes souvenirs de cette journée sont très flous. Je ne savais rien, ni comment il serait enterré ni quand, je n'osais même pas poser la question. Les voisins s'occupaient de tout. Ma mère répétait maladivement :

— ... Il l'a toujours dit : « Ni fleurs, ni couronnes. Je ne veux pas qu'un prêtre de quelque religion que ce soit s'approche à moins de cent mètres de ma tombe. »

— Bon, maman, tu l'as dit, les gens le savent...

Et toujours des villageois qui entraient, sortaient, tête basse, voix basse. Le maçon est venu me chercher pour que je « choisisse l'emplacement de mon père ». Il avait descellé la dalle verticale, dégageant un orifice de un mètre carré. Je suis entré sur les genoux dans cette cave. Il y avait plusieurs étages de cercueils, chacun muré par des briques. Tout en haut, il n'y en avait que deux, le père et la mère de mon père sans doute. J'ai désigné l'emplacement tout contre. Il restait encore pas mal de place, mon fils aurait le choix quand il descendrait là pour m'installer. Je suis ressorti sur les coudes et je suis remonté en courant me cacher dans la chambrette de mon enfance.

Le lendemain, au milieu de l'après-midi, quatre costauds, larges d'épaules, ont traversé la cuisine en trombe, comme un commando. Une voisine m'a soufflé : « Descends dans le pré, je t'en prie. »

J'ai cru rêver. Le pré était noir de monde, une foule habillée de sombre. Il y avait aussi des gens dans les faïsses au-dessus, d'autres sur le chemin, d'autres dans le pré du voisin. Ils attendaient silencieux, sans impatience. Ils aimaient tous mon père, j'aurais jamais cru qu'il y en ait tant.

L'un des avantages du cimetière familial, c'est qu'il est à deux pas de la maison. On n'a besoin de rien, même pas de corbillard, c'est la ruine des pompes funèbres.

Tout à coup, le chuchotement des conversations s'est arrêté net. Il y a eu un silence profond comme la vallée. On a entendu très haut dans le ciel les cris d'un couple de corbeaux qui le traversaient d'ouest en est comme ils le font toujours à cette heure, en cette saison, dans ce pays.

Les quatre costauds sortaient de la maison, le cercueil sur les épaules, d'un pas très lent, portant mon père comme on porte un empereur.

Il n'y a pas eu de service religieux. Quelques paroles seulement. M. Deleuze, du cours complémentaire de Génolhac, a dit que mon père était un maître d'école de la République. C'était très simple et très beau. Tous ceux à qui il avait appris à lire pleuraient, ça faisait beaucoup de monde.

A plus de cent mètres du tombeau, deux silhouettes : le pasteur du canton et mon grand ami l'abbé Jean Roux, le curé de Vialas, immobiles côte à côte, respectueux.

Comme il a vite entre les doigts passé le sable de jeunesse.
Je suis comme un qui n'a fait que danser surpris que le jour naisse
J'ai gaspillé je ne sais trop comment la saison de ma force
La vie est là qui trouve un autre amant et d'avec moi divorce.

ARAGON,
Le Roman inachevé.

Les grands-parents, les parents, ils tombent les uns après les autres, et voilà qu'on se trouve en première ligne sans s'être bien rendu compte qu'on y montait si vite. La mort n'était que ouï-dire, la princesse lointaine, la promise, et voilà que vos parents vous la présentent et vous laissent seuls en tête à tête. Ils sont partis sur la pointe des pieds, mais parfois ils reviennent un instant, par un biais inattendu, comme ramenés malgré eux par l'inguérissable inquiétude parentale, pour voir comment vous vous préparez à vos noces définitives...

Longtemps après la mort de mon père et de ma mère, le hasard m'a fait rencontrer un instituteur à la retraite qui m'a dit : « J'ai trouvé, en rangeant les affaires de maman, après son décès, un paquet de lettres que lui avait écrites votre père. Il avait entretenu des rapports amoureux avec ma mère avant de rencontrer la vôtre. »

Il a bien voulu photocopier pour moi cette correspondance dans laquelle je me suis plongé avidement. Il s'agissait de cette Georgina, du Chambonnet (un mas perdu au-dessus du Collet-de-Dèze), dont j'avais entendu parler mais très vaguement, surtout par des allusions narquoises de ma mère. Cette correspondance ne me montrait pas la jeune fille, je ne sais toujours pas jusqu'où sont allées les relations intimes entre elle et mon père ni pourquoi elles se sont arrêtées, en revanche ces lettres éclairaient pour moi la période de la guerre 14-18 que mon père n'évoquait que rarement, brièvement. Je les ai lues et relues, je m'en suis tellement imbibé que j'en rêvais, j'en cauchemardais. Mon père resurgissait à vingt ans pour se confier, me parler de cette guerre de sa jeunesse, qu'il n'avait pas faite, dont il ne m'avait rien dit, pour me révéler enfin ses amours d'alors et le temps qu'il faisait pendant ces années terribles. J'étais sûr de sa dernière nuit, sûr qu'elle n'avait pu s'enchanter que d'un premier amour, sûr qu'il avait avant de mourir à l'aube revécu ces quatre ans qui l'avaient poussé en marge de sa génération. Entre les lignes, il me parlait à l'oreille et je revivais sa mort. Dans les linceuls moites de mes nuits obsédées, je ne savais plus si c'était lui, si c'était moi...

Ma mère l'avait entendu chanter...

La chambre sentait bon comme les acacias des bords de la rivière au matin quand le premier soleil fait évaporer leur transpiration nocturne. J'étais bien, mon père me parlait, il était tout jeune, et je l'écoutais... Et mon fils m'écoutait...

Pedro, je peux bien te le dire maintenant que ça n'a plus d'importance, maintenant que rien n'a plus d'importance, que rien ne peut plus porter vergogne à personne : avant de rencontrer ta mère, j'ai aimé d'autres femmes, une surtout. Et c'est cela qui me revient dans le languissant engourdissement final. La mort est lente, lente...

J'ai froid aux pieds. J'ai toujours eu froid aux pieds.

J'ai vécu deux grandes guerres et je n'en ai pas souffert directement, j'en ai même tiré certains plaisirs inavouables, bien différents de ceux, encore plus honteux et cachés, qu'y recherchent les guerriers patriotes ou professionnels. Ils ne m'ont pas voulu parce que j'étais inachevé, comme un mot sorti sans finale, un vocable dont la dernière voyelle a été élidée, remplacée par une apostrophe, pour faciliter la vie du mot qui suit, la respiration du mot qui vient. L'élision, c'est mieux que de la politesse, c'est de l'altruisme, pas du claironnant, oh non ! elle est timide, allons ! disons le mot : elle est *effacée*, ma main droite, mon Élidée, elle est revenue de la guerre avant d'y être allée. Mon Élidée... Mon père à moi se prénommait Élie, j'aime ce vocable qui tient à la fois d'un prénom biblique et d'une licence poétique, mon Élidée serait restée dans un trou d'obus de Verdun, elle aurait fait ma gloire, elle a fait ma solitude. Il n'y a jamais eu que les femmes pour se faire à mon Élidée. La femme est partie intégrante de notre solitude, fils ! Le couple, c'est l'unité qui se rencogne. Faire l'amour, c'est se mélanger à l'écart des autres, le mariage, hélas ! est une cérémonie publique, on affiche les bans : « Telle nuit, tel monsieur va percer telle demoiselle », c'est la noce qui est obscène ! Mon Pedro, les femmes m'ont aimé, moi aussi. On peut se passer de prendre son amour à deux mains, la femme n'est pas la charrue, et mon Élidée savait d'autres caresses plus rares, plus raffinées.

Les mains ! Quand on est comme moi, on ne voit qu'elles. Le monde n'est qu'un grouillement de mains avec tous ces entiers qui vont et viennent en balançant les bras comme s'ils portaient au bout un petit sac rempli de crabes. Les gants sont particulièrement répugnants. Mais moi, j'étais doté de cette main invisible, inoubliable, que j'étais le seul à sentir, mon Élidée qui ne pourrira jamais, elle, dans notre tombeau maçonné. Elle ne pouvait concrètement, physiquement, ni attraper ni retenir, elle n'était que sentiment.

C'est la nuit du bilan.

En 1912, j'avais vingt-deux ans, je m'étais fait à l'Élidée. Le plus dur était passé. Je pouvais cacher définitivement au fond de l'armoire, sous les draps, l'horrible prothèse que l'Académie (ah ! les salauds !) m'avait imposée pour passer mes examens, cette main de bois précieux rehaussé de cuir souple, aux fines charnières qui grinçaient, que je devais me lacer jusqu'au coude en m'aidant des incisives, cette contrefaçon luxueuse pour l'achat de laquelle mes parents avaient dû vendre trois hectares de grands pins, ce tape-à-l'œil orthopédique dont la seule utilité était de ménager la vue des examinateurs et des inspecteurs de l'enseignement primaire, cet instrument de torture psychologique contre lequel mon Élidée protestait sans cesse et luttait douloureusement, elle aurait préféré, et je la comprends, une pince d'acier nickelé ou même, à la rigueur, tellement plus net, tellement plus franc, le crochet des pirates.

La pression constante qu'exerçait l'Élidée présentait un danger contre lequel j'ai dû toute ma vie me mobiliser, comme d'autres luttent conte l'embonpoint, celui de devenir un esprit étriqué. L'Élidée pouvait bien chaque nuit me recharger de révolte, la mesquinerie me menaçait, justement parce que les angles s'arrondissaient, les soucis s'effaçaient et surtout, je te l'avoue, parce que l'égoïsme est le plus doux des modes de vie. Les femmes seules, une à une, tu l'as bien compris, Pedro, peuvent nous retenir de cet enlisement assoupissant. Par l'amour, pas par la pitié. Elle était très stricte sur ce point, l'Élidée !

Fin 1912 donc, j'avais rencontré Georgina, la fille de petits-cousins du Chambonnet, un mas perché dans la commune de Saint-Frézal-de-Ventalon, à une heure de marche assez pénible au-dessus du Poncet, le mas d'Alcide Larguier qui avait épousé ma tante Élodie, la sœur de ma mère, parenté proche que nous fréquentions assidûment.

Cette jeune paysanne longue et raide m'a aussitôt tapé dans l'œil. Une semaine après la première rencontre, au cours d'une visite avec mes parents chez les siens, je lui ai rédigé une lettre assez courte mais d'un style ouvragé par laquelle je lui faisais savoir sans tourner autour du pot que je l'aimais pour la vie :

... Ma chère Georgina, je vous aime et mon plus grand bonheur serait que mon amour soit partagé... Mille amitiés de celui qui aimerait vivre près de vous.

J'ai signé *Silvin Ch.*, j'ai cacheté la lettre et j'ai couru la poster comme on pose une bombe. Je suis allé me mettre à l'abri pour attendre en comptant les secondes.

Elle m'a répondu, mais ça n'avançait guère. Une correspondance pourtant assez assidue, un amour platonique, pire:

épistolaire. D'une lettre à l'autre on s'accordait principalement sur des clauses de style : *vous = respect, tu = tendresse.*

On se rencontrait rarement, on se touchait encore moins. Les occasions étaient rares et, même alors, on n'était jamais seuls. Mes jours de liberté, j'aidais mes parents à vendanger, elle aidait les siens à récolter les châtaignes. Le reste du temps, je vivais à La Vernarède, dans le grouillement peu bégueule de ce village minier fourmillant de jeunes fileuses à la cuisse légère qui frôlaient d'un envol de jupes moqueur cet instituteur débutant qui se retrouvait chaque nuit seulet dans la chambrette de sa pension (quelle proie juteuse et quasi consentante !)... Mais c'était quand même bougrement plaisant de lire les poulets de Georgina, et d'y répondre. Nous parvenions presque à pallier la volupté charnelle par les plaisirs distingués des chantournages et ronds de plume. Faute des fortes senteurs intimes de l'amour, nos feuillets fleuraient la fermentation des moûts et la fumée des clèdes où séchaient les châtaignes. Les élans de ma petite paysanne du Chambonnet remuaient en moi le cul-terreux que je n'avais pu devenir.

Je sais, fils, que tu l'as compris, et appliqué, l'homme ne s'assume complètement qu'avec deux femmes simultanées, complémentaires mais non rivales, que cette dépravante morale chrétienne a séparées, tranchant l'amour en deux, la chair et l'âme, la tendresse et la volupté, nous contraignant aux plus minables cachotteries, aux plus humiliants mensonges, à la dictature clandestine de l'érection qui refuse le devoir conjugal et triomphe dans l'illégalité, Pénélope et Messaline, Carmen et Micaëla, l'hétaïre et l'héroïne... Le cœur et le cul, dans le désordre.

Pour le jeune amoureux, l'attristant c'est quand le pucelage de l'aimée n'est plus un but mais un alibi.

Dans le trou minier de La Vernarède, il pleuvait sans cesse, un entonnoir ! La boue arrivait au genou, la fumée stagnait, s'épaississait, l'atmosphère était lourde, irrespirable. Pendant que mes élèves s'acharnaient sur le problème d'une baignoire (ils n'en avaient jamais vu en vrai) qui fuyait, de robinets qui coulaient, aggravé d'une évaporation maligne, moi j'avais la paix, je pouvais tarabiscoter mes périodes élégiaques à Georgina tout en imaginant sous ses jupes enfin troussées le velouté laiteux de cuisses qui s'écartent :

... Si tu savais combien de fois par jour, au milieu de mes vingt-cinq ou trente gosses plus ou moins sales, combien de fois j'évoque en rêve radieux ta douce silhouette... Excuse mon brouillon, mais je suis énervé par les élèves qui bavardent et me cassent les oreilles...

Comme la fuyante baignoire résistait toujours à l'obtuse marmaille, j'ai eu le temps de peindre trois violettes à l'aquarelle Il flottait dans la salle de classe, en fin de journée, un discret mélange des exhalaisons du poêle mourant et des sueurs recuites d'enfants négligés. rien qu'en y pensant cette nuit il m'en vient des bouffées sur le bord des narines. Écrire à Georgina mettait un point d'orgue lyrique aux journées interminables de cet automne de rentrée scolaire. La correspondance est le pis-aller des amants séparés et des poètes du dimanche.

Une rage de dents l'avait empêchée de me rencontrer à la foire du Collet, n'empêche qu'elle me taquinait à propos de Germaine et d'Émilie, qui y étaient allées, elles, deux beautés peu farouches dont on savait bien qu'elles me faisaient les yeux doux... Elle se trompait car, les deux pimbêches en question, leurs « yeux doux » se posaient d'abord sur l'Élidée, alors que Georgina, lorsque j'avais pour la première fois, comme par inadvertance, posé mon moignon sur son épaule, elle avait frissonné mais sans recul, sans dégoût, mon Élidée donc en penchait pour elle.

Au Gravas, nous n'avions toujours pas fini de châtaigner, la pluie nous retardait sans cesse. Je me mouillais le moins possible pour faire le trajet mais j'avais déjà mon rhume, pas trop accablant mais que je traînerais jusqu'à Pâques, à mon habitude. Je me sentais vieux déjà. Georgina voulait une photo de moi, je n'en revenais pas : elle me trouvait beau. Je me souviens qu'à la foire du Collet mon père avait acheté douze moutons pour compléter son troupeau. Tout le monde maugréait car la récolte des châtaignes s'annonçait maigre. Voilà qui permettait de nourrir un peu notre correspondance. L'idylle par facteur interposé, elle est surtout pénible parce que l'ardeur des sentiments s'y mesure à la fréquence et à la longueur des missives. Or écrire l'amour c'est comme le faire, quoi qu'on en dise, les combinaisons ne se multiplient pas à l'infini, le vocabulaire adéquat est vite épuisé, l'humour est d'un maniement risqué, la crudité muflerie... il me semblait parfois écrire en bas de soie, avec des révérences d'abbé de cour. On a beau le triturer dans tous les sens, le répéter, l'allonger, le monter en mayonnaise, « je t'aime » a ses limites. Il y avait quelques imprévus dans la monotonie scolaire : une réunion de peu d'importance un jeudi à Génolhac, on s'y est trouvés cinq instituteurs assez jeunes, de là nous sommes allés dîner à Villefort où c'était marché et foire. Nous nous sommes bourré la panse joyeusement, à s'en faire péter la sous-ventrière... Si j'avais su... mes jeunes collègues, je les aurais mieux regardés, ils étaient condamnés à mort.

Le mardi et le vendredi soir, à La Vernarède, nous avions commencé le cours d'adultes. Pour rendre cet enseignement moins rébarbatif à des « écoliers » qui n'étaient plus des poulets de grain et qui venaient de taper dans le charbon pendant neuf heures à six cents mètres de fond, je leur faisais étudier et apprendre des petites pièces de théâtre et des chansons, avec, en point de mire, une fête artistique fin février.

Georgina me faisait par écrit des scènes de jalousie, je me défendais, ce qui étoffait nos échanges :

... Ma chère petite cruelle qui croit que j'ai passé la journée au Collet avec Mlle G... *? Hier jeudi, jour de Sainte-Barbe, fête des mineurs, j'ai fait justement une partie avec le père de votre pasteur. Aujourd'hui, vendredi, les mineurs ne travaillent pas non plus (lendemain de leur fête), ce qui fait que je suis en classe avec quatre élèves, aussi j'en profite pour faire ma lettre... Quant à la demoiselle Gascuel, je t'avoue que je*

vois le père à peu près tous les dimanches, mais je ne lui demande pas souvent des nouvelles de sa fille.

Je viens de refaire une dernière fois ce rêve que je faisais alors, que j'ai refait tel quel toute ma vie, au moins trois ou quatre fois par an : ce qui serait ma main droite, mon Élidée, ma main coupée, volette autour de ma chambre. Le pouce et le petit doigt battent comme deux ailes de part et d'autre de l'index, du majeur et de l'annulaire resserrés comme un corps. L'Élidée va se cogner contre les murs comme une hirondelle prisonnière, j'ai peur qu'une nuit elle ne me saute à la gorge et ne m'étrangle comme dans la nouvelle de Maupassant. Elle se jette sur la fenêtre fermée, à en casser les vitres ! Quand je me lève pour lui ouvrir, je me réveille. C'est toujours pareil, sauf cette nuit, soudain l'Élidée volante a disparu, je ne la vois plus mais je l'entends, et ma gorge se serre...

Pour commencer l'année 1914, nous avons fait boucherie. Notre cochon n'était pas gros : cent soixante kilos... Cette nuit, je revois le pays noir, noir de ses forêts de pins avec, au-dessus du trou, le cataplasme permanent des fumées grises. Le temps était à la neige, si elle se décidait, on en aurait pour un mois au moins.

C'est si présent, si fort, que je suis de nouveau dans mes vingt-trois ans assis à ma table étroite, poussée devant la fenêtre aux vitres sombres sur lesquelles se collent un instant les flocons les plus gros, et d'un revers de langue je mouille le rabat de l'enveloppe dans la lumière jaune de cette lampe à pétrole en porcelaine ventrue qui trône encore sur la cheminée de notre chambre et que ta mère appelle « ma lampe de célibataire ».

... Georgina, tu te moques de mes galoches glissantes, eh bien ! malgré la glace, je ne me suis pas encore allongé. Enfin ! tu dis que tu seras gentille, chère petite gosse que tu es encore d'après ce que tu dis ! Mais alors, moi, que serais-je si toi tu es encore enfant ?...

Ce qu'on est bien d'un coup, juste avant de mourir ! Les toubibs appellent ça la rémission (mais c'est d'abord, hélas ! un terme religieux...).

A La Vernarède, nous étions très occupés. Nous préparions notre concert pour le samedi, nous avions chaque soir répétition.

Figure-toi que, pendant que je faisais ma lettre, mes élèves ont laissé éteindre le poêle. Tu vois d'ici la fureur du maître qui va se geler pendant un quart d'heure, le temps de le rallumer... Mon collègue d'à côté a rallumé le sien trois fois à cause de l'humidité du bois...

Ces gros poêles ronds, quand ils s'étouffaient, répandaient une odeur alliacée, pénétrante, la senteur même du paquet tremblotant et fumant de tripes qui coule du ventre du porc ouvert d'un seul coup de couteau du bas vers le haut. C'est à vomir, je me sens mal.

27 février 1914

... Nous avons bien réussi notre fête. Nous devions donner une deuxième soirée demain, samedi, mais voilà que nous en sommes empêchés ; notre salle des fêtes, qui est encore décorée et prête à recevoir les spectateurs, sert à présent de campement à une troupe de soldats ici, il en loge cinquante dans notre salle de spectacle. Ils ont resserré les bancs, jeté un peu de paille dessus, et ils couchent là, à l'abri de la pluie mais pas de l'humidité et du froid. Ils sont ici depuis lundi à cause de la grève des mineurs : il y a cent fantassins sous les ordres d'un capitaine, trente artilleurs de Nîmes, et une douzaine de gendarmes...

J'étais assez retors, tu vois, fils, tu as de qui tenir : dos d'enveloppe, verso de bulletin de vote, prétextant le manque de papier, j'écrivais sur des rebuts exigus mais pittoresques que j'arrivais à remplir coûte que coûte, inclus les marges dans tous les sens, sous-entendu : tu vois, c'est pas l'inspiration qui manque, cher amour, c'est la place.

... Samedi, j'ai voté comme tu me l'as demandé, j'ai accompli mon devoir de vrai républicain...

Bizarre, cette nuit me reviennent les chiffres exacts du premier tour de ces législatives de fin avril 1914 : Ramel, royaliste : 7 650 voix ; Vallette, socialiste unifié, maire de Nîmes : 7 200 ; Richard, radical-socialiste : 2 300. En dépit de cette nette majorité républicaine, on doutait que l'éternel royaliste soit enfin blackboulé. Il y avait, pour le deuxième tour, une forte pression sur les ouvriers de La Grand-Combe.

Je suis remonté de l'école, je reprends ma lettre dans ma chambre seul avec toi, j'ai une mauvaise plume ; il me fait peine de descendre en prendre une en classe.

Alors, un poutounet comme là-haut sur le mur...

La maison craque autour de moi. Il se fait au cœur profond du bois des meubles un minuscule travail de sape ponctué par des claquements, comme si, après avoir courbé en force une lamelle, on la relâchait d'un coup pour qu'elle aille frapper un panneau sonore. Depuis l'enfance, j'entends ça, que nous nommons « l'Horloge de Minuit ».

Je me souviens de la lumière chaude, incroyable en ce mois de mai 1914 dans le trou noir du pays minier ; 1914 ! nous ne savions pas encore...

Ma Gina bien-aimée,

Quand tu recevras ma lettre, tu auras déjà appris par la voie des journaux que ton Sil et ses concitoyens républicains ont accompli leur devoir. Le soleil radieux qui s'est levé ce matin a été l'aube d'un grand triomphe républicain. Pour la première fois depuis vingt-cinq ans, le drapeau royaliste a sombré et les réactionnaires sont chassés par cela même de notre département... La vaillante population de La Grand-Combe a pu cette fois grâce à la cabine d'isolement affirmer à peu près librement ses préférences et dans la journée d'hier elle a crié sa Liberté...

Nous étions sûrs, moi le premier, que nous entrions enfin dans l'ère ensoleillée du bonheur pour tous et de la paix pour toujours.

... Tu es pour moi tout l'espoir et tout l'amour. Qu'il serait doux, par un beau soir comme celui d'aujourd'hui, d'être à côté de ceux à qui l'on pense tant ! Hier dimanche, je suis passé faire un petit tour à Chamborigaud après avoir voté ; nous allons écouter un graphophone qui nous chante de jolies chansons, que j'écoute assis, rêvant à elle, *à* Elle, *toujours à elle...*

« Elle naquit par un dimanche
Des plus jolis du mois de mai
Quand le printemps à chaque branche
Suspend un bouquet parfumé... »

Je peux encore en fredonner l'air...

Au Gravas, je m'en souviens, nos vers à soie allaient sur leur troisième mue, ils commençaient à sortir, je crois ; dans huit ou dix jours, ils donneraient grand travail, si bien que mes parents avaient loué un jeune homme de dix-neuf ans. Il logeait dans cette chambrette qui est devenue la tienne et dont la porte n'est plus très solide.

... Un accident est arrivé ici, à La Vernarède où l'on fore un nouveau puits. Deux mineurs (dix-neuf et vingt-huit ans) ont été grièvement blessés par un coup de mine qu'ils croyaient parti et qui a éclaté au moment où ils étaient descendus pour enlever le remblai. L'un d'eux, le plus âgé, est mort après d'atroces souffrances, on l'a enterré hier dimanche, il devait se marier dans une quinzaine. C'est très malheureux, c'est même atroce. As-tu fait bon marché samedi à La Grand-Combe, ma jolie petite commerçante ?... Ces jours-ci, j'ai mal à la gorge, ce n'est pourtant pas à cause des discours politiques mais peut-être bien à cause de discours pédagogiques que je fais tous les jours aux gosses ici. Cependant, je me ménage : aujourd'hui surtout, j'ai remplacé la cigarette par des pastilles et les gronderies par des punitions... mais mon papier s'achève...

La « cigarette », ces trois syllabes si guillerettes me ramènent brutalement la furieuse envie d'en rouler une. Mais il faudrait que je me relève et c'est au-dessus de mes forces. Mes pieds, et maintenant mes mollets, s'alourdissent, comme si je m'enfonçais, je m'enlisais dans un baquet de plâtre qui prendrait au fur et à mesure sans me faire de mal, au contraire, et je me laisse ainsi chausser, je m'abandonne.

Fin mai, nos vers à soie prospéraient (touchons du bois !), bientôt on pourrait placer la bruyère, encore que le temps revirait au froid pluvieux.

27 juillet 1914

... Toi, ma chérie... Le travail monotone de la classe à l'approche des vacances devient de plus en plus ennuyeux. On a tous la flemme. Heureusement qu'il n'y a plus qu'une semaine ! Te verrai-je à la foire du Collet, le 4 août (dans huit jours !) ?

Sais-tu que vous avez beaucoup perdu, Pedro, avec la pointe Bic ? Perdu le velouté de la plume Sergent-Major qu'il fallait, quand elle était neuve, apprivoiser, roder comme un moteur, mais, après, elle vous le rendait bien avec le feulement de sa course sur le papier, sa souplesse dans les pleins et les déliés, et son grand écart en bout de paraphe. Perdu aussi l'encre violette en grains que l'on préparait soi-même à son goût, sa couleur, sa consistance, avec un peu d'eau chaude. Notre encre prune qui, somptueuse, mordorait en séchant. Écrire était un acte de plaisir, il fallait s'attabler comme pour manger, je me revois plein d'appétit, mordillant le bout de bois du porte-plume Sergent-Major...

3 août 1914, 9 heures du matin, La Vernarède

Ma douce chérie toujours aimée,

Mon Dieu ! que de malheurs et de désastres. Je t'écris, mais qui sait quand tu recevras ma lettre. Je suis encore à l'école : les fonctionnaires non mobilisables ont été priés de rester à leur poste jusqu'à nouvel ordre. Que de tristesse ! Que de femmes en pleurs à cause des pères et des frères ! J'ai assisté ce matin au départ de trois cents ou quatre cents réservistes en gare de Chamborigaud, c'était très impressionnant... Néanmoins, le soldat français reste digne, très digne, et prêt à faire son devoir, tout son devoir...

J'écrivais alors des choses pareilles et j'y croyais... un peu. De toute façon, je n'étais pas en position de critiquer l'élan patriotique. Et les jaloux (les malheureux !) auraient été trop heureux de me tomber dessus à... bras raccourcis (quelle expression !). Être privé de main droite n'était pas tout à fait du défaitisme, mais c'était déjà un privilège dur à avaler pour tous les entiers en uniforme et pour leurs parents accablés.

Ma femme vient de se retourner d'un bloc, sale manie qui ébranle son lit, je perçois nettement les protestations du sommier. Elle dort dans la pièce que sépare, de la mienne, la cuisine. Il y a combien de temps que nous faisons chambre à part ? Cinq, six, sept ans ? Ça n'empêche pas le sentiment, ça ne modifie que l'horaire. « On n'a plus vingt ans et plus ça ira, moins ça ira... », c'était la rengaine de ce mois de septembre 1914 si dégueulasse : un temps humide, au luisant d'acier, et moi, selon ma louable habitude, toujours enrhumé ! « Mobilisé sur place », seul à La Vernarède tous les jeudis et les dimanches, je m'ennuyais mortellement, je tournais en rond mais je me supportais en pensant à mes camarades là-haut, à la pluie et la nuit et le jour. Pas la moindre nouvelle de mes jeunes collègues partis au feu...

Pour les remplacer, deux adjointes sont arrivées à l'École de garçons, deux demoiselles, une gentille qui avait son fiancé à la guerre, l'autre toute jeune, toute petite... « pas intéressante », c'est ce que j'écrivais à Georgina toujours aussi jalouse. La pluie continuait, m'obsédait, j'accumulais mes laines sous un vaste parapluie de berger pour ne pas aggraver mon rhume.

La pluie, mon Pierrot, la même, toujours la même, sur nos enfances, à mon père, à toi, à moi, la pluie regardée par la fenêtre de la cuisine à longueur d'après-midi dans la lueur ardoisée d'un ciel couvert ; le clapotis sur les ornières débordantes du chemin vicinal si mal empierré, le jet rigolo des cheneaux sur les tonneaux dont il faut regonfler les douves avant les vendanges, et les pluies berceuses sur les sommeils si longs à venir, et les cris de ma mère : « Essuie tes pieds ! Quitte vite ta veste, tu as les épaules *trempées*, tu vas attraper la mâle-mort, viens te tourner de face et de dos devant la cheminée... Après ça, étonne-toi si tu es tout le temps enrhumé, monstre ! »

3 novembre 1914

Ma chère petite Gina,

Il pleut à verse, comme s'il n'avait pas plu depuis six mois. Tu ne dois pas avoir guère beau pour châtaigner... Il est nuit toute la journée, dans les classes on n'y voit goutte. Les soirées sont longues et tristes, les journées désolantes. La rivière grossit. Mon cousin Élie vient de partir lui aussi ! Oh ! la guerre, c'est bien triste, nos congés seront peut-être réduits. Et, encore ! ne nous plaignons pas, nous ne sommes pas les plus malheureux. Notre directeur va passer le conseil de révision demain, je serai donc seul avec trois femmes. Et dire que je n'en aurai pas assez, qu'il m'en manquera encore une ; et la seule...

A la fin de l'année, le froid s'ajoutait à la pluie. A l'école, on allumait les poêles. Les averses interrompaient à chaque instant la récolte des châtaignes. Mon père se plaignait beaucoup de ses douleurs mais sans cesser de travailler. A son départ pour le front, le directeur m'avait cédé sa place, me voilà bombardé directeur de cours complémentaire avec des candidats à préparer au brevet et, peut-être même, à l'École normale ! Moi, à vingt-quatre ans ! Sans en avoir le traitement bien sûr, mais il fallait bien se dévouer un peu tandis que d'autres... Je me vois sortir sous la pluie après quatre heures pour aller faire une visite de condoléances chez les parents de mon collègue du cours moyen première année tué le 19 septembre sur la Meuse. J'avais beau tenir mon bras droit derrière mon dos, ces pauvres ne voyaient que ça, cette main qui me manquait.

Je n'en finis pas de me demander pourquoi cette nuit, cette

nuit justement, je revis cette période, et seulement celle-là. Ce n'était pourtant ni la plus heureuse ni la plus importante de ma vie, mais c'est celle-là qu'il faut que je me remémore, que je me rejoue pour me sentir bien, pour que ma nuit prenne sa pente agréablement. Il est minuit, notre pendule vient de sonner treize coups, elle fait ça depuis un an ou deux, elle est si vieille qu'elle lâche un coup de trop, comme on fait dans sa culotte.

En août 1914, notre siècle n'avait pas encore commencé. Avec ses guerres et ses inventions, que l'on ose nommer globalement « le progrès », il allait *désensualiser* le monde.

Et s'il s'était mis à neiger, l'Éternel montrait sa bonté pour les poilus, et pour moi. Chaque matin, je descendais tôt dans ma classe où j'allumais le poêle. Quand il ronflait, je tirais une chaise, m'asseyais, écartais les cuisses et me laissais aller en me disant : mon salaud, tu es foutrement bien, là ! Malheureusement, à huit heures pétantes, la marmaille déboulait. Avant la guerre, avec les petits, je pouvais encore tirer ma flemme, mais là, devant de tels gaillards, fallait quand même « enseigner » ! Je ne retrouvais le bonheur que le soir, bien pelotonné au fond de mon lit, comme en ce moment.

Il arrivait des gens intéressants, des réfugiés de la Meuse, dont une femme qui avait dû servir le café aux Allemands.

... Ma petite Gina toujours chérie,

Je viens de garnir ma lampe et ma lettre va peut-être sentir le pétrole, c'est une parfumerie comme une autre... Me voilà donc à la tête d'un personnel uniquement féminin. Et quel triste directeur je fais ! Comment imposer sa volonté à tout ce sexe faible sans manquer de galanterie ? Mais ne soyez pas jalouse, chère taquine, car, malgré toutes ces femmes, il manque encore la vraie, l'idéale, celle à qui l'on pense en voyant les autres, mademoiselle ma grande petite chérie... j'arrête, j'ai les doigts gelés.

Nous restions des trois mois sans nous voir. J'avais de plus en plus de peine à remplir recto verso la page de rigueur, marges comprises. Je ne pouvais quand même pas tirer éternellement sur quelques plaisanteries, ma démarche en galoches dans la neige par exemple. Le soir, je lisais le journal de la première à la dernière ligne, mais elle lisait le même, je n'avais donc rien à lui apprendre. Enfin, il y avait dans ma vie tout ce que je ne pouvais décemment pas lui écrire, tout ce qui ne se disait pas alors... Mon fils ! Combien tu me ressembles ! Mais tu vas jusqu'au bout, toi...

Mes galoches, il me semble, en ce moment, qu'elles m'emprisonnent les pieds jusqu'aux cuisses. J'avais, et j'ai de plus en plus de mal à les traîner. Alors je me r'enrhumais, j'avais mal aux dents, forcément avec toujours les pieds humides. Je grognais en permanence mais pas trop, chaque jour apportait de terribles nouvelles. Deux de mes meilleurs amis, instituteurs comme moi dans le même groupe scolaire, des copains d'École normale, venaient d'être tués sur le front, tous les deux devaient se marier, l'un le 8 août, l'autre fin septembre. J'apprivoisais mes nouvelles collègues, la plus grande (plus petite que moi qui n'étais pas un géant) était aussi la plus gentille, un peu fiérote quand même, fiancée depuis son plus jeune âge à un ancien élève des Arts et métiers... L'autre encore plus petite, et plus jolie mais un rien revêche... Je m'amusais à les dépeindre à Georgina un peu pour attiser sa jalousie, un peu pour remplir la feuille, un peu par désœuvrement... Le jeudi, le dimanche, j'allais à la gare de Chamborigaud me mêler à la foule qui attendait le train de quatre heures, l'arrivée des journaux. Je ne m'étais jamais tant intéressé aux militaires. Mes cousins du Poncet, du Mas-Soubeyran et les frères de Georgina en étaient, à présent. Je leur offrais des pipes (moins visibles que la cigarette sur le front). Je consolais comme je pouvais la femme de mon directeur parti de Nîmes avec le 117ᵉ territorial ; dur, à trente-cinq ans, d'endosser la capote bleue... J'ai repris sa classe, une vingtaine de chenapans de quatorze à dix-sept ans avec lesquels il ne faut pas rire, mais beaucoup crier. J'ai fait ce que j'ai pu, bien décidé, ne gagnant pas un sou de plus, à ne pas travailler pour un liard de plus. Mes élèves perdaient un peu leur temps, mais ma santé avant tout, et puis à la guerre comme à la guerre.

Je revois cette cour de récréation, un immense étang boueux où mes adjointes et leur directeur pataugeaient à qui mieux mieux sans peur des éclaboussures des élèves qui galopaient autour de nous. Chaque jour, de nouvelles morts...

Les photos, celles du *Miroir illustré de la guerre* en particulier, nous apportaient les terrifiantes images de tranchées envahies par une boue glacée, qui me faisaient un peu honte de mes doléances (par ailleurs totalement justifiées hors de ce contexte historique). Je me sentais douillet, comme je l'ai été toute ma vie, douillet comme au creux de ce matelas de bonne laine, à attendre l'aurore comme la petite chèvre de M. Seguin que j'ai si souvent contée à mes élèves lorsque j'avais les petites classes mais sans lutter, moi qui me suis abandonné dès le soir, abandonné en me couchant, oui, je me suis couché devant Elle !

Je n'oublierai jamais la nuit où mon père est mort. Il était allongé sur le dos, immobile ou presque. Ma mère essuyait sans cesse la sueur qui lui sourdait de partout, abondamment, mais tout son corps raidi menait un vacarme assourdi. Râles, borborygmes, piaulements, ronflements, par le nez, la bouche, par tout le corps, ce n'était qu'une clameur, une vocifération de révolte. Sa poitrine surtout m'impressionnait, sa puissante poitrine nue, au relief de proue, qui se levait, s'abaissait, comme celle d'un navire luttant contre les lames.

Ma mère a soufflé : « Il lutte, se bagarre, oh ! Silvin, regarde comme ton père se bat contre la Mort ! »

Moi, j'avais envie de lui souffler : « Arrête, papa, tu t'es assez battu toute ta vie. Ni la misère, ni la calamité, ni les seigneurs n'ont pu t'avoir, mais cette nuit tu as affaire à forte partie, trop forte pour toi, laisse faire, papa, tu as assez lutté... »

C'est bien ce que tu me dirais, Pedro, si tu étais là, à mon chevet. D'ailleurs tu le sais, fils, j'ai toujours aimé me laisser aller...

Mais je n'arrive pas à sortir de cette époque où nos soldats s'enterraient avant même d'être morts, où les obus les déterraient pour les tuer plus sûrement. J'avais un peu froid, je m'ennuyais beaucoup mais je n'avais pas le droit de me plaindre. De même après la guerre, je n'avais pas le droit d'être fier d'une victoire pour laquelle je n'avais rien fait, même pas donné la main.

J'ai passé des mois à me répéter : bien heureux ! bien heureux ! les extrémités gelées devant ce putain de poêle qui s'obstinait à fumer, rendant la classe inhabitable. Quand nous avons fait boucherie comme chaque année, j'ai regardé d'un œil neuf la lame du couteau qui entrait dans la gorge du cochon. Le sang a jailli plus épais et plus sombre que jamais, mais, surtout, les hurlements de mort de l'animal étaient humains, c'étaient les hurlements de ces blessés tombés entre les lignes ennemies, qu'on ne pouvait aller chercher, qui mettaient des jours et des nuits à mourir, ces plaintes qui rendaient fous leurs camarades bien abrités dans leurs tranchées.

C'est beau de mourir sans déranger personne.

J'ai toujours aimé le lit, la fièvre, l'odeur de ma transpiration, je me revois toujours enrhumé, toussant et mouchant, rouspétant, mes galoches glissant sur le verglas pour aller jusqu'à des trois fois par semaine, à la sortie des classes, apporter les condoléances du « directeur » à la famille du père ou du frère de l'un de mes élèves. Jamais la Mort ne m'a été si proche et si lointaine. J'étais invulnérable, et coupable. C'est peut-être pour ça que, cette nuit, 14-18 ne me quitte plus.

Dans la semaine du 6 au 13 février 1915 ont été tués trois jeunes instituteurs, deux d'Alès et un de Nîmes, avec lesquels j'avais passé trois ans à l'École normale, un buveur de bière, un joueur de billard et un poète. Le lendemain, c'était le tour d'un professeur de l'École normale, un très bon. A ses cours, on se régalait... Notre directeur de La Vernarède avait été blessé très grièvement à Saint-Mihiel... Mais je souffrais aussi personnellement, j'avais mes blessures. Une entorse, je me suis tourné le pied, en faisant quoi ? Tout simplement en tirant la chaîne de la cloche, j'avais mis le pied dans un trou. Comble de malheur, je me suis fait une entaille à un doigt, je ne pouvais plus écrire... Sans parler de tracas plus matériels. Les cocons se vendaient pour rien : en temps de guerre, ce n'est pas la soie qui manque le plus. Des gens de mon âge, je ne voyais plus que des boiteux, des contrefaits, des idiots ou des gaillards affublés de lunettes aux verres épais comme des loupes, débilitant...

Je crois bien que j'ai sommeillé quelques instants, j'ai dû ronfler, mon propre bruit m'a réveillé, un grognement de fauve repu...

Mes lettres à Georgina se sont faites de plus en plus rares, je ne parviens pas à en trouver la raison, s'il y en avait une. Le 4 avril 1915, je lui ai pondu non sans peine des formules du genre : ... *Mieux vaut tard que jamais, dit le proverbe. Tu dois bien te demander quelle est la cause de mon silence qui commencerait à devenir éternel, tu dois te demander si je suis mort ou bien encore vivant... Si je choisissais la saison où je dois mourir, je choisirais plutôt l'hiver...*

Tiens, au fait, depuis minuit, nous sommes le 4 avril, le 4 avril 1970.

Je ne lui répondais plus que des cartes postales. Au dos : *Lundi, j'ai repris le travail avec une paresse et très peu d'entrain...* Une autre, en mai : *La chaleur me rend de plus en plus paresseux. Une de nos collègues est malade, on nous a envoyé une gentille suppléante, une délicieuse Alésienne...*

Et comme toi aussi, mon fils, qui en reviendras toute ta vie à ton lycée, à ton maquis, je suis toujours ramené à ces quatre ans où j'ai mesuré l'indignité d'être refusé par l'armée, de n'être pas « uniformisé »...

Il commençait à faire vraiment beau. Je passais mes jeudis à la pêche où je ne faisais pas de gros efforts pour prendre du poisson. Les dimanches, j'allais au café puis je me promenais sous les platanes. Je bavardais avec les collègues en grillant des cigarettes, je devenais de plus en plus paresseux. Le temps était si beau qu'on faisait des sorties artistico-patriotiques, on allait à vélo jusqu'à Alès voir jouer *L'Ami Fritz* au profit des blessés...

Georgina me posait allusivement des questions sur notre avenir, auxquelles je répondais de façon détournée :

Si je crois quoi ? Quelles sont ces énigmes ? Pourquoi parler ainsi ? La question ? Quelle question ? Je ne comprends pas un mot de ce que vous dites. La seule question qui me préoccupe, et nous préoccupe tous en ce moment, c'est la guerre et la défense de la patrie et de la liberté... Recevez mes meilleures caresses, mais je vous prive d'un baiser puisque vous êtes si méchante...

Silence épistolaire pendant près d'un an. J'étais las de la chichiteuse du Chambonnet, j'étais entouré de jolies femmes esseulées, huit heures par jour, et j'étais presque le seul homme de mon âge, le seul acceptable malgré tout, mais je n'osais pas rompre franchement. Le maréchal-ferrant garde toujours un fer au feu.

Le froid m'est venu, depuis l'enfance, par les pieds pour monter le long de mon corps jusqu'à mes reins, c'est pourquoi, Pedro, je portais ces fameuses ceintures de flanelle qui te faisaient rire.

Ce février 1917 ! la neige tombait sans discontinuer, brassée de violents coups de vent. Ma pension était à deux cents mètres de l'école, impossible d'aller dîner malgré mon gros pardessus, mes deux cache-nez. Mais les pieds ! Oh ! les pieds ! quel froid j'y endurais ! J'avais dix élèves sur vingt-quatre, on se serrait autour du poêle, la rivière était prise sur tout son parcours. J'aurais fait un piètre soldat... Mon cousin m'écrivait que, sur la Somme, dans les tranchées, ils avaient moins quatorze. Et pourtant l'hiver a bien des charmes, quand on est au coin du feu, quand la bise souffle dehors... quand on pense que d'autres couchent dans la neige, dans l'eau, exposés à la Mort, à tout instant, de toutes les façons, alors qu'on peut, nous, contempler à travers les vitres embuées les tourbillons de flocons blancs...

Le froid monte toujours, je me sens respirer, je respire avec conscience, avant je respirais sans le savoir, comme M. Jourdain faisait de la prose. Mon père est mort en avril lui aussi, peu avant que je rencontre ta mère, fils. Il ne m'a rien dit la dernière nuit, il respirait très fort, il résistait, sa poitrine se soulevait et s'abaissait, il a lutté, lui, jusqu'au bout, c'était un paysan. Moi, je ne suis qu'un fils de paysan épaté par Racine, un pauvre laboureur d'alexandrins.

Ce n'est qu'en février 1920 que j'ai écrit mon dernier mot à Georgina, le dernier qui n'avouait pas l'être, tout plein de dérobades :

... Hélas ! j'ai à présent des soucis plus graves... Je me dois pour le moment aussi longtemps que possible à ma vieille mère inconsolable de la perte qu'elle a subie. Je n'ai pas le droit de te faire attendre plus longtemps, et si ta destinée te conduit à choisir un époux, eh bien ! marie-toi et sois heureuse...

Tu le vois, Jean-Pierre, nous ne savons pas rompre, nous y mettons le temps ! Et, quand nous nous y résolvons, nous le faisons mal. Nous rendons les femmes malheureuses. Nous avons ça dans le sang, nous avons tous, dans ce mas, notre Gravas, tous, nous avons, avons eu ou aurons des Maria, des Jitana, et d'autres, réelles ou rêvées... Et nous faisons du mal. Oui, j'en ai fait, à ma mère, à la tienne. Georgina ? C'était déjà sa belle-fille, à ma mère, c'était une petite-cousine de son côté à elle, une paysanne de sa commune natale, exactement l'épouse qui convenait à son fils. Et il l'a refusée ! Il est allé chercher cette mijaurée aux frontières de l'Ardèche. Ma mère en a toujours voulu à la tienne, c'est vite devenu réciproque, et comment ! réciproque, atavique et héréditaire. Alors, quand ta Corse est arrivée !... Dans notre vieux mas, les mères ont de tout temps torturé les brus, tandis que les mâles, dos rond, ménageaient la chèvre et le chou.

L'horloge vient de sonner cinq coups, le compte est juste. L'hirondelle à cinq doigts se cogne contre les murs... L'aube blanchit le pourtour des volets qui jointent toujours aussi mal. Je suis bien, je m'abandonne volontiers, c'est l'heure du loup, il faut le laisser faire.

Les enfants, c'est pas vraiment le père qui les fait et, de toute façon, ils deviennent ce qu'ils veulent. Les enfants, ce sont aussi « les autres ». On s'aime, on se côtoie, sans rien apprendre d'essentiel. La vie s'en chargera. Ce qui est touchant, c'est d'être là quand ils découvrent quelque chose. Moi, quand ils me découvriront, je serai parti depuis longtemps.

Léo FERRÉ
(dans sa dernière interview à *Paris-Match*).

Après la mort de mon père, je me suis rangé, comme s'il m'avait, avant de partir, légué son scepticisme accommodant, sa bonhomie. J'allais sur mes quarante-six ans. Je suis retombé amoureux, mais comme jamais alors ! de la folie ! pour une jeune femme belle, et calme, calmante, et si généreuse ! Tout mon entourage s'est mis à l'aimer aussi, de ma mère au dernier de mes enfants, y inclus ma première femme. Bref, j'ai fait ce que je m'étais juré de ne jamais refaire : je me suis remarié, et je m'en félicite encore. Peu à peu, les gosses ont trouvé le chemin du vieux mas familial, timidement, pour un jour, un week-end, de petites vacances...

Ma mère regardait sans y croire ses petits-enfants investir le mas, comme l'eau de l'inondation se glisse sous les portes. Le contact était difficile, son mari, leur grand-père ! était parti sans les connaître, pourquoi les connaîtrait-elle ? Elle devait se raidir pour ne pas se laisser séduire par ces tourbillons juvéniles qui la frôlaient sans la toucher.

Son attitude à mon égard avait complètement changé. Elle ne veillait plus sourcilleusement sur moi, elle se mettait tacitement sous ma protection. Jusqu'à la mort de son mari, elle considérait que tout devait passer par lui. Je voulais emprunter une paire de tenailles ? « Va demander l'autorisation à ton père ! » Elle ajoutait parfois, assez méchamment : « *Aïci, siès pas qué lou maïstré én ségound !* » (Ici, tu n'es que le maître en second !) J'étais dorénavant le maître en premier. Elle sollicitait mon accord pour les choses les plus futiles — une succession royale, mais elle ne reconnaissait toujours pas ses petits-enfants du premier lit. Sauf par à-coups, et si maladroitement. Un jour, elle payait une montre en or à chacune de mes filles, lesquelles, gênées, ne l'arboraient jamais, même pour passer devant elle. Il ne faut pas tenter d'acheter des enfants, même pas leur en donner l'impression, ils reniflent ça très vite et se rebiffent.

Après l'enterrement, elle avait dit à mon ami Pâquier, citant une des expressions favorites de son fils : « Et voici *une grande veuve noire* de plus dans le pays. »

Elle se costumait en deuil, allait si rarement chez la coiffeuse que sa chevelure était mi-blanche mi-noire, mais comme elle portait en permanence un minable bonnet tricoté main de laine noire... Elle se tenait toujours très droite mais elle rétrécissait à vue d'œil. Elle se promenait sur le chemin vicinal, silencieuse, son regard allait de ses pieds à l'horizon, je reverrai toujours sa petite silhouette sanglée dans un méchant manteau gris. C'était quelques mois avant sa mort, à la fin des années soixante-dix. Dans le pré, à dix mètres d'elle, mes filles se poursuivaient comme des folles et mon fils sciait du bois pour la cheminée monumentale. Il avait déjà plus de trente ans. Plus de dix ans après, c'était dimanche dernier, mon fils m'a raconté ceci :

— De ton père, je n'ai que deux ou trois images très lointaines, très floues, j'avais quoi ? trois, quatre ans, la dernière fois que je l'ai vu. Des images un peu précisées, quand même, soit par des photos, soit par ce que tu m'en as raconté. Je crois me souvenir de son visage, un jour. L'image de quelqu'un d'un peu bourru, de réservé, à la fois fier et bonhomme, une stature physique d'un seul tenant, d'une seule pièce. J'ai le souvenir aussi d'avoir vu son bras, était-ce le bras gauche ou le bras droit ?

— Le bras droit.

— Le bras droit... et l'avoir noté comme un enfant remarque une chose inhabituelle, inattendue, étonnante. C'est tout, mais sans plus, comme un détail. Je ne pourrais pas te dire que je me souviens d'autre chose, du son de sa voix, non, cette image, c'est tout. Elle est forte, c'est la seule, j'étais si petit... Elle est en moi...

Nous étions dans des chaises longues, tout près de Lunel, dans une vaste propriété peuplée de paons, c'était la saison des amours, et les mâles appelaient désespérément les femelles. Le cri du paon a quelque chose de désespéré, c'est le mugissement lugubre d'une corne de brume mais poussé dans l'aigu, c'est humain mais impudique, à la limite du supportable, et ça porte très loin, ça ponctuait les confidences de mon fils.

— ... C'est un souvenir très lointain, ça finit par se confondre avec des rêves qu'on a faits par la suite. Ton père, je sais plus si je l'ai rêvé ou si je l'ai vraiment vu.

— Et avec ma mère ? Quand tu es enfin revenu au Gravas ?

— Les rapports avec la (il dit « la », pas « ma ») grand-mère, ça reste un mystère pour moi. Cette situation de fait pendant près de vingt ans, on l'a vécue comme ça, nous, les enfants, sans trop savoir, nous on n'y était pour rien. C'est l'histoire d'une génération, nous on en est une autre. C'est difficile d'avoir un ressentiment personnel quand c'est pas toi qui as vécu les embrouilles. Quand je suis revenu au Gravas, eh bien, je croisais la grand-mère dans les escaliers. Et moi, vis-à-vis de cette femme, puisque toi et moi (toi qui étais quand même le lien direct) nous avions repris le cours de relations normales, je n'avais vraiment aucune attitude préconçue, quand je la croisais dans l'escalier, je lui disais « bonjour ». Je ne disais pas « bonjour grand-mère » ni « bonjour madame », je disais « bonjour ». Elle ne me répondait pas, elle ne me regardait pas, elle ne me disait jamais rien. Je continuais à lui dire « bonjour », d'une façon très simple, chaque fois, et elle : rien. Pas un mot, jamais. Je n'avais aucun ressentiment, je me disais : la grand-mère, elle est comme ça. Elle doit ressasser de vieilles histoires.

Les paons crient de plus en plus fort, mon fils et moi, on se rapproche :

— Et puis, à quelques semaines de sa mort, il y a eu cette scène extravagante, surréaliste.

Le Gravas grouillait de jeunesse. Mes enfants avaient invité copains et copines. Même dans la chambrette du grenier, on avait ajouté des matelas à même le sol. Allongé sur l'un d'eux, cet après-midi-là, mon fils y était seul, venu faire la sieste. La fameuse porte avait été remplacée depuis longtemps.

— ... Je dormais. J'ai entendu une sorte de bruit lourd, gauche, empêtré... Quelqu'un qui arrive en plein désarroi, comme dans un couloir, butant d'une épaule, de l'autre sur chacun des murs... Ça m'a réveillé. La porte s'est ouverte vivement, souplement, comme une porte mal fermée sur un coup de vent... C'était la grand-mère qui arrivait... Son intention était sans doute de s'asseoir au bord de mon lit, mais, comme j'étais allongé sur ce matelas à même le sol, ça lui a été pratiquement impossible. Elle était très vieille, très raide, mais, en même temps, elle arrivait sur un élan, un élan de perdition, poussée par une douleur immense... En se tournant, en essayant de plier les genoux, elle a fait une chute, elle est tombée au ralenti, sur moi, elle s'est trouvée allongée sur moi ! Son visage à cinq centimètres du mien. C'était la première fois (et la dernière) qu'elle allait m'adresser la parole depuis ma toute petite enfance. Elle était troublée, elle perdait ses moyens, bégayait, elle était en pleurs. Tout cet émoi psychologique et physiologique dans lequel elle était a dû exacerber son tremblement, elle était comme un vieux bateau à la dérive, pris dans une tempête... Moi, j'étais sous elle, dit comme ça, ça peut paraître ridicule, grotesque. Elle était arc-boutée sur ses mains à plat sur le matelas entre mes bras et ma poitrine, me parlant sous le nez. Là, j'ai reçu... une espèce... de chose... énorme ! Ses moyens physiques, son contrôle d'elle-même, tout la lâchait, elle s'appesantissait sur moi, à tous les sens du mot, physique et sentimental. Elle se jetait dans une situation que, dans toute sa vie, elle n'avait sans doute même pas envisagée. Elle m'a dit des choses confuses... je ne me souviens pas du détail exact...

Un coq, tout à fait commun, pousse dans la basse-cour

voisine le plus courant des cocoricos, mais un paon lui répond aussitôt de sa plainte lugubre, son cri rageur de torturé.

— Elle voulait te dire que tu étais l'aîné, le fils de son fils, le *maïstré én ségound* du Gravas, le continuateur de la race...

— Oui, ça voulait dire quelque chose comme ça. Il me revient là un bout de ses phrases hachées, en lambeaux vraiment, elle a dit : « Je voudrais pas que tu emportes un mauvais souvenir de moi... » Tout ça dans des hoquets, comme quelqu'un qui a une personnalité d'une trempe d'acier, une fierté incroyable, et qui tout à coup s'abandonne. C'est ça, elle était là, sur moi, abandonnée. Elle m'a demandé pardon, tout ça de très près, ses larmes tombaient sur mes joues. Déjà, elle repartait. Ça s'est passé très vite, j'étais mal réveillé. Elle m'a glissé un billet de cinq cents francs sous le matelas. Elle m'a dit encore : « Tiens, avant que je m'en aille... » (Ça voulait dire : avant que je meure.) C'était une phrase pour toute une vie, c'est ce que j'ai ressenti... « Tiens, tu achèteras quelque chose à ta fille, tu lui diras... tu lui diras. » Elle est repartie comme elle était venue, sans doute soulagée mais aussi (c'est pas du tout péjoratif) comme une grande artiste après sa grande scène... Elle devait l'avoir préparée, pensée, mais, attention ! pour cette femme-là, ce n'était pas une scène de comédienne... toute la vie de cette femme à travers ce que j'en connais par toi (et par les mauvais échos que j'en ai eus) ne l'avait pas préparée à un tel geste. Pour moi, c'est resté une image forte. Tu vois, je te la raconte très longtemps après, après sa mort. Je me suis dit : les circonstances, quelles qu'elles soient, t'ont privé de ta grand-mère, c'est une sorte d'amputation, il faut bien appeler ça comme ça : une sorte d'amputation, qu'on n'a pas vécue comme une douleur parce qu'on était enfant. On ne souffre pas de l'absence des gens quand on ne les a pas connus. Qu'on fasse que tes grands-parents paternels n'existent pas n'est pas une chose naturelle... Mais quand tu n'as de ta grand-mère, que tu n'as jamais fréquentée, que cette image-là, du dernier instant de sa vie... mais... c'est énorme ! Quand tu as l'âge de ruminer les éternelles questions : d'où venons-nous, où allons-nous, et pourquoi ?... tu te dis qu'il faut parfois toute une vie (et même plusieurs destins) pour délivrer une seule phrase pour épanouir une toute petite chose, d'un instant...

Mon père mort ne quittait plus l'esprit de ma mère. Plus présent, plus vivant en elle qu'il ne l'avait jamais été.

Dans les derniers mois de sa vie, quand je la prenais dans mes bras, maman blottissait sa tête contre ma poitrine avec un frémissement puéril. Un tenace souvenir d'enfance remontait alors en moi, d'une de ces très rares fois où j'étais allé au cinéma seul avec ma mère, sans lui.

C'était au Casino, on jouait *4 de l'infanterie,* j'accompagnais maman qui n'aurait jamais commis l'indécence d'aller seule au cinéma. C'était ainsi alors, les femmes respectables n'entraient jamais seules dans un lieu public. Une femme seule dans un café ne pouvait être qu'une fille publique, on pouvait carrément l'aborder pour lui demander son prix.

Nous avions coutume d'aller au cinéma deux fois par semaine au moins, on voyait tous les films, nous avions un abonnement. *4 de l'infanterie* est le seul film que nous ayons vu, ma mère et moi, sans mon père. Une production de la veine des *Croix de bois* et de *A l'Ouest, rien de nouveau.* Le massacre en gros et en détail : marmitages, gaz, mitraillages, corps à corps dans la boue des tranchées avec les poux et les rats en supplément... Je suppose aujourd'hui que mon père avait refusé d'aller voir ces tableaux d'une guerre qu'il n'avait pas faite, alors que les deux frères de ma mère y avaient laissé leur belle jeunesse. Mais je ne me rappelle pas une dispute entre mes parents avant que ma mère m'annonce que je l'accompagnais au Casino.

Il y avait sur l'écran Pierre Blanchar encore tout jeune, costumé en poilu-boueux, il était l'un de ces *4 de l'infanterie* qui allaient mourir l'un après l'autre sous nos yeux.

Ma mère était terrifiée, à chaque instant, elle précipitait sa tête contre ma poitrine en gémissant : « Oh non ! je ne peux pas voir ça... »

Moi, je faisais l'homme, je lui répétais :
— Allons, maman, c'est rien, c'est du cinéma...
J'avais dix ans.

Dans ses derniers temps, il lui arrivait de perdre la tête. Pendant une heure ou deux, elle disait et faisait n'importe quoi. La crise passée, elle s'en rendait compte, elle en ressentait une honte incommensurable. Elle voulait mourir. Elle me le disait, elle me disait tout bas, en confidence :
— Jean-Pierre, je veux mourir, dis-moi comment faire.
Une fois, elle m'a présenté cette demande très réfléchie :
— Jean-Pierre, apprends-moi à me servir du revolver.
Évidemment, j'ai sorti l'arme du tiroir de sa table de nuit, je l'ai cachée ailleurs, ai-je eu raison ?

La dernière image que j'ai d'elle, moi, son fils, c'est quelques instants avant sa mort. Elle est allongée dans un lit tout blanc, dans une pièce toute blanche. Quelqu'un, je ne me souviens plus qui, m'avait appelé au passage :
— Tu vas voir ta mère ? Apporte-lui ça.
En revanche, je réentends le clic du sécateur coupant la fleur choisie dans l'espalier. En arrivant dans la chambre, j'avais mis la fleur dans l'eau du verre à dents posé sur la tablette, au-dessus du lavabo. C'était une splendide rose. Son rouge violent explosait dans tout le blanc de cette chambre dont il était la seule note de couleur.
Ma mère a tourné la tête, le seul mouvement qu'elle pouvait encore faire, et bien péniblement. Et elle a fixé ainsi la tache d'un beau rouge, jusqu'à son dernier soupir.
A ce moment donné, j'ai vu bouger ses lèvres. J'ai approché mon oreille. Elle disait :
— C'est merveilleux.
— Quoi ? maman, qu'est-ce qui est merveilleux ?
— Tout ! Tout est merveilleux.
Ses derniers mots.

Le maçon m'a encore imposé de descendre dans le caveau pour choisir sa place. Naturellement, je lui ai dit de l'installer tout contre son mari, de les maçonner ensemble.

Elle avait dit qu'elle serait contente de reposer là, au milieu de ce pré, sous nos fenêtres, où jouaient les enfants, elle qui avait veillé sur tant de cours de récréation, heureuse de reposer au milieu de leurs jeux et de leurs cris.

Fidèle à son époux, elle avait exigé : « Ni fleurs ni couronnes ! »

Pendant ces jours-là, je travaillais avec le théâtre de la Jacquerie. Les comédiens sont venus à l'enterrement. En cours de route, ils ont cueilli des brins d'herbe sur les talus, comme ça, mine de rien, en flânant, rien que des herbes folles, de la mauvaise herbe qu'ils ont respectueusement déposée sur le toit du caveau. Du foin, rien que du foin, mais du regain, que nous appelons en occitan le *rébïouré,* le revivre.

Un matin de fin octobre, je revenais au vieux mas où s'effaçaient dans les élans guillerets de la jeunesse les dernières traces de ma mère. Ma fille finissait d'aménager l'appartement où sa grand-mère avait terminé sa vie. Elle avait fait tomber la cloison qui séparait la douillette cuisine de la chambre à coucher. Cela donnait une vaste pièce à vivre, et j'en étais ravi. Je n'ai pas de regrets et je m'en étonne. C'est sans amertume que je vois se fondre dans l'oubli les soirées de jadis avec mon père et ma mère entre cette même fenêtre sur le chemin de Pont-de-Rastel et cette même porte sur la terrasse au bord de la rivière. Ainsi la vie rebondit entre ces mêmes murs depuis des générations devant la même eau qui coule du col de la Croix-de-Berthel.

Mes enfants ont décrépi ces pièces, ce qui ne s'était pas fait depuis longtemps. Ils ont fait tomber les couches de chaux et de plâtre juxtaposées par les héritiers successifs pour en arriver enfin à dénuder la pierre. C'est ainsi que, d'un trou entre deux de ces galets ronds arrachés jadis à la rivière pour construire le mas, est tombée une vieille bourse en toile grossière. Elle contenait cinq pièces d'argent à l'effigie de Louis XVI.

Nous avons un peu rêvé sur l'aïeul qui avait mis un jour cet « argent de côté », les économies de longues privations. Les pièces étaient usées, usées par les peaux. L'une d'elles avait si bien perdu la face sur tant de bouts de doigts que le monarque n'était plus que l'ombre de lui-même, pâle et sans relief.

Dans quelles circonstances, pour quels besoins, pour répondre à quelles angoisses, mes pauvres aïeux ont-ils mis de côté cette « poire pour la soif » ? Qu'est-ce qui rôdait autour du vieux mas, par quelles nuits d'hiver ? J'ai tourné, retourné ces pièces entre mes doigts comme si, pour les faire parler, il fallait les user encore un peu avec ma propre peau...

Il m'a pris comme une folie de sonder les murs, de retourner les tiroirs, de renverser les malles du grenier... Parmi tant de frusques et de paperasses, je suis tombé sur le livret militaire du père de mon père, ce grand-père que je n'avais pas connu, moi non plus, mais par la faute de personne dans la famille, simplement parce qu'il avait tiré un mauvais numéro et s'était usé en sept ans d'armée en Tunisie. Au dos de la couverture, mon père avait écrit au crayon cette phrase d'occitan : « *Lou qué lévo lou poudé dévriè lèva l'idèio* », que je traduis librement mais, connaissant mon père, dans la fidélité à son esprit :

« Celui qui vous ôte le pouvoir de le satisfaire devrait vous ôter le désir. »

En Cévenne, ce vendredi 4 juin 1993 à midi,
le jour des dix-huit ans de ma fille Marie.

Achevé d'imprimer en décembre 1993
sur presse CAMERON
dans les ateliers de B.C.A.
à Saint-Amand-Montrond (Cher)
pour le compte des éditions Robert Laffont
24, avenue Marceau, 75008 Paris

N° d'édition : 35129. N° d'impression : 2656-93/722.
Dépôt légal : décembre 1993.
Imprimé en France